LES CHEMINS D'ESPÉRANCE

MIREILLE LESAGE

LES CHEMINS D'ESPÉRANCE

roman

Pygmalion
Gérard Watelet
Paris

Sur simple demande aux
Éditions Pygmalion/Gérard Watelet, 70, avenue de Breteuil, 75007 Paris
vous recevrez gratuitement notre catalogue
qui vous tiendra au courant de nos dernières publications.

ISBN 2-85704-330-9

A Hermine

INTRODUCTION

Pendant quatre ans, séparée d'Artus d'Ivreville par un dramatique concours de circonstances, Floriane a vécu à Lyon, mariée à un jeune bourgeois, Johanès Landry*. Elle a traversé la terrible épidémie de peste de 1628, surmonté bien des épreuves, des drames, essayant d'oublier son passé. Mais lors du séjour de la Cour venue momentanément s'installer dans la ville, Floriane a retrouvé Artus. Comprenant aussitôt que son amour pour lui ne l'a jamais quittée, elle n'a eu de cesse de se délier d'un mariage dépourvu désormais de toute signification. Enfin libre, elle a rejoint le jeune homme à Paris.

Nous sommes en novembre 1630. Le roi Louis XIII, qui a failli mourir à Lyon, vient, lui aussi, de regagner la capitale avec sa mère, Marie de Médicis et son ministre le Cardinal de Richelieu. Tous deux, dans l'ombre, se livrent à une lutte sournoise et sans merci afin de conserver les faveurs du roi.

* Voir *Les Noces de Lyon* chez le même éditeur.

PERSONNAGES HISTORIQUES

Louis XIII (1601-1643)
Roi de France.
Fils d'Henri IV et de Marie de Médicis.

Anne d'Autriche (1601-1666)
Infante d'Espagne, reine de France.
Épouse de Louis XIII.

Marie de Médicis (1573-1642)
Veuve d'Henri IV, reine mère.

Gaston d'Orléans. Monsieur (1608-1660)
Frère de Louis XIII.

Marguerite de Lorraine, duchesse d'Orléans, Madame.

Armand du Plessis de Richelieu (1585-1642)
Cardinal, ministre de Louis XIII.

Isabelle
Gouvernante des Pays-Bas espagnols.

Duchesse de Chevreuse
Amie de la reine Anne.

François de Bassompierre (1579-1646)
Maréchal de France.

Michel de Marillac
Garde des Sceaux.

Louis de Marillac
Son frère, maréchal de France.

Henry, duc de Montmorency (1595-1632)
Gouverneur du Languedoc.

Marie-Félice des Ursins, duchesse de Montmorency.

François de Barradas
Ancien favori de Louis XIII.

Armand de Tréville
Officier aux mousquetaires du roi.

Comte Louis de Maure de Rochechouart
Gentilhomme poitevin.

Princesse de Conty
Sœur du duc de Guise, secrètement mariée à Bassompierre.

Giulio Mazarini
Futur cardinal Mazarin.

François de Faudoas d'Averton, comte de Belin
Gentilhomme du Maine.
Protecteur des Arts.

Marquise de Rambouillet, Catherine de Vivonne
Célébrée sous le nom d'Arthénice.

Marquis de Rambouillet, Charles d'Angennes
Mari d'Arthénice.

Julie d'Angennes,

Léon-Pompée, marquis de Pisani,

le petit vidame du Mans
Leurs enfants.

Vincent Voiture
Poète.
Ami d'Arthénice.
Au service de Monsieur.

Antoine de Laage de Puylaurens
Premier conseiller de Monsieur.

François de Brion
Gentilhomme de Monsieur.

Antoine de Moret
Fils d'Henri IV et de la comtesse de Moret.

Le Coigneux, La Rivière, Goulas, Montrésor, Elbène
Au service de Monsieur.

Marquis d'Aytona
Gouverneur des Pays-Bas espagnols.

Marie de Hautefort
Fille d'honneur de la reine Anne.

Magdeleine du Fargis
Dame d'atour de la reine Anne.

Pierre de la Porte
Écuyer de la reine Anne.

Marie de Combalet
Nièce de Richelieu.

François-Oger de Cavoie
Capitaine des gardes de Richelieu.

Abbé Mulot
Familier de Richelieu.

Jean Le Clerc du Tremblay
Gouverneur de la Bastille.

Vautier
Médecin de Marie de Médicis.

Daniel Neveu
Prévôt du Mans.

Sieur Nourry
Lieutenant de la prévôté.

Charles de Beaumanoir
Évêque du Mans.

Marquis de Lavardin
Son frère.

René Potier, comte de Tresmes
Gouverneur du Maine.

Claude de Malleville
Poète, futur académicien.
Secrétaire de Bassompierre.

Abbé de Boisrobert
Poète, futur académicien.
Protégé de Richelieu.

Charlotte de Montmorency, princesse de Condé
« Madame la Princesse ».

Louis de Nogaret
Cardinal de La Valette, ami de « Madame la Princesse ».

Sanson Napollon
Gentilhomme corse.

François Sublet
Seigneur de Noyers.
Surintendant des Finances.

Magdeleine de Souvré, marquise de Sablé

François Reversé, Nicolas Motelet
Notaires.

Maître Cormier
Traiteur, cabaretier.

Élisabeth Loré
Tenancière du « Porc-Épic », jeu de paume du Mans.

LES CHEMINS D'ESPÉRANCE

Les comédiens

Josias de Soulas de Primefosse, dit *Floridor*

Jornain, dit *Bellemore*

Zacharie Jacob, dit *Montfleury*

Isabelle Mestivier, dite *la Le Noir*

Charles Le Noir
Son mari.

Montdory

Jodelet

L'Espy

Les époux Villiers

Bellerose

Valleran

et

Médor
Chien de Bassompierre.

PERSONNAGES ROMANESQUES

Floriane de Saint-Évy, baronne d'Ivreville

Artus, baron d'Ivreville

Hélène d'Ivreville
Mère d'Artus.

Alix de Montrouge
Cousine de Floriane.

Anthonie, sœur Marie-Josèphe
Sœur de Floriane.
Visitandine.

Olyvette Arnoullet
Amie de Floriane.

Ermelinde Frumence
Suivante de Floriane.

Toinon
Servante de Floriane.

La Musette
Valet de Floriane.

LES CHEMINS D'ESPÉRANCE

Lubin
Valet d'Artus.

Gaspard
Valet d'Artus.

Omer
Valet de La Rive.

Testu
Valet de Floridor.

Colette
Servante de Belin.

Dame Claude
Hôtelière d'Alençon.

Sieur d'Aucourt
Cousin de Sublet.

Cornélius Van Dissen
Capitaine hollandais.

Jan
Pêcheur flamand.

Maria
Sa sœur.

Les comédiens

La Champrose

La Rive

Pierrette

Colombe

Laurier

Finet

La Vallée

Et *le chien Motin.*

Prologue

« La Journée des Dupes ou le Grand Orage »
(Lundi 11 novembre 1630)

— MONSEIGNEUR...

Le secrétaire traversa le cabinet à pas feutrés, s'approcha de l'homme vêtu de rouge qui, posté à une fenêtre, lui tournait le dos, lui glissa quelques mots à l'oreille et salua avant de sortir tout aussi silencieusement qu'il était entré.

Il sembla, d'abord, que les paroles discrètement murmurées du secrétaire n'eurent sur le maître aucun effet. C'est à peine, en effet, si la main gantée se crispa sur l'espagnolette. Mais, bientôt, la silhouette menue, grandie par la robe pourpre et les chaussures à talons hauts, s'affaissa ; le nez se pinça ; la barbiche taillée en pointe trembla au bas du visage blême ; pris d'une sorte de vertige, le cardinal Armand du Plessis de Richelieu appuya son front sur la vitre que frappait, au-dehors, la pluie d'automne.

Ainsi s'abattait l'orage tant redouté dont il avait déja senti, à Lyon, les grondements et les premiers souffles ! Un orage qui, cette fois — il le savait, il le sentait, dans son corps malade, dans son esprit tourmenté — risquait bien de l'emporter, de balayer des années de travail, d'efforts patients, douloureux.

Seul dans son cabinet du Petit Luxembourg [1], le cardinal gémit sous l'effet d'une souffrance atroce, plainte qui s'intensifia jusqu'à rappeler le hennissement d'un cheval que les prémices de la tempête auraient rendu nerveux. Et de fait, Richelieu s'ébroua, secoua la tête de gauche à droite et se mit à arpenter la pièce à grandes foulées rapides. Pendant quelques minutes, il tourna en rond, en proie à sa démence, au sentiment de solitude le plus affreux, abandonné de Dieu lui-même. Puis, par un effort prodigieux de sa volonté, il parvint à se maîtriser et se laissa tomber sans forces sur son fauteuil.

Machinalement, son regard se tourna de nouveau vers la fenêtre d'où il pouvait entr'apercevoir, si proches derrière les arbres, les murs blancs et neufs de la résidence de Marie de Médicis, le palais du Luxembourg où son sort se jouait.

Louis XIII était auprès de sa mère ! Portes closes, ils s'étaient enfermés seuls tous les deux, dans son appartement, après avoir annulé le Conseil du jour, sans le prévenir, lui, le principal ministre, Richelieu !

Il imaginait sans peine ce qui devait se passer. Depuis trop longtemps Marie de Médicis, poussée par une cabale de Cour, pion plus ou moins conscient du parti dévot à la solde de l'Espagne, mijotait la perte de son ancien protégé. La politique qui les avait unis, maintenant les séparait. Stupide qu'il avait été, lors de leur retour de Lyon, de croire que quelques douces paroles, quelques airs de luth égrenés sur le bateau qui les conduisait lentement de Roanne à Briare, avaient pu faire renaître dans l'âme de la souveraine vieillissante la douce amitié de jadis ! Quelle belle comédie ils s'étaient jouée là !

— « Amico del cor mio [2]... » avait-elle susurré avec une fourberie bien digne de ses ancêtres florentins.

La sotte femme ! Et dire qu'il fallait compter avec elle, son avis au Conseil, l'influence qu'elle conservait sur le roi ! Il

1. Situé rue de Vaugirard. Actuelle résidence du président du Sénat.
2. Historique.

repensa à la lettre qu'il lui avait écrite trois jours auparavant, ne reculant devant aucune bassesse, aucune flagornerie : « Madame, je m'estime malheureux et coupable de ce que j'ai cessé de plaire à Votre Majesté... La vie m'est odieuse, privée de l'honneur de vos bonnes grâces et de cette estime que je prisais bien plus que les grandeurs de la terre... Écrasez, Madame, votre ouvrage et votre créature. Sans la permission de voir Votre Majesté, je ne veux plus que celle de mourir[1]... », etc., etc., un tas de fadaises de la même veine qui avaient eu pour réponse, hier, au cours d'une scène pénible, le renvoi de madame de Combalet, sa propre nièce, chassée de sa charge de dame d'atours de Marie !

Du même coup, tous les membres de la famille de Richelieu, ainsi que ses protégés, avaient été proprement mis à la porte par la reine en fureur ; son cousin La Meilleraye, privé de son poste de capitaine des gardes ; mademoiselle du Pont-Courlay, une autre de ses nièces, renvoyée de ses fonctions de fille d'honneur ; jusqu'au cardinal en personne dont les titres de surintendant et d'aumônier de la reine mère lui avaient été retirés.

De là, à ce que Marie de Médicis persuade Louis XIII d'en faire autant de son côté et de le chasser définitivement de son Conseil, il n'y avait qu'un pas. Et ce pas — Richelieu qui n'avait pas dormi de la nuit en avait la ferme certitude —, risquait bien d'être franchi ce matin même.

— Elle me hait ! murmura-t-il, le poing pressé sur ses lèvres minces. Ah ! avec quel plaisir, quelle férocité, doit-elle en ce moment même s'acharner sur moi. Et le roi l'écoute, j'en suis sûr. Il est si faible ! Sa récente maladie l'a rapproché de sa mère, de sa femme, je le sais. Elles l'auront convaincu qu'il compromet son âme à soutenir mes projets. Or, sans l'appui du roi, c'en est fait de l'œuvre de toute ma vie, c'en est fait de moi. Je ne suis rien... Et je reste là, impuissant,

1. Historique.

sans pouvoir dire un mot pour ma défense ! Que faire ? Que voulez-vous de moi, mon Dieu ?

Un moment encore, l'irrésolution agita sa nature complexe. Il pensa fuir. Mais, bien vite, il réalisa que cette fuite ne serait pas une conduite digne de l'aristocrate qu'il prétendait être. On ne s'invente pas une ascendance royale pour agir comme un simple robin. Ses adversaires qui lui reprochaient si cruellement — avec justesse, hélas ! — ses origines bourgeoises, auraient beau jeu !

Brusquement, Richelieu se leva, sonna ses gens. Aussitôt une nuée de secrétaires, le maître de chambre et les gardes envahirent le cabinet.

Richelieu donna des ordres, se coiffa de son grand chapeau rouge, se fit apporter son manteau. Maintenant décidé à agir, il avait retrouvé d'un coup sa fière allure, le masque sévère et indéchiffrable du redoutable politique qu'il était. Sans plus tergiverser, il quitta la pièce.

Avertis par on ne sait quel instinct mystérieux, les courtisans se pressaient en ce lundi de la Saint-Martin, dans les splendides galeries et antichambres du palais du Luxembourg.

Les consignes les plus sévères avaient été données. Toutes les portes ouvrant sur l'appartement du premier étage où avait lieu le royal conciliabule étaient verrouillées et gardées. On devinait que le duel engagé entre le cardinal et la reine mère touchait à sa fin et que cette dernière, forte de son emprise sur le roi, ne tarderait pas à avoir raison de son ennemi.

L'arrivée du cardinal, entouré de ses gentilshommes, provoqua un remous, un murmure fiévreux, auxquels succéda un silence attentif. Richelieu s'avança, ignorant superbement la foule curieuse. Rien ne lui échappait toutefois : la mine gênée du garde des Sceaux, cet hypocrite de Marillac, l'air moqueur et sûr de soi du maréchal de Bassompierre, les mines vaniteuses du médecin Vautier, les sourires effrontés de cette vipère de Fargis, l'arrogance du clan des Guise — le duc et sa sœur, la vieille Conty, les Ognano, les Elbeuf —, qui depuis si longtemps le narguait. Et les autres... Grâce à ses espions, il savait tout de leurs propos, de leurs manigances, des sorts divers qu'ils lui préparaient : l'exil, la prison, la mort même ! Ils étaient presque tous là ceux qui à Lyon, pendant la maladie du roi, avaient si ardemment comploté sa perte, s'agitant, excités comme une meute assoiffée de sang, prête à fondre sur lui au premier signal et le déchiqueter. Ah ! s'il pouvait un jour les tenir en son pouvoir, comme il saurait se venger !

Un huissier s'interposa au bas d'un escalier. Richelieu n'en tint pas compte, fit un signe à ses serviteurs, monta seul, sans hésitation, les marches de marbre blanc. Rien ne pouvait l'arrêter désormais. Déjà, il sentait sur lui le froid de la disgrâce. Coûte que coûte, il devait se battre contre la fatalité.

Les portes fermées, secouées une à une devant les domestiques médusés ; la course folle d'une pièce à l'autre, d'une antichambre à une galerie, soulevant au passage les belles tentures des Flandres, en vain toujours ; la rage, la panique qui le gagnent tandis que là, derrière ces murs se nouent les fils de son destin ; l'idée enfin, car il connaît parfaitement les lieux, de traverser la chapelle déserte, de suivre un couloir étroit, obscur, où lui parvient l'écho d'une conversation, de pousser une porte dérobée, oubliée...

L'entrée du cardinal dans le chaud et luxueux cabinet de la reine mère, décoré par Rubens avec tant de panache et de talent, eut l'effet de la foudre. Marie de Médicis regarda l'audacieux, bouche bée, la stupéfaction lui donnant un air un peu stupide.

— « Tout est perdu, le voici [1] ! » s'exclama précipitamment le roi, non sans maladresse.

Le cardinal, avec un sourire forcé, s'inclina gracieusement devant les souverains figés sur leurs sièges.

1. Paroles historiques.

— « Vos Majestés parlaient donc de moi[1] ? » fit-il, la main sur la poitrine.

Le rouge monta au visage de la reine. D'abord, elle nia. Mais incapable de contenir davantage sa colère et son aversion, elle leur donna bien vite libre cours.

— « Eh bien oui, nous parlions de vous comme du plus ingrat et du plus méchant de tous les hommes[2] ! » explosa-t-elle.

Déjà furieuse de s'être laissé surprendre, sa propre voix la galvanisa. Un fleuve d'injures se mit à se déverser sur l'intrus. Enfin Marie de Médicis vidait son cœur et lui crachait sa haine, celle-ci d'autant plus violente qu'elle avait été précédée d'une amitié sincère et passionnée. Pendant des années, cet homme avait été tout pour elle, l'ami, le confident, le protégé, le conseiller, le soutien des mauvais jours. D'un petit évêque de rien du tout, croupissant dans les marais d'un diocèse poitevin, elle avait fait un prélat puissant et redouté, le plaçant aussi haut qu'il se pouvait dans l'État. Il n'avait guère attendu alors, pour se dresser contre elle. L'idée qu'il n'avait usé de sa voix de velours, de ses manières soyeuses de chat, de son intelligence pénétrante qu'afin de mieux profiter de ses bontés, de se servir d'elle pour satisfaire à son ambition, mettait Marie dans une rage furieuse, douloureuse, incontrôlable. Le dépit de la femme s'ajoutait à la fierté blessée de la souveraine. Richelieu et toute sa famille, madame de Combalet surtout que la rumeur lui prêtait pour maîtresse, faisaient les frais de sa déception, de sa rancœur, de son mépris dans des termes montés tout droit de la rue. La fureur faisait perdre toute mesure, toute dignité, à la reine mère.

Debout, gesticulant, hurlant dans son accent italien des insultes d'une crudité inouïe, elle avait perdu la maîtrise d'elle-même et offrait un spectacle aussi pitoyable qu'insoutenable. En larmes, Richelieu tomba à genoux à ses pieds.

1. Paroles historiques.
2. Paroles historiques.

Le roi était bouleversé. L'arrivée inopinée de son ministre l'avait embarrassé, car ayant écouté avec bienveillance les doléances de sa mère, las de cette animosité dont il était la victime, poussé à bout, peut-être s'était-il apprêté à céder à ses instances en acceptant de se défaire de Richelieu. Mais la vue de Marie de Médicis, la collerette de travers, énorme dans sa robe de velours noire surchargée d'or, ivre de fiel, la grossièreté de ses propos, l'accablèrent tant qu'il ne put que balbutier, navré, atterré, en levant les bras au ciel :

— « Mais madame, madame... Que dites-vous ? Que faites-vous ? Vous me désobligez, vous me torturez [1] ! »

Sa souffrance le faisait bégayer. Il ne pouvait comprendre, admettre un tel manquement à l'étiquette, à la dignité du rang. Il était très pâle soudain, désorienté, pathétique.

Au bord de l'apoplexie, Marie de Médicis se tut enfin. Richelieu en profita immédiatement. Habileté extrême ? Sincérité ? En tout cas, il avoua tout ce dont son ancienne protectrice l'accusait : ses rêves démesurés, ses malversations, ses égarements, son népotisme, son projet de voir un jour sa nièce sur le trône de France, et de plus noirs desseins encore. Pour sauver l'honneur de la reine mère qui venait de se ravaler au rang d'une vulgaire poissarde, il reconnut tout ce qu'elle voulait et s'humilia sans retenue, ruisselant de larmes qu'il pouvait verser à volonté.

— « Assez ! C'en est trop ! dit soudain, de sa voix coupante, Louis qui avait recouvré ses moyens. Je ne veux plus rien entendre [2]. »

Marie de Médicis, épuisée, s'était rassise. Elle pleurait doucement, pressant un mouchoir de dentelle sur ses joues en feu.

— « Louis... Voyons, vous ne préférez tout de même pas un valet à votre propre mère [3] ! »

1. Paroles historiques.
2. Paroles historiques.
3. Paroles historiques.

Sa mère ! Il l'avait longtemps aimée, quêtant vainement un geste, un mot d'amour. Il éprouvait toujours pour elle le tendre et profond respect qu'un bon chrétien doit à celle qui l'a enfanté. Sa mère ! Voilà qu'elle lui rappelait enfin, d'un ton ému, implorant, le doux, le sublime lien qui les unissait ! Le roi secoua la tête, étouffé par l'émotion.

— Levez-vous monsieur le Cardinal, et sortez d'ici ! ordonna-t-il froidement à son ministre encore agenouillé.

Il n'eut pas un regard pour Richelieu qui baisa le bas de la robe de Marie, se mit debout avec peine et sortit à reculons de la chambre pour disparaître par où il était venu, dans le sombre couloir de la chapelle. Lui-même se leva, salua sa mère et sans rien ajouter, déverrouilla une porte et partit à son tour.

La vue de Richelieu, fuyant le Palais, l'épaule basse, le teint livide et peu après lui, le roi, une expression éloquente de sévérité et de mécontentement sur le visage, provoqua chez les courtisans à l'affût un étonnement suivi d'une véritable explosion de joie. Sûrement, le renvoi du cardinal était chose faite ! Ce fut alors une ruée désordonnée vers le cabinet de Marie de Médicis.

— « Ah ! mes amis, cette fois, le fer est au feu ! annonça-t-elle rayonnante. J'ai accommodé l'animal d'une belle façon. Ce sera lui ou moi [1] !»

Compliments et vivats s'envolèrent autour d'elle comme une bouffée d'encens. Le roi ne sacrifierait certainement pas sa mère à un ministre. Personne ne doutait de l'échec de Richelieu. Surtout pas Marillac prêt à le remplacer et à remettre dans le droit chemin de l'Église cette France martyrisée par un tyran sans foi ni loi ; pas davantage la pulpeuse madame de Combalet qui faisait ses malles pour se retirer au couvent des carmélites du faubourg Saint-Jacques ; et surtout pas Richelieu lui-même.

Il était perdu ! Le regard sombre et implacable de

1 Historique.

Louis XIII l'avait percé comme un poignard. Ses paroles l'avaient déchiré. Jamais, jamais le fils ne lui pardonnerait d'avoir été la cause et le témoin de la déchéance de sa mère ! Jamais le roi n'oublierait les terribles accusations de la reine ! Les tours de la Bastille, le donjon de Vincennes se profilaient déjà à l'horizon du cardinal. Le souvenir de l'exécution de Concini commanditée par Louis, alors tout jeune souverain, le faisait frémir. Il fallait faire vite, se parer immédiatement de la colère royale, se mettre à l'abri.

Rentré dans ses appartements du Petit Luxembourg, Richelieu secoua ses domestiques, donna ses instructions. Les papiers les plus importants, la vaisselle d'argent, les objets précieux furent emballés, les chevaux et les carrosses préparés, des courriers envoyés à Pontoise, première étape sur la route de Normandie où Richelieu, gouverneur du Havre, comptait se réfugier. Le Havre où il avait eu, d'ailleurs, la précaution de placer quelques millions en sûreté !

Sa hâte atténuait un peu sa peur d'être arrêté et aussi l'immense chagrin d'avoir perdu l'amitié du roi. Sa douleur, extrême, n'avait pas de nom.

Dans l'après-midi, il fut prêt. De noir vêtu, en habit de voyage, il allait monter en voiture lorsqu'il tressaillit en reconnaissant dans la cour de son hôtel, à l'écart du va-et-vient de ses gens, un gentilhomme de Louis XIII ! Richelieu, plus mort que vif, ne douta pas un instant qu'un détachement de gardes l'attendait, posté dans la rue de Vaugirard. L'officier parut hésiter puis se décida à s'approcher de lui.

— Le roi est parti à Versailles, annonça-t-il sans ambages.

— Ah ! est... est-ce tout ? bredouilla le cardinal.

L'officier hésita une nouvelle fois, comme si ce qu'il avait à dire lui coûtait :

— Non ! Le roi vous attend, répondit-il, visiblement à contrecœur.

Le cardinal avait une botte posée sur le marchepied de son carrosse. Il ne savait encore s'il devait reprendre espoir. Ses yeux scrutaient le visage fier du gentilhomme.

— Puis-je vraiment, sans crainte, me rendre à la convocation de Sa Majesté ? Parlez, monsieur ! Vous êtes homme d'honneur.

— Qui quitte la partie la perd, répliqua laconiquement l'officier.

Tout n'était donc pas joué pour Richelieu ? Lui était-il donc possible de reprendre ses cartes en main, d'y découvrir des atouts infaillibles ? Se pouvait-il que le roi ne l'ait pas abandonné ? Lui-même n'avait-il pas capitulé trop vite ? Sa fuite, loin de le sauver, n'allait-elle pas, au contraire, le desservir et lui être fatale ? Il s'en persuada aussitôt. Ce jeune officier, si farouche, avait raison.

— Vous ne m'aimez pas monsieur, murmura le cardinal. Il vous aurait été facile de ne pas me trouver. A quelques minutes près, j'étais loin déjà. Et cependant...

Son interlocuteur s'inclina brièvement :

— Je sers le roi, monseigneur. Voilà tout. Qu'il en soit fait selon son bon vouloir.

Puis il s'éloigna, laissant le cardinal tout tremblant de la confiance revenue :

— A Versailles ! lança-t-il enfin, en se jetant dans le fond de sa voiture.

— Sire, Sire !...

C'était un peu plus tard au château de Versailles, où Louis avait trouvé refuge, un petit château isolé, presque désolé sous la pluie et le vent de novembre. Dans la chambre du roi, les flammes de la cheminée donnaient un éclat chaleureux aux modestes tapisseries de Bergame, aux sévères pentes de serge verte qui garnissaient le lit. Richelieu, agenouillé devant Louis XIII, ne sachant que dire pour exprimer sa joie, sa reconnaissance, finit par présenter sa démission.

— Non, monsieur le Cardinal, fit doucement le roi en le relevant et en l'embrassant. J'ai en vous le plus fidèle et le plus affectueux serviteur qui soit au monde. Comment accepterais-je de m'en défaire ?

PROLOGUE

— Mais la reine ? objecta le cardinal. On me reprochera mon ingratitude envers elle, bien qu'en aucune façon, Sire, vous le savez, je n'aie cherché à lui manquer de respect.

— Il s'agit surtout d'empêcher ceux qui, par leurs machinations, sont les responsables de l'orage de ce matin, répliqua Louis qui ne pouvait, ne voulait désavouer sa mère. Les véritables coupables seront châtiés comme ils le méritent. Je les briserai !

D'un mouvement de tête, il rejeta en arrière ses longs cheveux noirs. Sa pâleur, la fixité de son regard, son air déterminé le métamorphosaient. Il était le roi, souverain absolu. Désormais, personne ne s'immiscerait entre lui et son ministre, personne ne pourrait impunément s'attaquer à cet homme qu'il avait définitivement choisi pour mener le royaume dans la voie qu'il entendait.

— « Je suis plus attaché à mon État qu'à ma mère [1] », ajouta-t-il après un silence, d'une voix sourde mais ferme.

Il piétinait ainsi ses sentiments les plus intimes, les plus légitimes, les plus humains. Sacrifice immense, cruel, nécessaire cependant à son devoir royal.

— « Je suis le maître et compte le rester [2] », dit-il, en regardant intensément le cardinal.

La belle tête d'Henry de Chalais tombée à Nantes avait été un avertissement trop vite oublié. Bientôt, de terribles sanctions viendraient sonner le glas des temps anciens. Mais personne n'en avait encore véritablement prescience et pour un moment encore, les ennemis du cardinal, dupés, savouraient leur fausse victoire.

1. Historique.
2. Historique.

I

... « Le flambeau d'Hyménée »

(Automne 1630 - Automne 1631)

C'EST le froid qui tira Floriane de son sommeil. Sa couverture avait glissé, l'humidité traversait sa fine chemise, faisant courir un frisson désagréable sur son épaule. Dans la cheminée, il ne restait qu'une poignée de cendres à peine rougies.

Floriane se recouvrit, jugea à l'obscurité qui régnait dans la chambre qu'il devait être encore très tôt, ferma les yeux et voulut se rendormir. Mais son esprit, malgré elle, captait les bruits portés par le silence : des pas filant le long d'un couloir, une porte doucement poussée, l'appel d'une cloche assourdi par des murs épais et dehors, dans la rue Saint-Antoine, les roues d'une charrette qui tressautaient sur le pavé, le premier cri du matin, celui du marchand d'eau-de-vie :

— Vi, vi, vi, à boire ! A la bonne eau-de-vie pour réjouir le cœur !

Une main légère, caressant sa joue, acheva de la réveiller. A côté de son lit sans qu'elle l'eût entendue entrer, elle découvrit Sœur Marie-Josèphe qui lui souriait, une chandelle à la main, belle et sereine dans son habit noir de la Visitation, une croix d'argent sur la poitrine.

— Toi ? s'étonna Floriane. Mais quelle heure est-il donc ?

— A peine six heures, répondit Sœur Marie-Josèphe, posant le bougeoir sur la table de chevet.

Floriane protesta, grogna et s'étira sous l'œil amusé de sa sœur puis, dans un élan impulsif, se jeta à son cou et l'embrassa avec une fougue désordonnée.

— Finis donc, petite folle ! s'écria la jeune religieuse en riant. Et tiens, enfile ton peignoir si tu ne veux pas mourir gelée.

— Chère Anthonie, je me demande comment j'ai pu si longtemps me passer de toi, soupira Floriane, assise sur son lit, resserrant sa robe de chambre autour d'elle.

— Chut ! Nous ne devions plus en parler. Tout a été dit, n'est-ce pas ?

Tout. Depuis une semaine qu'elles s'étaient retrouvées, elles n'avaient cessé de raconter — Floriane surtout — ce qu'avaient été ces quatre très longues années de séparation. La jeune femme avait su gré à sa sœur de ne pas gâcher la joie et l'attendrissement de leurs retrouvailles par des reproches et des sermons qu'aurait pu cependant justifier l'inconséquence de sa conduite. La souffrance, les épreuves cruelles qu'elle avait endurées, avaient effacé les folles imprudences de jadis. Plus tendrement, plus étroitement unies que jamais, les deux sœurs avaient pleuré ensemble et, ensemble, avaient prié pour le repos de l'âme de leur frère Charles.

En arrivant à Paris, Floriane n'avait pas trouvé Artus à l'hostellerie où il louait une chambre. Elle avait été déçue mais point étonnée, sachant que le jeune homme, toujours dans le sillage du roi, y résidait peu souvent. Gaspard, qui depuis Lyon avait dirigé leur escorte, s'était aussitôt renseigné : Louis XIII logeait rue de Tournon, à l'Hôtel des Ambassadeurs [1], pendant que des travaux étaient effectués au Louvre sur le plafond de la Grand-Salle qui menaçait de s'écrouler. N'étant pas question pour Floriane de se pré-

1. Actuellement n° 10.

senter à la Cour, elle y avait envoyé Gaspard et La Musette tandis que Thédoric des Étangs l'accompagnait au couvent de la Visitation, avant de rejoindre son maître, le maréchal de Bassompierre dans son château de Beauregard, à Chaillot.

Agrandi, en pleine transformation, le couvent des Visitandines de la rue du Petit Musc s'étendait maintenant jusqu'à la rue Saint-Antoine. Sœur Marie-Josèphe avait installé Floriane dans l'une des petites chambres situées un peu à l'écart des cellules, qui accueillaient les hôtes de passage. Et là, malgré l'émotion et le plaisir éprouvés à revoir sa sœur, la jeune femme avait commencé à attendre.

Tout d'abord, La Musette était revenu. Seul. Il n'avait pu joindre le baron d'Ivreville. Le roi ayant brusquement décidé de partir pour Versailles, ses gentilshommes l'avaient suivi.

— Eh bien, cours à Versailles ! s'était écriée Floriane.

— Gaspard doit y être déjà. Attendez ! avait conseillé La Musette. Vous ne tarderez pas à voir monsieur le baron.

Mais la nuit s'était faite sans qu'Artus ne fût venu. Fort désappointée, Floriane avait rappelé so serviteur le lendemain.

— Je ne sais ce qu'a bien pu faire Gaspard. Va voir ce qui se passe à Versailles, La Musette.

Le gros garçon était parti à son tour et lorsque Floriane, brûlant d'impatience, l'avait vu réapparaître, immense avait été sa déception : il n'était chargé que d'un simple message verbal.

— Monsieur le baron vous demande d'attendre.

Attendre encore ! Elle n'avait fait que cela depuis des jours, des mois, des années ! Pour l'amour d'Artus, elle avait tout supporté, elle avait eu tous les courages. Elle avait fait un long voyage à un rythme infernal, afin de le retrouver plus vite. Il la savait là, à quelques lieues seulement et lui demandait d'attendre ! Ne brûlait-il donc plus de cette même flamme perpétuellement, délicieusement dévorante ? Ne l'aimait-il plus, après lui avoir pourtant prouvé et répété le contraire avec son air dominateur, possessif, un peu cruel de jeune fauve ? Pourquoi, pourquoi n'était-elle pas déjà auprès de lui, contre lui ?

L'imagination de Floriane, une fois de plus, s'était emballée, l'entraînant à folle allure sur des sentes épineuses où elle s'était égarée, se torturant comme à plaisir.

— Se pourrait-il que je me sois trompée ? avait-elle alors confié à sa sœur. Oh ! Anthonie, si tel est le cas, il n'y aura pas de cloître assez retiré pour ensevelir mon chagrin et ma vie perdue !

— Décidément sœurette, tu ne changeras jamais. Moi qui pensais que l'expérience t'aurait mûrie !

Et ce matin, encore, la religieuse regardait sa cadette avec la même expression amusée, indulgente, qu'elle avait eue ces derniers jours en cherchant à lui rendre un peu de bon sens.

— Je n'ai guère envie de me lever, avoua Floriane en finissant d'attacher les rubans de son col.

— Il le faudra bien pourtant fit sœur Marie-Josèphe avec un sourire malicieux.

— Oui, je sais, je vais sûrement manquer l'office.

Sa sœur secoua la tête :

— Il ne s'agit pas de l'office. La Musette est déjà là. Dès que tu seras prête, il te conduira auprès de monsieur d'Ivreville.

— Comment ! s'exclama Floriane indignée, sautant d'un bond au bas du lit. Et tu me laissais me prélasser sans rien me dire !

Déjà, elle dénouait les rubans du peignoir, courait vers sa toilette, s'agitait en tous sens, renversait la moitié du pot d'eau hors de la cuvette, criait parce que l'eau était glacée, cherchait ses vêtements... La jeune religieuse dut s'en mêler et l'aider à se vêtir et se coiffer correctement. Avec l'autorité et la douceur d'une mère, elle posa enfin sur les cheveux bouclés de sa sœur la capuche de son manteau noir.

Floriane saisit ses mains. Cette fois, elle était calme mais son visage frais, ardent, avait une expression de gravité soudaine.

— Anthonie, que va-t-il arriver ?

— Rien que la réponse à l'amour qui est dans ton cœur. Cet amour que Dieu a fait naître et à la lumière duquel doit s'accomplir ta destinée. Aie confiance...

Dehors, il faisait toujours nuit. L'air avait cette humidité froide, presque palpable d'une fin de novembre. Derrière les volets tirés, se devinaient quelques lueurs. A l'est, la Bastille Saint-Antoine obstruait la rue de son ombre monstrueuse. Une heure encore et aux crieurs d'eau-de-vie s'ajouteraient tous les petits marchands ambulants dont les appels emplissaient la ville, du matin au soir, d'une cacophonie unique et bon enfant.

— « Ça tôt le pot, nourrices ! A mon bon lait chaud ! Mes beaux choux blancs ! La mort aux rats et aux souris ! Qui a de vieux balais à vendre ? A mon bel oignon ! Verjus ! Vert verjus ! Carpes vives ! Carpes vives ! »...

Brouettes, charrettes à bras, ânes bâtés, bidons, hottes ou paniers, oscilleraient le long des rues disputant la place aux voitures, aux cavaliers, aux passants, aux mendiants qui dès le jour levé couraient se poster à leur endroit favori, un gobelet de cuivre à la main. Le Parisien n'avait pas son pareil pour défendre, avec âpreté, son droit à circuler librement. Sur la chaussée, nul rang, nul titre ou privilège. Le plus hardi, le plus arrogant prenait le pas sur les autres et — excepté devant le Saint Sacrement porté aux malades — gardait son chapeau vissé sur la tête, une chanson aux lèvres, filant son chemin.

La sœur tourière referma la grande porte cloutée derrière Floriane. Pour l'instant, seul le carrosse qui l'attendait occupait la rue.

— Où est monsieur d'Ivreville ? demanda-t-elle avec impatience à Gaspard et à La Musette qui l'aidèrent à s'y installer.

Mais les deux hommes, sans même lui répondre, claquèrent la portière et firent immédiatement partir les chevaux.

— Je vais le rejoindre, c'est ce qui compte, murmura-t-elle

un peu agacée toutefois par leurs manières, tandis que l'attelage tournait dans la rue des Ballets [1].

Oui, mais que de mystère, que de lenteur ! Floriane ne comprenait pas pourquoi le jeune homme n'était pas venu la chercher lui-même. Il aurait pu au moins lui écrire ! Un simple mot...

« C'est bien de lui, cet égoïsme, cette désinvolture ! » marmonna-t-elle, cherchant, selon une vieille habitude à noyer son désarroi dans un ressentiment, même injustifié.

Mais aujourd'hui, sa rancœur manquait de conviction. Sans pouvoir en expliquer la cause, elle se sentait anxieuse. Si proche de retrouver celui qu'elle aimait, voici qu'elle doutait de la réalité, craignant qu'un événement brutal, imprévu, ne vînt changer, une fois de plus, le cours des choses et qu'au lieu de l'amener à son amour, le carrosse, sous la conduite d'une main satanique, ne l'emportât bien loin, sur des chemins solitaires et désespérés.

Où s'en allait-elle, en effet, le long des rues tranquilles ?

Floriane regarda par la portière et reconnut le vieux cimetière Saint-Jean en forme de hache. Après la rue du Roi-de-Sicile, sa voiture longeait maintenant la rue de la Verrerie où depuis le Moyen Age, œuvraient les peintres sur verre et les émailleurs puis, tournant à angle droit devant l'enseigne de *la Couronne d'Or* qui luisait faiblement dans l'obscurité, elle s'arrêta tout à coup dans la rue Saint-Martin.

Floriane sentit monter sa nervosité. Elle savait que l'auberge du *Lièvre Blanc* où logeait Artus se trouvait à deux pas. Elle allait donc enfin le revoir ! Incapable de patienter plus longtemps, devançant La Musette, elle ouvrit elle-même la portière, rassembla ses jupes et s'apprêta à descendre.

Une main gainée de velours bleu, toute surchargée de pierres précieuses, vint aussitôt soutenir son bras. Étonnée elle leva la tête et reconnut alors le duc de Montmorency. Il n'était pas seul. Un, puis deux, puis trois autres gentils-

1. Rue Mahler.

hommes s'approchaient d'elle, la saluaient comme une reine, leurs panaches rasant le pavé et tous, elle les reconnaissait, allant de surprise en surprise, jusqu'à ne plus pouvoir dominer un léger tremblement : Armand de Tréville, officier aux mousquetaires du roi, Louis de Rochechouart, comte de Maure, l'un des plus braves et des plus fantasques cavaliers de la Cour et François de Barradas, l'ancien favori de Louis XIII, longtemps disparu après sa disgrâce, Barradas, le bouillant, le fidèle, le plus vieil ami d'Artus ! Tous quatre, jeunes et beaux, parés de passements et de plumes, baudriers enrubannés, dentelles à l'épaule, constituaient la plus séduisante escorte qu'une femme pouvait désirer !

L'embarras et la perplexité de Floriane étaient à leur comble. Que faisaient-ils là, visiblement ravis de l'accueillir si bon matin ? Où la conduisaient-ils ainsi, joyeux, empressés ?

En face d'eux, s'élevait le porche gothique de l'église Saint-Merri. La porte en était ouverte et sur le seuil, quelqu'un attendait dont la silhouette, bien que découpée en noir sur le fond éclairé de la nef, fit bondir le cœur de Floriane.

— Artus !

Il tendit les mains, saisit les siennes avec une force presque brutale. Leurs regards s'unirent, celui de la jeune femme embué, vacillant, émerveillé.

— Mon amour, c'était donc cela ? murmura-t-elle, comprenant aussitôt la raison de ce long silence, de l'étrange attente qu'il lui avait imposée.

Dès qu'il avait appris que Floriane était de retour, libre surtout d'être toute à lui, Artus d'Ivreville avait précipité les démarches nécessaires à son projet : autorisation sollicitée auprès du roi, publication des bans, choix des quatre témoins... Il en serait fini, une bonne fois, de leurs rencontres secrètes, de leurs amours coupables, du risque de voir Floriane à nouveau disparaître, crainte sournoise dont il ne parvenait pas à se défaire totalement. Devenue enfin sa femme aux yeux de tous, légalement, indiscutablement, il saurait bien la garder, la protéger des autres, d'elle-même qui sait ?

— Vous le voulez bien, n'est-ce pas ? chuchota-t-il simplement d'une voix ardente, la joue contre la sienne.

— Oui...

Ce oui n'était qu'un souffle, la palpitation d'une âme que l'approche d'un moment unique, tant espéré, tant imaginé, enivrait.

Floriane... Elle paraissait si fragile, si jeune, toute frémissante à son bras, mais — Artus le devinait — résolue, marchant avec confiance auprès de lui, vers l'autel où le prêtre allait les bénir.

La tradition voyait dans un mariage célébré de nuit, un présage heureux où le Diable, dérouté, n'avait point sa part. Dans Paris à peine éveillé, toujours plongé dans les ténèbres, l'église Saint-Merri n'était qu'un point brillant et minuscule mais si chargé de joie et d'amour qu'il semblait devoir illuminer la ville entière.

Avait-elle rêvé les paroles du prêtre, la main d'Artus fortement refermée sur ses doigts, le mouvement chimérique des ombres et des lumières au travers des piliers, sur les boiseries du chœur, sur les voûtes blanches et les vitraux colorés ? Avait-elle rêvé les compliments chaleureux de leurs amis et de leurs serviteurs, les quelques pas dans la rue jusqu'au *Lièvre Blanc* et presque aussitôt, la porte d'une chambre qui s'était refermée sur eux deux ? Cela s'était passé avec la rapidité et l'intensité d'un songe. Soudain éveillée, frissonnante, Floriane laissait maintenant Artus la débarrasser de son manteau, la déganter, la mener devant la cheminée, lui réchauffer les mains de ses lèvres.

— Mon amour, tu as froid, dit-il en l'étreignant avec tendresse.

Elle fit non de la tête, le visage caché contre lui.

— Mais tu trembles. Je ne suis qu'une brute de t'avoir fait sortir si tôt, par ce temps.

Elle fit signe que non, encore. Alors seulement, il s'aperçut qu'elle pleurait.

— Floriane chérie, que se passe-t-il ? s'écria-t-il en l'obligeant à le regarder.

— Rien... rien... balbutia la bouche tendre, si proche de la sienne qu'il s'en saisit, l'entrouvrit, cueillit sur elle l'aveu de sa jeune femme.

— J'ai si peur, Artus, si vous saviez.

— Peur ? Mais de quoi, mon Dieu ?

Elle avait peur, sa vaillante, son indomptable ! Son oiseau gracieux qui savait parfois si bien lui tenir tête et se jouer, comme à plaisir, des trappes que la vie et les hommes trop souvent, hélas, avaient creusées sous ses pas !

— Tout ce bonheur...

Elle n'acheva pas sa pensée, enfouit de nouveau son visage au creux de l'épaule d'Artus.

Mystérieuse alchimie que l'amour ! Dès le premier instant, ils s'étaient laissé envelopper, lier par ses voiles magiques à la trame impalpable que des années de séparation n'avaient pu déchirer. Mais précisément, la vie de tous les jours ne risquait-elle pas de détruire ce que l'absence avait préservé ? Seraient-ils capables de conserver intact ce joyau si rare, le sentiment si fort, si doux qui les unissait ?

Peut-être Artus partageait-il ces craintes lui aussi ? Il avait l'air grave, Floriane toujours blottie contre lui, cherchant éperdument son réconfort. Il la sentait si désemparée, si désarmée !

Mais peu à peu, son visage s'éclaira. Bouleversé, il s'apercevait que ce n'était nullement une femme sûre d'elle, avertie, qu'il embrassait, qu'il respirait avec ivresse, mais la très jeune fille de leur première rencontre, comme si le temps passé loin l'un de l'autre, n'avait fait que l'effleurer.

Alors il se mit à rire, un grand rire d'homme, conquérant, irrésistible, et la serra avec un emportement sauvage :

— Folle, ma folle... Ainsi le bonheur vous effraie. Vous avez peur d'être trop aimée sans doute ? Dans ce cas, chère madame, vous avez toutes les raisons de trembler. Car, en effet, vous allez être aimée, adorée, adulée, dévorée...

Accompagnant chaque parole d'un baiser, d'une caresse, tirant sur un ruban, un lacet, ôtant une épingle, arrachant un bouton sans plus de vergogne, Artus sut bien vite effacer les craintes de Floriane et lui communiquer son entrain, sa gaieté, son désir, sa soif de délices partagées.

— Arrête ! Artus, que fais-tu donc ? protesta Floriane son chagrin dissipé, en riant à son tour.

— Mais... J'use de mes droits de mari, ce me semble.

Et vainqueur, il l'emporta vers le lit ouvert dans la pénombre.

— Floriane, si nous sortions ?

Une seconde journée s'achevait. Depuis la veille au matin, les jeunes époux, enfermés dans leur chambre, goûtaient les joies inépuisables de leur intimité retrouvée.

Étendue près d'Artus, un châle recouvrant en partie son corps nu, Floriane tendit un bras, prit une pomme dans une coupe posée près du lit et sans répondre, avec une grâce et une impudeur toutes bibliques, croqua dans la chair dorée.

— Qu'en penses-tu ? continua Artus, nous pourrions faire un tour, prendre l'air.

— Monsieur mon époux s'ennuierait-il déjà en ma compagnie ?

Artus se pencha, lui enleva la pomme des mains et mordit le fruit rose de sa bouche, lui prouvant sur-le-champ qu'il était loin, bien loin d'avoir épuisé ses ardeurs amoureuses. Mais un peu plus tard, il réitéra sa proposition.

— Non, je suis bien ici, décréta Floriane d'une voix langoureuse. Cette chambre est rustique mais elle me plaît. Regarde ces courtines rouges, ce beau feu. Écoute ce silence. Se croirait-on à Paris ? Je nous imagine plutôt perdus dans quelque campagne secrète où personne ne nous trouverait, jamais. Seuls tous les deux. Toujours.

— L'image est jolie, admit Artus. Mais j'avais justement pensé que nous pourrions rendre une visite de politesse au duc de Montmorency. Il m'honore de son amitié depuis des années. C'est en partie grâce à son appui que notre mariage a pu se faire si vite. Songe que nous n'avons même pas encore signé de contrat ! Le curé de Saint-Merri n'a pas été trop exigeant, fort heureusement, et nous nous en occuperons plus tard. Je ne tiens pas à voir un jour notre union annulée pour vice de forme !

— Artus ! Plains-toi...

Il ne plaisantait qu'à demi, très sourcilleux quant à tout ce qui concernait le passé de Floriane.

— Alors ? Irons-nous chez le duc ?

Décidément, il tenait à cette visite !

— Vas-y seul puisque tu ne peux absolument pas t'empêcher de sortir ce soir. Si je t'accompagne, il me faudra saluer la duchesse et je ne la connais pas, sinon de vue, très vaguement.

— Serais-tu devenue timide, mon cœur ? La duchesse est l'amabilité même. Elle ne pourra que te plaire : gaie, jolie, sensible.

— Hé, là ! un peu de retenue mon beau sire !

Finalement, agacée par son insistance, ayant décidé de faire la mauvaise tête, Floriane lança l'argument décisif, imparable, le meilleur des arguments :

— D'ailleurs je ne peux pas sortir, je n'ai rien à me mettre ! Mes malles sont restées à la Visitation. Et pour ce qu'elles contiennent ! De vieilles nippes, portées cent fois !

Artus se leva, enfila ses chausses, remonta le drap sur la jeune femme qui le défiait du regard, alla ouvrir la porte, donna un ordre à un domestique posté dans le couloir et triomphant, rentra dans la chambre.

— Qu'à cela ne tienne ma chère ! Le mal est réparable.

Deux minutes plus tard, devant Floriane éberluée, La Musette et Lubin, le valet d'Artus, firent une apparition solennelle, portant, comme s'il s'agissait d'une sainte relique, la robe la plus élégante, la plus séduisante, la plus chatoyante qu'elle eût jamais vue !

— C'est bon, c'est bon, posez tout ceci sur un fauteuil, fit le baron d'Ivreville, impatient de jouir de la surprise qu'il créait.

Et lorsque les deux garçons furent sortis :

— Cette fois, debout, madame, plus d'excuses !

— Oh ! Artus ! s'exclama Floriane, jaillissant des draps pour se jeter, heureuse, ravie, dans les bras qu'il lui tendait.

C'était une tenue exquise, d'un velours doux, souple et changeant, mi-soufre, mi-argent, surpiqué d'une dentelle d'or aux épaules, la pointe du corsage très allongée sur la taille et prolongée par trois « galands [1] » fort coquins, posés comme des papillons sur le ventre. Elle s'accompagnait d'une multitude d'« affiquets », ces ornements indispensables à la finition d'une toilette : linge fin, bas, souliers, éventail, mouchoir, mantelet douillet pour affronter le froid de la nuit. Bref, une robe irrésistible qui balaya toutes les résolutions de Floriane.

Lorsqu'un peu plus tard, le chignon relevé derrière la tête, sa frange roulée boucle après boucle, sur les oreilles et le front, elle se retourna radieuse vers son mari et lui demanda si tout était bien, il opina sans rien dire, ses yeux de chat pleins d'amour et d'orgueil. Sombre et fier, plus sobrement vêtu encore qu'à son habitude, sans nul doute voulait-il que seule, Floriane captât tous les regards.

— Il ne manque plus que ceci, dit-il enfin, s'approchant d'elle, sortant de sa poche un collier qu'il ferma sur son cou. Sans oublier cela...

Deux pendants, vite accrochés à ses oreilles...

— Et enfin...

Il glissa une bague à son doigt, une simple émeraude gravée aux armes d'Ivreville, mais une émeraude rutilante, fabuleuse, comme toutes les autres qui constituaient la parure !

Un baiser étouffa immédiatement les exclamations de Floriane.

1. Nœuds.

— C'est ma mère qui vous en fait don. Vous la remercierez vous-même dès que nous pourrons nous rendre en Normandie. Sa santé ne lui a pas permis d'assister à notre mariage.

*
* *

Artus avait un peu exagéré en vantant les attraits de la duchesse de Montmorency. Mais sans être précisément jolie, elle était petite, brune et délicate avec de grands yeux noirs qui semblaient vouloir dévorer son visage, brûlant d'une flamme intérieure, flamme que la jeune femme avait d'ailleurs adoptée comme emblème : *Ardet ab extincto*... Qu'elle brûle sans jamais s'éteindre.

Fidèle à sa devise, Marie-Félice des Ursins — Maria-Felicia Orsini de son vrai nom — se consumait en effet d'un amour immense, excessif même, celui qu'elle portait à son époux depuis le jour où Marie de Médicis, sa marraine, le lui avait présenté. Elle arrivait alors de son Italie natale, elle était encore presque une enfant et ne disait pas trois mots de français. Son fiancé était filleul d'Henri IV, fils du connétable de Montmorency, descendant d'une glorieuse lignée et sans conteste, l'un des plus beaux garçons du royaume. Depuis plus de quinze ans maintenant, ils formaient un couple uni, envié, brillant, se partageant entre leur château de Chantilly, l'hôtel de la rue Sainte-Avoie [1] et leur résidence de La Grange à Pézenas, en Languedoc où le duc était gouverneur. Une existence fastueuse entourée d'une foule d'amis, de serviteurs et d'artistes, des poètes en particulier : Théophile de Viau avant sa mort, alors qu'il était traqué par la justice pour son impiété, Scudéry, Mairet, Mainard et d'autres qui avaient loué, louaient toujours leurs illustres protecteurs, la duchesse surtout, chantée sous le nom de Sylvie.

1. Passage Sainte-Avoie.

Sylvie la douce, sous les arbres de Chantilly, Sylvie la sage, Sylvie à l'âme sans égale...

Comme il n'est point de femme aimant comme Sylvie,
Aussi n'est-il point d'homme aimable comme lui.

Car le duc aussi était aimable. Trop peut-être... Romanesque, bon et prodigue, il semblait sorti tout droit d'un roman de chevalerie. Il était libéral et courageux ; sa vie n'était, sur terre comme sur mer, qu'une suite d'éclats et de victoires. Ses amis, ses hommes, le vénéraient. Quant aux femmes... peu restaient de glace devant son élégance, son geste noble, sa finesse de danseur, sa prestance de cavalier, son visage ouvert et jusqu'à son léger strabisme qui n'était qu'un charme de plus. Conquises, elles en oubliaient son intelligence moyenne, sa médiocre culture. Lui, les adorait toutes, sans oublier la reine Anne elle-même, volage, inconstant, bien que toujours sincèrement attaché à sa femme.

Marie-Félice souffrait en silence, supportant ses incartades, allant même jusqu'à les lui pardonner et à trouver agréables les femmes qui avaient su lui plaire. Mais ses infidélités, le souci qu'elle se faisait pour lui qui aimait tant la guerre, le regret de ne pas lui donner d'héritier, la minaient. La trentaine passée avait fané ses traits. Toujours vêtue de blanc, elle n'en paraissait que plus pâle, plus frêle.

C'est ainsi qu'elle accueillit Floriane et Artus, rue Sainte-Avoie, en haut de l'immense escalier de l'Hôtel Neuf de Montmorency — pour le distinguer de l'Hôtel Vieux de la rue Saint-Antoine — un accueil simple et courtois. Autour d'elle, le décor Renaissance, les murs de Pierre Lescot, les peintures du Primatice semblaient vouloir l'écraser de leur magnificence, imprégnés encore du souvenir des fêtes princières ou royales qu'ils avaient abritées pendant un siècle.

François Ier y avait somptueusement reçu le taciturne empereur Charles Quint ; Henri III y avait dansé, la taille ceinte d'un chapelet où pendaient des têtes de mort, au mariage d'un favori, le duc d'Épernon ; Henri IV, après sa conversion, y avait reçu l'absolution du pape des mains de son légat, Alexandre de Médicis ; princes et princesses, courtisans, prévôts, échevins, tout ce que la France, le monde, comptaient de plus prestigieux, avaient fréquenté l'Hôtel Neuf.

Sensible à l'atmosphère, Floriane éprouva tout d'abord un peu de timidité que son hôtesse sut dissiper bien vite. Artus était depuis longtemps un familier de la maison. Bien que discret de nature, il avait fini par confier à la duchesse, sachant qu'il serait compris, ses amours contrariées et ses espérances. Connaître enfin Floriane, les recevoir tous les deux sous son toit, comblait le cœur tendre de Marie-Félice.

Le duc les rejoignit comme elle conduisait leurs hôtes, entre une haie de pages, le long d'une galerie tendue de cuir de Cordoue, abondamment garnie de torchères dorées. Il baisa la main de Floriane, frappa amicalement l'épaule d'Artus, taquina sa femme, agité, rieur, insupportable.

— Vous voici, enfin ! Ivreville, nous désespérions...

— Chut ! Calmez-vous, Henry, finit par lui dire doucement la duchesse.

— C'est pourtant exact, n'est-ce pas ?

Floriane surprit le coup d'œil qu'il échangea avec Artus. Leur présence ici n'était donc pas la conséquence d'une subite lubie mais, au contraire, avait dû être arrangée depuis longtemps entre les deux hommes. Ainsi, s'expliquaient l'insistance d'Artus, la robe préparée d'avance.

— Brigand ! réussit-elle à lui souffler avant d'être entraînée par le duc Henry.

A l'extrémité de la galerie, près d'une porte de chêne, massive, sculptée de médaillons à l'antique, deux laquais attendaient dans la livrée rouge, or et azur, aux couleurs des Montmorency. Floriane entendit de l'autre côté un bruit assourdi de rires et de voix, vite étouffé, qui la conforta dans sa certitude : c'était à une invitation en règle qu'ils s'étaient rendus ce soir. Pourquoi donc Artus le lui avait-il caché ? Que d'embarras avait-il fait !

Le duc s'arrêta devant la porte, regarda Floriane avec insistance, en souriant. Elle se retourna, vit le même sourire à la fois moqueur et bienveillant sur les lèvres d'Artus et de Marie-Félice.

« Ma parole, ils ont l'air d'avoir comploté quelque chose », eut-elle le temps de penser avant que s'ouvrissent en grand les deux battants sur une salle illuminée.

Aussitôt, une musique douce et grave de violes et de luths s'envola du haut d'une galerie. Floriane vit des serviteurs s'empresser autour de tables drapées de blanc, croulant sous l'argenterie et les cristaux, les invités déjà présents se figer en la voyant apparaître. Non ! Elle ne pouvait, elle n'osait le croire, clouée sur le seuil par la stupéfaction. Tous, ils étaient tous là, tournant vers elle leurs visages émus, amusés, enchantés, leurs visages de parents, d'amis, certains disparus depuis longtemps, jamais oubliés, qu'elle retrouvait en même temps, brutalement, avant de les redécouvrir un à un, d'un regard rapide, avide, incrédule.

La première, sa cousine Alix de Montrouge, plus sèche et plus imposante encore que dans sa mémoire, qui luttait contre son émotion. Près d'elle, mais oui, ce rond visage tremblotant, c'était Ermelinde Frumence, sa bonne vieille Ermelinde ! A deux pas, appuyée au bras du sémillant Giulio Mazarini, Olyvette jubilait sous sa crinière rousse. S'ils n'avaient pas pris, un certain jour d'hiver à Lyon, la destinée de Floriane en main... semblaient dire à son amie ses yeux noirs pétillants de malice. Non loin, Boisrobert trépignait, triturant ses dentelles, aussi gamin, aussi excité qu'un page. Le chapeau sur l'œil, un poing sur la hanche, Gaston d'Orléans, Monsieur, riait de son étonnement comme s'il était l'instigateur de cette fête. A ses côtés, Floriane reconnut Antoine de Moret qui ressemblait de plus en plus à son père, le roi Henri, le ténébreux Comte de Brion et Puylaurens, toujours élégant, piaffant, Puylaurens, son soupirant des jours d'insouciance qui la fixait comme s'il voyait une apparition. Ses trois chevaliers servants de la veille, Tréville, Maure et Barradas s'inclinèrent lorsqu'elle se tourna vers eux. Puis... Là, les yeux de Floriane s'attardèrent, à peine, sur le maréchal de Bassompierre, légèrement en retrait des autres.

« Vous aussi François, vous êtes venu », se dit-elle éperdue de gratitude.

Il avait refusé à Ivreville, sous le premier prétexte trouvé, d'être témoin à ses noces mais il n'avait pas décliné cette invitation. Le ravissement de sa Violette le dispensait de tout regret. D'ailleurs, la princesse de Conty, son épouse secrète, l'accompagnait et se réjouissait avec lui de la tournure que prenait la soirée.

Trop, c'était trop ! Le passé surgissait avec son flot de souvenirs, manquant bien de la noyer. Au bord des larmes, Floriane chancela, accrochée au bras d'Henry de Montmorency. Derrière elle, Artus se pencha, lui chuchota tendrement quelques mots à l'oreille. Sa présence, la certitude que c'était lui qui avait voulu ces retrouvailles extraordinaires, le respect et la reconnaissance dus à leurs hôtes qui si généreusement leur ouvraient leur demeure, lui rendirent un peu d'assurance et de présence d'esprit. Lâchant le duc, elle s'avança vers Monsieur et fit sa révérence.

— Monseigneur...

— Relevez-vous vite, madame, et regardez-moi. Vraiment, je ne me souvenais pas que vous étiez si jolie, assura Gaston le plus simplement du monde.

Floriane salua ensuite la princesse de Conty et enfin, ayant satisfait aux usages, courut embrasser sa cousine de Montrouge. Ce fut alors une folle, une affectueuse bousculade, chacun se pressant autour de la revenante qui, bien qu'étourdie par de telles démonstrations, ne sachant si elle devait en rire ou en pleurer, soutint gaiement et vaillamment l'assaut de leurs questions, de leurs compliments et de leurs baisers. Cependant, au cœur de l'heureux tourbillon, une pensée surnageait qui était comme une ombre sur ce tableau idéal. Non, la joie de Floriane n'était pas tout à fait complète. Un être manquait, une fée plutôt, pour parfaire la magie de la fête : madame de Chevreuse, la divine, exilée dans ses terres sur ordre de Richelieu...

Mais il était écrit que rien, ce soir-là, ne devait obscurcir le bonheur tant mérité de Floriane. A peine avait-elle regretté l'absence de la duchesse qu'un bruit interrompait les effusions. Les têtes se tournèrent. Une grande jeune femme entra hardiment dans la salle, s'arrêta, mains tendues, sa robe rose endiamantée accrochant et renvoyant en milliers d'éclats, le reflet des girandoles.

— Petite amie, c'est donc bien vrai ? Vous voilà revenue ? murmura, attendrie, la voix inimitable.

— Vous ! s'écria Floriane, alors au comble de la félicité, courant, volant vers sa Chevrette tandis que tout là-haut, dans la galerie de bois doré, la musique repartait de plus belle.

⋆

⋆ ⋆

Les conséquences de la Journée des Dupes — l'expression sera très vite lancée, avec succès, par le spirituel Guillaume de Bautru — ne se firent guère attendre. Alors que Marie de Médicis et ses amis savouraient leur triomphe, un premier coup de théâtre mit fin brutalement à leur jubilation.

Dans la nuit qui suivit cette fatale Saint-Martin, Michel de Marillac était arrêté, contraint de rendre les Sceaux de France et conduit sous bonne escorte à Châteaudun. Commençait alors une captivité pénible, douloureuse, en fait, deux années de solitude, d'avanies, de mortifications, supportées pourtant avec piété par le vieil homme et que, seule, la mort devait interrompre.

En même temps, craignant que le frère du malheureux garde des Sceaux, Louis de Marillac, qui commandait l'armée d'Italie, ne volât au secours de son aîné, entraînant par la même occasion ses troupes à la révolte, le roi signait son ordre d'arrestation qu'un huissier, galopant à brides abattues, portait au camp de Folizzo. Muselé à son tour, le maréchal de Marillac était ramené en France, à Sainte-Menehould, par un détachement de chevau-légers.

Au Luxembourg, c'était la consternation, la chute brutale après l'euphorie.

— « Ah ! que n'ai-je poussé ce verrou ! Ce maudit verrou [1] ! » se lamentait Marie de Médicis.

Mais pourtant, son abattement dura peu, elle retrouva vite sa combativité, sa haine pour Richelieu n'ayant cette fois plus de bornes. Dans les semaines qui suivirent, ce dernier eut beau protester de son respect, de son attachement pour elle, multipliant les tentatives de réconciliation, la suppliant de reparaître au Conseil, ce que sa position de reine douairière exigeait, en vain le roi, exaspéré par ces querelles empoisonnées, la conjura de revenir aux Affaires, elle n'en démordit pas :

— « J'aime mieux être damnée plutôt que de renoncer à la vengeance [2] ! » ne cessait-elle de jurer, devinant, sous les airs de contrition du cardinal et ses serments d'amitié, son véritable dessein : l'évincer purement et simplement de la Cour, de la vie du roi !

Elle savait parfaitement quel être il était sous ses allures de bon apôtre : un vrai dragon lorsqu'il avait le vent en poupe !

Soutenu par Louis XIII, renseigné quotidiennement par ses espions, achetant les uns, flattant les autres avec une habileté et une dissimulation extrêmes, en effet, Richelieu parvenait peu à peu à ses fins. Déjà, quelques courtisans se détachaient de Marie par un de ces communs et inévitables retournements d'opinion. Mais en même temps, sa belle-fille faisait en sa compagnie front à l'ennemi, boudant, comme elle, les fêtes de fin d'année offertes par le roi.

1. Historique.
2. Historique.

Le semblant de réconciliation qui eut lieu deux jours après Noël ne trompa personne. Il fut d'ailleurs suivi de mesures sans équivoque.

Par décision du Conseil, tous les serviteurs espagnols d'Anne d'Autriche furent fermement invités à repasser les Pyrénées ; l'ambassadeur d'Espagne, Monsieur de Mirabel, qui fréquentait assidûment et librement l'appartement de la jeune reine, fut prié de se comporter désormais comme tous les autres diplomates et de ne se présenter au Louvre qu'une fois son audience accordée ; Monsieur et Madame de Lavau-Irelan, ce couple si dévoué, durent se retirer à Poitiers où la jeune naine accablée de chagrin, allait mourir en couches ; le fidèle Béringhen fut contraint de fuir en Hollande ; enfin, Magdeleine du Fargis, la zélée dame d'atours, la bête noire de Richelieu, obligée de quitter sa charge, frappée d'exil, se réfugia en Flandres, non sans avoir pu glisser un dernier conseil à la jeune souveraine une fois de plus si cruellement humiliée :

— « Faites un fils, vous seriez la plus heureuse des princesses ; ce serait la fin de toutes ces disputes. Faites un fils, aussi bien tout le reste ne vaut pas grand-chose [1]. »

Sans doute ! Mais un rapprochement du couple royal semblait bien compromis avec Richelieu aux aguets, prompt à semer la discorde afin de tirer les ficelles plus à son aise, remplaçant la pauvre Fargis par la belle Hautefort que le roi courtisait, prenant un plaisir pervers à persécuter Anne tout en cherchant à la séduire.

Oui, la tempête de la Journée des Dupes n'en finissait pas d'agiter la Cour, ses vagues à chaque reflux, entraînant, engloutissant les plus irréductibles adversaires du cardinal.

— Et vous verrez, ce n'est pas fini ! prophétisa Floriane un soir, comme Artus, rentrant du Louvre, lui rapportait les dernières nouvelles. Richelieu ne s'arrêtera pas en si bon chemin.

1. Paroles historiques.

— Ne croyez pas, chérie, que le cardinal soit seul responsable de ces sanctions. Le roi est décidé à éliminer tous ceux qui sèment la pagaille dans l'entourage des deux reines.

— C'est insensé ! Comment le roi peut-il accepter de se laisser gouverner ainsi ? On le brouille avec sa mère, on le sépare de sa femme, on lui jette favoris et favorites dans les bras, on écarte tous ceux qui le servent avec loyauté !

— Encore une fois, vous vous trompez, Floriane. Comme la plupart des gens, vous prenez le roi pour un pantin. Or c'est tout le contraire. Il est décidé à mettre de l'ordre à la Cour, dans l'État, dans le royaume. Il se trouve que pour ce faire, il a choisi Richelieu.

— Et vous approuvez ce choix ? jeta Floriane avec reproche.

Artus haussa les épaules, s'approcha d'elle et la prit dans ses bras. Comme chaque fois qu'ils abordaient ensemble ce sujet difficile, il s'arrangeait toujours pour ne pas vraiment répondre aux questions indignées de sa jeune femme. Ils n'avaient jamais eu le même avis en matière de politique. Si, au fond de lui-même, Artus n'aimait pas Richelieu et n'approuvait pas toujours ses méthodes, il se refusait à se mêler aux cabales et à critiquer un homme que Louis XIII estimait tant.

— Qu'importe mon opinion ? finit-il par dire. Le roi agit comme il veut. Il est maître chez lui.

Sa bouche glissa sur les cheveux de Floriane, s'attarda sur une oreille, s'égara sur le cou tiède et doux.

— Comme je suis maître chez moi, continua-t-il d'une voix plus sourde. Aussi, trêve de discussion, madame ! Le souper est servi, j'ai un appétit d'ogre, sans parler de la faim que j'ai de vous, de toi, mon trésor.

Contre lui, Floriane s'amollissait, tendait ses lèvres pour donner sa part de baisers. Dans le cercle enchanté où ils savaient s'aimer si fort, rien ne pouvait les atteindre. Oubliant bien vite la Cour et ses orages, ils s'abandonnèrent alors fiévreusement à leur commun vertige.

Depuis le matin de leur mariage, l'impression de rêve éveillé ne quittait pas Floriane, la soirée offerte en leur honneur par le duc et la duchesse de Montmorency, la présence de tant d'êtres chers, la fête qui avait suivi, ayant été comme le point d'orgue d'une musique quasi céleste qui berçait ses journées. Même le fait de ne pas voir assez Artus selon son goût — ce dernier passant la plupart de son temps auprès du roi quand il ne le suivait pas plusieurs jours à Versailles ou à Saint-Germain — ne parvenait pas à ternir sa béatitude ; si occupée de lui, de leur amour, il lui suffisait de penser à leur dernier tête-à-tête, d'imaginer leurs prochaines retrouvailles, pour vibrer d'un bonheur voisin de l'extase.

Et puis, elle n'était pas restée inactive, attendant rêveusement entre quatre murs un époux vagabond. Elle s'était consacrée à chacun de ses amis en particulier, avait séjourné à Dampierre chez madame de Chevreuse, avait retrouvé enfin un monde qui était le sien, un esprit qu'elle partageait, dont elle mesurait combien l'éloignement lui avait pesé pendant quatre ans d'absence.

Alix de Montrouge s'était attardée auprès de sa jeune cousine, aussi autoritaire, bourrue et affectueuse que par le passé. Avant de regagner Saint-Évy, elle avait tenu à trouver pour les nouveaux mariés un logement plus convenable qu'une simple chambre d'auberge. Pour une fois en accord avec Floriane, elle avait fini par retenir un petit hôtel situé à l'angle de la rue de Seine et du quai de la Reine-Marguerite [1], plus exactement, une aile de ce qui avait été naguère la demeure de la fameuse reine Margot. Légué à son décès à Louis XIII qui, lui-même, s'était empressé de le vendre afin d'éponger les dettes de la défunte, loti, morcelé, divisé en appartements, hôtels ou jardins, l'ancien palais conservait sa beauté, son élégance, sa position unique surtout, avec sous ses fenêtres, le tableau sans cesse renouvelé de la Seine et au-delà, la perspective du Louvre dans toute sa majesté. Le sou-

1. Quai Malaquais.

venir de la vie dissolue, généreuse, extravagante, qu'avait menée en ces lieux la dernière des Valois, mêlant les arts, la religion et les plaisirs charnels, y ajoutait de surcroît un charme un peu troublant auquel personne n'échappait.

Occupée à l'aménagement de sa nouvelle maison, Floriane avait vécu plusieurs semaines mouvementées, recevant et plaçant meubles, tentures, vaisselle, tableaux, tapis, linges, miroirs, apportés en chariots de Saint-Évy ou du château d'Ivreville ; courant Paris pour compléter l'ameublement ; sollicitant sans en tenir compte, l'avis de son entourage ; réclamant Toinon et Macloud, ses anciens serviteurs restés en Anjou ; allant elle-même au Bureau d'adresses du sieur Théophraste Renaudot recruter le reste de son personnel ; se chamaillant avec Alix qui prétendait tout gérer ; tranchant, tempêtant, houspillant ou félicitant peintres, tapissiers, ouvriers qui, pendant près de deux mois, avaient œuvré sans relâche ; bref, excitée comme une jeune fille à son premier bal, intenable, enjouée, couvée par l'œil rieur et admiratif d'Artus qui, en l'occurrence, s'était bien gardé d'intervenir.

Lorsqu'à la mi-janvier, on eut enfin inscrit *Hôtel d'Ivreville* en lettres d'or au-dessus de la porte, Floriane et Artus avaient pu s'installer chez eux, et Alix, le devoir accompli, avait repris le coche du Mans au *Lion ferré* de la rue Saint-Jacques, laissant sa jeune parente à la garde de la bonne Frumence. Floriane avait alors pu reprendre son souffle, recevoir ses amis, jouir tout simplement de l'agrément de sa maison. Elle n'avait fait qu'une courte apparition à la Cour, préférant attendre que le calme y revînt. D'ailleurs, pour le moment, le mot « Cour » n'avait pas grande signification.

Anne d'Autriche, frustrée, malheureuse, confinée au Louvre, ne recevait pratiquement plus, partageant ses peines avec les rares fidèles qui lui restaient. Marie de Médicis s'était enfermée au Luxembourg, entourée d'astrologues, consultant fébrilement le ciel dans l'espoir d'y voir s'inscrire sa vengeance et sa victoire. Le cardinal avait regagné son hôtel de la rue Saint-Honoré. Fort préoccupé par la guerre qui ravageait l'Europe, il n'en guettait pas moins le faux pas qui le libérerait enfin de la « grosse marchande florentine ». Monsieur, lui, s'étourdissait, s'échappait subrepticement du Louvre, la nuit, déguisé en garde pour écumer toutes les tavernes de Paris et de ses faubourgs. Quant au roi, il préférait fuir et sans souci du froid et des intempéries, inlassable, forcené, courir l'hermine ou le loup. Chacun estimait que pareille situation ne pourrait s'éterniser.

Ce fut Monsieur qui, fin janvier, mit l'étincelle aux poudres. Il s'était jusqu'ici cantonné dans une réserve prudente sur les conseils de ses familiers, Puylaurens et Le Coigneux auxquels Richelieu avait promis monts et merveilles s'ils savaient être sages — un titre de duc pour l'un et un chapeau de cardinal pour l'autre — promesses qui avaient tardé à être tenues. Les semaines passant, les impétueux jeunes gens, comprenant qu'on se moquait d'eux, en avaient aussitôt persuadé leur maître.

Entouré d'une quinzaine de ses gentilshommes, Gaston débarqua donc un beau matin chez Richelieu, l'invective et la menace aux lèvres, faisant un tapage de tous les diables, réussissant même à effrayer le ministre, avant de prendre au grand galop la route d'Orléans, lesté de plus d'un million en pierres précieuses par Marie de Médicis.

En apprenant l'affront fait au Cardinal avec la complicité de sa mère, le roi entra en une fureur épouvantable et ses nerfs craquèrent. Excédé, accablé, il décida de se réfugier à Compiègne, immédiatement suivi par la reine mère et Richelieu dont l'intérêt réciproque était évidemment de ne pas le lâcher. Dès lors, tout se déroula très vite.

⁂

Ce jour-là, Floriane était seule chez elle, Artus ayant dû, bien sûr, accompagner Louis XIII. Le soir même, elle devait se rendre au Marais, chez Monsieur de Saint-Géran qui donnait la comédie à quelques personnes de connaissance, Créqui, Bassompierre, Saint-Luc, les Montmorency entre autres amis. Pour le moment, en robe de chambre et mules de velours, elle était paisiblement occupée à écrire à madame de Chevreuse.

Il faisait clair et tiède dans sa chambre. Par les fenêtres encadrées de lourds rideaux de brocatelle rouge et safran, entrait le jour, doux et blond, d'un après-midi d'hiver. De temps en temps, Floriane regardait au-dehors. Aucun bruit ne montait des quais tranquilles en ce dimanche. Même le Pont-Neuf, là-bas, sur la droite, n'offrait pas l'animation coutumière, balayé par un vent glacial qui rebutait les badauds. L'ombre de la tour de Nesle, voisine de l'Hôtel d'Ivreville, s'allongeait étroite et dentelée sur la rivière qui la baignait.

Une lettre d'Artus envoyée de Senlis et apportée ventre à terre par un valet, relatant les événements de ces derniers jours, fit brutalement voler toute cette quiétude en éclats.

— Non, c'est impossible, murmura Floriane, la lettre dont elle venait de prendre connaissance tremblant entre ses mains.

Alors elle la relut une seconde fois, secoua la tête, terrassée devant l'évidence. Par la fenêtre, son regard, soudain assombri, effleura l'autre rive, le Louvre désert, les Tuileries abandonnées, les jardins, les remparts, pour scruter ardemment mais vainement l'horizon qui effaçait, dans une courbe de la Seine, la colline de Chaillot où habitait Bassompierre.

— François... dit-elle encore, pétrifiée dans son fauteuil.

Puis recouvrant ses moyens, décidée à agir sans perdre un instant, d'un bond elle fut sur pied, sonna Ermelinde et Toinon :

— Ma robe, dépêchez-vous ! Vite ! intima-t-elle d'un ton bref. Et prévenez La Musette qu'il fasse de suite atteler.

— Quoi, déjà ? s'étonna Ermelinde. Mais vous avez bien le temps de vous préparer d'ici ce soir.

— Ne discutez pas et faites ce que je vous dis. Toinon, mes cheveux, allez, allez !

Assise à sa toilette, Floriane se maquilla en hâte, bien qu'avec beaucoup de soin, gourmandant la jeune servante qui ne la coiffait pas assez rapidement à son goût. Cependant, bientôt prête, habillée, parfumée, elle s'enveloppa d'un manteau doublé de fourrure, et devant les mines étonnées de ses domestiques, s'engouffra dans son carrosse sans autre explication.

— A Chaillot !

Tenant toujours la lettre froissée entre ses doigts, elle la déplia, la parcourut une fois encore. La grande écriture impatiente et hachée d'Artus n'évoquait que de manière succincte ce qui s'était déroulé à Compiègne mais elle en disait suffisamment pour permettre à Floriane d'imaginer le drame dans toute son intensité, son importance et surtout d'en mesurer les retombées.

Sombre, étroit, sinistre, l'antique château [1] s'était refermé sur le roi, les reines, tous les ministres et la promiscuité aidant, l'atmosphère n'avait pas tardé à devenir irrespirable. Désespérant de voir se réconcilier Marie de Médicis et Richelieu, ne voulant à aucun prix se défaire de ce dernier, Louis avait dû se résoudre à abandonner sa mère. Il avait beau s'y être préparé depuis longtemps, il n'avait eu ni le courage de lui annoncer lui-même sa décision ni celui de la revoir une dernière fois. Il avait préféré quitter Compiègne en catimini, un matin à l'aube, laissant Marie à la garde du maréchal d'Estrées et de ses hommes. Prisonnière ! La reine Anne, priée de le suivre, n'avait pas eu le cœur de partir sans un adieu à sa belle-mère et furtivement avait couru embrasser son ancienne ennemie, son alliée vaincue.

Au fond du château noir et vétuste, elle l'avait trouvée dans son grand lit, le visage congestionné, défait, des mèches grises s'échappant en désordre de sa coiffe de nuit. Il n'y avait

1. Détruit au XVIIIe siècle.

plus rien de la déesse splendide glorifiée par Rubens. Désormais, Marie n'était qu'une souveraine déchue, une mère sacrifiée, une pauvre femme enfin. En pleurant, les deux reines s'étaient embrassées puis Anne avait rejoint son époux à Senlis.

Le même jour, sur ordre du roi, Vautier, le médecin de Marie était conduit à la Bastille ; le duc de Bellegarde gagnait Saint-Fargeau, le clan des Guise, condamné à l'exil, se dispersait, la princesse de Conty contrainte de se retirer à Eu, dans ses terres ! A la Cour, c'était la stupeur et l'effroi. Louis XIII ne pouvait pas frapper plus haut ! Mais il pouvait frapper tout aussi fort et beaucoup plus douloureusement pour Floriane. En effet, un autre grand personnage était lui aussi menacé. Et cette fois-ci il s'agissait ni plus, ni moins, du maréchal de Bassompierre ! Artus, dans son message, affirmait que son arrestation n'était qu'une question de jours, d'heures peut-être et demandait à Floriane de le prévenir, privilégiant en la circonstance, l'amitié au devoir.

— Plus vite ! cria-t-elle à Macloud, penchée à la portière, le visage giflé par la bise qui soufflait sur le cours la Reine.

Aiguillonnés par le fouet du cocher, les chevaux filèrent sur la belle promenade plantée d'ormes, rendez-vous prisé des élégants et des galants, mais ce jour-là peu fréquentée. Quelques enfants s'amusaient à courir sur le muret construit le long des fossés qui bordaient la Seine afin d'éviter au cours d'être inondé en période de pluie. L'idée en revenait à Bassompierre, soucieux d'entretenir une voie qu'il empruntait quotidiennement, Bassompierre, véritable seigneur de Chaillot, ingénieux, généreux, populaire, insouciant, visé pourtant par la jalousie sournoise et mesquine d'un ambitieux doublé d'un malade !

Car Floriane ne doutait pas du danger qu'il courait et avait hâte de le voir, de le persuader de fuir.

— Pourvu qu'il soit chez lui !

Grimpant vaillamment la colline, le carrosse parvint enfin devant la grille du château de Beauregard, pénétra dans la cour, s'arrêta devant l'escalier d'honneur. Des valets accoururent, aidèrent Floriane à descendre, la firent entrer dans la maison, l'un d'eux s'en allant vite prévenir le maréchal.

Floriane regarda autour d'elle, découvrant avec émerveillement l'antichambre dans laquelle elle se trouvait maintenant, l'enfilade de colonnes de marbre noir et blanc, les consoles de bois doré courant le long des murs, chargées de potiches chinoises et de vasques fleuries, l'escalier de pierre blanche, s'envolant aux étages en une volute élégante et justement, descendant précipitamment les marches à sa rencontre avec l'agilité d'un jeune homme, le maître des lieux, en simple houppelande d'intérieur fourrée de vair.

— Floriane ! Quelle heureuse surprise ! Si je m'attendais à vous voir chez moi aujourd'hui ! s'écria-t-il les bras tendus vers elle pour l'embrasser avec tendresse. Vous êtes en beauté, savez-vous ?

— François... commença-t-elle.

— Venez, ne restons pas là. Nous serons mieux dans ce cabinet.

Il poussa une porte, la fit entrer dans une pièce plus petite, lumineuse, où tapis et tentures aux coloris vifs feutraient chaque bruit. Comme dans toute la demeure, le luxe n'était en rien pompeux, écrasant ; l'harmonie avait force de loi.

Bassompierre ôta le manteau des épaules de Floriane, approcha deux fauteuils de la cheminée, ordonna à un valet de leur apporter à boire.

— Je n'ai pas de *chocolata* à vous offrir, confessa-t-il d'un air faussement navré, connaissant le penchant de sa jeune amie pour ce tout nouveau breuvage. Vous devrez vous contenter de l'hypocras que me prépare d'ailleurs fort bien mon maître d'hôtel. Cela réchauffera ces belles joues que voilà.

— François, c'est vraiment sans importance, je vous l'assure. Je suis venue parce que...

— Peu importe pourquoi vous êtes venue, petite violette. J'espérais votre visite depuis si longtemps ! Je vais pouvoir enfin vous montrer ma maison. J'avoue en être assez fier. Et si vous ne craignez pas trop le froid, nous ferons un tour sur la terrasse. Vous verrez quelle vue extraordinaire nous avons sur la Seine et la campagne...

— Tenez ! coupa Floriane brusquement en lui tendant la lettre d'Artus.

Étonné, Bassompierre prit les feuillets, regarda la signature :

— Mais... C'est un mot d'Ivreville ! Et il vous est adressé ! Dois-je vraiment ?...

Elle fit oui de la tête, le regard grave :

— Lisez, il vous concerne.

Pas un signe, pas un geste ne trahit sa pensée tandis qu'il lisait la lettre à son tour. Lorsqu'il eut achevé, il la replia lentement, la rendit à Floriane, quitta son fauteuil et s'appuya d'un coude à la cheminée.

— Vous remercierez Artus de ma part pour l'amitié qu'il me témoigne aujourd'hui. J'y suis fort sensible. Ma pauvre Conty, murmura-t-il ensuite, regardant le bois dévoré par les flammes. Louise... Comme elle doit souffrir ! Elle adorait la reine mère vous savez. Elle ne l'a jamais quittée. Et dire que je n'aurai même pas pu la revoir avant son exil !

Seule, la fêlure soudaine de sa voix trahissait sa peine. Floriane n'ignorait pas que derrière inconstance et chamailleries, sous l'apparence légère et futile de leur liaison, une affection véritable, profonde, le liait à la princesse. Elle savait aussi qu'il était également très attaché à Marie de Médicis.

Il y eut un instant de silence que la jeune femme respecta puis d'un ton pressant, elle se décida à demander :

— Et vous François ? Qu'allez-vous faire ?

Il se retourna, lui sourit. Déjà toute trace d'émotion avait disparu de son visage. Il prit le plateau que le valet apportait, emplit les verres lui-même d'un hypocras à l'arôme puissant, servit Floriane et se rassit près d'elle.

— Ce que je vais faire mon petit ? fit-il en humant le vin avec volupté. Rien ! Il n'y a rien à faire.

Floriane reposa son verre sans y goûter, à la fois déroutée et agacée par le sang-froid, voire le détachement du maréchal.

— Enfin, vous avez lu ce qu'écrit Artus ! Vous avez vu ce qui arrive à la reine mère, à vos amis les Guise ! Vous avez compris ce qui se trame contre vous ! Il est question de vous arrêter, rien de moins ! Et vous restez là, tranquillement occupé à boire comme s'il s'agissait de quelqu'un d'autre. Mais il faut fuir, François, fuir tout de suite !

Elle martelait du poing l'accoudoir de son fauteuil, mettant toute sa fougue, toute son indignation à le convaincre.

— Vous n'allez tout de même pas attendre innocemment que les gardes viennent vous cueillir chez vous !

Bassompierre se pencha et lui posa la main sur le bras :

— Calme-toi, ma violette. Le vif intérêt que tu me portes me touche infiniment, car il prouve que tes sentiments pour moi ne sont pas devenus ce que je redoutais, une vague amitié, une indifférence courtoise.

— Avez-vous réellement cru cela François ? demanda-t-elle violemment émue.

Avant de répondre, il prit le temps d'admirer la beauté, la finesse, sans trace de mièvrerie, de ses traits, la limpidité de son regard bleu, son buste, son corps tout entier, enfin, moulé dans la soie et le velours, un corps qu'il avait aimé comme un fou.

— Non... soupira-t-il.

Il finit par lui lâcher le bras et but à longs traits plusieurs gorgées comme pour effacer de trop brûlantes images.

— C'est précisément au nom de mes sentiments que je me permets d'insister, François. Vous devez partir, ne pas offrir au cardinal le plaisir de vous embastiller.

— Qui parle de Bastille ? D'après la lettre de votre mari, il n'en est pas encore question.

— Mais moi j'en ai la certitude, affirma Floriane d'une voix exaltée. Souvenez-vous, l'automne dernier, à Lyon, pendant que le roi était si malade. Vous étiez un jour chez la princesse de Conty avec tout un groupe d'amis, cherchant quelle serait la meilleure manière de vous défaire de Richelieu. Un moine avait surpris votre conversation, j'étais venue vous en avertir. Mais hélas, trop tard ! Je sais maintenant que vos paroles ont été rapportées, par le menu, au cardinal, que celui-ci n'a rien, absolument rien oublié de ce que chacun d'entre vous projetait de lui faire subir. Et aujourd'hui que le sort lui est favorable, qu'il a tous les pouvoirs, chacun se voit réservé ce qu'il avait proposé : l'exil pour les Guise, le duc de Bellegarde, madame du Fargis, Béringhen, Monsieur de Lavau-Irelan ; la résidence surveillée pour le garde des Sceaux ; la Bastille pour Vautier et donc pour vous-même !

— Ce serait tout à fait dans la manière de cette canaille, concéda Bassompierre. Je n'ai jamais rencontré un esprit plus rancunier, plus tortueux que le sien. Je me rappelle très bien la réunion en question. Mais si je suis ton raisonnement — qui se tient, je te l'accorde —, le maréchal de Marillac qui était partisan de tuer le cardinal se verrait bientôt condamné à mort !

— Je le crains ! Voyez le procès qu'on lui fait : aucune charge ne pèse contre lui et cependant les juges s'acharnent à en faire un coupable. Sa perte est décidée, j'en jurerais. C'est bien pourquoi je tremble pour vous. Partez, je vous en conjure ! Vous n'avez que trop tardé.

Bassompierre se cala dans son fauteuil, croisa les jambes avec nonchalance :

— Non, mon petit, je ne partirai pas. Je ne fuirai pas, précisa-t-il. Pour la bonne raison que je suis innocent de tout crime et que fuir serait avouer des fautes que je n'ai pas commises. Vois-tu, « il y a plus de trente ans que je sers la France. Ce n'est pas à mon âge qu'on s'en va faire fortune ailleurs. J'ai toujours plus recherché la gloire que le profit et préfère mon honneur à ma liberté et même à ma propre existence [1] ».

— Ne dites pas ça !

— N'aie pas peur, ma violette ! « J'ai donné au roi mon service et ma vie comme jadis je les avais donnés à son

1. Historique.

père [1]. » Il me connaît donc bien et sait parfaitement qu'il n'y a pas à douter de ma fidélité. Par conséquent, je ne pense pas avoir à craindre grand-chose. Juste avant son départ pour Compiègne, figure-toi qu'il m'offrait la hure du sanglier qu'il venait de chasser et promettait même de me dédommager de tous les frais que j'ai pu faire en combattant en Savoie ! Non, non, assura encore Bassompierre, sans mettre en doute les affirmations de ton mari, sachant trop bien que le cardinal souhaite depuis longtemps m'évincer, je suis persuadé que tout s'arrangera lorsque j'aurai vu Sa Majesté. Demain, j'irai à Senlis, j'aurai avec elle une franche explication. Et même s'il lui prenait fantaisie de m'enfermer, je suis sûr que ce serait pour me libérer aussitôt.

— Ah ! vous avez toujours été d'un optimisme désarmant ! s'écria Floriane avec colère. Peut-on vraiment se fier à la reconnaissance d'un prince ? Le destin a été si généreux avec vous que vous ne pouvez imaginer une seconde qu'il puisse un jour vous être contraire. Le malheur n'arrive pas qu'aux autres, François !

— Ma parole, se moqua-t-il avec un grand rire, c'est qu'elle me reprocherait d'avoir été heureux !

Mais en voyant son air tout à la fois indigné, inquiet, bouleversé, il redevint sérieux :

— Écoute-moi, petite chérie. « J'aimerais mieux vieillir et mourir dans une prison, jugé par tous innocent et mon maître ingrat, que paraître coupable par une fuite inconsidérée [2]. » Je suis certain que tu peux comprendre cela.

Une fois de plus, Floriane subissait l'emprise de sa voix mâle et sereine. Inébranlable, opposant aux événements courage, tranquillité, noblesse, Bassompierre lui montrait tout simplement sans faux-semblants, sans rodomontades, ce qu'était véritablement un grand seigneur.

1. Historique.
2. Paroles historiques.

— Oui, je le comprends, dit-elle enfin, répondant, non sans tristesse, à son sourire.

— Voilà... Je le savais bien. Allons, bois avec moi. Puis je monterai m'habiller et nous irons ensemble chez Monsieur de Saint-Géran comme si de rien n'était. Tu le veux bien n'est-ce pas ?

Il est des moments rares, volés au temps, au monde, des moments dont le souvenir, quoi qu'il advienne, ne s'efface jamais. Floriane devait toujours se rappeler leur retour sur Paris à la nuit tombée, dans le carrosse du maréchal, le sien suivant à faible distance. Elle devait toujours se rappeler le bruit régulier des sabots et des roues sur le sol gelé, les formes noires et tourmentées des arbres, découpées sur le ciel d'un bleu d'encre, les rares lumières qui, lentement, à leur passage, balayaient l'intérieur de la voiture. Comme il l'avait fait si souvent, par son attitude et sa bonne humeur, le gentilhomme avait réussi à la rassurer, à lui redonner confiance. Sa tête posée sur son épaule, son bras glissé sous le sien, sa main dans la sienne, blottie contre lui, elle savourait leur intimité où le désir, bien que soigneusement refoulé au fond d'eux-mêmes, était toujours présent. A peine avait-elle l'impression très vague de trahir Artus, impression importune, vite écartée tant lui semblait différent, allant de soi, légitime enfin, le lien indéfectible qui l'unissait à Bassompierre.

Comme le trajet lui parut court ce jour-là ! Déjà, ils arrivaient dans l'étroit quartier du Marais. Soudain, leur carrosse s'arrêta brutalement, évitant de justesse un lourd chariot chargé de meubles débouchant d'une ruelle.

— Qu'est-ce donc ? fit Bassompierre, le buste hors de la portière, essayant de couvrir les voix des cochers qui s'invectivaient. A-t-on idée de déménager à pareille heure ?

— Ce sont des meubles qu'on mène à un prisonnier de la Bastille, monsieur, répondit quelqu'un au milieu du tapage.

A grand renfort de cris, de jurons et de coups de fouet, les conducteurs finirent non sans mal par se frayer leur chemin et chaque attelage put alors repartir.

Bassompierre s'appuya de nouveau contre la banquette :

— Tu as entendu, mon petit ? La Bastille ! Décidément... marmonna-t-il, légèrement troublé par la coïncidence.

Puis il ajouta retrouvant sa gaieté, juste comme le carrosse s'arrêtait place Royale devant l'hôtel illuminé de Monsieur de Saint-Géran :

— Peut-être serait-il plus sage avant de me rendre demain à Senlis, de détruire quelques documents compromettants.

— Vous en avez donc ? demanda Floriane, railleuse.

— Mais oui, ma chère, et de la plus haute importance. Songez donc : six mille lettres d'amour au moins !

En riant, il se pencha vers elle, effleura ses lèvres d'un baiser furtif.

*
* *

Le chiffre avancé par Bassompierre était en fait quelque peu éloigné de la réalité. Néanmoins, lorsque le jour suivant, à l'aube, il se leva et fit le tri de ses affaires, il trouva bien trois mille lettres, billets, poèmes, que tout au long de sa vie si riche en relations, en rencontres amoureuses, il avait reçus de ses amis et de ses conquêtes. Sans un regret, il les brûla tous, rassembla ses bagages et prit la direction de Senlis.

— « En voilà une bonne compagnie [1] ! » s'exclama le roi d'un ton jovial, en le voyant paraître au début de l'après-midi, à l'évêché où il logeait.

— Sire, dit le maréchal du même ton, il paraît qu'on veut m'arrêter. Dans ce cas, il est inutile que Sa Majesté me fasse chercher. Je suis à sa disposition.

— Quelle idée Betstein ! se récria Louis XIII avec la familiarité bonhomme dont il usait à son égard depuis qu'il était enfant. Comment as-tu pu croire une telle fable ? Tu sais

1. Paroles historiques.

combien je t'aime. Pour ta peine, tu feras défiler tes Suisses et en bon ordre, s'il te plaît !

Pourtant... Le lendemain, mardi 25 février 1631, le jour n'était pas levé que Monsieur de Lannoy, un des gardes du corps, frappait à l'appartement occupé par Bassompierre.

— « Monsieur, c'est avec la larme à l'œil et le cœur qui me saigne que moi, qui depuis vingt ans suis votre soldat et ai toujours servi sous vos ordres, suis obligé de vous dire que le roi m'a commandé de vous arrêter [1]. »

Aucune émotion, aucune surprise chez le maréchal, un bon sourire même devant le chagrin sincère de l'officier :

— « Faites, monsieur. Je suis venu ici pour ça. Le roi peut disposer de moi et de ma liberté à volonté [2]. »

Un lourd carrosse, une escorte de mousquetaires et de chevau-légers, l'accueil du gouverneur de la Bastille, Monsieur du Tremblay en personne : quelques heures plus tard, les lourdes portes de la prison se refermaient sur François de Bassompierre !

*

* *

Il serait difficile d'évoquer ce que furent la surprise et la consternation de la Cour, de la ville, bientôt du pays tout entier, à l'annonce de son arrestation tant il était apprécié, aimé de tous — mis à part quelques envieux inévitables, quelques rivaux de cœur évincés —, jusqu'aux gens du peuple, en particulier les femmes qui suivaient, depuis toujours avec intérêt et indulgence, ses succès diplomatiques, ses prouesses militaires et ses frasques galantes. Floriane comme les autres, plus que les autres, était effondrée.

— Pourquoi ne m'a-t-il pas écoutée lorsque je le pressai de fuir ? déplora-t-elle, les yeux pleins de larmes, devant Artus

1. Paroles historiques.
2. Paroles historiques.

revenu de Senlis. Voilà où l'ont mené ses grands principes d'honneur et de gloire !

— Principes auxquels j'adhère entièrement, affirma Artus désolé lui aussi.

— Oh ! vous les hommes, seule importe votre image. A nous l'inquiétude, le chagrin !

— Approchez Floriane, dit Artus avec patience.

Doucement, il passa un doigt sur les paupières rougies de la jeune femme :

— Là, séchez vos pleurs ma chérie. J'aurais agi de même que notre ami en pareil cas, vous le savez bien. Son attitude a été celle d'un gentilhomme. Elle ne peut que le servir auprès du roi. Je ne pense pas au fond que son sort doive être si préoccupant.

— Croyez-vous ? demanda Floriane, le nez dans son mouchoir.

— Sa Majesté m'a affirmé qu'elle ne s'était résolue à emprisonner le maréchal que pour l'empêcher de mal faire. Elle ne doute pas bien sûr de sa loyauté mais estime que ses amitiés, son intimité avec les Guise, notamment, étaient équivoques. Qui sait si à la longue, il ne se serait pas laissé entraîner à comploter lui-même.

— Allons donc ! Il n'est qu'une victime de plus de Richelieu, tout simplement.

— Une victime pas trop malmenée, reconnaissons-le, objecta Artus n'ayant, bien entendu, pas les mêmes raisons que Floriane pour considérer la situation avec une telle gravité. Bassompierre a été accueilli à la Bastille très courtoisement par Monsieur du Tremblay ; il a deux chambres confortables à sa disposition ; des serviteurs auprès de lui et tout ce dont il peut avoir besoin : meubles, livres, plumes, papier et le droit de recevoir des visites.

— Tout, sauf la liberté, dit Floriane avec amertume.

— Évidemment, mais il ne tardera pas à la recouvrer, soyons-en sûrs.

Craignant qu'Artus ne trouvât excessives sa peine et sa

révolte, Floriane préféra ne pas insister. D'ailleurs, changeant de sujet, Ivreville annonça à brûle-pourpoint et avec enjouement :

— Quant à vous, ma chère, vous allez faire nos bagages bien vite. Nous partons !

La subite nouvelle eut pour effet immédiat d'effacer un instant la vision affligeante de François prisonnier.

— Nous partons ? s'écria Floriane. Tous les deux ? Où cela ?

Artus lui prit la taille de ses grandes mains hâlées, la souleva sans effort et se mit à tournoyer sur place, Floriane appuyée à ses épaules, jupes et jupons gonflés par le tourbillon, étourdie, joyeuse, demandant grâce entre deux éclats de rire.

— Tous les deux, chez moi à Ivreville puis chez vous à Saint-Évy, si vous consentez à m'en faire les honneurs.

— Mais c'est merveilleux !

Avant de quitter Paris, Floriane écrivit une longue lettre à Bassompierre dans laquelle, louant et approuvant sa conduite, elle reprenait à son compte l'optimisme d'Artus en l'assurant que son séjour à la Bastille ne pourrait être que très court. Elle-même avait fini par le croire, adoptant l'opinion générale qui cherchait vainement des modèles sérieux justifiant un internement prolongé. Voulant donc espérer à l'issue prochaine et favorable d'un événement qu'on ne considérait plus que comme un incident regrettable, Floriane put, sans arrière-pensée, faire ses préparatifs et début mars, toute au plaisir de ce voyage impromptu, prendre la route de Normandie en compagnie d'Artus.

*

* *

Situé à plusieurs lieues de Rouen dans la direction de Dieppe, Ivreville était un petit village aux maisons de torchis ou de briques sertis dans le réseau de leurs colombages, abritées de chaumes drus. Les pluies avaient grossi les nombreux cours d'eau, défoncé les routes. L'hiver avait effacé le rideau de verdure qui, en belle saison, faisait de chaque jardin un nid touffu, soigneusement dissimulé aux regards. Pourtant, une impression de paix, de secret même, émanait malgré tout du paysage alentour, faiblement montueux : grands arbres bordant les chemins, prés verts cachés par des bosquets, pommeraies déjà en bourgeons, forêts profondes...

Ravie de découvrir le berceau des Ivreville et surtout le cadre dans lequel Artus avait vécu ses premières années, Floriane écoutait avec attendrissement celui-ci lui nommer hameaux, rivières, châteaux, donjons qu'ils rencontraient en évoquant ses souvenirs. Néanmoins, son émoi ne l'empêchait pas d'éprouver une certaine appréhension à l'idée de connaître sa belle-mère, crainte dont se moqua gentiment Artus lorsqu'elle la lui confia.

— Il n'existe pas de femme plus simple, plus généreuse ! D'ailleurs, puisque je vous aime, elle ne pourra qu'en faire autant.

Floriane aurait voulu en être tout à fait persuadée !

A l'extrémité d'une allée de hêtres, apparut soudain le château d'Ivreville. Ses tuiles brunes luisaient de la dernière averse. Tourelles, échauguettes à crénelage, douves, rien n'aurait manqué pour donner à l'ensemble l'aspect guerrier d'un manoir de jadis si la forme des toits exagérément pentus, les couleurs tendres et harmonieuses des murs marquetés de pierres et de briques, quelques ornements inattendus, pittoresques, sculptés dans le bois, n'avaient procuré une réelle fantaisie, un charme indubitable à la demeure.

— Nous y voilà ! s'écria Artus tout heureux, sautant du carrosse avant qu'il ne fût complètement immobilisé. Mère ! Mère, où êtes-vous ? Venez ma mie, ajouta-t-il en se retournant vers Floriane.

La prenant dans ses bras, il courut jusqu'à la porte d'entrée, l'ouvrit d'un fort coup de pied et déposa la jeune femme sur le seuil au moment même où apparaissait madame d'Ivreville.

Alors se dissipa, aussitôt, la fougue un peu folle d'Artus. Il ôta son feutre. Cérémonieusement, il baisa la main qu'on lui tendait puis, délicatement, attira sa mère contre lui et l'embrassa en silence. Floriane vit que tous deux, yeux fermés, sourire aux lèvres, avaient une identique expression de bonheur et ne put s'empêcher d'éprouver un léger sentiment d'exclusion.

« Comme ils se ressemblent ! » songea-t-elle.

La même silhouette haute et mince, le même profil un rien arrogant, la même chevelure brillante, fournie, cuivrée, celle de madame d'Ivreville filetée de gris.

— Mère, je vous présente Floriane, dit enfin Artus en se dégageant.

La jeune femme salua sa belle-mère d'une gracieuse et respectueuse révérence, se redressa, planta sans détour son regard dans le regard d'or, familier, qui la détailla rapidement bien qu'avec acuité.

— Soyez la bienvenue à Ivreville, mon enfant. Vous y êtes chez vous désormais.

La voix était douce et grave. Mais si on n'y décelait aucune trace d'hostilité, on y eût vainement cherché un peu de chaleur.

Le ton était donné. Durant tout le temps qu'ils passèrent près d'elle, jamais madame d'Ivreville ne se départit envers elle de sa réserve courtoise, certes, mais trop distante au goût de Floriane dont le naturel affectueux eût apprécié davantage de familiarité, d'élan. Il lui sembla être constamment étudiée, scrutée et cette surveillance, au bout de quelques jours, finit par lui être assez pénible.

Bien entendu, Artus ne s'aperçut de rien. Il adorait sa mère ! Tout ce qu'elle faisait était sans reproche. Épouse d'un homme austère, ayant perdu de nombreux enfants en bas âge, veuve de bonne heure, Hélène d'Ivreville avait reporté toute sa tendresse frustrée sur son fils unique qui lui devait, en outre, les principaux traits de son caractère : le courage, la fidélité, un esprit un peu caustique, un goût prononcé pour la solitude, un inébranlable idéal chevaleresque.

En somme, si Floriane se plut au manoir d'Ivreville, si les relations du voisinage, les amis, les parents, lui firent bon visage, elle ne fut pas mécontente de voir leur séjour s'achever et de gagner enfin l'Anjou. Malgré Alix qui ne manquait jamais de s'imposer en toutes choses, à Saint-Évy, Floriane était absolument chez elle. C'était là également qu'elle avait rencontré son amour pour la première fois et ce retour avait la saveur d'un tendre pèlerinage. Ce fut donc avec une joie sans mélange et beaucoup d'émotion qu'elle retrouva sa maison, ses anciennes habitudes, qu'elle entraîna Artus sur tous les chemins si souvent empruntés, jadis, avec Vesper. A Saint-Évy, ils vécurent réellement des jours d'insouciance et de folie comme jamais ils n'en avaient encore connus, en communion totale avec l'exubérance printanière qui maintenant gagnait les campagnes, peut-être conscients, sans se l'avouer, de la rareté et de la fragilité d'une telle perfection.

*

* *

A Paris, c'était de nouveau ruser pour avoir un peu d'intimité ; c'était se replonger dans les agitations de la Cour, c'était retrouver maints tracas.

Floriane qui, sans oublier Bassompierre, avait — un peu égoïstement quoique légitimement — profité avant tout de son escapade avec Artus, aussitôt rentrée, s'enquit de lui. Ce qu'elle en apprit la consterna.

Était-ce le contrecoup de sa disgrâce ? Le découragement ? Le changement radical d'existence d'un homme habitué à ne jamais rester en place, à voyager, à chevaucher par tous les temps, sous tous les cieux, depuis sa prime enfance ? Prostré dans sa chambre dont il refusait de bouger, laissant pousser barbe et cheveux, il avait décidé de vivre comme un ermite tant qu'il n'aurait pas obtenu sa libération, décision qui n'avait pas tardé à avoir un effet catastrophique sur sa santé : le souffle court, la tête, le corps douloureux, il s'était mis à enfler de façon tellement spectaculaire, à l'abdomen surtout, qu'on alla jusqu'à soupçonner ses ennemis de chercher à l'empoisonner. En réalité, il n'en était rien et Bassompierre souffrait tout simplement d'une crise d'hydropisie due à sa trop soudaine inactivité. Mais son état physique inquiétait beaucoup ses proches, impuissants à lui faire entendre raison, à l'obliger à réagir différemment.

Un coup traîtreusement assené par Richelieu vint sur ces entrefaites l'accabler encore davantage. Le cardinal, tellement satisfait d'avoir pu enfin écarter quelqu'un dont il redoutait tant l'influence sur le roi, fut incapable en la circonstance d'avoir le triomphe discret. Avec un rare manque d'élégance, une charité fort suspecte chez un homme d'Église, il envoya un chapelet au prisonnier « pour gagner des indulgences » écrivit-il, en lui demandant comme une grâce de ne pas l'oublier dans ses prières !

Puis, fin avril, on apprit que madame de Conty venait de s'éteindre à Eu, minée par le chagrin. L'arrestation de François survenue après l'exil de toute sa famille, le sort de Marie de Médicis et la victoire d'un adversaire exécré, tout cela, la fière princesse n'avait pas pu le supporter. La triste nouvelle de sa mort acheva tout à fait Bassompierre et ceux qui le virent, à ce moment-là, crurent réellement que lui-même ne tarderait pas à rejoindre sa vieille amie dans la tombe.

Un matin, alors qu'Artus venait juste de partir au Louvre et que Floriane, pas encore habillée, hésitait entre plusieurs robes, toutes étalées sur le lit par Ermelinde et Toinon, le visage poupin de La Musette apparut dans l'entrebâillement de la porte pour annoncer Claude de Malleville.

— Fais-le monter tout de suite ! s'écria Floriane, aussitôt alarmée.

La visite si matinale du secrétaire de Bassompierre ne pouvait, en effet, présager rien de bon.

Elle enfila vivement par-dessus sa chemise une camisole légère de linon et dentelles et demanda à ses deux suivantes de la laisser seule avec le visiteur. Dame Frumence, qui conservait un désagréable souvenir d'un voyage sur la Loire en compagnie de ce dernier, répondit à peine à son bonjour courtois et de mauvaise grâce quitta la chambre.

— Malleville, mon ami, dites-moi vite : quelles nouvelles du maréchal ? demanda Floriane.

L'inquiétude plissait comme un pruneau le visage maigre et brun, d'ordinaire vif, moqueur du poète. En quelques mots, il la mit au courant de la situation désolante dans laquelle se trouvait Bassompierre.

— Jamais nous ne l'avons vu ainsi ! Jamais nous n'aurions supposé le voir un jour si abattu ! Sa sœur, madame de Tillières, son beau-frère Saint-Luc, ses neveux, Renée de Beuvron elle-même qui est pourtant sa nièce préférée ne savent plus que faire, que lui dire ! Il n'entend personne. C'est pourquoi je me suis permis de venir vous trouver sachant que... Enfin, pensant que peut-être, vous pourriez...

Embarrassé, Malleville se tut. Il était l'une des rares personnes à connaître l'ancienne liaison de Floriane et de son maître et avait toujours été d'une louable discrétion à ce sujet.

— Je crois que vous seule avez une chance d'être écoutée, reprit-il d'un ton persuasif.

Floriane resta un moment silencieuse, appuyée, bras croisés, contre un des piliers du lit.

— Vous voulez dire que... je devrais le voir, lui parler ? murmura-t-elle enfin, effrayée par sa suggestion.

Elle ne pouvait s'empêcher de trembler à la pensée de retrouver François captif, malade, affaibli... Lui-même, elle en était sûre, ne désirait certainement pas se montrer à elle sous cet aspect humiliant.

La voix de Malleville se fit pressante, presque hostile devant son attitude :

— Il doit accepter de se soigner, de sortir de sa chambre puisqu'il a le droit d'aller librement dans toute l'enceinte de la Bastille ! Une promenade quotidienne dans les cours, sur les terrasses, quelques exercices, un air frais, lui redonneraient vite la santé. Il faudrait peu de chose pour rendre sa flamme à un homme comme lui qui a toujours symbolisé la joie de vivre ! Mais vous seule pouvez le faire.

— Vous m'attribuez là un bien grand pouvoir que je n'ai peut-être pas.

— Si madame ! fit-il gravement.

Elle baissa les yeux, un peu confuse par tout ce que pouvait évoquer ce « si ».

Voyant qu'elle faiblissait, il dit en tapotant la poche de son pourpoint avec un fin sourire d'excuses :

— En ce qui concerne l'autorisation nécessaire, j'ai effectué à l'avance toutes les démarches en votre nom. Pour gagner du temps.

Floriane ne put s'empêcher de sourire à son tour :

— Cher Malleville... Quel ami précieux vous êtes pour le maréchal.

— On ne peut que rester fidèle à un homme tel que lui, n'est-ce pas ?

— Oui, fidèle... toujours, répéta-t-elle doucement comme il se retirait pour la laisser s'habiller.

Depuis près de trois siècles, la Bastille se dressait à l'extrémité de la rue Saint-Antoine, barrant le chemin de Vincennes. D'une ancienne porte fortifiée de Paris, Hugues Aubriot, sur ordre de Charles V, avait édifié un formidable château flanqué de huit tours hautes de vingt-quatre mètres, entouré d'abord d'un large et profond fossé empli par l'eau de la Seine, puis d'une épaisse enceinte de pierres garnie en encorbellement d'une galerie de bois et d'un parapet servant de chemin de ronde, l'ensemble constituant une citadelle présumée invincible destinée à protéger la ville des Anglais. On était alors en pleine guerre de Cent Ans.

Avec le temps, sa vocation guerrière s'était émoussée. Les

pierres maintenant encrassées, souvent desserties où, çà et là, poussait de l'herbe, couvertes de mousse sur les versants les plus humides, les fossés à demi pleins d'une eau stagnante où pullulaient crapauds et grenouilles, la Bastille, au temps de Louis XIII, eût été bien en peine de tenir son rôle défensif initial. D'ailleurs, fatalité ? La forteresse assiégée avait toujours fini par céder à ses assaillants. Déjà, François Ier, rompant avec la tradition, y avait organisé quelques fêtes ; Henri IV, plus tard, y avait enfermé le trésor de l'État ; des prisonniers politiques en avaient été les hôtes involontaires : Hugues Aubriot lui-même, de grands seigneurs rebelles, Bernard Palissy, l'incomparable artiste, mort dans ces murs, le maréchal de Biron décapité dans la Grande Cour, d'autres encore, tous personnages importants, octroyant à la prison un cachet éminemment aristocratique.

Mais, en dépit de sa faiblesse reconnue, sa masse impressionnait toujours et, comme toute prison, la Bastille mettait mal à l'aise ceux qui passaient dans son voisinage. Tout en essayant de cacher son angoisse à Malleville qui l'accompagnait, Floriane vit peu à peu, sur le sommet des tours, grossir les drapeaux royaux qui ondulaient doucement dans l'air bleu et transparent de ce matin de mai.

Parvenu au bout de la rue Saint-Antoine, le carrosse s'engouffra à droite sous un étroit passage débouchant sur la petite place dite de « l'Avancée », où s'ouvraient quelques boutiques et les écuries du gouverneur. Elle communiquait avec l'Arsenal voisin et son accès était permis à tous, bien qu'il fût interdit de s'y arrêter. Un premier corps de garde et une sentinelle laissèrent l'équipage s'engager sur un pont dormant puis un pont-levis abaissé pendant la journée. On pouvait apercevoir, là-haut, dépassant de la fente du mur, les pointes de fer aiguës comme une monstrueuse denture de la lourde herse relevée.

Cette première porte franchie, le carrosse s'arrêta et Claude de Malleville aida Floriane à en descendre. Ils se trouvaient maintenant dans la cour où Monsieur du Tremblay avait sa maison, un logis plutôt décrépi, entouré d'un petit jardin. Floriane leva la tête. Lorsqu'on se trouvait à leurs pieds, les tours paraissaient plus énormes, plus hautes surtout. Quelques mètres encore et leurs parois colossales se refermeraient aussi sur la jeune femme frissonnante ! Elle resserra son bras sur celui de Malleville, refusant de se laisser gagner par le vertige et poursuivit son chemin.

Il y eut un nouveau pont-levis par-dessus le fossé menant à la porte principale du château ; à côté, pour les piétons, un portillon, ce dernier restant seul ouvert la nuit ; d'autres sentinelles postées derrière une véritable cage de poutres plaquées de fer ; une voûte obscure ; une seconde cour enfin, longue et étroite, la cour intérieure, la Grande Cour : le cœur de la Bastille était atteint !

Déjà troublée par tous ces ponts, ces corps de garde, ces portes bardées de fer, cloutées, grillagées, aux verrous énormes, des portes dont le plus petit battant ne devait pas peser moins de sept cents livres, Floriane eut la réelle impression d'avoir coupé les frontières d'un nouveau monde, un royaume redoutable et sombre, tapi entre des murailles gigantesques, un monde de la couleur des pierres d'un blanc crayeux lorsque la crasse et les fumées ne les avaient pas voilées de noir ou de gris. Il s'en dégageait une odeur fade laissée par la pluie de la nuit dernière, une humidité froide qu'un soleil, accroché bien haut sur le faîte crénelé de l'enceinte ne dissiperait pas, hélas ! Prise entre les tours de la Comté, de la Bazinière, de la Bertaudière, de la Liberté, de la Chapelle et du Trésor, la Grande Cour n'était qu'une fosse profonde, suintante, sinistre, éternellement vouée à l'ombre, riche seulement des malheureux fantômes du passé et des soupirs des vivants.

Plus petite, plus animée, mais ô combien sordide, était la troisième cour appelée la cour du Puits que les visiteurs ne pouvaient voir car fermée par la tour du Puits, précisément et celle du Coin, les deux dernières tours de la Bastille. Là, logeait le petit personnel (porte-clefs [1], valets, marmitons), là, se trouvaient les cuisines et la basse-cour, là, se déversaient les eaux usagées, se vidaient volailles et poissons. C'était un retrait béant, immonde, puant et bruyant, nécessaire pourtant à la vie de tous, geôliers ou captifs.

Un officier s'approcha de Floriane et de Malleville, salua celui-ci, qui commençait à être bien connu à la Bastille, et les accompagna sur leur droite jusqu'à une porte ouverte entre les tours du Trésor et de la Chapelle. Dans cette partie la plus ancienne de la citadelle, les murs atteignaient plus de dix pieds [2] d'épaisseur. Ils abritaient les chambres des bas officiers, les autres, le capitaine des portes, les gardes, le chirurgien-barbier, le tailleur, l'aumônier, se disséminant de part et d'autre de la Cour intérieure.

Quant aux prisonniers, les tours leur étaient réservées. Certains étaient jetés dans les cachots creusés à six mètres au-dessous du sol, souvent envahis par le débordement des fossés, refuges des rats et des reptiles, misérables séjours et cependant bien moins terribles que les « calottes » situées aux sommets. Véritables glacières l'hiver, insupportables fournaises l'été, basses et voûtées, les « calottes » empêchaient l'infortuné qu'on y enfermait de se tenir debout, transformant ses jours et ses nuits en un long supplice aussi ingénieux que les ais, les coins, les brodequins, les entonnoirs, les maillets et les cordages de la salle des tortures.

Mais, entre ces deux extrêmes, la plupart des détenus de la Bastille occupaient, dans les différents étages des tours, des cellules moins inhumaines, bien que mal éclairées, traversées de courants d'air, aux murs couverts de salpêtre. Pour tout mobilier, un lit à la paillasse douteuse, une table branlante, une ou deux chaises qui ne valaient guère mieux ; pas de couteau, de rasoir ou de ciseaux — le barbier passait régulièrement ; pas de plume ou de papier pour certains qui,

1. Gardiens.
2. Environ 3,50 m.

pour communiquer malgré tout, trouvaient alors moyen de fabriquer un peu d'encre avec de la cendre écrasée dans de l'huile de salade et de tailler une plume dans un brin de paille, ainsi qu'un bout de chiffon pour y tracer quelques lignes ; des ustensiles indispensables, une cruche, un gobelet et une cuillère d'étain, une chandelle par jour, quatre serviettes tous les huit jours, des draps de lit changés toutes les deux semaines et une « terrine [1] » à partager bien souvent avec le porte-clefs de service ! Le même porte-clefs ne dédaignant pas non plus de finir les plats laissés par son prisonnier. Car la nourriture, variée, assez bonne dans l'ensemble était fort copieuse, le vin acceptable, selon le vœu de Monsieur du Tremblay qui mettait un point d'honneur à bien soigner ses pensionnaires.

Tout cela concernait évidemment le commun des résidents. Restaient les autres, mieux logés, mieux nourris encore, les « prisonniers de la liberté » qui, en effet, avaient le loisir d'aller et de venir comme bon leur semblait dans la vaste enceinte, les privilégiés enfin, dont faisait partie le maréchal de Bassompierre.

Il avait été conduit dès son arrivée au deuxième étage de la tour de la Chapelle, dans la chambre la plus spacieuse de la Bastille, appelée « chambre des Saints ». De forme octogonale, elle possédait une grande cheminée à hotte qui, contrairement à l'usage en cours dans les prisons, n'était pas grillagée. Des lieux d'aisances, aménagés dans l'épaisseur du mur, une autre pièce attenante réservée à la garde-robe, où se tenaient également les deux valets et le cuisinier personnel du maréchal, faisaient de l'ensemble un appartement commode qu'un arrangement soigneux achevait de rendre le plus agréable possible vu les circonstances. Des tapis turcs couvraient le grossier pavage de briques, des tentures brodées aux armes des Bassompierre masquaient le plâtre des murs, le même écusson, sommé de la couronne comtale, se retrouvant

1. Pot de chambre.

sur la couverture et les rideaux du lit en soie grenat. Quelques meubles, chaises et tabourets recouverts de tapisserie, grande table d'ébène à piliers torses, cabinets en laque de Chine, miroir et chandelier d'argent, beaucoup de livres posés sur des guéridons de bois peint, le tout apporté du château de Beauregard, achevaient de recréer un cadre presque luxueux auquel était habitué Bassompierre.

Trois marches, au fond de la chambre, permettaient d'accéder à une fenêtre vitrée, fermée extérieurement par des barreaux de fer. C'était là l'unique détail qui rappelait où l'on se trouvait. Mais il n'empêchait pas la vue d'être impressionnante. De la tour, bâtie sur le côté est de la Bastille, on dominait en effet un bastion triangulaire, couvert de petites fleurs jaunes, qui s'avançait entre les fossés herbus et le chemin de ronde sur lequel se croisaient nonchalamment les sentinelles. On avait surtout un aperçu remarquable sur la campagne ensoleillée, les jardins verts et fournis du faubourg Saint-Antoine autour de maisons coquettes, le chemin qui s'étirait tout droit jusqu'à la forêt de Vincennes où, dans le lointain, se devinait le donjon.

Non, personne dans cette prison, ne pouvait être mieux traité que l'hôte de la « chambre des Saints »...

Floriane suivit l'officier et Malleville dans l'escalier à vis de la tour. Les degrés de hauteur inégale, des bouffées de moisissure, un froid pénétrant, rendaient la montée ardue. Au moindre souffle d'air, palpitaient au-dessus d'eux des toiles d'araignée, anciennes, épaisses, poudreuses, accrochées aux saillies des pierres. Floriane s'imagina, ainsi, remonter le passé, traverser les siècles et leur écran de poussière, pour atteindre enfin, au creux d'un décor figé à jamais, François de Bassompierre, prisonnier du temps aussi sûrement qu'il l'était des hommes.

Ils parvinrent au deuxième étage, trouvèrent le geôlier qui bavardait avec les domestiques à l'entrée du couloir qui menait à la vieille chapelle. La double porte de la chambre était entrouverte. Malleville frappa, entra un instant juste pour annoncer à son maître qu'il avait une visite, ressortit et d'un signe de tête, engagea Floriane à y pénétrer à son tour. Le cœur s'affolant soudain dans sa poitrine, le pas hésitant, elle se décida toutefois et discrètement, Malleville referma la porte sur elle.

Tout d'abord, elle fut surprise de se retrouver dans un décor aussi coloré, aussi raffiné, après avoir traversé tant de grisaille et de laideur. Mais bien vite, son attention se porta sur quelqu'un assis dans un fauteuil, un livre à la main, qui mit plusieurs secondes avant de la reconnaître puis, l'ayant fait, essaya péniblement de se lever.

— Floriane ! Vous !

— Bonjour, dit-elle assez bas tant elle avait peur que sa voix ne trahît son trouble.

Mon Dieu ! C'était pire que ce qu'elle s'était imaginé en écoutant les témoignages d'amis et pas plus tard que ce matin, les propos de Malleville. Non, ce n'était pas, ce ne pouvait être François, cette silhouette voûtée, alourdie, impitoyablement dessinée par le contre-jour, encore épaissie par une grosse robe de chambre ! Ce ne pouvait être lui cet homme barbu, grisonnant qui s'excusait en se rasseyant avec lourdeur :

— Pardonnez-moi, je ne peux rester bien longtemps debout.

Non, ce ne pouvait être le même qui l'avait accueillie, il y avait un peu plus de deux mois seulement, dans sa belle maison, svelte, alerte, enjoué !

— Je... commença-t-elle, incertaine, craignant par-dessus tout que Bassompierre ne s'aperçût de son émotion et n'en comprît la cause.

— Mais approchez donc, fit-il en l'interrompant tout de suite, comme s'il désirait ne pas l'entendre. Venez donc admirer mon nouveau domaine puisque vous avez pris la peine de vous déranger.

Elle préféra ignorer l'amertume contenue dans ses paroles,

avança gauchement dans la pièce et pour se donner une contenance se dirigea vers la fenêtre, monta les trois marches, regarda la plaine verte et dorée.

— Et moi qui croyais posséder à Chaillot une vue exceptionnelle, continua-t-il de la même façon. Elle n'est rien en comparaison de celle-ci, convenez-en ma chère.

— C'est très beau, en effet, articula Floriane avec effort, désespérée de ne pas trouver un ton, une attitude plus naturels.

Les impressions, les idées se bousculaient dans sa tête, y tourbillonnaient à un rythme fou. Vaillamment, elle essayait d'y mettre bon ordre et de voir un peu clair en elle-même. Une pensée dominait, toute simple mais terriblement cruelle : l'homme auquel elle tournait obstinément le dos n'était qu'un étranger ; elle n'éprouvait plus rien pour lui, sinon un vague et désagréable sentiment de pitié et de rejet. Mais aussitôt formulée, cette découverte lui fit horreur.

Se pouvait-il donc qu'elle n'ait été éprise que d'une apparence ? Celle d'un homme que la maturité rendait encore plus séduisant, celle d'un grand seigneur, fringant, désinvolte, toujours maître de lui et de son destin ? N'avait-elle finalement ressenti qu'une sorte de griserie, une forme particulière de vanité à être aimée d'un si prestigieux personnage ? Se pouvait-il que Bassompierre vaincu, méconnaissable, ne soit plus Bassompierre ?

A ce moment, elle entendit tinter la cloche de la prison, marquant l'heure lugubrement, inexorablement. Son visage se crispa.

« François... François où êtes-vous ? » se dit-elle en refoulant ses larmes, honteuse d'elle-même, avec la sensation d'être soudain dépossédée d'un bien inestimable. Ah ! Comme elle regrettait d'être venue !

Au travers des barreaux de la fenêtre, le vide l'attirait. Une telle hauteur, une telle étendue sans obstacle pour arrêter les regards, un air si pur donnaient l'impression qu'un rien pouvait vous faire basculer dans l'espace, aussi libre et légère qu'un oiseau.

— Floriane...

La voix la fit tressaillir.

— Il serait merveilleux de pouvoir s'envoler, n'est-il pas vrai ? Fuir à tire-d'aile sans se retourner, loin de cette geôle, loin de moi surtout...

Figée, elle l'écouta, reconnaissant les accents ironiques, cette perspicacité qui si souvent l'avait éblouie.

— Pauvre petite violette, accourue pour me soutenir dans mon épreuve et atterrée maintenant par ce qu'elle découvre : un vieillard brisé, sinistre, un véritable monstre. Allons, un peu de courage ! reprit-il durement cette fois. Regarde-moi et avoue franchement que je suis hideux, que je te dégoûte, que tu voudrais être à cent lieues d'ici !

— Taisez-vous ! cria-t-elle dans un sanglot.

Et faisant brusquement volte-face, elle courut le rejoindre, s'écroula près de lui, la tête posée sur ses genoux, pleurant enfin, balbutiant des mots sans suite :

— Pourquoi ? Pourquoi ? François ! Je... je vous aimais tant... Vous n'aviez pas le droit...

— Pas le droit ? De quoi ? De me laisser arrêter ? Je ne regrette rien, assura Bassompierre, dérouté, un peu embarrassé par une réaction aussi vive.

Elle fit signe que non, sanglotant violemment, incapable de lui dire qu'elle lui en voulait d'avoir détruit l'image d'un merveilleux enchanteur, d'avoir détruit un rêve. Une fois encore, il la devina :

— Tu aurais désiré me retrouver bon pied, bon œil, n'est-ce pas ? Narguant le Richelieu du haut de ma tour. Comme les autres, tu n'acceptes pas de me voir ainsi partir à la dérive.

Bassompierre soupira, posa une main sur l'épaule de Floriane, l'autre caressant distraitement ses cheveux noirs tressés sur la nuque. Plus doucement, il reprit :

— Tu ne dois pas pleurer, tout est si simple. J'ai péché par excès d'assurance, d'orgueil. Je n'ai jamais cru véritablement à des représailles de la part du roi. Une petite semonce, tout au plus. Je me suis aperçu trop tard que je n'étais pas au-dessus du commun, bien à l'abri des attaques, de la jalousie, de la vengeance comme je le croyais. Que plus personne ne l'est d'ailleurs. Mes vieux amis ont été éliminés ; Louise est morte ; les visages du passé disparaissent ; un ordre nouveau se dessine. Lequel ? Je n'en sais rien encore mais je sens bien qu'il se fera sans moi. Je suis si fatigué...

Bassompierre se tut, un peu essoufflé, surpris d'avoir tant parlé, d'avoir cru devoir se justifier. Enfin, au bout d'un long silence, il ajouta :

— Et tu arrives Violette, avec ta révolte, ton impétuosité, ton intransigeance, me reprochant ce que tu crois être un renoncement ! Je ne me trompe pas ?

— Non, parvint-elle à dire, pleurant toujours, bouleversée par sa confession et sa clairvoyance.

— Finalement, tu as bien fait de venir, poursuivit-il non sans tristesse. Tu m'as dit, il y a un instant : "Je vous aimais tant", employant sans t'en rendre compte peut-être mais fort justement le passé. Je suis en effet certain que tu avais conservé pour moi un profond attachement. Soyons honnêtes : l'un comme l'autre, n'avions jamais véritablement rompu. Il aura donc fallu cet instant pour mettre les choses à leur vraie place, pour nous aider enfin à franchir un cap difficile, douloureux, certes, mais nécessaire. Pour t'aider à m'oublier tout à fait.

Floriane se redressa. Au-dessus d'elle, se penchait un visage barbu, las, auquel elle n'était pas habituée. En revanche, si la gaieté avait déserté le regard bleu, elle y retrouvait la même bonté, la même intelligence que par le passé.

— François ! murmura-t-elle en lui tendant les bras. Je ne veux pas, je ne pourrai jamais vous oublier !

Il se pencha, l'attira contre lui, cachant contre la fragile épaule les larmes qui avaient fini par le gagner lui aussi.

— Disons alors que tu m'aimeras... différemment, sagement. Tu as devant toi toute une longue existence avec des peines sans doute, mais aussi bien d'autres joies, d'autres curiosités... et la passion d'un homme fidèle comme je n'ai jamais su l'être moi-même. Pour ma part...

En pensée, seulement, il acheva sa phrase :

« Le dernier amour, comme le premier, ne s'efface jamais. Mes souvenirs sont désormais les seuls biens qui me restent. »

Au contact de ce corps souple, abandonné contre le sien, il puisait la force, l'énergie, la chaleur qu'il avait crues définitivement perdues...

— Tu es tout ce que j'ai aimé dans ma vie, précieuse Violette, lui chuchota-t-il. La jeunesse, la beauté, la spontanéité, la liberté...

Insensiblement, le chagrin de Floriane s'atténuait. Bienfaisants, le calme, l'ordre revenaient en elle, bercée par le timbre de sa voix vibrant d'une émotion difficilement contrôlée. Peu à peu, tout lui semblait net, évident, transparent.

Comment avait-elle pu faire fi, si facilement, de l'homme qui s'était toujours abrité derrière le séducteur et l'amant ? L'ami généreux, le guide sûr à l'esprit pénétrant, capable de tout entendre, de tout comprendre, de tout pardonner ? Cet homme-là existait toujours. Accrochée à un souvenir éblouissant, frappée par un brutal changement physique, elle avait trop vite oublié qu'elle l'aimait aussi pour cela, surtout pour cela.

Et dire qu'elle était venue le réconforter, le gronder même au besoin, d'avoir perdu confiance ! Elle s'écarta légèrement de lui, sourit avec contrition, le visage scintillant comme un pétale après l'ondée.

— Je ne suis qu'une sotte et une égoïste, confessa-t-elle, essuyant ses larmes du revers de la main. Comment après une attitude aussi stupide, oserai-je décemment m'intéresser à votre santé ?

Il lui rendit son sourire. Lui aussi avait réussi à se reprendre.

— C'était pourtant le but de ta visite, je crois.

— Oui, bien sûr. Vous ne pouvez rester ainsi, François. Il faut retrouver votre allant, ne pas offrir à vos adversaires le plaisir de vous savoir affaibli. Je vous en prie !

— Oh ! rassure-toi. Je n'ai pas l'intention de me laisser mourir. Je sais que le cardinal en serait bien trop heureux.

— Alors, réagissez ! Acceptez de vous soigner ! s'écria-t-elle.

Chassés le chagrin, l'abattement ! Envolé l'horrible doute de tout à l'heure ! Floriane s'animait, prête à se battre contre lui-même s'il le fallait pour aider Bassompierre.

— Que veux-tu donc, petite enfant ? Que je sorte de ma tanière, que je monte et descende les escaliers, que je grimpe m'aérer sur les tours, que je joue aux quilles avec les autres prisonniers ? Eh bien, soit ! si cela peut te satisfaire. Je reprendrai ainsi ma taille de damoiseau et une mine fleurie. Mais je te confesse avoir des projets plus conformes à mon âge : me préoccuper de ma famille, rédiger mes mémoires, me réconcilier avec Dieu, bref ! toutes choses jusqu'à présent regrettablement négligées et auxquelles un homme de cinquante-deux ans se doit de se consacrer. Qui sait combien de temps durera mon séjour à la Bastille ? Il me faudra bien employer mes heures de loisirs forcés à quelques distractions.

Les doigts de Floriane effleuraient ses cheveux, sa barbe, tandis qu'elle l'écoutait, ravie de l'entendre parler de nouveau avec ce rien de légèreté, d'humour qui lui était particulier.

— Celles-ci sont louables, François, approuva-t-elle du même ton.

— Sais-tu, chérie, ce qui me réjouit en ce moment ? demanda-t-il après avoir médité un instant.

Un éclair narquois au fond de l'œil laissa présager, comme naguère, le trait railleur :

— J'imagine la tête chafouine du cardinal s'il surgissait ici, maintenant, et découvrait la pauvre victime que je suis avec une jeune et jolie femme à mes genoux. Gageons que pour le coup, il en mangerait son chapeau !

Alors, il referma les bras sur elle, goûtant son rire aussi frais et lumineux que cette matinée de mai, un rire qui réveillait les vieux murs, repoussait les ombres.

« Oui, réjouis-toi, amuse-toi, ma Violette, pensa-t-il, en lui-même attendri, revigoré. Bientôt tu repartiras d'un pas léger, le cœur en paix, rejoindre ton véritable amour. Et ce sera très bien ainsi. »

Environ un mois plus tard, Bassompierre qui s'apprêtait à se rendre à souper chez le gouverneur, se vit apporter avec mille précautions de la part des valets, deux paquets enrubannés, accompagnés d'une lettre qu'il s'empressa de décacheter ayant reconnu l'écriture de Floriane.

« Je suis heureuse, François. Artus, après sa visite d'hier, Malleville, votre nièce Renée, tous ceux enfin qui vous ont vu récemment m'ont confirmé que maintenant, vous allez tout à fait bien et que malgré votre barbe que, paraît-il, vous vous obstinez à conserver, vous êtes semblable à ce que vous avez toujours été, c'est-à-dire le plus attrayant des gentilshommes. Voici pour votre amour-propre. Je vous envoie deux présents qui, je l'espère, se chargeront de compléter la métamorphose en attendant votre libération qui ne saurait tarder : l'un, en vous fortifiant par ses vertus toniques ; l'autre, en vous offrant toute l'amitié dont vous pouvez avoir besoin bien que, soyez-en convaincu, personne de vos connaissances ne vous l'ait ôtée et surtout pas moi qui reste votre très attentive et très affectionnée, »

Floriane d'Ivreville.

Curieux et amusé, Bassompierre trouva dans l'un des paquets, six bouteilles portant l'étiquette de Forges, ce bourg normand dont les eaux thermales bénéficiaient depuis peu d'un regain de faveur. Quant à l'autre paquet... un soubresaut l'agita lorsqu'il s'en saisit, un grattement insolite accompagna le bruit du papier déchiré qui, aussitôt enlevé, libéra une boule de poils blancs et isabelle, gémissante, frétillante, qui se roula à ses pieds.

Sur le collier de velours bleu du petit chien, un nom était brodé en fil d'argent : « Médor », lut Bassompierre.

Alors, il prit l'animal dans ses mains, l'éleva jusqu'à son visage, scruta les douces prunelles brunes et murmura, profondément ému :

— Médor, sois le bienvenu, joli Médor, je sens que je vais t'aimer beaucoup, tu sais...

*

* *

Un jour ici, un autre ailleurs, aussi léger, aussi bondissant qu'un joueur de paume, Monsieur n'avait jamais su rester bien longtemps à la même place. « Gaston Piedœil, seigneur de Vitelevent »... ainsi s'amusait-il parfois à signer les lettres qu'il adressait à ses amis. Courageux à la guerre — il l'avait prouvé en se battant à Ré, naguère, au côté de Toiras —, il fuyait toujours devant deux ennemis plus redoutables à ses yeux qu'une batterie de canons : l'ennui... et le cardinal de Richelieu. Lorsqu'il apprit que le roi envoyait l'armée devant Orléans, il se vit déjà retenu prisonnier comme sa mère. Pris de panique, il prit la route de Lorraine, entraînant quatre cents gentilshommes avec lui.

— « Vive Monsieur et la liberté du peuple [1] ! »

Les pauvres gens accablés par la lourdeur fiscale, par la mainmise de l'État sur les antiques pouvoirs des provinces, refusant cette France moderne que Louis XIII et Richelieu voulaient leur imposer, acclamèrent le passage de Monsieur et de sa troupe. Monsieur qui comprenait leurs misères, partageait leur haine pour le cardinal, « ce prêtre inhumain, per-

1. Historique.

vers, scélérat, impie qui trahissait son ordre et n'avait introduit au gouvernement que perfidie, cruauté, violence [1] ». Le Parlement de Paris, lui-même, avait applaudi à la révolte du prince. Pour l'instant, après son coup d'éclat, celui-ci prenait un peu de repos à Nancy et se laissait aller aux joies de l'amour naissant en courtisant Marguerite, la très jeune sœur du duc de Lorraine.

En fait, son départ arrangeait fort le cardinal qui s'employa dès lors à se débarrasser définitivement de la reine mère.

Toujours emprisonnée dans le triste Compiègne, persuadée par ses astrologues de la mort imminente du roi, Marie refusait obstinément de se rendre dans la résidence royale de Moulins, comme ce dernier le lui proposait. Elle avait en tête de gagner quelque place forte alliée, afin d'être en mesure de négocier avec avantage. Un beau soir de juillet donc, méconnaissable, grotesque mais résolue sous les atours d'une jeune mariée, accompagnée de serviteurs et de nombreux bagages, elle décida de s'enfuir. Curieusement, les soldats chargés de sa surveillance avaient reçu l'ordre de se retirer, lui laissant ainsi la voie libre. Plus troublant encore, le gouverneur de La Capelle où elle comptait se réfugier, favorable à sa cause, au dernier moment avait été remplacé par un autre qui lui ferma les portes de la ville au nez, l'obligeant à franchir la proche frontière des Flandres. Comme si habilement, diaboliquement, on la poussait à quitter le royaume et par un acte irrémédiable, la contraignait à détruire tout espoir de réconciliation avec le roi.

C'était fini. Jamais plus Marie de Médicis ne reviendrait en France ! Jamais plus Louis ne reverrait sa mère dont l'absence, désormais, serait une plaie inguérissable, une souffrance supplémentaire dans son cœur solitaire et torturé. Le ministre recueillait enfin les fruits de sa patience et de sa ruse. Selon ses propres dires, le départ de Marie était une purgation dont l'État ne pouvait que ressentir un profond soulagement.

1. Historique.

Sans la reine mère, le duc d'Orléans et leur entourage, souvent remuant, jamais ennuyeux, la Cour serait devenue cette fois bien grise si l'apparition de la plus fantasque, de la plus imaginative des femmes, n'avait eu l'effet magique d'un arc-en-ciel. Madame de Chevreuse était de retour !

Jugeant qu'il était préférable d'avoir l'intrigante à l'œil, sachant aussi quels tendres liens l'unissaient à Charles de Lorraine et donc, comptant sur son influence pour manœuvrer plus facilement le duc, Richelieu avait mis fin à son exil.

On revit la Chevrette dans toute la plénitude de la trentaine et d'un coup, le cercle de la reine Anne retrouva un ton badin, une gaieté frivole qui donnèrent l'illusion que les heures légères de jadis étaient revenues.

Douce, riante et bonne, Anne d'Autriche avait le don de créer l'affection et le dévouement chez tous ceux qui l'approchaient. Elle était très pieuse, mais sa piété s'accompagnait de trop de vigueur et de belle humeur pour lui donner le vilain masque d'une dévote. Ainsi, Marie de Hautefort ne manqua pas à la règle. La toute jeune fille qui aurait pu se laisser griser par la faveur du roi, préféra rester fidèle à sa souveraine. Fière, hautaine parfois, l'esprit mordant, elle se moquait sans pitié de l'extrême réserve et de la maladresse de Louis XIII amoureux, pour la plus grande joie des autres dames et de la reine elle-même.

Anne, aux cheveux de lin, aux yeux verts, rêveuse et romanesque ; Marie de Hautefort, blonde elle aussi, l'œil azur coupant comme une lame, vibrante, altière ; la Chevrette aux boucles d'or bruni, au regard d'aigue-marine, coruscante, capricante... Et, parmi elles, dont les beautés répondaient si parfaitement aux exigences du temps, Floriane d'Ivreville, déroutante, semblable à nulle autre.

Brune, elle n'en avait pas moins un teint clair et délicat ; mince, son corps n'était pourtant qu'harmonie et sensualité ; ouvert, rayonnant, son visage soudain savait se voiler de mystère et Floriane devenait alors lointaine, absente, toute à ses secrètes pensées.

— Voyez notre amie, se moquait affectueusement la duchesse de Chevreuse. Elle nous oublie. Son esprit s'envole. Mais il est inutile, mesdames, de chercher où. Vous ne sauriez deviner. C'est d'une telle extravagance ! L'esprit de la malheureuse caracole auprès de Monsieur d'Ivreville ! Car...

Et penchée vers la reine, la bouche couverte à demi de sa main, un coup d'œil malicieux à la ronde, l'incorrigible Chevrette concluait alors :

— ... car notre jolie baronne est amoureuse de... son mari !

Pas plus que par le passé, le roi n'appréciait cet aimable caquetage féminin. Le temps de saluer la reine, de supporter une ou deux piques de Marie de Hautefort, vite, il disparaissait. Toujours méfiant vis-à-vis de la duchesse de Chevreuse il restait aussi distant avec Floriane. Celle-ci n'avait pas tardé à en découvrir la raison. Tourmenté à l'extrême, possessif à l'égard de ses proches, vivement attaché à Artus, c'est à contrecœur qu'il avait accepté le mariage de son fidèle Ivreville. Tout simplement, le roi était jaloux !

Plus ambiguë encore était l'attitude du cardinal. On le voyait peu. Malgré tout, on le sentait toujours présent, omnipotent, guettant son heure.

Il était évident qu'il prenait plaisir à tarabuster Anne d'Autriche. Avait-il eu l'intention de la séduire ? Certainement. Son fin visage de fouine, sa silhouette fragile d'éternel malade, cachaient soigneusement les appétits d'un homme ordinaire. La douceur mélancolique de la reine déçue dans sa vie conjugale, le troublait comme le troublait la grâce triomphante de madame de Chevreuse. Cette dernière, fine mouche, avait en apparence fait la paix avec lui et se disait bien haut son amie loyale pour mieux, en privé, se moquer de lui. Avec Marie de Hautefort, Richelieu restait prudent. Il espérait bien, par son entremise, avoir plus de pouvoir sur le roi mais la demoiselle semblait rétive. Pour le moment, il patientait donc mais, encore une fois, la rancune prenait le pas sur tout autre sentiment.

En ce qui concernait Floriane, il ne pouvait y avoir de

doute. Bien que pas une seule fois le cardinal ne lui ait manifesté la moindre hostilité, le moindre manquement à la courtoisie, comme si le mal qu'il avait voulu lui faire n'était que pure imagination, la jeune femme en avait la certitude : il la haïssait et ne lui pardonnait pas de lui avoir échappé à Nantes. Mais sa haine n'avait pas balayé son désir. Peut-être même l'attisait-elle plus violemment encore. Qui pouvait sonder l'âme de Richelieu, aussi glauque, aussi dangereuse qu'une eau dormante ?

Floriane ne manquait pas de s'en amuser avec ses compagnes afin d'oublier la répulsion qu'il lui inspirait. Mais décidément, malgré les amitiés, malgré la reine, la Cour ne pouvait être le lieu de délices dont elle avait rêvé jeune fille. Il lui fallait pour s'épanouir tout à fait, une atmosphère plus gaie, plus détendue, plus libre, loin d'un sombre monarque et d'un ministre perfide.

★

★ ★

Paris, ville incomparable, fastueuse, où même la misère côtoyant la richesse la plus éclatante, les taudis voisinant avec les hôtels les plus prestigieux, ne manquaient pas de grandeur ; Paris où, dans les rues les plus étroites, les plus encombrées, les plus crottées, régnait cependant un désordre aimable, celui des façades de bois, sculptées, ventrues, irrégulières, celui des enseignes imagées, multicolores. Paris des cours, des jardins, des promenades, dont les allées et les verdures, tracées, taillées, disciplinées, semblaient le sage pendant des routes sinueuses, de la campagne et des bois d'alentour ; Paris, remuant du matin au soir, où éclataient la vitalité, l'insolence, l'extrême liberté de ses habitants qui supportaient avec constance la rareté et l'étroitesse des logements, les bruits et l'embarras de la chaussée, les méfaits de la canaille débordant de ses repaires, conscients et fiers de vivre dans la plus élégante, la plus louée, la plus convoitée des villes du monde. Où, mieux qu'à Paris, Floriane aurait-elle pu satisfaire son penchant naturel pour les plaisirs de société : soupers, comédies, bals, conversations, ces touts, ces riens échangés entre gens d'esprit ?

Elle n'était pas seule à fuir « la Cour et ses caprices, son sucre empoisonné, son fard, ses artifices, son bonheur incertain » comme l'évoquait si bien son ami Boisrobert. Tout ce qu'il y avait de brillant, de titré, de talentueux, se retrouvait, avide d'amusements, dans les hôtels de la place Royale, les châteaux des environs, chez les Condé, les Soissons, les Chevreuse, les Montmorency, les Rambouillet. Comment Floriane n'aurait-elle pas été l'un des plus beaux, des plus étincelants ornements de ces réunions ?

Sa longue éclipse, sa soudaine réapparition, son mariage inattendu avec le baron d'Ivreville, la nimbaient de mystère, lui conféraient l'attrait d'une héroïne romanesque. Chacun se perdait en conjectures sur les raisons de sa disparition. Avait-elle fait retraite dans quelque monastère ? Avait-elle épousé contre son gré un vieillard jaloux qui l'avait séquestrée au fond d'une province ? Avait-elle été enlevée par des pirates, vendue à un Barbare, soumise à la loi du harem ? Certains avaient beau affirmer l'avoir rencontrée à Lyon, mariée à un bourgeois de la ville, l'image était trop fade, trop commune pour être retenue.

Habile, Floriane se gardait bien de démentir même les propos les plus fous. Les légendes créées autour d'elle, tout en l'amusant, lui convenaient, brouillant ainsi le passé, donnant plus de saveur encore au présent.

Elle était heureuse. Si simplement si naturellement heureuse. Loin de l'avoir amoindrie, fragilisée, l'adversité avait cuirassé son âme, ouvert son cœur aux joies les plus diverses, lui avait donné cette faculté sans prix de faire profit de tout. Ainsi, son entrevue avec Bassompierre.

Le chagrin et la déception surmontés, son affection pour lui demeurait intacte mais prenait une nouvelle dimension.

— Tu m'aimeras plus sagement, lui avait-il dit avec le don qu'il possédait de lire en elle.

Loin de se scléroser, de s'étioler, les sentiments, en effet, avaient leur vie propre, changeaient au gré du temps et, sans pourtant rien perdre de leur force, savaient ne pas devenir contrainte. Tout en déplorant, bien sûr, l'état cruel de Bassompierre, en priant avec ferveur pour sa libération prochaine, Floriane avait également compris que lui-même saurait, par sa seule volonté, surmonter son épreuve, quelle qu'en fût la durée, accéder à la connaissance, à la paix intérieure et resterait, derrière les barreaux, un homme libre. Chacun d'eux, désormais, suivrait la voie qui était la sienne avec pour seul lien leur inaltérable tendresse.

Même les meilleurs souvenirs perdaient leur pouvoir nostalgique. Tout paraissait tendre vers une inévitable harmonie. Ce que Floriane aurait cru immuable, son amour pour Artus, se fortifiait aussi, s'intensifiait au fil des jours. Était-ce possible ? Son amour avait été, tour à tour, éblouissement, embrasement, déchirement, joie ou douleur, élan toujours. La sérénité, la plénitude du présent le parachevaient. Un an après leurs retrouvailles, Floriane et Artus, plus épris que jamais l'un de l'autre, découvraient qu'un bonheur sans histoire n'engendrait pas nécessairement l'ennui et que le mariage pouvait entretenir les flammes de la passion.

La fatalité, ce sombre rapace aveugle, avait-elle enfin rentré bec et griffes, s'était-elle laissé apprivoiser ? Floriane qui avait tant lutté pour sortir victorieuse de l'âpre combat, le croyait fermement. Légère, frivole, elle goûtait aux jeux de l'élégance et de l'intelligence. Et ces jeux, une femme, en particulier, avait su les transformer dans son hôtel de la rue Saint-Thomas-du-Louvre en un véritable art de vivre : la célèbre marquise de Rambouillet !

Très tôt, en effet, la marquise avait définitivement rompu avec la Cour et préféré faire de sa maison le temple de l'esprit et du bon goût. Brune, sage, étincelante Catherine — Arthénice sous la plume des poètes —, quelles qualités ne possédait-elle pas ? Belle, généreuse, cultivée, épouse exemplaire, mère attentive, hôtesse irréprochable, la ruelle de sa chambre, la fameuse « chambre bleue » où elle recevait chaque jour, était vite devenue l'endroit le plus recherché de Paris.

Extrêmement délicate et pudique, elle avait, en quelques années, accompli un véritable tour de force : policé les mœurs, affiné le langage, transformé en galants courtois les gentilshommes aux rudes manières héritées du règne d'Henri IV. Elle ne supportait ni geste déplacé, ni bruit incongru, ni mot dérangeant. Mais elle savait si bien enrober ses exigences de tact, de gentillesse et bannir de chez elle pudibonderie et austérité que bien peu refusait de s'y soumettre. En fait, celle de la bienséance exceptée, une seule loi prévalait : s'amuser ! Madame de Rambouillet aimait se divertir, faire des farces, se moquer, rire enfin, d'un rire de jeune fille malgré ses quarante ans passés, un rire qui, peut-être, cachait une fissure secrète chez la si parfaite Arthénice.

Floriane était l'une des plus assidues visiteuses de la maison. Pas une semaine ne s'écoulait sans qu'elle ne franchît plusieurs fois le grand portail, traversât la cour d'honneur, grimpât les marches du perron surmonté d'un dôme, décoré de statues, qui s'arrondissait, détail inhabituel, dans un angle et non au centre du corps de logis. Tout ici était d'ailleurs différent, original, la marquise ayant avec non-conformisme et imagination, transformé le vieil hôtel hérité de ses parents.

Cette brique rouge, par exemple, si richement ornée de frises, de pilastres, l'agencement ingénieux des ailes d'habitation et celles réservées aux domestiques et aux communs, des bâtiments si bien disposés que de partout pouvaient se voir les jardins, le bassin circulaire, les massifs de fleurs, les grands arbres et la petite prairie insolite au cœur de la ville. Des jardins dont on profitait également à l'intérieur, au travers de hautes fenêtres percées du sol au plafond. Et ces enfilades de pièces ! Luxueuses, certes, mais chaleureuses, celles d'une maison aimée, entretenue, habitée constamment, une maison qui ne désemplissait jamais, où, au gai brouhaha des invités, se mêlaient les ébats des enfants. Floriane, laissant alors Ermelinde rejoindre la gouvernante des deux plus jeunes filles de la marquise et du benjamin, le petit vidame [1] du Mans, montait vite chez son hôtesse au premier étage.

Que de monde déjà, cet après-midi d'octobre, dans la longue antichambre tendue de cuir rouge-vert et doré, assis sur des chaises tapissées ou devisant devant la cheminée immense, dont les flammes dispersaient les premières fraîcheurs de l'automne ! Partout, sur des guéridons, étaient disposés des bibelots rares, des vases de cristal débordant de fleurs — une autre habitude, peu répandue encore, ces objets exposés en un savant désordre et ces grands bouquets odorants ! Floriane foula l'épais tapis de Perse, salua le marquis de Rambouillet qui s'était avancé à sa rencontre. Grand et maigre dans son pourpoint de tabis bleu, appuyé à l'épaule de son écuyer, il s'inclina devant elle avec raideur et maladresse.

— Une fluxion au genou, avait-il coutume de dire à ceux qui parfois s'inquiétaient de son handicap, ignorant que le gentilhomme ne voulait pas avouer par une coquetterie singulière qu'une blessure, jadis, lui avait affecté la vue.

Car, hormis la voix qu'il avait fort agréable, le bon marquis n'avait pas la séduction de sa femme qu'il révérait, bien sûr, comme tous ici présents. Le jeune Pisani, son fils aîné qui s'approchait à son tour, était lui aussi malheureusement disgracié : une négligence de nourrice l'avait laissé malingre et bossu mais son infirmité était compensée par de beaux cheveux blonds, un esprit railleur et un penchant pour le jeu et les femmes qui le rendaient fort sympathique.

Floriane aperçut dans une encoignure le comte de Maure en tendre aparté avec la très sérieuse Anne d'Attichy. Elle répondit aux bonjours du duc de Montmorency, du cardinal

1. Titre laïque. Suppléant d'un évêque.

de La Valette, du jeune comte de Guiche, de messieurs de Saint-Luc, Saint-Géran, Candale et bien d'autres. Des valets allaient et venaient parmi les groupes, portant sur des plateaux d'argent des verres de vin ou de sirop. Le service était irréprochable, les domestiques de l'Hôtel de Rambouillet, réputés pour leur fantaisie, l'étaient aussi pour leur dévouement.

« Artus ne devrait pas tarder à venir », se dit Floriane avant d'être harponnée par un Boisrobert plus parfumé, plus trépidant que jamais.

Volubile, le joyeux abbé chercha à l'entraîner vers un groupe d'hommes de lettres afin qu'elle arbitrât l'une de ces joutes poétiques dont ils étaient friands. La jeune femme reconnut Neufgermain, un demi-fou à la barbe embroussaillée, Chapelain, débraillé, toussotant, crachotant à chaque mot, l'un des rares familiers à transgresser les règles de propreté de la maison, Godeau si petit qu'on le surnommait « le nain », le vieux Gombaud et sa manie de la persécution, Vaugelas obsédé par la grammaire, Racan toujours distrait et parmi eux, Malleville qui se moquait de tout. Leurs travers, leurs bizarreries plaisaient à la marquise, pimentaient ses réunions. En riant, Floriane refusa l'invite et laissa le petit noyau d'excentriques, non dépourvus de talent d'ailleurs, à ses querelles de plume. Boisrobert soupira d'un air bouffon et simula un baiser.

— Soit, délice de mes jours, sujet de tant de larmes. Nous nous retrouverons plus tard à la comédie. Car nous avons comédie, ajouta-t-il avec ravissement. J'en tremble d'aise. Mais allez vite chez notre Arthénice. Elle vous dira tout elle-même.

Foscarini, l'une des femmes de chambre de madame de Rambouillet, une Italienne comme beaucoup des serviteurs de la maison, ouvrit à Floriane la porte de l'appartement de sa maîtresse. Une garde-robe, un petit cabinet oratoire où la marquise se réfugiait pour lire, prier, se reposer, n'y admettant que ses intimes, une chambre à alcôve et enfin, aussi vénéré qu'un sanctuaire, le cœur de l'hôtel, la « chambre bleue » !

Feutrée, raffinée, féerique, c'était véritablement une vision du paradis sur terre, où flottait le parfum des fleurs et celui, plus capiteux, de l'ambre gris. Meubles précieux, porcelaines, émaux, bronzes et cristaux, une émouvante Vierge à l'Enfant, des portraits dans leurs cadres dorés, une grande horloge de cuivre au son argentin, chatoyaient dans un déploiement de brocatelle bleue — bien sûr — à ramages blanc et or, discrètement bordée de rouge, sur les murs, les chaises à vertugadin, les tabourets pliants et le lit de parade. Entourée d'un aréopage féminin, la divine Arthénice était étendue, aussi superbe et admirée qu'une déesse, mais une déesse accueillante, bienveillante, intéressée à tout.

— Ah ! adorable Floriane, nous vous attendions ! s'exclama-t-elle de sa voix veloutée qui, comme ses yeux noirs, conservait le charme caressant de son Italie natale.

Floriane se pencha, baisa la joue de son hôtesse, sourit aux dames à la ronde qui lui firent une place parmi elles, les amies, les fidèles de la marquise : la princesse de Condé et sa beauté légendaire, la rousse et superbe Angélique Paulet dont la réputation de chanteuse faisait, disait-on, mourir les rossignols de dépit, la pieuse marquise de Liancourt, la mignonne madame Aubry, la comtesse de Moret — la mère d'Antoine — borgne et volumineuse, l'opulente marquise de Sablé, l'une des anciennes maîtresses d'Henry de Montmorency, assise près de l'ardente Marie-Félice, l'ambitieuse comtesse de Soissons mais aussi de plus jeunes personnes : madame de Combalet, toujours très froide vis-à-vis de Floriane et d'ailleurs pour l'instant occupée par la troublante Anne du Vigean, Renée de Beuvron, la nièce de Bassompierre, la petite Aubry, ces dernières plus proches, par conséquent, de la fille aînée de madame de Rambouillet, sa préférée, la très brillante Julie d'Angennes.

Julie, d'un geste prévenant, remonta le couvre-pied de dentelles sur les jambes de sa mère. Par une étrangeté de la nature, la marquise, de complexion fragile, sujette aux refroidissements, ne supportait ni les rayons du soleil, ni la chaleur d'une cheminée. L'hiver, protégée par des paravents de l'ardeur des flammes, Arthénice se glissait dans une peau d'ours, s'enveloppait de châles et de bonnets, se moquant d'elle-même et du spectacle qu'elle offrait, sans se plaindre, jamais, de sa santé pourtant médiocre.

— Quel regard changeant vous avez, Floriane, reprit-elle avec cet art du compliment qu'elle possédait au plus haut degré. Gris, bleu, mauve ? On ne saurait dire et dans l'incertitude on préfère louer leur douceur et leur modestie.

— Leur modestie ? Madame, quelle indulgence ! protesta quelqu'un. Je trouve, pour ma part que :

La belle baronne darde
De ses yeux mille trépas.
Mais dites, n'a-t-elle pas
La mine un peu gaillarde ?
Je pense que sa vertu
a bien souvent combattu.

De tous ces combats, est-elle sortie victorieuse ? Ça, mes amies, c'est une autre histoire !

La voix était douce, ironique, séduisante. C'était celle d'un petit homme au menton fuyant, à la longue et soyeuse chevelure brune, jeune, élégant, soigné et pour l'heure, le seul représentant de la gent masculine au milieu de la si froufroutante compagnie.

— Histoire que je vous laisse le loisir de deviner, cher monsieur Voiture, roucoula Floriane, point dupe des mines naïves que prenait le poète.

Jamais, en effet, il n'avait l'air aussi niais que lorsqu'il raillait quelqu'un. Bien que ces vers eussent tout l'air d'avoir été improvisés à propos, elle aurait cependant parié qu'ils avaient été, en réalité, soigneusement préparés à l'avance et gardés en réserve par l'aimable persifleur.

Sans Vincent Voiture, la « chambre bleue » n'aurait pas été tout à fait ce qu'elle était. Présenté à la marquise cinq ou six ans auparavant, il était vite devenu « l'âme du rond » par sa vivacité, sa drôlerie, sa façon unique d'être au courant de tout et de raconter ses histoires, inventer un jeu nouveau, trousser une épigramme. Ses manières efféminées, sa nature frêle, ses rhumes et ses petits maux cachaient en fait un redoutable coureur de jupons. De la plus humble à la plus titrée, toutes les femmes l'obsédaient. Il faisait à Floriane une cour pressante où l'amour n'avait aucune part, incapable qu'il était d'éprouver un sentiment sincère. Deux exceptions toutefois chez ce brillant égoïste : Julie, qu'il admirait, dont il supportait les humeurs, partagé entre fascination et exaspération et madame de Rambouillet bien sûr, « la plus noble, la plus parfaite chose », sa bienfaitrice, son amie, son idole qui le recevait, le cajolait, lui, le fils d'un simple marchand de vin ! Grâce à elle, Voiture côtoyait chaque jour l'élite de la société, ce monde fascinant pour lequel il se savait destiné depuis toujours. « Arthénice n'aura jamais dans mon affection de compagne ni de pareille... » disait-il souvent, plein de gratitude et d'admiration. Jamais il n'était aussi heureux qu'en ce moment même où, entouré de femmes, il donnait le meilleur de son esprit, leur conversation lui « éclairant l'âme en même temps qu'elle l'embrasait ».

— La baronne d'Ivreville n'aurait aucun mérite à triompher aisément des assauts menés par ses soupirants, déclara la Princesse de Condé avec un brin de malice. Chacun sait qu'elle ne pense qu'à son époux.

Ces dames qui pour la plupart avaient à se plaindre de leur vie conjugale — madame la Princesse en tête — se moquèrent à leur tour, interrompues soudain par Marie-Félice de Montmorency.

— Avouons, mesdames, que nous envions toutes un peu notre chère Floriane d'avoir pour mari un homme qui sait rester amant.

Auprès d'elle, madame de Sablé qui naguère avait sans

aucune discrétion affiché sa liaison avec le duc Henry, rougit, un peu gênée, s'agita sur sa chaise pour la plus grande joie de madame de Rambouillet. Celle-ci jugea toutefois préférable de changer de conversation.

— J'annonçais, juste avant votre arrivée, Floriane, que nous assisterons aujourd'hui même à la représentation de la dernière œuvre de M. Mairet. C'est une surprise, préparée par le comte de Belin qui doit être en bas dans la grande salle, à veiller aux derniers préparatifs. Je ne me suis occupée de rien, certaine que tout sera réussi grâce au comte dont vous connaissez, comme moi, le vif intérêt pour tout ce qui concerne le théâtre en général...

La phrase resta en suspens sur un sourire : ... et les comédiennes en particulier, sous-entendait la marquise sachant que tout le monde avait compris.

On frappa à la porte. Chavaroche, l'intendant de l'Hôtel, vint justement annoncer que tout était prêt et que les acteurs n'attendaient plus que le bon vouloir de leurs illustres hôtes pour commencer le spectacle.

Le théâtre était à la mode ! Non point ces grosses farces dans lesquelles les bouffons débitaient pour le peuple les pires obscénités. D'ailleurs, Turlupin, Gros Guillaume et Gaultier-Garguille s'essoufflaient, prenaient de l'âge. Non plus ces tragédies pédantes et interminables du vieil Alexandre Hardy, ces salmigondis de meurtres, de viols, d'outrances dont le public avait fini par se lasser. Non ! Depuis quelques années, le goût était à la pastorale où bergers et bergères, en maintes aventures, tentaient de voir clair en leurs cœurs. Et surtout à la tragi-comédie.

Inspirés par l'histoire antique ou les romans, de jeunes auteurs — Rotrou, Scudéry, Mairet, Corneille — y chantaient dans un style allégé, les grands sentiments chevaleresques, l'héroïsme, la galanterie, le triomphe de l'amour enfin, car immanquablement, la conclusion de la pièce devait être heureuse même au mépris, parfois, de la vraisemblance. Ces œuvres s'adressaient évidemment à un public de cour raffiné, qui ne craignait plus de se rendre aux spectacles de l'Hôtel de Bourgogne où jouait la Troupe royale, ni rue Vieille-du-Temple voir la Troupe du roi. Souvent aussi, comme c'était le cas ce jour-là, des représentations privées étaient organisées par de riches seigneurs épris d'art nouveau qui généreusement pensionnaient auteurs et comédiens.

Le comte François de Belin était de la race aimable, brillante, des mécènes. C'était un quadragénaire affable et séduisant qui n'avait pas son pareil pour offrir dans ses châteaux du Maine, ou dans son hôtel parisien, fêtes, chasses, bals, soirées théâtrales où se produisaient les meilleurs artistes. Il s'était pris de passion pour une piquante comédienne, Isabelle Le Noir et escomptait bien aujourd'hui, avec *Virginie* la toute dernière pièce de Jean Mairet, jouée devant un parterre si prestigieux, assurer la renommée de la jeune personne.

Le comte n'avait donc pas lésiné sur les moyens. Une bande de violons avait été conviée. Une estrade avait été montée dans la grande antichambre du rez-de-chaussée. Des rampes de bougies éclairaient un décor neuf, une toile peinte de différents motifs — un palais, un jardin, un rivage — devant lesquels, suivant l'intrigue, se placeraient les interprètes. On n'en était pas encore à la règle des trois unités, lieu, temps, action, si controversée, qui commençait à faire quelques adeptes.

Noir et vif comme un merle fourvoyé au milieu d'une assemblée de perruches, Vincent Voiture accompagna ces dames jusqu'à la salle de spectacles, manœuvra pour s'asseoir près de Julie d'Angennes, mais trop tard. La jeune fille avait retrouvé Godeau, son « nain », son bouffon et ses deux soupirants, les frères Montausier. Dépité, Voiture se rabattit sur Floriane et s'installa à côté d'elle, à la place qu'elle réservait à Artus, prenant soin de rapprocher leurs chaises afin de donner aux autres l'illusion d'une intimité qu'elle était pourtant bien décidée à lui refuser. Avec humeur, Floriane déplaça son siège sur la gauche et manqua, ainsi, écraser le pied enrubanné du comte de Belin.

— Ne vous excusez pas, ma chère, lui murmura ce dernier en lui pressant le bras, se méprenant sur la cause de sa nervosité. Je comprends votre impatience. Vous ne serez pas déçue, je vous l'affirme. Cette pièce-là est un véritable bouquet d'effets variés. Mais néanmoins d'une sobriété, d'une rigueur... Et la Le Noir ! Elle est divine dans le rôle de Virginie. Vous verrez. Toute de grâce, de gentillesse, de sensibilité. Et son visage ! Sa tournure, si élégante...

— Je n'en doute pas, monsieur, dit Floriane un peu sèchement.

Par une réaction bien féminine, entendre les louanges d'une autre, fût-elle comédienne, finissait par l'agacer d'autant plus que son bras, pétri avec fièvre par le comte, commençait à l'incommoder. D'un œil irrité, elle balaya les rangées de chaises dorées et de tabourets sur lesquels tout le monde était maintenant à peu près assis. Les voix couvraient presque la musique. Arthénice et M. de Rambouillet, devant, souriaient, ravis de jouer les invités dans leur propre maison. Marie-Félice avait retrouvé son cher Henry et le cardinal de La Valette, toujours aussi maigre et aussi basané, sa blonde princesse de Condé, son « épouse ». Chacun s'était accoutumé à l'étrange couple qu'ils formaient tous les deux. Boisrobert se faufila et vint s'asseoir derrière Floriane à côté d'un grand jeune homme au regard très clair qui, visiblement, ne savait où mettre ses longues jambes. Il finit par les glisser sous la chaise de la jeune femme sans égards pour les plis de sa robe de velours bleu, pourtant soigneusement étalée. Décidément, le sans-gêne de son voisinage déconcertait Floriane.

« Et, bien sûr, Artus n'est pas là ! Je parierais qu'il le fait exprès, maugréa-t-elle en pensée. Je sais bien qu'il ne goûte que modérément ce genre de distraction mais tout de même ! Il m'avait promis. Et le spectacle qui commence ! Il va en manquer le début. Dommage... »

Pressée de part et d'autre par les ardeurs du comte de Belin et de Voiture qui, l'esprit occupé par d'autres, n'en cherchaient pas moins à profiter pleinement de sa présence, sa chaise et ses jupes repoussées et dérangées sans cesse par le grand jeune homme apparemment envoûté par la scène, l'oreille emplie des appréciations de Boisrobert, Floriane s'efforça cependant, avec mérite, de suivre jusqu'aux rives du Bosphore la douce Virginie.

Conformément aux dires du comte de Belin, la Le Noir était fort séduisante et jouait en effet son rôle avec beaucoup de justesse. Tous les membres de la troupe étaient d'ailleurs très bien, en particulier le mari d'Isabelle, Charles Le Noir, Marguerite Villiers aux faux airs d'Anne d'Autriche mais surtout un comédien, surpassant tous les autres. D'une taille pourtant ordinaire, le cheveu court et crépu, il avait une telle présence et une telle voix qu'on ne voyait, qu'on n'entendait que lui dès qu'il était en scène. Par sa déclamation puissante, ses accents vibrants, sa force visiblement puisée au cœur de ses entrailles, il subjuguait, fascinait. C'était Mondory, chef de la troupe au côté de Le Noir. Amoureux de la Villiers, qui le détestait, il rivalisait de talent avec elle au bénéfice du spectacle, sa rage portant ses rôles au paroxysme de la passion. Personne ne s'y trompa : le grand artiste, c'était lui.

Lorsque, après mille péripéties, rebondissements, larmes et trahisons, Virginie épousa enfin le beau Périandre, les spectateurs purent faire un triomphe à l'auteur et ses interprètes, et Floriane, enfin libérée de son mâle entourage, souffla un peu. On félicita Mairet qui avoua avec fausse modestie avoir pour cette pièce « la tendresse d'un père pour le cher enfant de sa muse ». Par curiosité de la part des uns, par galanterie de la part des autres, dames et gentilshommes entourèrent et louèrent les Comédiens. François de Belin fut remercié d'avoir permis un divertissement de cette qualité. Mondory, le grand triomphateur du jour, se vit gratifié d'une forte pension de la part du cardinal de La Valette conquis par son talent. Madame de Rambouillet se déclara enchantée.

— Ah ! Ce Mondory ! Ce Mondory ! ne cessait de répéter Boisrobert qui lui-même aurait tant voulu monter sur les planches mais devait se contenter d'écrire des comédies selon le goût de Richelieu, son maître.

— Oui... Mondory, fit à mi-voix le jeune homme aux longues jambes. Un peu trop rugissant peut-être.

Dans le bruit ambiant, personne, excepté Floriane, n'eut l'air de l'entendre. Elle aussi complimenta la troupe.

— Je trouve que cette Le Noir vous ressemble, lui susurra Voiture. Je m'en vais de ce pas mesurer si elle est moins farouche que vous.

— Faites donc ! répondit-elle, pas mécontente d'être débarrassée de l'insolent petit homme.

Elle se retourna sur la salle, aperçut alors Artus, à la dernière rangée de chaises qui, bras croisés, la regardait. Elle s'empressa de le rejoindre, heureuse comme chaque fois qu'elle le retrouvait, bien décidée néanmoins à lui reprocher son retard, à se venger sur lui des importuns qui lui avaient à demi gâché son spectacle.

— Enfin, Artus, où étiez-vous ? Avez-vous vu la pièce ? Je vous ai attendu tout l'après-midi !

Toujours bras croisés, sans l'ombre d'un sourire, il la toisa :

— Vous aviez une bien intéressante façon de m'attendre, madame. Entourée de soupirants tous plus audacieux les uns que les autres.

— Parlons-en ! Ils ont failli me faire périr étouffée.

— Vous ne semblez pourtant pas trop mal en point.

Elle lui coula un regard de côté, cherchant à deviner si réellement il plaisantait. Elle le savait si ombrageux !

— Artus, serais-tu jaloux ? murmura-t-elle avec un air de malice.

Elle luttait contre l'envie de l'embrasser là, devant tout le monde. L'atmosphère romanesque de la pièce, les émois de Virginie, l'élan des comédiens, l'émotion collective des invités, les hommages de ses propres voisins, la laissaient troublée, un peu haletante, toute prête à répondre à l'amour qui lui ferait signe. Elle s'appuya contre Artus :

— Tu es stupide, mon amour, fit-elle avec un petit rire de gorge provocant.

Sans répondre, il la saisit par le bras et la fit sortir de la salle à grandes enjambées.

— Mais... mais et nos hôtes ? protesta Floriane, voyant qu'il l'entraînait dehors sans même prendre la peine de chercher son manteau et, d'un signe à La Musette guettant dans la cour, demandait leur carrosse.

— Vous saluerez nos hôtes la prochaine fois, rétorqua Artus. Je crois qu'il serait temps que vous vous occupiez un peu de votre mari, ma jolie coureuse de salons.

« Ma parole, je ne me trompais pas, il me fait une crise de jalousie ! » pensa Floriane à la fois furieuse et amusée, poussée sans ménagement à l'intérieur du carrosse qui n'avait pas tardé à s'avancer.

— Artus ! dit-elle à voix haute en le voyant immédiatement rabattre les mantelets de cuir des portières. Que fais-tu donc ?

Mais sans l'écouter et sans plus de façons, il la renversa sur la banquette, retroussa ses jupes avec dextérité, se prépara lui-même à la rejoindre.

— Non ! protesta-t-elle avec indignation. Pas maintenant ! Pas ici ! Tu es fou !

— Complètement fou ! Fou de toi, ma diablesse, grogna-t-il contre sa gorge qu'il avait dénudée et dont il buvait goulûment la blancheur laiteuse.

Elle se débattit, un peu par jeu, juste ce qu'il fallait pour aiguiser encore leur désir déjà pimenté par l'étroitesse de la voiture, les cahots, l'obscurité, les bruits de la rue qui les cernaient. Le plaisir les enveloppa, rapide, fulgurant, violent comme un brasier purificateur dans lequel jalousie, acrimonie, mauvaise foi, se consumèrent aussitôt. Le plus tendre, le meilleur d'eux-mêmes épargné, ils se figèrent alors dans les bras l'un de l'autre, tremblants de bonheur au rythme oscillant du carrosse qui les emportait.

*
* *

Un vent sauvage courait sur la prairie aux herbes hautes. Le mince jet d'eau du bassin s'écoulait lentement, marquant ainsi la fuite du temps sur l'apparente immobilité des choses. Les grands sycomores plantés au fond du jardin pour cacher à la vue de l'Hôtel de Rambouillet le cimetière et l'hospice des Quinze-Vingts, dénudés par les premiers frimas, dévoilaient aujourd'hui l'affligeant paysage. La souffrance et la mort existaient toujours. Une simple haie d'arbres ne suffisait pas à les faire disparaître. Personne, jamais, n'était hors de portée du malheur, même ici, dans cet endroit pourtant voué aux délices.

Un enfant allait mourir ! Un enfant de sept ans, le petit vidame du Mans, le dernier fils d'Arthénice, aussi brun, aussi sérieux, aussi charmant qu'elle l'était elle-même. Il s'était plaint un soir de la tête. Sa gouvernante qui, la veille, s'était rendue au chevet d'un pestiféré, l'avait étourdiment embrassé à son retour. Geste imprudent, fatal. La maladie n'avait pas tardé à se déclarer.

Aussitôt la nouvelle propagée, l'Hôtel de Rambouillet avait sombré dans le silence. Les petites filles avaient été immédiatement conduites chez des parents, en lieu sûr. Les amis, les connaissances, tous, habituellement si avides d'approcher la marquise, de respirer l'air unique de sa demeure, du jour au lendemain, avaient interrompu leurs visites. Mais comment les en blâmer ? Comment se moquer d'une madame de Sablé, par exemple, qui, terrorisée, avait couru se réfugier en province ? Qui pouvait se vanter de garder son sang-froid devant la peste ?

Pourtant, face au danger, certaines âmes se révélaient. Ainsi Julie, si dure, si moqueuse, si mondaine. C'est elle qui avait insisté pour éloigner tout de suite le marquis et Monsieur de Pisani ; elle qui avait décidé de rester seule au chevet de son petit frère et par son courage, incité les domestiques à ne pas déserter la maison. Julie, toujours si recherchée, si entourée, qui semblait aimer tant de monde mais dont l'affection, en fait, était parcimonieusement distribuée.

Lorsqu'elle avait appris la maladie du jeune vidame, la panique qui avait éparpillé les habitués de l'Hôtel, beaucoup de souvenirs cruels, douloureux, avaient afflué à l'esprit de Floriane. Des sentiments multiples, imprécis, l'avaient tourmentée jusqu'à ce qu'elle eût pris sa décision : se rendre rue Saint-Thomas-du-Louvre partager l'épreuve de la marquise et des siens. Bien sûr, il y avait eu les objurgations d'Ermelinde, de Toinon, de La Musette. Ils ignoraient ce qu'avait supporté leur maîtresse, qu'elle n'avait plus aucun mérite à affronter un mal contre lequel elle était désormais armée. Ils ne pouvaient savoir qu'en fait, c'était au-devant de son passé, brutalement resurgi qu'elle se tournait. Et Artus ? Artus, par un hasard providentiel, était en Champagne, auprès du roi. Présent, il aurait certainement désapprouvé son dessein et, en aucun cas, elle n'aurait voulu lui expliquer un geste qui allait bien au-delà d'une preuve d'amitié.

Avec précaution, Julie passa une compresse sur le front brûlant et le visage défiguré par la souffrance de son jeune frère. Elle avait perdu son air habituel d'ironie et de dédain. Elle regarda furtivement Floriane avec une ombre de sourire avant de se rasseoir, lèvres closes, farouchement murée dans sa peine. Les deux jeunes femmes, de chaque côté du lit, prièrent en silence, Arthénice s'était réfugiée dans son oratoire. Julie lui refusait l'accès de la chambre où agonisait son petit garçon.

Quelles douleurs, quels surhumains efforts n'avait-elle pas endurés pour le mettre au monde ? pensait la marquise, agenouillée, les mains sur son visage. Six enfants ! Son corps fragile, si vite agressé avait, par six fois, connu l'inimaginable torture ! Tout l'amour obtenu par un tel sacrifice n'était jamais parvenu à la lui faire oublier. La maternité, les réalités du mariage, trop tôt apprises auprès d'un homme bon, certes, mais plus âgé et qu'elle n'avait pas choisi, Arthénice les avait supportées parce qu'elle avait su, par ailleurs, embellir, illuminer son existence des feux de l'esprit et de l'amitié. Mais devant la mort imminente d'un innocent, la féerie s'était éteinte, les ténèbres avaient envahi la « chambre bleue ».

L'agonie se prolongea près d'une semaine. Dans le silence moite de la pièce, à peine dérangé par les soins donnés au petit vidame, Floriane en reconnaissait chaque étape, chaque progression. Peu à peu, sa méditation profonde l'entraînait sur des voies qu'elle avait cru pourtant à jamais effacées par le temps. Elle retrouvait des visages estompés, découvrait aussi ce qu'était la valeur de son présent.

Lyon revivait dans sa mémoire, Johanès, Hamelin, ses propres souffrances, sa déchéance, sa résurrection enfin, son long cheminement vers le bonheur. De quel prix avait-elle dû le payer [1] !

Alors soudain, Floriane immobile sur sa chaise, les yeux fixés sur le petit malade qui râlait entre ses draps de dentelle, fut frappée par une évidence. Non, on n'en avait jamais fini avec le malheur. C'était une erreur terrible de croire qu'une fois pour toutes, on avait payé son dû, que le cœur et le corps insoucieux, on pouvait se griser de légèreté et de plaisir. A chaque instant l'adversité pouvait à nouveau frapper de plein fouet. Combien lui parut futile tout à coup son existence, entièrement vouée à l'agrément, à la jouissance !

« Artus... Où allons-nous ? Que faisons-nous de notre vie ? » se demanda-t-elle, déchirée.

Devant la torture du petit garçon, elle était prise d'une compassion infinie, du regret encore jamais éprouvé à ce point de l'enfant qu'elle avait naguère porté, de l'envie brutale, brûlante, d'être mère enfin, à son tour, de donner à son amour pour Artus une nouvelle dimension, de le marquer en quelque sorte du sceau d'immortalité.

Quelqu'un traversa la chambre, rejoignit Julie, sans un mot.

— Vincent... murmura-t-elle, reconnaissante.

1. Voir, chez le même éditeur, *Les Noces de Lyon*.

Le frivole, le badin, le délicat Voiture était venu, réussissant à vaincre sa peur, mû par son affection pour ses bienfaitrices. Il salua Floriane avec tristesse mais contentement à la voir fidèle elle aussi.

« Comme on peut se tromper sur les gens », se dit-elle en se levant discrètement et en sortant dans le corridor.

Elle descendit l'escalier, désireuse de bouger un peu, de calmer son agitation intérieure, de fortifier sa récente résolution loin du regard bouleversant du petit vidame. Elle fit quelques pas dans les pièces vides, froides, pas éclairées, où scintillaient à peine lambris dorés et objets précieux.

« Mon Dieu, donnez-moi un fils ! Un fils que vous ne me reprendrez pas. Un fils pour Artus... »

Un bruit la fit se retourner et elle le vit, immobile dans une embrasure de porte, en habit de voyage, poussiéreux, las, une expression étrange sur les traits, un mélange d'inquiétude et d'émerveillement.

— Artus !... Non ! s'écria-t-elle en levant la main. Laisse-moi. Ne t'approche pas ! Pars d'ici, vite !

L'angoisse la fit trembler, chanceler. Artus s'élança, la reçut dans ses bras. De toutes ses forces, elle voulut le repousser mais il la maintint contre lui, l'étreignant à la briser, la voix rauque, chavirée par l'émotion :

— Floriane, mon amour ! Comment peux-tu imaginer que je te laisserais seule exposée ? Ne dis rien, fit-il en lui couvrant la bouche de ses doigts. Ne dis rien. Je ne veux rien savoir. Tu as tes raisons ma douce téméraire. J'approuve ta folie sans la comprendre. Laisse-moi au moins la partager avec toi.

Alors, elle renonça à lutter, éperdue de gratitude, de fierté à le sentir près d'elle. Tandis qu'Artus l'embrassait avec passion, elle pensa simplement, laissant couler ses larmes, que s'il devait mourir, elle ne lui survivrait pas.

Le petit vidame du Mans, si beau, si grave, cessa bientôt de souffrir. A Rambouillet, dans l'église Saint-Lubin, fut enseveli le pauvre corps supplicié. Artus et Floriane, plus unis que jamais, l'accompagnèrent jusqu'à sa dernière demeure.

II

La robe pourpre

(Février 1632 — Février 1633)

L'HÔTEL de Rambouillet se replia sur son deuil. Chacun se demandait avec désolation si l'on y verrait un jour renaître l'aimable gaieté de naguère. Julie, encore elle, réussit à persuader la marquise, cloîtrée dans son alcôve, de rouvrir la « chambre bleue ». Alors, peu à peu, les habitués reparurent et comme si la mort n'était pas venue visiter la belle demeure, les rires, les conversations reprirent leurs droits. Avec élégance et courage, Arthénice sut ne pas décevoir ceux qui l'aimaient et l'admiraient.

— Je préfère cela, confia Vincent Voiture à Floriane, qu'il croisa un après-midi sur le perron de l'Hôtel. Ainsi pourrai-je partir l'esprit un peu moins chagrin.

— Est-ce la perspective d'abandonner vos maîtresses qui vous afflige à ce point ? railla Floriane. Madame de Saintôt, par exemple, ou notre chère Sablé ou encore cette petite La Touche dont je me suis laissé dire que...

— Hélas ! il s'agit bien de mes maîtresses ! renifla le poète, puisant dans une boîte un grain d'antimoine et un œil d'écrevisse dont il usait pour combattre les fièvres. Vous savez bien ce qui me rend malade : loin de Paris, je ne vis qu'à demi, je suis un poisson hors de l'eau. J'ai besoin d'Arthénice, de Julie, de vous, baronne, ajouta-t-il d'un air malicieux.

— Bah ! Les jolies Bruxelloises vous guériront bien vite de notre souvenir, assura Floriane qui aimait à le taquiner et ne voulait pas lui montrer que son départ l'affectait plus qu'elle ne l'aurait cru.

Sans lui, les réunions de la « chambre bleue » auraient-elles le même intérêt ? Elle tendit une main amicale au petit homme qui la porta avec emportement à ses lèvres.

Bruxelles... En regardant s'éloigner Voiture, Floriane pensait à ce que représentait cette ville depuis que Gaston y avait rejoint sa mère. Le duc de Lorraine ayant été plus ou moins maté par Louis XIII, Nancy avait en effet cessé d'être un bon refuge pour Monsieur et ses partisans. Bruxelles, capitale des Pays-Bas espagnols, était donc devenue le foyer de la lutte contre Richelieu. Tous les opposants s'y retrouvaient, s'agitaient, conspiraient.

Et dire que ce pauvre Voiture allait, lui aussi, plonger dans ce chaudron aux sorcières ! Mais Gaston d'Orléans, ayant battu le rappel de tous ses amis, ses officiers, ses serviteurs, il se devait de partir. Car Voiture était « Introducteur des ambassadeurs de Monsieur », charge plus honorifique que contraignante, certes, mais qui lui rapportait tout de même deux mille livres de gages par an, ce qui n'était pas négligeable. En outre, il avait les meilleurs rapports du monde avec le jeune prince, amateur de poésie... et de débauches comme lui.

Le sérieux de la situation n'empêchait pas les exilés de s'amuser comme des enfants. Incorrigibles, romanesques, enclins à cette galanterie si typiquement française, ils continuaient de privilégier l'amour. Puylaurens papillonnait. Gaston... Gaston lui-même, dans le plus grand secret, avait épousé Marguerite de Lorraine, sa « petite Angélique » comme il la surnommait, se promettant de l'appeler au plus vite à Bruxelles. En attendant, il trouvait auprès de la vieille gouvernante des Pays-Bas, l'Infante Isabelle, un accueil affectueux. Ses dames d'honneur, charmantes, avaient de quoi lui faire oublier, sinon sa jeune femme, du moins la rigide étiquette espagnole et les terribles enjeux politiques.

En effet, les bruits perçus çà et là rappelaient que l'on vivait en permanence sous la menace de la guerre. Cette guerre qui déchirait l'Allemagne où Richelieu, grâce aux subtiles manœuvres diplomatiques du Père Joseph, dressait les protestants contre l'empereur d'Autriche afin d'affaiblir celui-ci ; cette guerre dans laquelle le roi de Suède, Gustave-Adolphe, les chefs autrichiens, Tilly, Wallenstein, à la tête de leurs soudards, rivalisaient d'exploits militaires et de cruautés ; cette guerre enfin qui peut-être ensanglanterait la France à son tour ! Floriane se refusait à y penser tant l'idée de voir Artus retourner au combat réveillait en elle des peurs anciennes jamais tout à fait éteintes.

Mais les nouvelles de l'étranger n'étaient pas les seules à déplorer. Tout aussi affligeantes étaient les émeutes qui secouaient les provinces, regimbant sous la férule des représentants de Richelieu. Qu'importe ! Le roi, le cardinal, sourds à toute protestation, n'en continuaient pas moins leur marche implacable.

— « Je vous rognerai les ongles de si près qu'il vous en cuira ! » menaçait Louis devant le Parlement assez audacieux pour s'opposer à l'absolutisme peu à peu mis en place.

Comme il avait changé ce jeune roi de trente ans, prématurément vieilli, effilé comme une lame, miné par la maladie mais surtout rongé, desséché par sa volonté jamais en défaut d'accomplir son devoir coûte que coûte. Chacun en venait à douter qu'une parcelle d'humanité subsistât encore en lui, à moins qu'il ne fût totalement sous la coupe de Richelieu. Opinion que partageait une grande part de ses sujets. La condamnation du maréchal de Marillac après un simulacre de procès, relança la polémique et causa un scandale retentissant.

Rien ! On ne put rien trouver — et pour cause ! — qui puisse prouver que le maréchal avait effectivement comploté contre l'État. Alors les juges, dûment endoctrinés, conduits par une créature du cardinal, l'impitoyable Laffemas, finirent par l'accuser de malversations, commises jadis, alors qu'il commandait l'armée de Champagne. Une peccadille, bien sûr, mais qui parut cependant suffisante pour faire condamner à mort le prisonnier.

— Je le savais ! Je l'avais prédit ! s'écria Floriane qui avait écouté sans un mot Artus lui résumer le procès.

Pour une fois, il semblait d'ailleurs aussi indigné qu'elle-même.

— Le cardinal tient sa vengeance. Depuis Lyon il la préparait.

Floriane eut une pensée pour Bassompierre toujours retenu à la Bastille. Ah ! le ministre savait garder ses proies dans ses serres griffues ! Mais, en l'occurrence, le roi s'avérait tout autant que lui inflexible et rancunier. Éliminer Marillac, y compris sous un fallacieux prétexte, c'était atteindre Marie de Médicis, son amie, c'était affirmer la puissance du trône de France aux yeux de toute l'Europe !

— « Cette mort n'est qu'un vent d'acier. Mais il faut faire réflexion à l'ignominie qui l'accompagne[1] », dit le condamné, par une belle soirée de mai 1632, avant d'offrir courageusement sa tête au bourreau.

Le public innombrable de la place de Grève, assistant au supplice, frémit soudain, comme si réellement s'élevait au-dessus de lui, le « vent d'acier » dont venait de parler, à son heure dernière, le maréchal de Marillac.

Pendant ce temps, entre Bruxelles et la France, c'était un chassé-croisé mystérieux, incessant, de messagers et d'espions. Encouragé par l'Espagne, la Lorraine et bien entendu par Marie de Médicis, ulcérée après la mort de Marillac, Monsieur résolut de rentrer en France à la tête d'une armée, bien décidé à libérer la France et le roi du tyran.

1. Propos historiques.

Il avait un atout de maître car cette fois, entra en lice à son côté le plus valeureux chevalier qu'un prince pût trouver pour soutenir sa cause. Henry de Montmorency lui-même, le grand seigneur, déçu de voir ses mérites et sa personne jalousés, négligés par le cardinal. Gouverneur du Languedoc, il se sentait également solidaire de sa province soumise à de récentes et cruelles lois fiscales, privée de privilèges immémoriaux. Marie-Félice, enfin, pressante, vindicative, fidèle à la reine mère, l'exhortait à agir, une Marie-Félice qui ne supportait plus de voir l'homme qu'elle adorait, régulièrement bafoué par un ministre félon. Le duc Henry s'était donc laissé convaincre. Mais croyait-il sincèrement au bien-fondé de sa révolte ? Ne cédait-il pas plutôt par amour pour sa femme, amitié pour Monsieur, fidélité pour ses vassaux languedociens ?

Lorsque les troupes de Gaston eurent rejoint ses propres soldats face à l'armée de Louis XIII, commandée par Schomberg, Henry de Montmorency se lança dans la bataille, le désespoir dans l'âme, visiblement désireux d'en finir avec un monde dans lequel les êtres de sa race n'avaient plus raison d'être. Bien vite battu, blessé, refusant de fuir alors que ses adversaires lui en laissaient courtoisement l'opportunité, pleurant Antoine de Moret et d'autres bons amis tués à son côté, le duc se laissa arrêter sans résistance devant Castelnaudary et conduire peu après à Toulouse, où déjà étaient réunis ses juges.

La Cour y fut bientôt, elle aussi, ayant quitté Paris dès qu'avait été connu le soulèvement du Languedoc. Floriane faisant partie de l'entourage de la reine, put donc suivre, dans toute son intensité cette nouvelle tragédie.

D'abord commença l'angoissante attente. Haute trahison, lèse-majesté... L'issue fatale du procès ne faisait hélas ! aucun doute. Cependant, on voulait croire malgré tout au miracle ; on voulait croire à la clémence du roi. Non ! Cette fois, il n'aurait pas le cœur de faire condamner son ancien compagnon de jeux, cet homme si aimé, si vaillant qui portait l'un des plus grands noms de France ! Tous unirent leurs pleurs, leurs prières, espérant le fléchir : la reine Anne, le pape, le roi d'Angleterre, le duc de Savoie, la république de Venise, ces derniers avertis, intervenant avec diligence ; Monsieur, dépêchant ses émissaires, prêt à tout consentir pour sauver son ami ; la princesse de Condé, la sœur d'Henry, offrant pour son salut, ses propres enfants en otages ; le cardinal de La Valette, si proche de Richelieu, pourtant, les Chevreuse et les officiers royaux, le baron d'Ivreville en tête. Tous. Même le peuple de Toulouse, au bord de l'émeute, criant grâce sous les fenêtres de l'archevêché occupé par Louis XIII.

— « Grâce ! Miséricorde ! Faites-lui grâce, sire ! »

Celui-ci n'était plus que l'ombre de lui-même. Sa voix... sa voix avait quelque chose de sépulcral. Mais personne ne put rien connaître du combat intérieur qui se déchaîna en lui.

— « Je ne serais pas roi si j'avais les sentiments d'un particulier. Il n'y a point de grâce, il faut qu'il meure. On ne doit pas être fâché de voir mourir un homme qui l'a si bien mérité. On doit seulement le plaindre de ce qu'il est tombé, par sa faute, dans un si grand malheur. Toute la grâce que je puis lui faire, c'est que le bourreau ne le touchera point, qu'il ne lui mettra point la corde sur les épaules et qu'il ne fera que lui couper le cou [1]. »

Mourir ? Henry de Montmorency n'aspirait plus qu'à cela.

— « Je ne chicanerai pas ma vie [2] », déclara-t-il avant de comparaître devant les magistrats, désespérés eux aussi d'avoir à le condamner.

Lui, qui n'avait jamais pu s'exprimer aisément, sut néanmoins n'accabler personne, reconnaître sa culpabilité et admettre qu'il méritait son châtiment. Mourir... C'était, au fond, la voie la plus facile, la plus douce, lorsque le monde pour lequel on était né s'apprêtait à s'écrouler devant soi. Un Montmorency n'aurait plus de place dans l'avenir que prépa-

1. Paroles historiques.
2. Paroles historiques.

raient — au prix de quelles souffrances ! — le roi et le cardinal. L'ère des grands feudataires, indépendants et prodigues, disparaîtrait avec lui.

Son humilité et sa grandeur chrétiennes tandis que, simplement vêtu de toile blanche, il marchait au supplice, forcèrent l'admiration de ceux qui l'accompagnèrent dans la cour du Capitole.

— « Frappez hardiment ! demanda-t-il au bourreau qui, troublé par tant de piété et de noblesse, ajustait en tremblant sa lourde hache recourbée. Seigneur Jésus, recevez mon âme [1] ! »

— Mon Dieu, mon Dieu ! sanglota Floriane sur l'épaule d'Artus. Ne seront-ils pas enfin écœurés de tout ce sang répandu ?

— Cela n'a pas été si facile pour le roi, murmura Artus qui avait assisté le duc jusqu'au bout mais, malgré sa peine, cherchait à défendre son souverain. Je l'ai vu pleurer en secret.

— Richelieu jubile. Il n'a pas eu un geste en faveur de notre ami. Au contraire, il a tout fait pour être sûr de sa perte. Quel être infâme !

La vision d'un beau cavalier empanaché, l'accueillant un obscur matin d'automne devant le porche de l'église Saint-Merri, de ce même gentilhomme la recevant chez lui avec générosité et bonne humeur, redoubla ses larmes.

— Artus, te souviens-tu ? Notre mariage, cette soirée rue Sainte-Avoie, si belle, si émouvante ?

— Comment pourrais-je oublier, ma mie ? répondit-il, le visage crispé.

Et voilà que, par le fait d'un même homme, la princesse de Conty était morte ; était mort également Antoine de Moret ; Barradas restait toujours indésirable, Bassompierre en prison, Monsieur de nouveau en fuite à Bruxelles, accablé de chagrin, d'impuissance et de regrets, Brion, Puylaurens avec lui ; enfin, le duc de Montmorency sacrifié, la duchesse était seule désormais avec sa douleur. Infortunée Marie-Félice !

1. Paroles historiques.

Prostrée dans son château de La Grange, près de Pézenas, ivre de désespoir, de remords, de haine, elle pressait sur sa poitrine l'ultime lettre d'Henry. Elle avait tant pleuré que sa vue se brouillait mais les mots de son aimé étaient à jamais imprimés en elle : « Mon cher cœur, je vous dis le dernier adieu avec une affection toute pareille à celle qui a toujours été entre nous. Je vous conjure pour le repos de mon âme de modérer votre ressentiment. J'ai reçu tant de grâces de mon doux Sauveur que vous avez tout sujet d'en recevoir une grande consolation. Adieu encore une fois [1]. »

Adieu ! Ah ! le rejoindre, vite, quitter ces ténèbres, retrouver la lumière de son amour, ne plus porter le poids terrifiant de ses propres fautes, oublier, comme Henry le lui demandait, ce féroce désir de vengeance !

« *Ardet ab extincto* »... Dépouillée de ses biens, malade, épuisée mais toujours dévorée du même feu, Marie-Félice reçut l'ordre de se retirer au couvent de la Visitation de Moulins sans qu'aucun de ses amis, toutefois, ne pût obtenir permission de la réconforter.

⋆

⋆ ⋆

Extrêmement affectée par l'exécution du duc de Montmorency, la Cour regagna Paris, le roi plus rapidement que la reine qui, voulant profiter de la douce arrière-saison, flâna en chemin. Le cardinal l'accompagnait. Il n'avait pas renoncé malgré les récents événements à ses ambitions de séducteur. Il projetait même d'emmener Anne et ses belles amies dans son gouvernement de Brouage et ses terres du Poitou, nouvellement érigées en duché-pairie par Louis XIII, là où il faisait élever un château fabuleux sur l'emplacement de son modeste manoir ancestral. Duc et pair ! Homme le plus

1. Lettre authentique du duc de Montmorency à son épouse.

puissant du royaume et certainement le plus habile d'Europe, il avait atteint les sommets, sûr de pouvoir éblouir, charmer par quelques fêtes, réduire enfin à sa merci celles qui l'obsédaient toujours. Déjà la reine ne semblait-elle pas moins rétive que par le passé ? Madame de Chevreuse ne lui écrivait-elle pas des lettres confiantes et chaleureuses ? La baronne d'Ivreville ne baissait-elle pas les yeux avec trouble lorsqu'elle était en sa présence ?

Hélas ! le beau voyage dont il espérait tant tourna court. Rhumatismes, ulcères, abcès, tous ces maux dont il souffrait continuellement, après plusieurs semaines de répit, se réveillèrent soudain avec violence, l'obligeant à s'aliter. Cette fois, il crut mourir et entendre les cris de joie de ses ennemis. Avec regret, il vit la reine et toute sa suite partir sans lui, au fil de la Garonne, emportant ses rêves, ses désirs...

Comment pouvait-il ne pas se douter de la réalité, lui, si matois, dont l'intelligence avait parfois des lueurs de visionnaire ? Comment pouvait-il ne pas deviner chez ces femmes si convoitées, la haine qu'inspirait sa robe pourpre, éclaboussée du sang de ses victimes, le dégoût soulevé par toute sa personne ? Lorsqu'un peu plus tard, miraculeusement guéri, il rejoignit le roi et apprit par ce dernier, preuves en main, qu'on se jouait de lui, il resta un long moment hébété par l'humiliation. Oh ! l'horrible expression dont la reine et la Chevrette usaient, en se moquant, à son endroit ! A peine osait-il se la répéter lui-même : « Cul pourri ! »... Mon Dieu ! Sa honte, sa déception furent alors à peine tolérables. Il comprit aussi que madame de Chevreuse n'avait pas cessé de conspirer avec l'étranger, aidée par son nouvel amant, Châteauneuf, le dernier garde des Sceaux.

Cette fois, la trêve galante était rompue. Définitivement. Bientôt démasquée, la duchesse reprenait la voie de l'exil. Châteauneuf était arrêté. Plus étroitement surveillée que jamais, la reine retombait dans sa mélancolie.

*
* *

Par fidélité, Floriane continuait à fréquenter la Cour, mais de loin en loin. Le cœur n'y était plus. Les drames de l'année écoulée pesaient trop lourdement sur l'entourage royal. Le bonheur pour Floriane, c'était de pouvoir, de temps à autre, retrouver Artus et quelques jours durant, partir avec lui en Normandie ou, mieux encore, en Anjou ; ses relations avec sa belle-mère, bien que lisses et courtoises, ne s'étant toujours pas resserrées.

Secrètement, elle attendait de voir se réaliser bientôt son vœu le plus fervent : être mère ! Sans, toutefois, confier ses craintes et ses espoirs à Artus. Elle se refusait à accepter le diagnostic formulé jadis après sa chute de cheval, par le docteur Marcellin, prenait les eaux de Forges qu'elle avait elle-même recommandées à Bassompierre et dont les thermes n'étaient pas très éloignés d'Ivreville, accomplissait des neuvaines, impatiente, obstinée, confiante malgré tout en la bonté du Ciel.

— Vois-tu, ma Violette, je n'espère plus qu'en Dieu, lui confessait justement, d'une voix résignée, François de Bassompierre auquel elle rendit visite un jour de février.

Il y avait deux ans qu'il était à la Bastille. Le mois précédent, avait couru l'annonce de son élargissement imminent, rumeur révélée sans lendemain. On avait pris prétexte des complots de Monsieur à Bruxelles pour le retenir.

Floriane n'avait pas revu le maréchal depuis longtemps. De nouveau imberbe, avec juste ce qu'il fallait de moustache, la santé revenue, elle lui trouva assez bonne mine malgré son embonpoint et des cheveux blanchis qui le vieillissaient. Elle admira surtout le courage avec lequel il supportait l'adversité. Des ennuis d'argent s'ajoutaient à tout le reste. Un tiers de ses appointements jusqu'alors régulièrement versés, venait de lui être supprimé, sans compter ses terres de Lorraine menacées par les opérations militaires du roi. Dépensier, imprévoyant, ne s'étant jamais préoccupé de mettre un liard à l'abri, Bassompierre se voyait contraint maintenant de faire ses comptes.

— Grâce au Ciel, j'ai encore de quoi recevoir mes amis avec décence, fit-il, son entrain réveillé par la présence de Floriane.

La chambre des Saints était sombre. Impitoyablement, l'hiver pénétrait dans la forteresse, plus grise, plus froide que jamais. Bassompierre appela ses valets, fit allumer toutes les bougies, activer la cheminée et servir un de ces en-cas impromptus qu'ils aimaient tant, autrefois, à partager ensemble. Couché à leurs pieds, Médor soupirait d'aise.

Isolés dans le silence et leur intimité, ayant beaucoup à se dire, un bon moment ils purent même oublier l'endroit où ils se trouvaient.

— Où en sont vos mémoires ? demanda Floriane en glissant un os de chapon sous le fin museau de Médor.

— Ils avancent. Jamais je n'aurais supposé éprouver autant de plaisir à faire revivre mon passé. Mes souvenirs emplissent mon triste présent. Je dois reconnaître que Malleville m'est précieux en ce domaine. C'est lui qui classe papiers, lettres, documents.

— Avez-vous l'intention de tout dire ?

— Tout ! Quelques noms exceptés... Des noms de femmes, bien sûr, précisa-t-il en souriant.

— Le galant Bassompierre... murmura-t-elle sur un ton affectueux.

— Parfaitement, ma chère. Je me dois de ne point faillir à ma réputation, reconnut-il avec une emphase qui les fit rire tous les deux, un rire à peine voilé de mélancolie.

Le son aigre de la cloche, résonnant dans toute la Bastille, rappela soudain à Floriane qu'il était temps pour elle de s'en aller.

— Cela m'a fait beaucoup de bien de te revoir, petite fille.

— A moi aussi, répondit-elle, sincère.

Elle voulut caresser Médor pour couper court à leur brusque attendrissement mais la jeune bête se leva tout à coup et en jappant avec humeur bondit vers la porte.

Leur parvinrent alors des voix, des bruits de pas montant pesamment dans la tour, et de clefs secouées à la ceinture du geôlier.

— Tiens ! Une autre visite ? remarqua Bassompierre. Ho ! Médor, du calme, mon chien !

— Cette fois, je me sauve, dit Floriane en l'embrassant à la va-vite, désireuse de ne rencontrer personne.

— Mieux que cela, voyons ! protesta-t-il. On dirait que tu as hâte d'être débarrassée de moi !

Elle sourit et posant une main sur la nuque de Bassompierre, elle mit sa joue contre la sienne et se tint immobile un instant contre lui. C'est ainsi que les découvrirent les deux nouveaux visiteurs qui ayant frappé sans obtenir de réponse avaient — assez incivilement d'ailleurs — ouvert la porte.

— Hum... Pardon, glousse l'un d'eux en repoussant immédiatement son compagnon sur le palier et tirant, sur eux, le battant.

— Qui est-ce ? demanda Floriane dégagée des bras de Bassompierre.

— Il me semble bien avoir reconnu ce sournois de Sublet. Il doit sûrement venir de la part du cardinal, me chicaner sur quelque paperasse.

S'apercevant alors de l'expression de Floriane, il devina aussitôt ce qui la contrariait :

— Ne t'inquiète pas mon petit. Il n'a certainement pas eu le temps de te reconnaître. Et quand bien même ? Quel mal faisions-nous ?

— Aucun, bien sûr, admit-elle, blâmant sa propre sottise.

— Allons... Tu as ton masque ? Bien, mets-le donc et donne-moi ta jolie main que je la baise encore. Voilà ! Tu peux sortir maintenant.

En effet, c'était bien Sublet de Noyers qui attendait devant la porte. Surintendant des finances, servile, bigot, lâche et envieux, il avait à juste titre, toute la confiance du cardinal. La vue de cet homme mûr et chétif, aux mines de sycophante, raviva le malaise de Floriane. Il était accompagné d'un individu qu'elle ne connaissait pas, de beaucoup plus jeune que lui, un parent de province peut-être, à en juger par son habit et une longue « cadenette [1] » comme on n'en portait plus depuis plusieurs saisons. Masquée, encapuchonnée, elle passa près d'eux comme une voleuse et disparut dans l'escalier.

Les rumeurs vont vite, surtout lorsque la malveillance les colporte. Ce cagot de Sublet qui allait jusqu'à s'offusquer devant des « nus », même peints par les plus grands maîtres, ne manqua pas, à mots feutrés et fielleux, de dénoncer le scandale dont il venait d'être témoin : le maréchal de Bassompierre qui avait si souvent déjà défrayé la chronique par ses liaisons, continuait ses débordements à la Bastille. S'il refusait de révéler qui était la dame en question — par pure charité chrétienne, précisait-il — Sublet laissait toutefois entendre qu'il s'agissait d'une jeune femme bien en cour dont l'époux était un familier du roi. La curiosité générale était à son comble lorsque, là-dessus, intervint le second témoin de la scène, cousin du surintendant, un certain Aucourt fraîchement débarqué de Picardie et désireux de conquérir les ruelles à la mode. Trouvant l'occasion excellente de se faire remarquer, encouragé par son parent qui l'avait lui-même renseigné, il alla partout où l'on voulut le recevoir, racontant ce qu'ils avaient vu en rajoutant, bien sûr, claironnant enfin l'identité de la mystérieuse visiteuse. Deux jours après, le nom de la baronne d'Ivreville était sur toutes les lèvres.

Prévenue par Arthénice qui par affection pour elle avait condamné sa porte à l'indélicat personnage, Floriane connut l'ampleur des ragots qui la salissaient. Restait maintenant à

1. Mèche de cheveux qu'on laissait pousser d'un seul côté.

vite prévenir Artus avant que ce paquet de mensonges ne lui parvînt. Connaissant sa jalousie et son impulsivité, elle avait tout à craindre de sa réaction.

— Merci Toinon, tu peux te retirer, dit-elle à la jeune fille qui venait de lui brosser les cheveux pour la nuit, une véritable mante de soie noire, longue, épaisse, annelée.

Pendant ce temps, Dame Frumence s'affairait autour du lit, tapotait les oreillers de dentelles, la courtepointe de velours, secouait les rideaux. De toute évidence, les deux femmes s'attardaient dans l'espoir que Floriane leur parlerait de « l'affaire », connue et commentée secrètement par tous les domestiques de la maison.

— Vous aussi, Ermelinde, vous pouvez disposer.

— Ne désirez-vous pas...

— C'est bon, vous dis-je, insista Floriane d'un ton auquel, cette fois, on s'empressa d'obéir.

Enfin seule, elle se tourna vers son miroir. Les couleurs rouges et jaunes de la chambre, adoucies par la lueur des chandelles, donnaient à son visage un rayonnement pulpeux, une sensualité pas même tempérée par la stricte blancheur de la chemise de nuit qui l'enveloppait jusqu'au cou. Les yeux fixés sur sa propre image, elle s'approcha encore du miroir, consciente de sa beauté et de l'éclat étrange, païen, qu'elle avait ce soir.

— Mon Dieu ! Ai-je donc l'air d'une coupable ? Le suis-je réellement ?

Quelques années auparavant, elle aurait dû répondre oui. Mais tout avait changé. Son affection pour François avait perdu la saveur d'un fruit défendu. Elle pouvait maintenant l'évoquer sans avoir à en rougir, même devant son mari. En aucun cas, elle n'avait à rendre compte du passé. Tout était bien fini. Alors ? Pourquoi cette anxiété ? Ce sentiment de culpabilité ? Elle était ridicule.

Fuyant son reflet, elle préféra se coucher, guettant, le cœur battant, les signes du retour d'Artus, soulagée enfin, lorsqu'un peu plus tard, doucement il se glissa près d'elle et l'attira contre lui.

— Artus, je voudrais que tu saches...

Elle s'interrompit, le regarda. Il avait son expression coutumière, tendre, attentive, bien que par ailleurs, depuis l'exécution du duc de Montmorency, il fût souvent préoccupé, davantage silencieux.

— Oui, ma douce, dis-moi tout.

Rassurée, elle se lança courageusement :

— Imagine que mardi dernier, comme je rendais visite à Monsieur de Bassompierre...

Autour d'elle, imperceptiblement, se resserrèrent les bras d'Artus.

— Un instant ! Si tu veux me parler de ta rencontre avec Sublet de Noyers et son benêt de cousin, c'est inutile. Je suis déjà au courant.

— Mais tu ne peux pas savoir ce qu'ils ont osé inventer sur mon compte !

— Si, je le sais, dit-il d'une voix tranquille.

— Mais comment... Qui a bien pu te dire... ?

— Floriane ! C'est sans importance.

— Vraiment ? s'écria-t-elle en se redressant étonnée, rassurée par son attitude. Quel bonheur ! Je craignais tellement que... Bien sûr, il n'y a pas un mot de vrai dans toute cette histoire mais elle m'a beaucoup contrariée. Tu penses ! Tant de vilenie ! Le maréchal a dû rugir en l'apprenant. Au fond, c'est peut-être lui que la calomnie cherchait à atteindre.

Artus mit fin tout à coup à ce volubile discours en l'embrassant longuement. Puis il reprit, toujours aussi serein :

— Ne t'inquiète pas mon amour. J'ai écrit, cet après-midi même, à Bassompierre pour l'assurer de mon estime et de mon amitié. Le reste ne mérite pas qu'on en parle.

— Tu n'as donc pas douté de moi ? murmura Floriane à voix basse, émue par une si totale confiance, repoussant au fond d'elle-même les quelques scrupules tardifs qui lui venaient bien mal à propos.

— Jamais, affirma Artus, gravement cette fois, en plongeant son regard d'or dans ses yeux. Tu es ma femme.

Et donc, elle ne pouvait l'avoir trahi ! Heureuse, elle se renversa sur l'oreiller avec un soupir, tressaillant au contact de sa peau sur la sienne. Comment avait-elle pu croire si vite que la jalousie, la bêtise, les atteindraient aussi facilement ? Balbutiant des mots d'amour, des serments, alors elle oublia tout afin de mieux s'offrir et accueillir Artus dont l'ardeur insatiable presque désespérée, les mena loin, bien loin, au cœur de la nuit complice.

⋆

⋆ ⋆

— C'est vous qui le lui direz !

— Pas du tout, c'est vous !

Le bruit étouffé d'une algarade à la porte de sa chambre finit par éveiller Floriane. Pas une lueur ne filtrait à travers les rideaux du lit. Sa main tâtonna à la rencontre d'Artus mais ne trouva qu'une place vide. Étonnée, elle l'appela, prêta l'oreille afin de comprendre ce qui se passait, crut reconnaître alors les voix d'Ermelinde et de La Musette.

— Allez-y, moi je ne peux, insistait ce dernier.

— Non, vous dis-je ! grondait sourdement Ermelinde.

Hautement intriguée, vaguement inquiète, Floriane n'attendit pas davantage pour se lever, chercher son châle à l'aveuglette et se diriger vers la porte, guidée par une étroite bande de lumière qui se glissait par en dessous. Elle l'ouvrit si brutalement que dame Frumence, toute ronde dans ses vêtements de nuit, une coiffe tuyautée sur la tête, soudain déséquilibrée, faillit tomber sur elle.

— Qu'y a-t-il ? Ermelinde, que faites-vous ici ? Et toi, Jean ? Où est Monsieur d'Ivreville ?

— Il est... heu... bégaya le gros garçon.

Le chandelier qui tremblait dans sa main rosissait son

visage séraphique et confus. A deux pas, Toinon, présente elle aussi, jouait les menus fantômes dans l'étroit corridor.

— Oh ! madame ma mie, si vous saviez !

— Mais enfin, où est monsieur ? répéta Floriane alarmée et en même temps, agacée par leurs embarras qu'elle eût trouvés comiques en d'autres circonstances.

— Il est sorti ! lâcha Ermelinde à contrecœur.

— Sorti ? Déjà ? Il ne m'a rien dit hier de ses projets. Le roi l'a donc fait subitement appeler ?

— Non... Il est... commencèrent-ils tous ensemble.

— Cette fois, vous allez clairement vous expliquer, s'impatienta Floriane. A toi La Musette !

Hésitant et laborieux, guettant anxieusement sa réaction, le bon garçon put néanmoins mener à bien son récit, d'ailleurs fort court. Monsieur d'Ivreville avait quitté l'hôtel environ une demi-heure auparavant en recommandant bien aux domestiques déjà levés, de laisser dormir leur maîtresse le plus tard possible. Il n'avait pas donné la raison de ce départ matinal, mais Lubin qui avait toujours conservé une pointe d'animosité vis-à-vis de Floriane n'avait pu s'empêcher d'informer son ami La Musette qui, aussitôt, avait réveillé dame Frumence : le baron devait se battre ce matin même !

— Se battre !

Chancelant soudain, Floriane s'appuya sur Ermelinde. Artus allait se battre ! Et il ne lui en avait rien dit ! Mais d'abord avec qui ?

— Un certain Aucourt, je crois, répondit La Musette qui le savait parfaitement, étant bien entendu au courant comme tout le monde des commérages dont la jeune femme était l'objet.

Elle crut un instant perdre souffle, ne trouva rien à dire, assommée par les révélations de son valet.

« Artus m'a menti », pensa-t-elle, se rappelant son attitude, ses paroles apaisantes, contre toute attente, de la veille. Mais parce que cette attitude lui convenait, elle n'avait pas cherché à comprendre, à deviner ! Elle qui pourtant connaissait si bien pour en avoir tant souffert dans le passé, son caractère entier, voire violent.

« Il m'a menti », se dit-elle encore, ayant un mal fou à admettre la duplicité d'Artus et son propre aveuglement.

Duplicité ? Aussitôt le terme lui parut excessif, injuste même. C'était bien pour ne pas l'inquiéter, pour ne pas ajouter à sa contrariété, pour ne pas assombrir leur si parfait plaisir qu'Artus s'était tu.

— Vous avez bien fait de m'avertir, fit-elle enfin à ses domestiques fort inquiets devant sa pâleur et son regard fixe.

— Madame, vous êtes glacée. Venez vous recoucher.

— Me recoucher ? Y pensez-vous ? La Musette, sais-tu où doit avoir lieu la rencontre ?

— Pas très loin d'ici... Au Pré-aux-Clercs.

— Bien. Le temps de m'habiller et tu m'y accompagneras.

Sa voix était sans réplique. D'un pas raffermi, la tête haute, ignorant les airs épouvantés d'Ermelinde, elle rentra dans sa chambre.

Floriane s'élança au-dehors, aspira fortement l'exhalaison glacée, humide de la Seine où déjà quelques bateaux glissaient en silence. L'aube n'était pas encore levée mais un peu de neige fraîchement tombée jetait une lueur blafarde sur le quai endormi. Elle courait, coudes au corps, mains crispées sur sa cape que le vent cherchait à entrouvrir. L'angoisse, loin de la paralyser, lui donnait des ailes.

Jadis, courant de la même façon, poussée par le pressentiment que l'irrémédiable allait arriver, elle n'avait eu que le temps de voir s'effondrer Roger de Pontgibault, de recueillir son dernier soupir. Tout recommencerait donc aujourd'hui ? Serait-elle une fois de plus le jouet de cette malédiction qui la poursuivait avec tant d'acharnement ? Non, non, se révoltait Floriane. Artus ne pouvait mourir comme ça, d'un coup d'épée donné par le premier fanfaron venu. Il était trop fine lame, trop maître de lui-même. Elle l'avait vu croiser le fer :

son habileté était démoniaque. Il n'allait faire qu'une bouchée de cet Aucourt.

Pourtant, la peur ne la lâchait pas, finissait par lui faire perdre haleine. Car elle savait trop bien que même vainqueur Artus resterait exposé. En se battant, il enfreignait la loi sur les duels. La justice en ce domaine ne transigerait pas !

Il y avait si longtemps que les rois de France luttaient contre la sanglante coutume qui voulait qu'un gentilhomme réglât ses querelles à la pointe de l'épée ! Chaque année, mouraient ainsi des milliers de jeunes gens, la fleur de la noblesse, souvent pour peu de chose mais toujours au nom de l'honneur. Ordonnances, édits, instaurant des peines sévères aux duellistes, avaient été régulièrement promulgués : il n'appartenait à personne, excepté au roi, de faire justice ; le duel était donc un crime de lèse-majesté. Un tribunal du « Point d'honneur » avait été même créé afin de trancher les différends. En vain ! Confiscations de biens, condamnations par contumace, peines capitales, rien n'avait pu tempérer cette ardeur héritée du fond des âges. Certains amis d'Artus comme Boutteville et des Chapelles, forcenés bretteurs, avaient naguère payé de leurs têtes leur désobéissance aux lois. Mais leur mort, loin d'avoir eu l'effet dissuasif escompté, en avait fait, aux yeux de tous, des martyrs dignes d'admiration et d'exemple. Entre l'échafaud et le déshonneur, un homme bien né n'hésitait pas : il se devait de noyer dans le sang l'outrage qui lui avait été fait. Comment Artus, par ailleurs si soucieux de ne jamais manquer au roi, aurait-il pu tergiverser, ne fût-ce qu'un instant, alors qu'au travers de la femme qu'il aimait on avait sali son nom ? Floriane avait bien trop vite oublié l'antique, le sauvage, le noble instinct de leur caste.

Elle suivait maintenant l'étroite et boueuse rue du Bac, presque un chemin, entre les chantiers des hôtels et des maisons que l'on commençait à bâtir dans ce quartier. Soudain, elle s'arrêta, hésitante, désorientée devant l'étendue blanche du Pré-aux-Clercs. Ce n'était qu'un long terrain inculte, pris entre l'Abbaye de Saint-Germain-des-Prés et la Seine. Hormis les cabanes des ouvriers des travaux voisins, coiffées de neige, un chien qui aboya à son approche, il n'y avait personne en vue. L'endroit était lugubre.

Jean La Musette qui avait péniblement réussi à suivre Floriane haletait près d'elle, scrutant lui aussi les alentours. Au loin des chevaux hennirent, attirant leur attention.

— Tenez ! Regardez ! s'écria La Musette en montrant là-bas, sur la droite, un pavillon isolé, tous feux éteints, devant lequel semblait se mouvoir un petit groupe.

Trébuchant dans l'herbe et la neige molle, ils reprirent leur course. Avant même de le distinguer, mue par son instinct, Floriane sut qu'Artus était parmi ces ombres qui peu à peu grossissaient, se précisaient. Brusquement, La Musette la retint par le bras, l'empêchant d'aller plus avant. Lui aussi venait de reconnaître le baron d'Ivreville.

Feutres et pourpoints à terre, leurs chemises blanches fondues dans la grisaille, deux hommes ferraillaient furieusement, férocement. Le silence gelé répercutait, amplifiait leurs cris sourds, le choc de leurs épées et de leurs poignards. Les oreilles bourdonnantes, le souffle précipité, le corps raidi prêt à recevoir le coup fatal comme si elle-même se trouvait au cœur du combat, Floriane ne détachait pas ses yeux d'Artus. Le temps s'était arrêté comme s'étaient effacés le paysage blême et sinistre, les autres silhouettes qui assistaient à la rencontre. Il n'y avait plus d'animé, de vivant, que les duellistes, leurs armes pointées et réunies sans relâche dans un affrontement d'une rare âpreté.

Tout à coup, Floriane s'échappa des mains de La Musette et se remit à courir : touché en pleine poitrine, Aucourt venait de s'effondrer !

Comme si de rien n'était, sans un regard pour son adversaire mortellement atteint autour duquel s'empressaient maintenant amis et serviteurs, Artus ramassait son pourpoint et d'une chiquenaude faisait tomber la neige restée accrochée au col.

— Artus !

Il s'interrompit une seconde à la vue de Floriane, puis sans rien dire enfila son vêtement.

— Artus ! reprit-elle plus bas, impressionnée, intimidée tout à coup, n'osant plus faire un pas de plus.

Pourquoi, pourquoi ce mutisme blessant comme un reproche ? Lui en voulait-il d'être la cause, même involontaire de ce tragique dénouement ? Idée affreuse, douloureuse qu'elle chassa bien vite, toujours tenaillée par la peur malgré son soulagement immense à le voir indemne.

— Oh ! mon amour, tu dois partir tout de suite !

Lubin qui s'approchait amenant deux chevaux, à son tour pressa son maître sans toutefois regarder Floriane.

— Monsieur, il faut faire vite ! Monsieur de Noyers a alerté le cardinal. Des gardes seront là d'une minute à l'autre.

Toujours imperturbable, Artus vérifiait la sangle de son cheval, resserrait une bride.

— Ne perds pas de temps, écoute-moi, je t'en conjure ! s'écria Floriane, désespérée.

Il se tourna enfin vers elle, paraissant seulement faire cas de sa présence. Il n'avait l'air ni hostile ni courroucé, mais désolé, oui, profondément :

— Floriane, j'aurais préféré ne pas vous voir ici.

En sanglotant, elle se jeta contre lui :

— Quelle importance ! Ce qui compte c'est toi. Quitte Paris, immédiatement ! Gagne les Pays-Bas, Bruxelles ! Nous verrons bien alors...

Doucement mais fermement, il se libéra de ses bras qui l'étreignaient avec violence, lui posa un baiser sur chaque main, recula d'un pas :

— De toute façon, il est trop tard. De grâce, ma mie, gardez votre sang-froid.

Alertée par son regard, Floriane se retourna, tressaillit : elle ne les avait pas entendus approcher, et pourtant, une demi-douzaine de mousquetaires sous le commandement de Tréville les encerclaient déjà. Le fier et loyal Tréville, le visage bouleversé, qui s'inclinait devant eux et d'une voix enrouée, méconnaissable, annonçait à son ami :

— De par le roi, monsieur le baron, je suis chargé de vous arrêter. Veuillez me remettre votre épée, je vous prie.

— Messieurs, je vous attendais, répondit simplement Artus.

Et voilà ! Floriane restait seule. On avait enlevé le corps du jeune Aucourt. Tréville et ses hommes, entourant Artus, avaient repris la direction des quais. Lubin avait reçu le droit de les suivre. Pas elle, bien sûr. Elle n'avait rien demandé d'ailleurs, pas eu un mot, un geste, pétrifiée, anéantie par ces minutes écoulées — pas même une heure ! — dans lesquelles tout avait basculé. Les traces des chevaux, un filet de sang presque invisible dans la neige piétinée, c'était tout ce qui restait pour rappeler le drame.

Il faisait presque jour maintenant. Une mouette piqua vers la Seine en criant, tache cendrée à peine visible sur le ciel gris. Toujours à la même place, regardant éperdument l'endroit où Artus avait disparu, Floriane laissait le froid l'engourdir. Elle n'entendait même pas La Musette, toussotant près d'elle dans l'espoir d'attirer son attention. Il finit par se décider :

— Madame, venez. Il faut rentrer. Vous allez prendre mal. Venez, insista-t-il. Ne vous inquiétez pas pour M. le baron. Le roi l'a toujours aimé, estimé. Il saura bien le tirer de là. Allons madame... mademoiselle Floriane.

Son prénom prononcé avec tant de ferveur par la voix douce de La Musette la tira de sa dangereuse léthargie.

— Oui, Jean. Tu as raison. Le roi... Je dois voir le roi !

— Mais... Mais attendez ! Pas comme ça, s'écria-t-il.

Peine perdue ! Déjà elle était repartie, front penché, luttant contre les morsures du vent, les pieds trempés, glacée dans des chaussures trop délicates, de nouveau sourde, toute à son obsession : sauver Artus !

LA ROBE POURPRE

*
* *

Comme elle avait froid ! L'air coupant, respiré avec peine, plaquait sur son visage un rictus douloureux. La courte traversée de la Seine, en bac, acheva de faire de tout son corps un bloc de pierre difficile à mouvoir. Le froid avait, semble-t-il, gommé autour d'elle couleurs et parfums. On ne sentait rien, pas même l'odeur des tas de foin dégagés des bateaux, ni celle des chevaux de roulage aux naseaux fumants. L'eau croupie au fond des fossés du Louvre sous une fine pellicule de gel avait, elle aussi, perdu de sa virulence.

Étroitement enveloppée dans sa cape, autant pour tenter de se réchauffer un peu qu'afin d'éviter d'être reconnue, Floriane s'engagea sous la porte de Bourbon, franchit la barrière du Louvre et se retrouva brusquement noyée dans la cohue habituelle qui jusqu'au soir ne cesserait de fourmiller dans le vieux palais. Ici au contraire, se mêlaient toutes les teintes imaginables, sur les vêtements des courtisans, leurs plumes, leurs écharpes, leurs rubans, sur les différents uniformes des gardes, sur les livrées des centaines et des centaines de domestiques, changeantes selon les maîtres, parmi lesquelles dominaient toutefois l'incarnat, le blanc et le bleu, les couleurs des Bourbons, celles du roi. Des tas de neige s'amoncelaient dans les coins, soigneusement repoussés par les valets chargés de nettoyer dès six heures les cours, les escaliers, les salles, d'allumer bûches et fagots dans les cheminées, d'allumer aussi les flambeaux de cire accrochés aux murs et que l'on éteindrait bientôt, lorsque le jour serait suffisant.

— Vous ne voulez pas vous asseoir une minute ? demanda La Musette comme ils entraient dans la salle basse des Suisses, en désignant les coffres noirs et massifs qui garnissaient tout le tour de l'immense pièce, pleine d'un monde bruyant, agité.

Floriane refusa d'un signe la proposition qui la tentait pourtant. Elle était si lasse !

— Alors, vous devriez monter chez la reine. Vous vous y réchaufferiez. Vous rangeriez un peu votre toilette, suggéra-t-il timidement.

De nouveau, elle secoua la tête. Ce n'était pas pour voir la reine qu'elle était venue si vite, malgré l'envie lancinante de rentrer chez elle, de retrouver les soins de ses servantes, un bol de chocolat brûlant, le cocon rassurant de son lit pour y pleurer à son aise, pour y dormir enfin, oublier ainsi ce cauchemar brutal, inattendu. Sa toilette ! Ce n'était pas grâce à des artifices qu'elle espérait toucher un monarque, par ailleurs si peu sensible à la parure d'une femme, mais bien avec les mots, les accents sincères d'une épouse éplorée.

Artus... Où l'avait-on emmené ? Qu'allait-on faire de lui ? Seul le roi pouvait répondre. Encore fallait-il le voir immédiatement, avant que ne s'ébranlât le lourd, l'implacable processus judiciaire dont jadis elle-même avait fait les frais. Peut-être était-il déjà trop tard ou plus simplement, le roi était-il sorti à la nuit noire, avec ses veneurs et ses chiens et courait-il la campagne dans une de ces chasses effrénées, forcenées, qui, seules, parvenaient à lui faire oublier ses tourments ?

« Il n'a jamais eu une seule occasion de se plaindre d'Artus. Il l'a toujours aimé », se dit-elle une fois de plus, cherchant à se redonner courage.

Elle sentait peu à peu le sang circuler dans ses membres gourds. Une tiédeur agréable s'échappait d'une profonde cheminée, décorée des statues de Mars et de Déméter, près de laquelle devisaient des gardes suisses à la lourde stature, rayée de vert, de rouge et de blanc. Ignorant l'attrait des flammes, Floriane se faufila parmi la foule et les ribambelles de pages courant, sautant dans leurs trousses rebondies, semblables à des potirons. Ils passaient des heures à attendre leur maître. Trop souvent désœuvrés, c'était de véritables fléaux, moqueurs, insolents, insupportables, toujours en quête d'un mauvais tour. L'un d'eux avisa la jeune femme :

— Voyez un peu la donzelle ! s'exclama-t-il. Hé ! De quel lit sors-tu petite ?

Une ronde piaillante et colorée se mit à danser autour de Floriane interdite, aussi rigide qu'une statue de marbre. Ah ! comme ils riaient les petits monstres, se moquant de ses vêtements mouillés, de ses cheveux décoiffés, de sa mine battue ! Ils tournaient, tournaient dans une ronde de plus en plus folle, se rapprochaient d'elle, s'en éloignaient, revenaient dans un étourdissant mouvement de marée. Elle ne pouvait même pas distinguer leurs visages, aveuglée, assourdie, chancelante.

— Arrêtez ! Arrêtez donc ! Bande de gredins !

Réussissant enfin à rompre le barrage des jeunes chenapans, La Musette retint juste à temps sa maîtresse prête à s'évanouir. Un huissier surgit avec sa baguette, en menaça les pages, les dispersa, rieurs, à la recherche d'une autre victime.

Un gentilhomme qui passait près d'eux, s'arrêta net :

— Mais... C'est vous, baronne ? Vous ne vous sentez pas bien ?

Floriane se redressa, vit le comte de Maure qui la dévisageait avec sollicitude et passa une main tremblante sur son visage.

— Ce n'est rien. Cela va mieux. Je viens voir le roi.

— Oui, soupira Louis de Maure. J'apprends à l'instant ce qui est arrivé à Ivreville. Tenez, prenez mon bras. Je vais vous conduire. Par ici, ajouta-t-il. Nous y serons plus vite et plus sûrement.

Il montrait au fond de la salle le célèbre « petit degré » qui, desservant les appartements royaux, n'était réservé qu'aux familiers des souverains. Au premier étage, l'huissier de service leur apprit que le roi n'était pas encore sorti de sa chambre et les fit entrer dans le cabinet attenant. Toutes les personnes déjà présentes que Floriane connaissait pour la plupart, se turent en la voyant paraître.

Minutes torturantes ! N'osant lever les yeux de peur de croiser les regards curieux, apitoyés, qui la guettaient, les mains nerveusement pressées l'une contre l'autre, la gorge sèche, le cœur affolé, de nouveau elle avait peur. Peur de ne savoir que dire, que faire, de perdre ses moyens devant le roi toujours si sombre, si déroutant.

Pendant ce temps, un silence épais, mortel, régnait à côté dans la chambre de parade. Les tentures de satin blanc, brodées d'or, cadeau récent de Richelieu, y jetaient un éclat brillant comme de la glace, nullement atténué par la grande tapisserie dite « de Scipion », les dorures, la bûche crépitante. L'absence d'Artus, ce matin-là, pesait lourdement dans l'esprit de chacun mais personne ne se risquait à aborder le sujet.

Louis XIII, dont les goûts étaient fort simples, avait considérablement modifié le cérémonial de cour hérité des siècles et savamment mis au point par Henri III, quelque soixante ans auparavant. Chaque matin, il expédiait assez vite son « lever officiel » et se contentait souvent des services de ses valets de chambre, allant même, à l'occasion, jusqu'à les aider à faire son lit ! En tout cas, il ne supportait qu'un petit nombre d'intimes avec lesquels il aimait plaisanter et — un peu cancanier — se moquer des autres, se faire l'écho des potins.

Aujourd'hui, ayant décidé de prendre un bain, il le prolongea plus que d'habitude. Puis, sans un mot, il reçut la chemise que lui tendait Saint-Simon, son sévère pourpoint de bure noire des mains du maître de sa garde-robe, le marquis de La Force, se laissa peigner par Boisameil, son premier valet. Que pouvait-il bien éprouver, le visage creusé par l'insomnie sous le hâle dû à ses chevauchées en plein vent, la bouche légèrement entrouverte, le regard vague ?

La porte s'ouvrit doucement et Saint-Amour, un ancien cocher que par affection il avait pris à son service, vint lui annoncer, à voix basse, la présence de la baronne d'Ivreville.

Louis tressaillit, regarda autour de lui comme s'il cherchait une issue par laquelle il aurait fui, échappant ainsi au spectacle affreux, tant redouté, d'une femme angoissée, suppliante. Il se rappelait... Les pleurs, les gémissements de madame de Boutteville, enceinte, demandant la grâce de son mari ; les prières de la mère de Chalais ; plus lointaines encore dans sa mémoire, les larmes de la jolie madame de Guémadeuc dont l'époux, un duelliste lui aussi, rebelle de surcroît, avait tout de même fini sur l'échafaud, et l'année dernière, toutes ces femmes qui étaient intervenues en faveur d'Henry de Montmorency ! Leur détresse l'avait touché — ô combien ! — quoi qu'on en eût dit, mais il avait su passer outre. Louis le Juste, né sous le signe de la Balance, ainsi resterait-il pour la postérité. Celui qui mieux que tout autre aurait su, sans faiblesse, supporter le plus lourd des privilèges d'un monarque : faire justice sans haine, sans passion et savoir user ou non de son droit de grâce.

Mais pour le baron d'Ivreville, pour Artus, son ami... Il était pris de vertige. Depuis qu'il avait été mis au courant de cette funeste rencontre, des pensées contradictoires l'agitaient. Oui, bien sûr, Artus avait eu raison de défendre son honneur. Louis, premier gentilhomme de son royaume, l'aurait méprisé d'ignorer l'offense, d'esquiver le duel. Pourtant, en se battant, il avait bravé son autorité, fait fi de ses serments d'allégeance. Et tout ça pour quoi ? Pour qui ? Une femme ! Une femme peut-être infidèle, une écervelée en tout cas, aux amitiés dangereuses, une trublionne déjà compromise autrefois, de la race la plus redoutable car dotée d'une angélique beauté à laquelle pour son malheur, Artus n'avait pas su résister. A cause d'elle, il allait devoir payer et lui, roi sans amour, perdre une chère présence. Il repoussa difficilement un amer sentiment de rancune à l'égard de la fautive.

Habillé, botté, il resta un moment indécis, appuyé au balustre de son lit de parade. Enfin il se redressa, mit la main sur le cordon bleu du Saint-Esprit qui ornait sa poitrine, s'avança en murmurant :

— Allons, puisqu'il le faut.

Sitôt la porte ouverte, il se retrouva nez à nez avec Floriane.

— Sire ! Je supplie Votre Majesté d'épargner le baron d'Ivreville ! s'écria-t-elle en s'effondrant à ses pieds.

Il la considéra avec stupeur, cherchant à reconnaître l'éblouissante sirène de naguère dans la forme pitoyable agenouillée.

— Madame, relevez-vous.

Floriane joignit les mains, leva sur lui un regard chaviré, parlant avec effort :

— Si quelqu'un doit être châtié, c'est moi, sire. Non que je sois coupable envers mon époux, mais c'est pour moi, à cause de moi qu'il s'est battu.

— Il n'avait pas à le faire. Aucune raison n'est acceptable, répondit Louis avec sévérité. Vous connaissez les lois. Le baron doit être puni.

— Oh ! sire, de grâce ! Que la punition ne soit pas trop dure ! Votre Majesté ne peut oublier que mon mari s'est toujours entièrement, fidèlement dévoué à votre service.

— Nous laisserons ces Messieurs du Parlement en décider, madame.

Les supplications paraissaient rebondir sur lui, tout entier cuirassé dans sa conscience, dans sa volonté. Sa voix sèche disait clairement qu'il ne voulait plus rien entendre. Détournant la tête, fuyant la trop émouvante créature, Louis poursuivit son chemin et disparut dans le corridor.

Alors on s'empressa autour de Floriane, on l'aida à se relever, on l'assura de toute l'estime qu'inspiraient Ivreville et sa propre attitude. Anne d'Autriche, prévenue de sa démarche, avait dépêché Marie de Hautefort. Après le départ du roi, la jeune fille entra et se précipita sur son amie :

— Venez, la reine vous attend.

— Je n'ai même pas pensé à demander où se trouvait maintenant Artus, gémit Floriane, se laissant entraîner hors du cabinet.

— Je crois pouvoir dire qu'il est à la Conciergerie, fit Louis de Maure.

Propos confirmé par d'autres gentilshommes. La Conciergerie ! Floriane sentit fondre ses dernières forces...

Les appartements de la souveraine, conformément aux exigences de l'étiquette, étaient sur le même niveau que ceux du roi, une enfilade de pièces intimes ou protocolaires, belles, chatoyantes, vivantes, où tout le décor — lambris peints, meubles rares, tapis, tentures, de velours l'hiver, de soie l'été, miroirs, chandeliers de vermeil, mis en valeur par les grandes fenêtres donnant sur la Seine — était réellement digne d'une reine de France, reflétant également la délicatesse d'une personne de goût.

Une bouffée chaude de savon et de poudre accueillit Floriane sur le seuil. Les femmes de chambre emportaient la cuvette et le vase d'or qui avaient servi à la toilette d'Anne d'Autriche. Le ballet matinal, soyeux, feutré, parfumé des servantes, des filles d'honneur, de la dame d'atour, s'ordonnait, immuable, rassurant, comme si tous les drames du monde avaient moins d'importance que l'apprêt d'une grande dame et pouvaient s'échouer à sa porte.

La reine embrassa Floriane avec une sincère compassion :

— Croyez bien que je ferai tout ce qui est en mon pouvoir afin d'aider votre mari, ma chère enfant.

Elle soupira en serrant contre elle la jeune femme qui pleurait, ne sachant que trop bien le peu d'influence qu'elle conservait sur le roi. Pendant ce temps, Marie de Hautefort avait commandé un bouillon au maître d'hôtel. Avec autorité, elle en tendit une écuelle à Floriane.

— Si vous me permettez de donner mon avis madame, dit-elle sans ambages, de son timbre un peu cassant, je conseillerai à la baronne de se rendre auprès du Cardinal. Si quelqu'un peut influer sur le sort de Monsieur d'Ivreville, c'est lui. Nous ne pouvons le nier. Hélas !

Une seconde, toutes les femmes présentes suspendant leurs gestes, s'entre-regardèrent. Arrêt fugitif mais qui en disait long sur les sentiments qu'inspirait à toutes l'évocation de Richelieu.

— Marie a raison, approuva la reine, triste et résignée, ses doux yeux verts soudain pleins de larmes.

Floriane se taisait, achevant son bouillon. Curieusement, la redoutable perspective d'avoir à rencontrer le ministre la tirait de l'accablement dans lequel l'avait poussée la dureté du roi. Son âme combative se réveillait, l'espoir d'être utile à Artus, l'idée encore une fois qu'elle devait agir vite lui redonnaient vie. Avec effusion, elle remercia la reine et prit rapidement congé.

Le comte de Maure l'avait patiemment attendue dans l'antichambre voisine. Anne d'Autriche avait en outre chargé Pierre de La Porte, son porte-manteau [1], de l'accompagner jusque chez elle. Ainsi escortée, elle retrouva La Musette posté dans la cour. L'église Saint-Germain-l'Auxerrois sonna la demie de huit heures lorsqu'ils sortirent du Louvre. Il y avait tout juste trois heures que Floriane était debout. Mais la soudaineté du drame, la violence des émotions ressenties, l'angoisse persistante, grandissante, leur donnaient le poids de l'éternité.

⋆

⋆ ⋆

Floriane craignait surtout, en rentrant chez elle, d'être assaillie par les questions et les lamentations de ses domestiques. Il n'en fut heureusement rien. Tous semblaient s'être mis d'accord pour former autour d'elle un bloc protecteur et silencieux. Le Comte de Maure et La Porte la laissèrent donc aux bons soins d'Ermelinde qui pour une fois sut oublier ses habituelles jérémiades. Conduite à sa chambre où Toinon préparait déjà l'eau chaude, les aromates, les éponges et les frottoirs nécessaires, Floriane fit une toilette minutieuse, se laissa enduire de baume du Siam, confia le soin de ses cheveux à sa servante. Le corps enfin rafraîchi, adouci, délassé, elle se fit alors apporter sa plus belle robe sans se préoccuper de l'étonnement que suscita pareille demande.

1. Écuyer.

Un taffetas épais, vert mousse à semis de fleurs d'or ; de grosses manches fendues, laissant apparaître une doublure de soie jaune, un décolleté profond, tout juste voilé de dentelle ; des bottines fourrées de velours et des gants de Blois, brodés, parfumés, tendus comme une seconde peau sur des mains fines : ni modeste, ni provocante, mais superbe sans la moindre faute de goût, parachevée par la magnifique parure d'émeraude, rarement une tenue n'avait aussi parfaitement mis en valeur la beauté de Floriane. Un maquillage habile et discret avait effacé les traces visibles de fatigue et de chagrin mais non la gravité de son visage.

Elle s'examina dans le miroir avec attention, se jugea sans complaisance et, satisfaite, prit son manteau. Avant de sortir, à peine eut-elle un regard furtif en direction du lit, caché avec ses doux secrets derrière ses pentes rouges. Elle ne devait surtout pas se laisser attendrir, relâcher sa vigilance. Sinon tout son courage s'écroulerait. Bien éloignée de toute frivolité, elle avait mis à choisir sa toilette autant d'application, de rigueur, qu'un homme de guerre à recenser ses forces. Et c'était bien ainsi qu'elle envisageait sa démarche auprès du cardinal : un combat rude pour lequel elle était prête à user de toutes ses armes. Richelieu n'était pas Louis XIII. Instinctivement, Floriane savait que seule une femme dans tout son éclat pouvait espérer avoir quelque chance de remporter la victoire.

Cette fois, elle avait fait atteler son carrosse. Elle consentit même à ce qu'Ermelinde, dévorée de soucis à lui voir tant de froide détermination, vînt aussi avec elle.

Les embarras de la ville ralentirent l'équipage. La tête posée sur la cloison rembourrée, Floriane se répéta ce qu'elle voulait dire au cardinal. L'intérêt d'Artus serait d'être jugé par le Conseil du Roi, par ses pairs, et non par les magistrats du Parlement si sourcilleux, regimbant toujours sous l'autorité souveraine et si heureux à l'occasion de montrer leur pouvoir. Le baron d'Ivreville était trop proche de Louis XIII pour justement échapper à leur rigueur. Richelieu accepterait-il d'intervenir en cette affaire ? Elle essaya aussi d'imaginer ce que pouvaient bien être au même instant, les pensées d'Artus. Une affreuse impression de gâchis la vrilla tout entière, amenant à ses lèvres une sorte d'écœurement.

Au-dehors, elle reconnut la rue Saint-Honoré et bientôt la façade inachevée de l'Hôtel de Richelieu [1], le grand portail frappé de l'écusson d'argent à trois chevrons de gueule sous le chapeau de cardinal. Tout comme le Louvre mais dans un espace infiniment plus restreint, la résidence parisienne du ministre prenait tout le jour des allures de termitière. Visiteurs, solliciteurs en tout genre, religieux, ambassadeurs, secrétaires d'État, porteurs de dépêches ne cessaient d'affluer, croisant les ouvriers qui travaillaient à agrandir, embellir, encore et toujours ce nouveau rêve de pierres voulu par Richelieu. La prestance des gardes, vêtus de rouge et, bien sûr, celle inévitable de la trentaine de pages qui formaient son escorte ordinaire, attiraient beaucoup de curieux, créant continuellement un attroupement dans la rue étriquée.

Macloud parvint malgré tout à diriger son attelage. La Musette aida Floriane et Ermelinde à mettre pied à terre. Elles gagnèrent à leur tour le grand hall d'entrée. Sur leur demande, un écuyer leur répondit que pour le moment, Monseigneur recevait l'envoyé de Venise, qu'il avait beaucoup de rendez-vous ce matin mais que, néanmoins, il serait prévenu de l'arrivée de la baronne d'Ivreville. En considérant le nombre de personnes déjà présentes, visiblement désireuses elles aussi d'obtenir une entrevue, Floriane se sentit tout à coup démontée. De son côté, jugeant que l'attente risquait d'être longue, dame Frumence manœuvra subtilement pour trouver deux places sur une banquette. Elle convainquit Floriane de s'asseoir près d'elle.

Plus d'une demi-heure passa. De toute évidence, volontairement ou non, on avait dû l'oublier. Cette fois, la jeune

1. Actuel Palais-Royal.

femme n'en pouvait plus. Elle était accourue, pressée, résolue de se battre et voici que peu à peu, l'inaction, l'incertitude la rongeaient, l'amoindrissaient. Posant son manteau sur les genoux d'Ermelinde, elle se leva brusquement.

— Attendez-moi ici. Je vais voir ce qu'il en est.

Ne lui était-il pas possible de se faufiler par l'une de ces portes qui s'ouvraient, se refermaient sur tous ces gens, chargés de dossiers ? Elle s'approchait, guettant l'instant propice lorsque son attention se porta sur un homme qui entrait dans l'Hôtel, salué bien bas par tous les domestiques. Une silhouette voûtée dans un pourpoint crasseux, un rabat chiffonné sous une trogne écarlate... Mais c'était l'abbé Mulot ! L'ancien aumônier de Richelieu, son intime, son souffre-douleur ! Floriane l'avait revu parfois chez la marquise de Rambouillet. Elle ne pouvait oublier que le bizarre personnage l'avait jadis amenée, en pleine nuit — troublée, inquiète, si jeune ! — chez le cardinal.

— Monsieur Mulot !

Il se retourna, cligna ses yeux larmoyants qui s'allumèrent en reconnaissant celle qui l'interpellait.

— Baronne ! Quelle divine surprise !

— Trêve de badinage l'abbé ! fit-elle sans ménagements. Vous n'ignorez sans doute pas ce qui advient à mon mari. J'ai besoin de votre aide.

Le brave homme leva les bras avec un air effaré :

— Croyez bien que je suis navré pour vous, madame. Mais je crains de ne pouvoir rien faire.

— Si ! Vous pouvez me conduire tout de suite chez votre maître. Ce ne sera pas la première fois, souligna-t-elle d'un ton plus aimable. Souvenez-vous, M. Mulot.

Mulot opina. Bien sûr, il se souvenait. Comment oublier même quand le vin vous brouillait souvent la tête, le visage de la charmeuse ? Un coup d'œil à la ronde l'assura que personne ne prêtait attention à eux.

— Suivez-moi, chère madame, souffla-t-il prenant une mine de conspirateur.

Ils laissèrent le brouhaha de l'entrée, suivirent des couloirs feutrés, sombres, croisèrent des êtres silencieux, aperçurent çà et là des pièces encombrées, où des gratte-papier agitaient fébrilement leurs plumes d'oie entre deux chuchotis et parvinrent, enfin, devant les appartements privés du ministre.

— Floriane !

Elle se sentit saisir aux épaules. Un arôme fruité, tout à l'opposé des effluves douteux du pauvre Mulot, l'enveloppa avant même qu'elle eût reconnu Boisrobert.

— Floriane, mes délices ! Je sais tout. C'est affreux ! s'écria-t-il en l'embrassant. Mais rien n'est perdu. Non, non. Vous verrez.

Son penchant pour le drame exagérait un peu le ton, mais elle savait cependant que Boisrobert était sincère et serait toujours pour elle un allié.

— La baronne veut voir Son Éminence, précisa l'abbé Mulot.

— Bien sûr. Mais Son Éminence est à table. Le second service vient seulement de commencer.

Un défilé d'une quinzaine de plats ! Il y aurait ensuite le troisième service, d'égale importance puis le dessert. Si Richelieu mangeait à peine et buvait encore moins, les repas qu'il offrait quotidiennement se déroulaient avec tout le décorum convenant à ses hautes fonctions.

Que de temps encore à trembler d'impatience et d'anxiété ! Floriane ne put cacher sa déception. Alors qu'elle avait besoin de garder une entière maîtrise de soi, elle sentait ses nerfs bien près de la lâcher. Boisrobert comprit aussitôt son désarroi.

— Allons courage, ma belle muse. Vous-même avez-vous dîné ? Non, évidemment, répondit-il à sa place. Mulot, mon bon, faites qu'on apporte quelque chose à notre amie. Nous allons l'installer là-bas, dans ce petit cabinet. Elle n'y sera pas importunée. Et je m'en vais de ce pas voir Monsieur le Cardinal. Nul doute qu'il délaissera ses convives en vous sachant là.

Boisrobert comme tous les agités, finissait par étourdir de gestes et de paroles. Mais Floriane n'eut qu'à louer ses initiatives. Assise dans un fauteuil elle vit bientôt Mulot revenir avec un domestique qui déposa sur un tabouret, avancé devant elle, un plateau garni de toutes sortes de petites choses appétissantes, pâtés, biscuits, fruits secs et d'une bouteille de vin de Rueil, provenant directement de la propriété du cardinal.

Cependant, malgré les exhortations de Mulot, Floriane ne put aller au-delà de quelques bouchées avalées difficilement. En revanche, elle but avec avidité le vin un peu guinguet qu'il lui vantait :

— Appréciez cette légèreté, ce piquant...

Elle sentait sa gorge se dénouer, une chaleur courir dans ses veines. Et qu'importe si sa vaillance n'était qu'artifice ! Elle était de nouveau prête à poursuivre son but.

Lorsque Boisrobert revint, elle comprit aussitôt à son air que le moment approchait enfin. Maladroitement, elle chercha le petit miroir accroché à son ruban de ceinture mais Boisrobert l'en empêcha en lui prenant la main.

— Vous êtes parfaite, je vous le jure. Floriane, écoutez-moi.

Une ombre voila le visage réjoui du poète.

— Nous avons autrefois aimé la même personne, dit-il à voix basse. Vous vous rappelez, n'est-ce pas ?

— Roger... murmura-t-elle avec surprise.

— Oui, Roger, notre cher Daphnis. Vous étiez alors une très jeune fille. L'image de la fraîcheur, de l'innocence. C'est ainsi que je vous vois toujours.

Floriane n'eut pas le temps de lui répondre. Déjà Desbournais, le premier valet de chambre du cardinal survenait, l'invitant courtoisement à le suivre. Elle lui emboîta le pas.

Que signifiait donc l'étrange aveu de Boisrobert ? Quelle mise en garde ou, au contraire, quel encouragement cachait-il ? Depuis ce matin, elle avait souvent eu l'impression d'être rattrapée par son passé. Sa première rencontre avec Richelieu avait eu de considérables incidences sur son destin. En serait-il de même aujourd'hui ? Pourrait-elle encore tenir tête au dangereux prélat ? Cette fois, ce n'était plus sa propre liberté qui était en jeu, mais bien la vie de l'être qu'elle chérissait plus que tout. Saurait-elle la défendre ?

Desbournais s'arrêta, ouvrit une porte, la fit entrer. Avec un bruit discret, le loquet se referma derrière elle.

Floriane était dans la chambre même du cardinal, chambre et cabinet de travail à la fois, essentiellement meublée de tables couvertes de documents et d'exemplaires tout frais de la *Gazette*. Des lits de repos étaient dressés le long des murs. Les secrétaires en permanence auprès du ministre avaient l'habitude d'y dormir, prêts à noter nuit et jour ses ordres, à le soigner au besoin, contraints de suivre le rythme si particulier de cet insomniaque, à l'esprit sans cesse en éveil. Pour l'instant, seuls les chats qu'il aimait tant, occupaient la place. Les rideaux étaient tirés devant la fenêtre. La cheminée ronronnait. La pièce chaude et paisible, fleurait l'encre et le papier. Tout le monde était sorti, même Cavoie le capitaine des gardes qui pourtant, ne quittait jamais Richelieu, toujours hanté par la menace d'un complot. Il n'y avait personne, excepté...

— Bonjour ! fit une voix mélodieuse, venue du fond de la chambre.

Floriane sursauta, distingua alors une forme à demi allongée dans la pénombre, sur un grand lit aux pentes relevées.

— Pardonnez-moi de vous recevoir ainsi, poursuivait la voix avec la même douceur. Je suis un peu souffrant. Venez vous asseoir à mon côté, s'il vous plaît.

Le cœur battant trop vite, douloureusement, mais digne et fière, elle s'avança jusqu'au cardinal et fit sa révérence.

— Monseigneur...

Il était vêtu d'une simarre de soie rouge vif, les épaules recouvertes d'une étole de batiste blanche où s'étalaient les ordres du roi. Adossé à plusieurs coussins de brocart, il souriait avec bienveillance et d'un mouvement élégant de la main, désignait un siège. Si près, qu'une fois assise, Floriane se trouva prise entre le lit et la table de chevet. Tout le reste du monde parut alors s'effacer, laissant vis-à-vis, deux êtres fascinés l'un par l'autre, enfermés dans le halo tremblant d'une unique bougie.

— On m'a dit que vous attendiez depuis un long moment, continua Richelieu, détaillant attentivement Floriane. J'ignorais votre présence, chère madame. Sincèrement, je vous présente tous mes regrets. Et mes compliments, pour votre élégance...

Jugeant qu'il avait assez sacrifié à la courtoisie comme cela et qu'il lui était inutile de conserver ce ton puisqu'il connaissait pertinemment la raison de sa visite, elle préféra attaquer aussitôt.

— Je vous remercie, Monseigneur, d'avoir bien voulu me consacrer un peu de votre temps si précieux. Sans doute, Votre Éminence sait-elle que mon mari, le baron d'Ivreville a été arrêté ce matin, après un duel...

— Oui, oui, l'interrompit le cardinal. C'est bien fâcheux pour lui et pour ce pauvre Aucourt qui n'a guère eu de chance.

— Il a eu sa chance ! rectifia-t-elle, bien résolue à ne lui faire cadeau d'aucune perfidie. Le combat fut loyal.

— Je n'en doute pas, connaissant votre époux, chère madame. Seulement, loyal ou pas, le duel est interdit.

— Votre Éminence est avant tout un gentilhomme. Les exigences de l'honneur ne doivent pas lui être étrangères, insinua-t-elle doucereusement.

— Certes, mais je n'oublie pas que mon frère aîné a été tué justement au nom de ces exigences-là. Une mort stupide. Hélas ! trop souvent répétée. La loi est faite pour lutter contre ces survivances barbares.

— Chacun sait que cette loi peut être appliquée avec plus ou moins de rigueur, remarqua Floriane.

— C'est possible, concéda-t-il. Mais il ne m'appartient pas

de faire pencher la balance de l'un ou de l'autre côté. Seul, le roi...

— J'ai rencontré Sa Majesté tout à l'heure, dit-elle sans se soucier de couper la parole au ministre.

— Vraiment ? Et que vous a-t-elle dit ?

— Qu'elle laissait le Parlement décider du sort de mon époux.

— C'est regrettable, en effet. Mais je ne vois pas ce que je peux faire pour sortir le baron de ce mauvais pas.

— Vous pouvez tout, Monseigneur, affirma Floriane, son regard bleuté planté droit dans les yeux gris du cardinal.

— Le croyez-vous ?

— J'en suis certaine. Il suffirait d'un de ces « Avis au roi » dont vous avez le secret.

Floriane évoquait là ce qui était connu de tous : ces rapports si habilement rédigés par le ministre à son souverain, où le pour et le contre, la thèse et l'antithèse, selon qu'ils étaient présentés, influençaient, malgré lui, la décision finale de Louis XIII.

— Cela doit être aisé dans le cas de mon mari, plaida-t-elle. Sans minimiser sa faute, bien entendu, ce qui serait offenser le roi. Car, au fond, il n'y a eu ni provocation, ni rébellion directe contre le pouvoir.

— C'est votre point de vue, madame.

Leurs propos s'échangeaient comme les balles que se renvoyaient tour à tour les joueurs de paume. Ils ne se quittaient pas des yeux, cherchant mutuellement à déchiffrer leurs pensées. Au prix d'un effort considérable, aidée peut-être par le vin de Rueil, Floriane avait réussi jusqu'ici à conserver un calme étonnant. Pour elle, il s'agissait de solliciter sans implorer ; de ne rien laisser transparaître de sa détresse. Richelieu qui avait cru s'exposer à des larmes, à des gémissements, ne pouvait s'empêcher d'admirer la superbe jeune femme qui osait le défier une fois de plus. Insensiblement, il lui venait une douceur étrange, l'envie poignante de se faire aimer de l'indomptable. L'idée qu'elle pouvait encore lui échapper, se moquer de lui avec la même cruauté que la reine et la Chevrette, l'idée surtout que cette affaire avec Bassompierre n'était pas un simple racontar, lui étaient insupportables.

— Pourquoi tous ces malentendus entre nous, chère baronne ? chuchota-t-il, en posant sa main sur le bras de Floriane.

Elle eut l'impression que tout son sang affluait à son front. Mais loin de vouloir échapper à cette main blanche et soignée, elle se pencha légèrement, scrutant le visage affiné par les veilles et la maladie. L'émotion en avait chassé toute expression d'orgueil ou de calcul. Fasciné par cette gorge frémissante, parfumée sous ses dentelles, Richelieu n'était plus qu'un homme tourmenté par le désir.

Floriane avait-elle vraiment cru qu'elle y échapperait ? Ce serait donc donnant, donnant. Elle s'étonnait toutefois que cela puisse être si facile. Pourquoi, en effet, refuser la défaite ? Elle avait connu pire ! Pourquoi ne pas se soumettre un instant, glisser dans la pénombre de cette couche soyeuse ? Qui sait ? Peut-être même trouverait-elle une amère volupté à goûter aux noires ivresses de l'humiliation consentie et usant de toutes les ruses, de toute la science dont elle se savait capable, triomphant de son vainqueur, ferait-elle alors une victime de son bourreau ?

Richelieu devina-t-il ses pensées ?

— Floriane... Tout est possible, murmura-t-il comme une prière, prêt quant à lui à accepter les périls du dangereux voyage qui s'offrait à eux.

Comme fustigée, Floriane se cabra. Lentement, elle se leva et de toute sa hauteur, toisa l'homme qui l'implorait :

— Non, Monseigneur. Tout n'est pas possible.

Sa voix avait soudain le tranchant de l'acier. Poignardé, Richelieu ferma les yeux, ses paupières fortement serrées n'empêchant pas les larmes de couler le long de ses tempes veinées de bleu, de se perdre dans ses cheveux gris. Il était la souffrance même.

D'abord stupéfaite, Floriane contempla le corps frêle, que toute vie semblait avoir abandonné, pâmé sur les coussins. Il lui vint, malgré elle, une sorte de compassion qu'elle repoussa très vite. Non, rien ne devait gâter sa joie sauvage plus forte que la pitié, plus forte que la prudence ! Elle paierait sans doute cher, très cher, ces quelques secondes de jouissance mais elles valaient bien — songea-t-elle avec griserie — qu'elle en supportât toutes les conséquences.

Le cardinal rouvrit les yeux, un éclat oblique, froid, perçant. Une volonté surhumaine avait rassemblé ses forces. Floriane se prépara à entendre la riposte.

— Il vaudrait mieux que vous sortiez d'ici tout de suite, baronne d'Ivreville. Puisque nous n'avons plus rien à nous dire.

— En effet ! Mais avant je tiens à ce que vous sachiez ce que je pense.

La tension avait été trop forte. Elle s'était assez contenue. Perdue pour perdue, elle était bien décidée maintenant à soulager son cœur de ce qui l'étouffait depuis si longtemps.

— Jamais vous ne saurez vous faire aimer d'une femme, Monseigneur. A moins qu'elle ne soit vénale ou aussi vile que vous l'êtes ! La grâce de mon mari en échange de mes caresses ? C'est donc cela ? Ah ! s'écria-t-elle avec un rire un peu fou. Mais je préfère le voir mort plutôt que de salir notre amour à votre contact. Notre amour, oui ! un amour comme vous ne pouvez en connaître, car tout chez vous n'est qu'ambition, sécheresse, envie. Vous jalousez tout ce qui est beauté, noblesse, pureté. Toutes les qualités que vous n'avez pas, vous ne les supportez pas chez les autres. Maintenant, vengez-vous de moi, de nous. Allez, n'hésitez pas ! Allez voir le roi. Demandez-lui la tête du baron d'Ivreville. Vous l'obtiendrez sans peine comme vous avez obtenu toutes les autres. Quelle bonne besogne vous avez accomplie, monseigneur ! Vous avez ôté au roi tous ceux qui lui étaient le plus proches. Grâce à vous, il n'a plus ni famille, ni véritable épouse, ni ami. Il ne vit qu'entouré de souvenirs, de deuils, de spectres. Mais prenez garde : un jour, peut-être, le roi en aura-t-il assez et le chagrin qu'il endure par votre faute se changera-t-il en haine, retournée contre vous. Profitez bien de votre faveur présente Armand de Richelieu, car ce jour-là vous ne serez plus rien !

Crachant le dernier mot, elle s'arrêta, haletante, sûre d'avoir fait mouche en voyant frémir le cardinal qui jusque-là l'avait pourtant écoutée sans broncher.

La haine du roi... La perspective le terrorisait toujours. L'évoquer risquait d'attirer le malheur. Cette femme dépassait les bornes. Jamais personne ne s'était risqué à lui parler de la sorte, le blessant au plus intime de lui-même. Et voici qu'elle rassemblait ses jupes, calmement, s'apprêtait à sortir !

— Juste un mot ! lança-t-il d'une manière curieusement ironique. Je ne contesterai votre charmant discours que sur un point : contrairement à ce que vous imaginez, je n'éprouve aucune animosité contre votre mari. J'aurais même à son égard une sorte de... disons reconnaissance, car c'est un peu grâce à lui si je dispose aujourd'hui de la faveur que vous me reprochez tant.

Il comprit qu'à son tour, il avait frappé juste. Immobile, la main sur la poignée de la porte, Floriane attendait la suite.

— Cela vous surprend, n'est-ce pas, ma chère ? Pourtant c'est bien le baron d'Ivreville qui, au soir de cette navrante Journée des Dupes, alors que je m'apprêtais sottement à fuir, croyant ma disgrâce consommée, m'a envoyé auprès du roi. Sans doute, obéissait-il à un ordre. Mais il lui aurait été fort simple, sans manquer à son devoir, de me laisser prendre le chemin de l'exil. Son intervention a fait basculer le sort à mon avantage. Peut-être saurai-je m'en souvenir à l'occasion ? On ne sait. Vous êtes autorisée à en discuter avec lui dans sa geôle. Vous voyez que je suis bon prince. Ensuite...

Sa voix si onduleuse, changeant brutalement de ton, résonna comme une menace :

— Ensuite, disparaissez, Floriane de Saint-Évy. Que nous

n'entendions plus jamais parler de vous ! Avez-vous compris ? Plus jamais.

Sans un mot, sans un regard en arrière, Floriane ouvrit la porte et s'en alla.

*

* *

— Floriane ! Attendez-moi !

Enfin Boisrobert réussit à la rattraper. Voûtée, titubante, elle filait le long des couloirs sans même prendre garde à Desbournais, à Cavoie, le capitaine des gardes, aux domestiques croisés sur son chemin, poursuivie, aurait-on dit, par le diable en personne.

— Floriane, qu'avez-vous ? Que s'est-il passé ?

Elle tourna vers l'abbé un pauvre visage, voulut parler, bredouilla quelques mots sans suite :

— C'est vous ? Oh ! je n'ai pas su... pas pu. Vous savez... Artus... Mais ce n'est pas sa faute. Non. Pas sa faute.

L'envie d'en savoir plus dévorait Boisrobert qui, toutefois, avec un louable effort sut se montrer discret. Affectueusement, il lui prit la taille.

— Floriane, calmez-vous mon petit cœur. Vous avez les nerfs à bout. C'est bien normal. Vous devriez maintenant rentrer chez vous et vous reposer.

— Je veux voir Artus. « Il » m'a dit que je pouvais y aller. Mon Dieu ! gémit-elle. Je n'ai rien pu obtenir d'autre.

— C'est déjà beaucoup. Je suis convaincu que vous avez fait tout ce qui était possible. Allons, ne désespérez pas.

Grâce à Boisrobert, Floriane put bientôt regagner son carrosse où vint la rejoindre Ermelinde que La Musette était allé rechercher. La pâleur de la jeune femme lui fit immédiatement comprendre que sa rencontre avec le cardinal n'avait pas été positive. Elle aussi lui conseilla de retourner à l'Hôtel d'Ivreville. Vainement bien sûr. Avec un misérable sourire,

Floriane remercia Boisrobert et donna l'ordre à ses gens de la conduire à la Conciergerie.

Plus pesant que jamais, plombé, menaçant, le ciel annonçait encore de la neige. La chaussée n'était qu'un bourbier noirâtre et glissant où pataugeaient hommes et chevaux. Floriane s'était remise à trembler malgré l'épaisse couverture dont les avait enveloppées La Musette. Elle aurait voulu sortir de la voiture, courir dans la rue, courir à perdre haleine rejoindre Artus au plus vite, retrouver sa chaleur, sa force, sa vitalité ! Mais elle avait l'impression de n'avoir plus d'élan. De n'être plus rien maintenant qu'elle n'avait plus à lutter, à se défendre, maintenant que tout espoir semblait enfui. Par sa faute !

Puisque la vie d'Artus était en jeu, n'aurait-elle pas dû, pour une fois, se faire humble et docile ? Maudit orgueil qui l'avait encore poussée à braver l'ennemi au-delà de toute raison ! Alors ? Allait-elle donc regretter de n'avoir pas cédé aux caprices du cardinal ? Non, non, bien sûr. Lui céder aurait été aussi une manière de perdre Artus. La plus dégradante qui soit !

Comme tout devenait confus ! Les paroles de Richelieu lui revenaient en tête : cette allusion au rôle bénéfique qu'Artus aurait tenu, un jour, auprès de lui ? Il fallait oublier, ne pas chercher à savoir vraiment. Et ses derniers mots : « Disparaissez, Floriane de Saint-Évy, disparaissez ! » Ces mots se répétaient sans fin, aussi lugubres qu'un glas. Floriane n'entendait plus que leur résonance, désespérée de ne pouvoir comprendre, de ne plus savoir à quoi se raccrocher, épuisée enfin...

Un cahot brutal la tira de sa demi-conscience. Le carrosse s'était immobilisé rue de la Barillerie[1]. Il était inutile d'espérer avancer plus avant, les abords du Palais où siégeait le Parlement, la plus grande des nombreuses juridictions du royaume, étant pratiquement inaccessibles à un attelage de

1. Boulevard du Palais.

cette importance : gens de justice en robes rouges ou noires, plaideurs, promeneurs, commerces ambulants en rendaient l'accès trop difficile. Mieux valait comme tout le monde aller à pied, ce que fit Floriane, appuyée sur La Musette, retroussant d'une main le bas de ses vêtements. Une nouvelle fois, Ermelinde avait été priée d'attendre.

Le Palais, de même que la Conciergerie et la Sainte-Chapelle qui s'accolaient à lui, possédaient une porte commune, entre deux tourelles, témoin d'une époque où les rois avaient ici leur demeure. Floriane l'avait déjà empruntée des dizaines de fois, attirée comme tous les Parisiens par la galerie marchande et les deux cent vingt-quatre boutiques installées, çà et là, à l'intérieur du vénérable édifice. Un déluge de marchandises, d'irrésistibles « galanteries », soie, velours, dentelles, bijoux, chapeaux, éventails, parfums et tous les livres les plus récents. Une fête de la gourmandise, de la frivolité et du bel esprit qui faisait du Palais le rendez-vous à la mode. Corneille venait même d'en faire le cadre d'une comédie à succès : *La Galerie du Palais*. Floriane y avait souvent retrouvé Olyvette, les jours de pluie où toute autre promenade était impossible. L'endroit était si vivant, si gai, tout empoussiéré, vibrant des dernières nouvelles ! On en oubliait que, tout à côté, dans la Grand Chambre, les Conseillers débattaient de choses graves et que les prisonniers de la Conciergerie attendaient d'être jugés et peut-être exécutés.

Était-ce l'habitude de fréquenter ces lieux ? Le décor lui-même ? Tout en traversant la Cour du mai, Floriane ne retrouvait pas ici, le sentiment d'isolement, d'étouffement ressenti à la Bastille. Avec ses tours aux toits en poivrières délicatement poudrés de neige, sa tour de l'Horloge fleurdelisée et son joli lanternon, ses voûtes gothiques, ses cours intérieures, son volume, sa solidité qui n'excluaient pas une sorte d'élégance, le voisinage de la Seine enfin, la Conciergerie ressemblait aux belles images d'un Livre d'Heures. C'était la survivance d'un passé chevaleresque et prestigieux, château plutôt que prison dont Artus en armure étincelante, cimier empanaché eût été, dans ces temps anciens, le tout puissant seigneur.

« Mon pauvre amour », soupira-t-elle, levant les yeux sur les murailles qui le privaient de liberté.

Délaissant le grand escalier du Palais, Floriane et La Musette traversèrent une courette située légèrement en contrebas, poussèrent une grille, franchirent successivement deux corps de garde sans que les archers absorbés par une partie de dés n'eussent l'air de les voir. Une fois dans le « guichet », sorte de large vestibule mal éclairé, ils virent émerger d'une petite salle annexe, une tête grise et revêche, chaussée de lunettes, celle du greffier qui les reçut sans aménité.

— Le baron d'Ivreville ? Voyons, mâchonna-t-il en compulsant son registre.

La réponse tomba comme un couperet :

— Interdit de visite ! Vous devez ressortir d'ici.

— C'est certainement une erreur, contesta Floriane. Monsieur le cardinal m'a lui-même accordé le droit de voir mon époux.

Sa protestation n'eut pas l'heur de plaire au vieil homme qui appela ses collègues à la rescousse, des museaux pâles, accoutumés à ne vivre qu'à l'ombre des greffes et des dossiers. Les gardes, alertés par les éclats de voix, s'approchèrent également.

— Je vous affirme qu'il doit s'agir d'une erreur ! répétait Floriane bien décidée à leur tenir tête à tous, à ne pas flancher devant eux, à ne pas repartir sans avoir vu Artus.

— A quoi bon faire tant de tapage pour un futur client de maître Guillaume ? maugréa un archer pressé de poursuivre son jeu de dés.

Maître Guillaume le bourreau !... Floriane se raidit, croyant voir glisser sa silhouette dans le guichet humide, traînant derrière elle son funèbre cortège de suppliciés.

— Qui vous permet de parler ainsi ? lança-t-elle d'une voix glaciale.

L'intervention d'un guichetier mit alors fin à une situation qui devenait embarrassante pour tout le monde.

— Un secrétaire de Monsieur le cardinal vient d'apporter ceci, dit-il en tendant un message au greffier.

Richelieu pouvait quand il le voulait tenir ses promesses. Le message en question était bien, en effet, l'autorisation de laisser la baronne d'Ivreville voir son mari. En présence d'un archer toutefois et sans que la visite ne dépassât les trente minutes.

« C'est bien peu », songeait Floriane que La Musette n'avait pas voulu quitter, tandis qu'elle suivait le garde, le long d'un couloir sans fin, coupé de grilles que des geôliers ouvraient sur leur passage et refermaient ensuite avec soin. Les murs voûtés répétaient, amplifiaient le bruit des clefs dans les serrures et le triste grincement des gonds mal huilés. L'illusion de tout à l'heure s'évanouissait. La Conciergerie était bien une prison.

Une porte dérobée les mena au pied d'un escalier assez raide, tournant sur lui-même dans les entrailles d'une tour. Cinq siècles d'histoire se cachaient là, entre ces murs élevés, arrondis, épais, noircis, coiffés à leur sommet d'un toit d'ardoise pointu. Cinq siècles de silence et de mystère. On y sentait rôder comme une imprécise menace, d'inquiétants fantômes. Au cours des âges, la Grosse Tour avait en effet abrité bien des secrets, bien des trésors, de brûlants parchemins, de dangereux personnages, sur lesquels l'oubli ou la mort trop souvent avaient jeté leurs voiles.

Pourtant, tout là-haut, quelqu'un chantait, d'une voix franche et sonore faisant fi hardiment de l'oppressante atmosphère.

Ma Bergeronnette ma mie, ma bergeronnette mon souci...

— C'est lui, murmura Floriane en se tournant vers La Musette qui avait aussi reconnu la voix et la chanson, un de ces airs légers et charmants que lui-même jouait souvent sur sa flûte.

L'émoi au cœur, Floriane s'arrêta pour mieux écouter. Puis l'impatience lui fit gravir à toute vitesse les dernières marches qui restaient.

Sur un palier étroit, elle aperçut d'abord Lubin qui eut l'air surpris et à la fois contrarié en la voyant et ne daigna s'intéresser qu'à La Musette.

« Il me tient pour responsable de tout, bien sûr », constata Floriane, plus que jamais consciente du poids de la fatalité.

Cependant, exhibant l'ordre du cardinal, le garde demandait au geôlier d'ouvrir la porte de la cellule où Artus chantait toujours. Elle s'approcha d'eux vivement, leur dit quelques mots, partageant entre eux tout l'argent qu'elle avait dans sa bourse. Apparemment cela suffit. S'étant concertés d'un rapide coup d'œil, les deux hommes acquiescèrent ; le garde recula d'un pas ; le geôlier tira le verrou, fit entrer Floriane. Seule !

Assis dans le renfoncement d'une meurtrière creusée dans la muraille, ses jambes bottées se balançant au rythme de sa chanson, Artus regardait au-dehors les nuées grises envelopper la Conciergerie. Quelques flocons voletaient devant la mince fenêtre. En bas, l'ancien jardinet du roi formait un petit tapis immaculé renvoyant une lumière illusoire. Le bruit de la porte ne lui fit pas tourner la tête et Floriane s'attarda à l'observer, frappée, dans ce cadre sombre et dépouillé, par tant de nonchalance et de légèreté apparente. Mais se souvenant que le temps qui leur était accordé était bien court, que ces minutes seraient peut-être les dernières qu'ils auraient à vivre ensemble, ce fut plus fort qu'elle. Elle ne put davantage contenir son chagrin, ses terreurs.

— Artus ! cria-t-elle dans un sanglot.

Surpris, il se retourna, vit dans le clair-obscur de la geôle une forme lancée vers lui, sentit bientôt un corps se presser contre le sien, tremblant, hoquetant, visiblement privé de forces sur lequel ses bras se refermèrent sans hésiter.

— Toi ! Floriane, ma chérie...

Et tout aussitôt, il chercha ses lèvres, se grisa de son

souffle, de ses larmes, gommant durant quelques merveilleuses secondes, par la seule magie de son baiser, le calvaire de tout un matin.

Puis légèrement, il s'écarta d'elle, effleura ses joues d'un doigt tendre :

— Ne pleure pas, mon tout petit. Tu es là, avec moi. Je m'attendais si peu à ce miracle !

— Pardon, Artus, pardon ! balbutia-t-elle. Tout est arrivé par ma faute.

Elle sentit ses mains se crisper sur son épaule, vit son regard d'or, si limpide, se faire grave, presque sévère.

— Écoute-moi bien : tu n'as aucun reproche à te faire. M'entends-tu ? Aucun !

— Mais tu es ici, emprisonné, à la veille d'être jugé, d'être condamné peut-être ! Oh ! C'est trop horrible quand j'y pense.

Patiemment, il attendit que s'apaisât cette nouvelle crise de larmes puis il murmura :

— J'ai agi en toute connaissance de cause, ma mie. J'ai lavé l'affront qui nous a été fait. Pour ma part, je me sens prêt à en accepter les conséquences. Il n'y a rien à regretter.

— Je ne veux pas te perdre, comprends-tu cela ? se révolta Floriane, l'étreignant avec une sorte de rage, incapable d'adopter la même résignation tranquille.

— Allons ma rebelle, dit-il d'un ton de doux reproche, en caressant la tête qui s'appuyait sur lui. Tu m'avais habitué à plus de sagesse. Mon jugement n'est pas encore prononcé.

— Il le sera bientôt. Avec toute la sévérité que désire le roi. Je l'ai vu ce matin. Il n'y a aucune indulgence à attendre de lui.

— Tu as vu le roi ? Ma pauvre petite fille... Je ne devine que trop bien quelle a pu être son attitude. Mais tu ne dois pas lui en tenir rigueur et perdre tout espoir. Il n'est pas comme beaucoup le croient, inaccessible à la pitié, à la mansuétude. Seulement, il a un tel sentiment de sa condition ! Comme toujours, il n'agira qu'en fonction de ce que lui dictera sa conscience.

— Ou de ce que lui soufflera le cardinal, conclut Floriane amèrement.

Artus l'obligea à le regarder. Il avait l'air soudain pressant, inquiet :

— L'aurais-tu rencontré lui aussi ?

Elle fit oui, d'un signe de tête. Elle avait toutes les peines du monde à maîtriser ses pleurs, ses lèvres tremblantes, sa voix qui s'étranglait :

— Artus... Là encore j'ai peur d'avoir tout gâché. Vois-tu... Je ne pense pas que le cardinal te soit réellement hostile mais c'est moi qui... Enfin, je l'ai heurté...

Il lui était impossible d'évoquer son affrontement avec Richelieu, surtout devant Artus, ses yeux qui la scrutaient avec un tel éclat. Mais tout à coup, il lui sourit comme si, émerveillé, il la redécouvrait :

— Floriane, tu as refusé de t'abaisser, c'est cela ? Non, ne me raconte rien. Ah ! tu es bien telle que je t'ai toujours connue, mon amazone, ma fierté, ma joie... je t'aime...

Sa bouche, éperdue, courut sur la chevelure bouclée, la douceur de son cou renversé sur son bras, le cher visage meurtri, si pathétique.

Brusquement, Artus lâcha Floriane, fit quelques pas dans la pièce :

— Il faut que tu saches une chose que jamais je n'ai voulu te dire connaissant les griefs qu'à bon droit tu as contre Richelieu. Un jour... Un jour le roi m'a envoyé chez lui.

Ce fut au tour de Floriane de l'empêcher d'aller plus avant dans ses confidences.

— Je sais. Le cardinal m'a mise tout à l'heure au courant de ce fait, très content de lui d'ailleurs.

— La vieille canaille ! ricana Artus. Il espérait peut-être jeter entre nous un bon motif de querelle.

— Je n'ai pas à t'en vouloir, assura Floriane avec tristesse. Si c'était à refaire, je suis certaine que tu agirais de même malgré tout ce qui s'est passé. Selon ton devoir n'est-ce pas ?

— En effet, reconnut-il sans détour.

— Artus... nous étions si heureux ! C'est trop injuste !

— Je comprends ton sentiment de révolte, soupira-t-il. Mais depuis la mort du duc de Montmorency, j'ai compris qu'il ne nous appartenait pas de décider de ce qui était juste ou non, qu'il suffisait de se maintenir toujours dans la voie qui nous paraissait la meilleure. Aussi durs que puissent être les obstacles à franchir. Même si la mort doit se trouver au travers du chemin, ajouta-t-il en reprenant Floriane dans ses bras.

Comme elle lui enviait cette manière simple, stoïque, lumineuse, d'affronter l'existence, ne laissant jamais le regret, le doute l'assombrir trop longtemps ! Comme elle se sentait faible elle-même, pétrie de contradictions, désarmée devant l'épreuve qu'ils traversaient !

Blottis l'un contre l'autre, ils furent sans bouger, tout entiers à l'écoute de leurs cœurs, de leurs corps, en si parfait unisson malgré leurs natures dissemblables, réfugiés loin de la geôle déjà envahie par le crépuscule. Ils ne parurent pas s'apercevoir que le garde entrebâillait la porte pour leur annoncer la fin prochaine de la visite.

— Floriane, il sera bientôt temps de partir, dit enfin Artus.

Accrochée à lui avec toute la violence de son désespoir, Floriane se refusait à le quitter, terrorisée à l'idée qu'ils risquaient d'être séparés pour toujours, de ne connaître désormais qu'une affreuse solitude.

— Floriane, ma vie. Ne désespère pas, je t'en conjure. Ton courage m'est tellement nécessaire. Avec l'aide de Dieu, tout peut encore s'arranger. Sa voix se fit plus sourde. Même si... Je pense également à ma mère. Ne lui retire pas ton affection, promets-le-moi. Et quoi qu'il advienne, souviens-toi combien nous nous sommes aimés, combien nous nous aimons, malgré tout, au-delà du possible.

Il se tut, impuissant à exprimer la passion à la fois si charnelle et si pure qui lui mordait le ventre et lui déchirait l'âme.

Une seconde fois, le garde intervint. Artus devina derrière lui la tête soucieuse de La Musette. Il lui fit signe d'approcher ; doucement, il réussit à se dégager de l'étreinte de Floriane qu'il confia au brave garçon non sans un dernier baiser, un dernier murmure :

— Va, va mon amour. Il faut garder confiance.

Entraînée par La Musette, voulant encore voir Artus, s'emplir les yeux, s'enivrer de son image, Floriane se retourna. Mais la porte déjà s'était refermée sur lui.

*

* *

— Madame ma mie, remettez-vous ! Je ne vous ai jamais vue dans cet état.

Dame Frumence épuisait tous ses arguments à tenter de calmer Floriane qui sanglotait dans ses bras. Une imprécise nostalgie pinçait le cœur de la vieille fille qui inconsciemment avait reporté sur sa jeune maîtresse ses élans maternels spoliés.

— Voyons, voyons, faisait-elle d'un ton embarrassé, un peu bourru. Cette journée a été trop longue, trop dure pour vous, chère enfant. Lorsque nous serons rentrés, je bassinerai votre lit ; vous vous coucherez ; vous dormirez et demain... Demain, reposée, vous verrez les choses différemment. Rien n'est perdu pour Monsieur d'Ivreville, j'en suis sûre.

Bonne Ermelinde dont la voix devenait un chaud ronron ! Son lit, sa maison : en effet, Floriane n'aspirait qu'à s'y blottir dans l'attente d'un jour nouveau, peut-être porteur d'espoir.

Le carrosse traversa la place Dauphine où s'allumaient les boutiques. Les flocons tombaient dru maintenant, voilant les façades de briques, ennoblissant la chaussée, les auvents de bois ou de toile, feutrant les pas et les voix des passants. Sur le Pont-Neuf, hors de l'étau des maisons, la neige, libérée, se déchaînait autour du cheval de bronze, descendait en tourbillons sur la Seine, balayait les berges et s'enfuyait, légère et impitoyable jusqu'aux confins de la ville.

Tassé près de Macloud, stoïque, La Musette supportait sans broncher la blanche et froide bourrasque. Il n'était préoccupé que de Floriane qu'il voyait encore une fois aux prises avec une inflexible destinée :

« L'aurai-je vue pleurer ! » se désolait-il, avec, comme toujours en pareil cas, un poignant sentiment d'impuissance.

Devant l'attelage, le quai prenait l'aspect d'une longue bande de fourrure, épaisse, ourlée au ras de l'eau. Aucune lumière ne brillait à l'Hôtel de Nevers. Le jour déclinant donnait au vieux Château-Gaillard et à la Tour de Nesle, l'aspect grotesque de forteresses fantasmatiques, issues de quelque songe tourmenté. Soudain, sous ses cils alourdis de neige, l'œil attristé de La Musette remarqua une silhouette parmi toutes celles — pressées, frileuses — qu'il croisait.

— Mais... C'est Toinon ! s'écria-t-il en poussant Macloud du coude. Qu'est-ce qu'elle fait ici ? Arrête !

Piquée au pied de la Tour de Nesle, la jeune servante devait les guetter car aussitôt qu'elle eut reconnu le carrosse elle s'élança au-devant de lui en agitant les bras.

— Ho !...

Macloud tira sur les rênes. La Musette se pencha :

— Toinon, que se passe-t-il ?

Sous sa coiffe malmenée par le vent, Toinon leva son minois rougi et soucieux.

— Madame est dans la voiture ?

— Oui, répondit La Musette un peu surpris. Nous rentrons.

— Il ne faut pas, fit Toinon avec une autorité qui ne lui était pas coutumière.

— Comment ça ? Madame est exténuée. Pas vrai Macloud ? Depuis ce matin qu'elle court par toute la ville !

— Et moi je vous dis qu'elle ne peut pas : la maison est pleine de mousquetaires venus pour l'arrêter !

Les deux hommes fixèrent Toinon comme s'ils doutaient de son bon sens.

— Je veux voir madame ! dit la jeune fille, nerveuse,

agacée par leurs airs incrédules, en s'approchant d'une portière.

Celle-ci s'ouvrit avant même qu'elle n'eût le temps de tirer sur la poignée.

— Quoi ! Quoi ! Des mousquetaires à la maison ? s'exclamait Ermelinde. Explique-toi mieux ma fille !

Voyant Floriane recroquevillée dans l'ombre du carrosse, Toinon hésita à rajouter à sa détresse évidente :

— Ils sont arrivés il y a une demi-heure environ, dépêchés par le roi. Ils vous attendent madame.

Pas de réaction apparente chez sa maîtresse. Les mains jointes, elle poursuivit avec plus de véhémence :

— J'ai entendu leur capitaine dire qu'ils devaient vous conduire dès ce soir dans un couvent hors de Paris. Sur ordre du roi. Ils ont interdit à tous les domestiques de bouger de l'hôtel. Toutes les entrées sont surveillées, mais j'ai pu heureusement me sauver par la petite porte de la buanderie. Il fallait bien vous avertir.

Toinon s'arrêta essoufflée et attendit, comme Ermelinde, comme La Musette et le cocher descendus de leur siège, la réponse de Floriane qui tardait à venir.

— Merci, ma gentille Toinon, merci, murmura-t-elle enfin.

— Dire que vous fonciez tête baissée dans le traquenard ! fit dame Frumence profondément secouée.

— Il faut rebrousser chemin, décida Macloud. Dites, madame, dites où vous désirez aller maintenant.

La Musette observait Floriane. Il la connaissait trop bien pour ne pas deviner l'idée qui germait derrière ce silence et ce sang-froid déconcertants.

— Vous avez compris ce qui vous attend, n'est-ce pas ? fit-il avec insistance.

— Parfaitement, le couvent, répondit Floriane d'une voix sans timbre. Pourquoi pas après tout ?

Oui, pourquoi ne pas obéir au roi, ne pas attendre loin de toute agitation, de toute pression, le sort qui serait réservé à Artus pour lequel, elle l'avait compris, elle ne pouvait plus rien sinon se rendre importune ? Gracié, il viendrait lui-même la chercher dans sa retraite. Exilé, elle pourrait peut-être le rejoindre. Condamné à mourir...

Son cœur manqua un battement — seul un couvent pourrait alors abriter son amour détruit.

Ils sursautèrent tous les quatre en l'entendant :

— Madame, ma mie, vous n'allez pas vous laisser faire comme ça ! s'indigna Ermelinde.

— Le cardinal est donc arrivé à ses fins, soupira La Musette. Déjà, à Nantes, il voulait vous enfermer. Nous nous étions tous ligués pour vous tirer d'affaire, monsieur votre frère en tête, le malheureux jeune homme. Aujourd'hui, vous vous livrez vous-même, sans regimber. C'est votre droit. Nous ne sommes rien pour vous en empêcher.

Du fond de la voiture, Floriane distinguait mal son visage. Il n'était qu'une masse énorme, blanchie, près de laquelle frissonnaient Toinon et Macloud, eux aussi couverts de flocons. Elle sentait leur désarroi, leur incompréhension, leur déception devant son attitude passive et résignée. La voix douce de La Musette avait éveillé en elle — à dessein, elle le savait — un bien tendre, un bien douloureux souvenir, celui de Charles, son frère, mort justement pour elle, afin qu'elle conservât sa liberté. Et derrière chaque drame se profilait le même homme, celui qui finissait toujours d'une manière ou d'une autre par triompher. C'était certainement Richelieu qui avait conseillé au roi de l'éloigner, elle, Floriane, de la Cour, de la ville — « Que nous n'entendions plus jamais parler de vous !... » — Comme il avait sans aucun doute déjà décidé de ce qui adviendrait d'Artus. Il savait si bien avancer les meilleures raisons pour fléchir Louis XIII.

— « Je fauche tout et je couvre tout de ma robe rouge [1] », avait-il déclaré un jour, se fortifiant à l'idée de son propre pouvoir.

1. Paroles historiques.

Eh bien, non ! Il n'en serait pas avec elle comme avec les autres. Elle ne lui laisserait en l'occurrence qu'une demi-victoire. Elle disparaîtrait certes, puisqu'elle y était obligée, indésirable, et peut-être même néfaste pour Artus. Mais elle entendait choisir elle-même sa porte de sortie.

— Toinon, monte t'asseoir à côté de dame Frumence. Tout de suite, là ! Macloud va vous conduire à l'Hôtel d'Ivreville. N'en bougez pas. Si on vous demande où je suis, vous répondrez que vous n'en savez rien. Ermelinde, vous aviez raison tout à l'heure. Je ne peux pas me jeter dans la gueule du loup. Ah ! Je vous prie, pas de larmes, pas un mot, rien !

Elle était presque redevenue la jeune femme combative qu'ils avaient toujours un peu crainte, admirée, aimée surtout. Affectueusement, elle embrassa la vieille fille en larmes, tapota la joue de Toinon, tendit la main à son valet pour mettre pied à terre.

— Seuls tous les deux dans Paris, La Musette et moi, nous pourrons plus facilement passer inaperçus que dans ce carrosse si reconnaissable avec nos armoiries peintes sur le caisson. Ne vous inquiétez pas.

Auprès de La Musette, elle fit un petit signe, regardant s'éloigner l'équipage, conserva un instant la vision de deux figures désemparées qui s'encadraient dans la portière puis courageusement s'ébroua :

— Allons, viens !

Plus que jamais Paris se livrait à la cuveteuse tempête. La neige, cette magicienne, qui couvrait si bien laideur, aspérités, souillures, pour ne souligner que la pureté ou la fantaisie des lignes, effaçait aussi les traces, brouillait les silhouettes. Avec la nuit tombante, elle était pour Floriane la meilleure des complices, l'aidant à mieux se fondre au sein de la ville.

Malgré le soutien de La Musette, la jeune femme avait les plus grandes difficultés à marcher. Ses bottines patinaient, sa robe, son manteau, trop longs, trop lourds, balayaient le sol malgré toutes ses précautions. Pourtant, volontairement ou non, c'était bien elle qui dirigeait leurs pas comme attirée par une voix mystérieuse, le mirage radieux du passé.

Ils avaient traversé le Pont-Neuf abandonné par les bateleurs et s'étaient enfoncés dans des passages tortueux pour arriver rue Coquillière où, quelques mois durant, Floriane avait vécu près de son frère la période sans doute la plus insouciante de toute son existence. Avec Charles, avait disparu un trésor d'indulgence et de tendresse qui ce soir lui manquait particulièrement. Émue, elle regarda son ancienne maison, un peu écrasée par l'église Saint-Eustache. Non loin se trouvait l'endroit où avait été tué le baron de Pontgibault. Peut-être étaient-ils là tous deux, Charles et Roger, protecteurs, invisibles, tout près d'elle, parmi ces gens qui la frôlaient, ces ombres hâtives, harcelées par les flocons ?

— Où voulez-vous aller madame ?

Inquiet, la devinant perdue aux frontières de l'invisible, La Musette cherchait à la ramener à la réalité. Elle ne se rendait même pas compte qu'elle grelottait à son bras, que sans lui elle se fût effondrée, qu'il fallait au plus vite trouver un abri, se réchauffer, manger, boire. On pourrait alors, l'esprit beaucoup plus lucide, aviser sur la conduite à tenir. Depuis un moment, La Musette lorgnait toutes les boutiques de pâtisseries qu'ils rencontraient. A Paris, elles étaient légion, en assuraient la renommée gourmande. Derrière les vitres des devantures, grâce à un jeu subtil de chandelles artistiquement disposées, dansaient des bêtes fabuleuses, des hommes étranges, découpés dans du papier transparent enluminé. Le spectacle de ces « lanternes vives » affriandait le chaland autant que l'aspect des gâteaux saupoudrés de sucre, des massepains, des craquelins, des tourtes au musc et à l'ambre, si chères mais si délectables, bref, de toutes ces friandises dont le parfum faisait défaillir La Musette. La vue, l'odorat, le goût et d'autres sens encore, se trouvaient comblés chez les pâtissiers dont les arrière-boutiques, souvent, possédaient aussi de petits réduits, des chambres discrètes, bien commodes pour certains rendez-vous. Une femme honnête ne s'y serait pas risquée seule.

« Elle a honte bue. Elle a passé devant l'huis du pâtissier », insinuait-on parfois dans le sillage d'une femme légère. Sans y entrer, Floriane aurait pu y acheter au moins une gaufre. Mais non ! Elle ne semblait préoccupée ni par la faim, ni par le froid, ni par la fatigue et dérivait, entraînée par ses chimères.

— Où allons-nous ? répéta-t-il avec un soupir de regret.

— On continue !

Et ils reprirent leur marche. Avec la familiarité que lui octroyaient les années passées ensemble et les circonstances présentes, La Musette demanda :

— Savez-vous seulement où vous nous conduisez ? Pas chez mademoiselle votre sœur ?

— Non, non, sûrement pas.

Elle y avait pensé pourtant, puis avait renoncé à l'idée. Elle ne voulait pas, en se réfugiant près d'elles, troubler la paix des Visitandines, compromettre Anthonie. Pour cette même raison, elle n'irait pas non plus sonner à la porte d'Olyvette. Parents, amis, ne pouvaient rien pour Floriane. Tout ce qui la veille encore s'ordonnait harmonieusement autour d'elle, l'amour, l'amitié, la position sociale, tout venait de s'écrouler. Que lui restait-il donc au milieu de ces ruines sinon les traces du souvenir ? C'est pourquoi sans le dire à La Musette, elle avait eu l'intention de se rendre au *Lièvre Blanc*, l'auberge des premiers jours de son bonheur.

Mais voici que, tout à coup, elle n'était plus très sûre de vouloir retrouver un cadre où Artus ne serait plus à l'attendre. Il ne pouvait, lui, comme Charles et Roger, apparaître chaque fois qu'elle l'évoquait. La solitude serait partout la même, peut-être plus lourde au *Lièvre Blanc* qu'ailleurs.

— On ne s'arrêtera pas cinq minutes ? Il faut réfléchir sur la situation, fit La Musette sentencieusement, avec une forte envie de prendre les choses en main.

Devant eux, une flaque de lumière blonde trouait la blancheur de la rue. Une enseigne s'agitait au-dessus d'une porte aux petits carreaux teintés, sertis de plomb, celle d'un cormier, feuillu, chargé de fruits, joliment peint de couleurs vives. Un bourdonnement percé d'éclats traversait les murs à colombages et les volets tirés. Floriane reconnut l'entrée d'un cabaret réputé pour sa bonne table et l'amabilité de son hôte, un certain Cormier, justement. Elle s'aperçut seulement qu'elle n'avait presque rien pris de la journée, qu'elle était transie, qu'elle avait toutes les peines du monde à mettre un pied devant l'autre. La Musette avait raison : ils ne pouvaient continuer à errer sans but réel. Ici ou là...

— C'est bon. Entrons un moment.

Une dame de qualité n'allait pas au cabaret même fréquenté comme celui-ci par des gens de lettres ou des gentilshommes. Quelques bourgeoises, des commerçantes pour des banquets de confréries, des actrices, des courtisanes, étaient les seules femmes qu'on pouvait y trouver. Or, visiblement, Floriane n'appartenait à aucune de ces catégories sociales. Ça, maître Cormier, un alerte petit bonhomme, le vit dès la première seconde. Il s'empressa donc de satisfaire son élégante et inhabituelle cliente qui demanda d'être conduite à une table retirée, le laissant débattre du menu avec le garçon qui l'accompagnait.

L'heure n'était pas encore de la grande affluence mais des dîneurs étaient déjà installés sous le bas plafond de chêne, devant les belles nappes blanches. Près de la cheminée, un convive solitaire et barbu, vêtu assez misérablement, la fourchette dans une main, la plume dans l'autre, l'un de ces poètes faméliques auxquels le généreux Cormier savait faire crédit. Au fond de la salle, une tablée fort gaie de huit ou neuf personnes. La tête discrètement penchée, Floriane s'abstint de détailler ce qui l'entourait. En revanche, la vue d'un plat de coquillages, d'une longe de veau et d'autres douceurs, rendit toute son assurance à La Musette.

— Le mieux, si vous m'autorisez un conseil, décréta-t-il

après avoir, en un éclair, gobé une douzaine d'huîtres, est de louer une chambre dans une hostellerie du quartier. J'en connais une ou deux assez convenables et qui ont le mérite de ne pas trop poser de questions à leur clientèle. Une dame seule et sans bagages, comme vous l'êtes, y sera facilement acceptée.

— Ce serait en effet, une solution pour l'immédiat.

— Peu de jours sûrement. Le temps que durera le procès de monsieur. J'irai aux nouvelles. Et puis... Nous verrons. Mais... Vous ne mangez pas ?

Floriane chipotait une tranche de pain. Elle avait coupé d'eau le bon vin de maître Cormier. Elle croyait avoir faim et rien ne l'attirait.

— Vous auriez peut-être préféré autre chose ? s'enquit La Musette, vaguement honteux de se régaler tout seul.

— Non, c'est parfait. Je suis fatiguée voilà tout.

Elle n'avait pas voulu retirer son manteau, car elle savait que ses bijoux et sa belle toilette verte et or auraient été trop remarqués. L'épaisse étoffe mouillée en se réchauffant peu à peu, écrasait ses épaules comme une armure de plomb, accentuant sa gêne à laquelle s'ajouta le très net sentiment d'être observée. Mine de rien, elle finit par regarder l'assemblée joyeuse. Ses yeux rencontrèrent alors d'autres yeux qui ne cherchaient même pas à dissimuler leur curiosité, ceux d'une brune, les épaules potelées bien prises dans une collerette et dont le gracieux visage n'était pas étranger à Floriane.

— La Le Noir !

Et en même temps que la jolie comédienne qui naguère avait charmé l'Hôtel de Rambouillet, elle reconnaissait d'un coup d'œil la plupart de ses compagnons : Le Noir, son mari, le couple Villiers, Jodelet et l'Espy, deux frères, deux comiques, le premier surtout dont les traits accusés et la longue moustache faisaient merveille dans les emplois de valets ; bien entendu jovial et parlant fort, Montdory, encadré de deux ravissantes créatures et faisant face au tonitruant chef de la troupe, un jeune homme aux cheveux châtain clair que

Floriane identifia aussitôt comme étant l'étourdi dont les jambes trop grandes s'étaient si allégrement empêtrées dans ses jupes. Elle eut le temps de s'étonner, avant de détourner la tête, de la bonne tenue de tout ce monde. S'ils avaient l'air de s'amuser et d'apprécier leur repas, ils n'en gardaient pas moins mesure et décence, les femmes particulièrement. Rien, dans leurs vêtements d'un goût discret, bourgeois même, n'aurait pu laisser supposer qu'on avait là affaire à des comédiens dont la réputation pourtant était douteuse.

La Le Noir l'avait-elle reconnue ? Tant de monde s'était empressé autour d'elle pour la complimenter après cette mémorable représentation de *Virginie* ! Pourquoi se serait-elle souvenue plus spécialement de Floriane qui d'ailleurs s'était peu attardée ce jour-là ? Malgré tout, la rencontre était gênante. Tout devenait pénible : les images évoquées, le bruit, le manège des garçons qui portaient leurs plats comme des châsses, la goinfrerie de La Musette, jusqu'au vin, pourtant si fruité. Floriane se prit à regretter le froid de la rue, la caresse de la neige. La nuit qui s'annonçait longue l'effrayait.

— Jean, tu as assez mangé. Il serait temps de trouver l'hostellerie dont tu parlais tout à l'heure. Paie maître Cormier et partons.

Tandis que La Musette s'exécutait à contrecœur, que le bon Cormier multipliait courbettes et politesses, elle se leva, impatiente et fébrile en évitant de regarder dans la direction des comédiens. Au même moment, la porte s'ouvrit. Avec l'air piquant du dehors chargé de flocons qui s'en allèrent bien vite mourir autour des chandelles, trois hommes entrèrent, saluant d'une voix forte le maître de céans. Avec leurs justaucorps rouges et blancs, leurs castors immenses, leurs hautes bottes noires, ils étaient impressionnants et superbes. Mais pour Floriane dont la sensibilité était à vif, atteinte dans ce qu'elle avait de plus cher, qui depuis des heures ne connaissait ni trêve, ni repos, les nouveaux venus apparurent dans leurs flamboyants atours tels des envoyés du démon. C'était, flanqué de deux confrères, M. de Cavoie, capitaine des gardes de Richelieu, qu'elle avait croisé l'après-midi même chez le cardinal, Cavoie, qui sans aucun doute avait retrouvé sa trace et venait l'arrêter !

Elle sentit ses jambes mollir, la tête lui tourner, chercha à s'appuyer sur le dossier de sa chaise. Le solide et rassurant décor, les poutres, les tables, la vaisselle brillante, les gens qui ne devinaient rien de son angoisse, même ce gros La Musette très occupé à compter sa monnaie, tout se mit à basculer, à se dérober. Elle se crut prise dans un nuage épais, suffocant, pensa mourir...

— Appuyez-vous sur moi, madame, ne craignez rien.

Une voix musicale, un frisson de cheveux, lui caressèrent l'oreille et la joue, un bras soutint sa taille. Le nuage se dissolvait. Floriane respira fortement, regarda qui venait à son aide si à propos : Isabelle Le Noir lui sourit avec gentillesse, l'obligea à se rasseoir, s'installa en face d'elle.

Se rendant compte enfin que selon une regrettable habitude il ne s'était pas trouvé auprès de Floriane quand justement il eût été le plus utile, gauche et penaud, La Musette se précipita.

— Vous vous sentez mieux ? demandait la comédienne.

— Oui, oui merci. Vous êtes intervenue à temps, je crois, dit Floriane en s'appliquant avec effort, à ne pas attacher trop d'importance à l'incident.

— Oh, question d'expérience ! Ce genre de mésaventures nous arrive si souvent à nous autres femmes, fit la Le Noir légèrement.

— Peut-être. En tout cas, merci encore.

Elle n'avait pas dû cesser de l'épier, Floriane en était convaincue mais sans toutefois en être vraiment contrariée. La présence de Cavoie l'inquiétait bien davantage. L'officier était-il réellement à sa recherche ? L'avait-il vue ? Comment sortir du cabaret sans qu'il la remarquât ?

— Vous vous apprêtiez à partir, poursuivit la Le Noir avec son aimable indiscrétion. Peut-être pourrions-nous vous raccompagner ?

— Votre sollicitude me touche, madame, mais je ne veux pas être importune, gâcher votre souper.

La jolie brune eut un geste ailé de la main :

— Nous avons fini. Aucun de nous n'apprécie de veiller bien tard. Abuserais-je en vous demandant où vous logez ?

— Heu... C'est-à-dire, non. Ne vous dérangez pas pour moi.

Prise entre cette femme bienveillante, sympathique mais embarrassante et Cavoie qu'elle entendait réclamer une bouteille de Malvoisie, Floriane se sentait poursuivie, vulnérable, à la limite de sa résistance.

— Nous n'allons pas loin, crut bon de dire La Musette. Une hostellerie du quartier...

Il se tut devant l'air réprobateur de sa maîtresse.

— Une hostellerie ?

Isabelle Le Noir se rapprocha de Floriane, posa un regard bleu-gris dans le sien si semblable et doucement, gravement, chuchota :

— Écoutez, madame. Mon mari et moi sommes comédiens comme presque tous les amis qui sont avec nous ce soir. Peut-être vous souvenez-vous de nous avoir vus jouer chez la marquise de Rambouillet ? Ce serait un honneur, car pour ma part je ne vous ai pas oubliée madame. Sans doute parce que M. Voiture m'a comparée à vous et que j'en ai été flattée. Songez ! La baronne d'Ivreville, l'une des beautés de la Cour ! Chut ! Ne craignez rien, ajouta vivement Isabelle en voyant sursauter Floriane. Je suis probablement la seule ici à savoir qui vous êtes. Bien sûr, il y a M. de Cavoie mais il paraît plus intéressé par son verre que par votre personne, sans vouloir vous offenser.

Que savait donc la fine mouche ?

— Non, non. Je n'ai aucun don de devineresse, se défenditelle, consciente de ce que pouvait avoir d'insolite tant de perspicacité. Mais comme tout le monde à Paris, je sais ce qui est arrivé au baron d'Ivreville. J'ai donc été fort étonnée en vous voyant ici ce soir. Quant à votre réaction à l'entrée de Cavoie...

Isabelle Le Noir se fit plus pressante :

— Madame, madame, je ne sais ce que vous redoutez mais pour l'amour du Ciel, faites-moi confiance et pardonnez-moi d'insister de cette façon. Vous paraissez exténuée, traquée, perdue. Je ne me trompe pas ?

— Hélas !

Ne cherchant plus à donner le change, Floriane avoua son infortune, sans honte, à cette femme, une étrangère pourtant, à laquelle rien ne devait la lier hormis une certaine ressemblance physique et l'intérêt sans conséquence qu'une grande dame pouvait éprouver à l'égard d'une comédienne.

— Si vous ne savez où aller, je vous offre l'hospitalité de bon cœur. L'acceptez-vous ?

— Avec reconnaissance madame, répondit Floriane sans hésitation comme soulagée de s'en remettre à quelqu'un, ignorant l'étonnement de La Musette.

Le Noir s'approcha, intrigué du long aparté de sa femme avec une inconnue. Le jeune homme le suivait.

— Charles, je te présente une amie. Elle passera la nuit chez nous. Je t'expliquerai. Ah ! Monsieur de Soulas, vous serez bon d'offrir votre bras à madame. Elle est un peu souffrante, n'est-ce pas ?

Les deux hommes s'inclinèrent avec courtoisie. Leurs compagnons ayant aussi quitté la table, tous recherchèrent leurs manteaux entassés sur une chaise, dans une amicale et bruyante bousculade. C'est ainsi que Floriane quitta le cabaret, perdue au milieu du groupe sans même que Cavoie, occupé à découper un jambon, ne fît attention à elle.

Au sortir de chez Cormier il y eut quelques boules de neige échangées, des bonsoirs badins, puis le petit groupe se sépara. Que faisait Floriane, où allait-elle ainsi, au côté d'un homme qu'elle ne connaissait pas, guidée par les Le Noir, tandis que La Musette fermait la marche ? Les rues semblaient plus silencieuses qu'à l'accoutumée. La raison en tenait au mauvais temps sans doute, que seuls bravaient maintenant les marchands d'oublies, toujours les derniers à arpenter la ville. Il n'était pas très tard pourtant, sept heures, peut-être, guère plus. On devinait les gens attablés chez eux, derrière les fenêtres bien closes. La neige crissante, ses cristaux accrochant les lumières, sa pureté renvoyant une clarté lunaire ne faisaient qu'accroître une impression d'étrangeté, d'irréalité dans l'esprit fatigué de Floriane.

Elle se laissait entraîner sans révolte, comme dans un rêve. Le sentiment de perdre Artus de façon irrémédiable la déchirait mais elle se sentait impuissante, passive, en proie de nouveau à son malaise physique. Elle cherchait désespérément à se rappeler... Quoi ? Elle ne savait plus. Elle avait froid, si froid. Le chemin lui paraissait interminable, chaque pas lui demandait un effort prodigieux.

Insensiblement, son bras glissa sous celui de son compagnon de hasard. Fermant les yeux, incapable cette fois-ci de lutter contre son vertige, elle se laissa aller, aspirée par le gouffre noir de l'inconscience.

*

* *

Après le départ de Floriane, le cardinal de Richelieu fit venir son premier secrétaire, dicta quelques ordres, parapha les billets puis signifia qu'il ne voulait pas être dérangé. Avec un soupir de lassitude, il se recoucha, fermant les yeux. Il ne bougea même pas lorsqu'un de ses chats, sautant sur le lit, vint se poser sur sa poitrine. Sa main emprisonna la tête de l'animal, descendit lentement le long de son échine frémissante, reprit sa caresse. Longtemps le cardinal resta ainsi, immobile, à l'exception du va-et-vient de sa main sur le pelage velouté. En pensée, il voyait la cruelle voler auprès de l'homme qu'elle aimait, d'un « amour comme vous ne pouvez en connaître », lui avait-elle crié. Et l'écho de cette voix, passionnée, méprisante, ravivait sa blessure.

Qu'avait donc cette femme de plus que les autres pour savoir si bien séduire, pour ensuite torturer, piétiner et vous précipiter enfin dans un total dénuement ? Elle, enfuie, il avait l'impression de ne plus rien posséder. Rien, sauf...

Il eut un sursaut d'orgueil. Sauf le soutien du roi, leur complicité, leur tâche commune ! Cela ne valait-il pas une vie sans amour ? Mais « sa » voix, encore, revint le hanter et comme tout à l'heure, Richelieu trembla d'effroi :

— « Prenez garde, peut-être le roi en aura-t-il assez !... »

Dieu ! Si le roi, soudain, lui ôtait son amitié ! S'il devait lui, Richelieu, revivre une seconde Journée des Dupes en voyant, cette fois-ci, triompher ses adversaires ? Certainement, il n'y pourrait survivre. Ah ! tout, mais pas cet abandon, la chute qui s'ensuivrait ! Pour conserver l'affection de son maître, il lui fallait consentir à tous les sacrifices, oublier même ses ressentiments. Et en ce qui concernait Ivreville...

Non, bien sûr. Il n'avait rien à craindre de lui, au contraire. Les faits d'ailleurs l'avaient prouvé. Indépendant, désintéressé, honnête, Ivreville n'était pas homme à se mettre au travers de sa route. Et Louis l'aimait trop pour ne pas, dans l'avenir, en effet, déplorer un châtiment qui le priverait à jamais de lui. Richelieu ne pouvait prendre le risque d'encourir les regrets, les reproches, la rancune du roi.

Un soupir profond, semblable à un gémissement, troubla le sommeil du chat lové sur lui. Allons, « elle » avait raison et l'emporterait donc, une fois encore. Mais, au moins, n'y aurait-il rien d'irrémédiable entre eux. Extraordinairement lucide, il capitulait pour l'instant, gardant malgré tout l'espoir fou de posséder un jour la rebelle, l'inoubliable ensorceleuse. Ainsi mettait-il là, sous le boisseau, une chance peut-être de la retrouver.

Le cardinal tendit le bras, sonna ses gens. Bientôt, il entamait un long conciliabule avec le Père Joseph ; les secrétaires se mettaient au travail ; le ministre lui-même, malgré un abcès au bras droit qui le gênait beaucoup, rédigeait un « Avis au roi » que Louis XIII lut, les larmes aux yeux, bouleversé, soulagé, reconnaissant. Immédiatement sa décision était prise.

Le lendemain, bien avant l'aurore, le baron d'Ivreville quittait sa prison pour une destination inconnue.

*
* *

— Où es-tu ? Artus, ma vie, où t'ont-ils emmené ?

C'était devenu comme une triste, une lancinante ritournelle depuis que la Musette parti très tôt à la Conciergerie, avait vite regagné le logis des Le Noir avec l'affolante nouvelle. Secondé par Isabelle qui connaissait tout maintenant de la situation, il avait eu les plus grandes difficultés à empêcher Floriane de courir chez le roi.

— Pour être aussitôt emmenée dans le couvent qu'il vous destine ? s'était écriée la comédienne qui avait adopté fait et cause pour sa protégée. Non ! Il vaut mieux que la Musette se renseigne d'abord.

— Peut-être apprendrai-je quelque chose par l'abbé de Boisrobert, avait dit le dévoué garçon avant de ressortir.

Toute la matinée, Floriane s'était consumée d'impatience, livrée tour à tour à l'optimisme, au désespoir, aux plus extravagantes suppositions. Lorsque La Musette était revenu, il l'avait trouvée le visage dévoré par des yeux fiévreux. Elle s'était jetée sur lui, n'en pouvant plus d'incertitude.

— Monsieur le baron est gracié !

Floriane avait chancelé :

— Dieu soit béni !

— Il n'y aura même pas de procès, avait poursuivi La Musette. Il paraît que ces messieurs du Parlement sont furieux. Mais le roi en a décidé ainsi.

— Où est-il ? Qu'en a-t-on fait ?

— Ça !...

Jean avait paru embarrassé. Boisrobert malgré toutes ses tentatives, n'avait pu le savoir. Deux choses étaient certaines : Ivreville avait reçu l'ordre de quitter le royaume sans être inquiété davantage. Il devait à l'estime que lui portaient à la fois Louis XIII et le cardinal, ce traitement exceptionnel. Floriane, en revanche, était activement recherchée. L'abbé avait prévenu La Musette que les domaines d'Ivreville et de Saint-Évy seraient aussi sous surveillance. Fort discrètement, lui, le protégé de Richelieu, il n'avait pas cherché à connaître où se cachait sa jeune amie, mais avait renouvelé son soutien. En fait, selon Boisrobert, c'était elle que le roi tout autant que son ministre semblaient considérer comme la véritable fautive, le dépit d'avoir été joués ne faisant qu'accroître leur rancœur. Probablement l'abbé voyait-il juste, mais ce qui importait à Floriane était de savoir ce qu'était devenu Artus.

« Quitter le royaume ? Pour aller où ? »

Bien que La Musette eût continué avec ténacité son enquête, les jours suivants n'apportèrent aucune information précise. Lubin avait eu le droit de passer à l'Hôtel prendre ce qui était nécessaire à un grand voyage avant de disparaître avec son maître. Les gardes du roi occupaient toujours la maison, attendant le retour de la baronne d'Ivreville. Mais ce retour paraissait maintenant bien improbable et déjà, la Cour et la ville bruissaient de l'extraordinaire et mystérieuse affaire. Beaucoup pensaient — et s'en réjouissaient — que Floriane avait pu rejoindre clandestinement son époux et que tous deux étaient déjà bien loin de Paris.

Hélas ! seul l'esprit de Floriane avait quitté la petite maison de la rue Beaurepaire [1] où, si gentiment, l'hébergeaient les Le Noir. Terrassée par la fièvre, minée par le chagrin, elle grelottait, délirait au fond de la chambre coquette où le premier soir on l'avait ramenée évanouie. Le froid, la neige, la fatigue avaient eu raison d'elle.

« Artus ! Attends-moi ! Il faut que je te dise... »

Sa mémoire trébuchait une fois de plus et Artus restait introuvable dans le vaste horizon glacé où elle le cherchait.

1. Prise actuellement dans la rue Greneta.

— Voici... C'est une décoction de racines de primevère, avec du miel...

Patiemment, Isabelle l'aida à s'asseoir et boire un peu de l'odorant breuvage tandis qu'une servante changeait les taies des oreillers mouillées de sueur.

— Vous êtes bonne, murmura Floriane. Comment m'acquitterai-je un jour de toutes vos obligeances ?

— Vous... on dirait que vous allez mieux, se moqua affectueusement la Le Noir.

— Je crois. Bientôt, je pourrai prendre congé de vous.

— Fort bien. Et où comptez-vous aller ?

— Au Louvre, soupira Floriane en se calant contre les oreillers glissés derrière elle. M'en remettre à l'autorité du roi. Que faire d'autre maintenant ?

Sans répondre, de nouveau Isabelle lui tendit le bol :

— Vous n'avez pas tout bu.

Mais Floriane le refusa, prise d'un subit étourdissement. Elle se sentait étrangement mal. Le moindre bruit, le plus léger contact, la plus fine odeur, lui étaient désagréables. Elle devait à tout prix se souvenir... De quoi donc ?

Dans la pièce voisine, riaient et criaient les enfants du couple. Une dispute éclata, suivie de pleurs. La servante sortit de la chambre, laissant seules les deux jeunes femmes.

— Floriane... Me permettez-vous de vous appeler ainsi ?

— Bien sûr !

La comédienne prit sa main. Elle avait tout à coup un air allègre ; ses joues rondes étaient aussi roses que son corsage.

— Floriane, pourquoi ne pas me le dire ? Vous savez, je m'en suis doutée tout de suite, l'autre soir chez Cormier.

— Vous dire quoi ? dit Floriane avec surprise.

— Vraiment... vous... Oh ! Serait-ce possible que vous ne soupçonniez rien ? Pourtant mon médecin qui vous a vue hier me l'a confirmé.

— Je ne comprends pas, je vous assure.

— Mais Floriane, vous attendez un enfant !

— Un enfant !

Mon Dieu ! C'était donc cela, ces malaises, cette impression étrange qu'elle se rappelait avoir jadis ressentie sans pouvoir préciser en quelles circonstances ? C'était donc cela, cette chose si importante que dans son délire elle voulait apprendre à Artus ? Elle allait avoir un enfant ! Pour la première fois depuis la fatale journée du duel, son visage s'illumina. Durant un instant, elle ne fut que joie, gratitude totales pour ce cadeau du Ciel tant désiré.

— Mon amour.. si tu savais, balbutia-t-elle, le cœur, la gorge étreints par l'émotion.

Mais loin désormais, Artus ne pouvait savoir et partager avec elle ce soudain, cet immense bonheur. Alors elle sentit se briser l'élan joyeux et se mit à pleurer sans bruit.

— Oui, je comprends votre peine, chuchota la comédienne en l'embrassant. Mais vous devez penser, avant tout, à ce petit être. Il a tant besoin de votre santé, de votre joie de vivre. N'est-il pas le signe qu'il ne faut pas perdre espoir, jamais ? Allons, ne pleurez plus. Voulez-vous bien accepter mon amitié et... comment dire ? ma solidarité ? fit encore Isabelle avec un autre baiser, sur un ton plus confidentiel. Car, ma chère, nous sommes toutes les deux dans le même cas : j'attends le quatrième pour cet été. N'est-ce pas merveilleux ? Vous verrez Floriane, un enfant vient et le monde n'est plus le même.

Chère Isabelle, inlassable curieuse, mais cependant si généreuse qu'on lui pardonnait volontiers, séduit par ce cœur débordant qui savait si bien se donner : son mari, sa famille, ses amis, le public qui l'admirait, jusqu'aux inconnus en difficulté, comme Floriane !

« Et le monde n'est plus le même. »

Floriane qui se rétablissait peu à peu, se répétait ces mots, tout en regardant la nourrice emmailloter Catherine, la dernière née, devant l'œil intéressé de son frère et de sa sœur. Comme tous les jours ordinaires, à deux heures, la Troupe du roi donnait sa représentation dans le jeu de paume de *la Fontaine*, rue Michel-le-Comte. Les Le Noir étaient donc absents de la maison. Quant à La Musette, il devait rôder autour de l'Hôtel d'Ivreville ou dans la Cour du Louvre, dans le but toujours trompé, malheureusement, de glaner quelques nouvelles.

Un oiseau chanta à la fenêtre. La neige avait fondu. Bientôt le printemps serait là. On le devinait à l'air plus verdelet, aux lueurs bleutées qui effleuraient les maisons et les jardins de la tranquille paroisse de Saint-Sauveur. C'était une promesse qui vous visitait, fragile comme celle que Floriane portait en elle, un mouvement irrésistible pourtant, préparant dans le plus profond secret, la prodigieuse métamorphose.

Floriane n'irait pas se jeter aux pieds du roi. Elle ne se laisserait pas mettre en cage, elle et son enfant. Elle ne prendrait pas le risque d'en être peut-être séparée dès sa naissance. Pour lui, elle voulait rester libre et forte, malgré l'absence d'Artus et l'ignorance, surtout, dans laquelle elle se morfondait.

Elle pensa à la duchesse de Montmorency, maintenant recluse afin de mieux se rapprocher de son amour. Pauvre, pauvre Marie-Félice, pour qui la mort était devenue l'unique aspiration ! Combien plus riche d'espérances était son propre sort.

« Je partirai. Nous partirons », rectifia-t-elle, un demi-sourire sur ses lèvres muettes.

Elle ne savait pas encore ce qu'elle déciderait mais elle sentait déjà que dans le paysage incertain et nébuleux de son avenir, cet enfant serait le fil enchanté, infaillible, qui mènerait ses pas.

III

La Troupe de l'Espérance

(Printemps 1633 - Automne 1633)

RUE Beaurepaire... Nul autre nom n'aurait pu mieux désigner, dans la voie paisible, un rien provinciale, où Floriane se cachait depuis trois semaines, cette jolie maison, si bien tenue, si chaleureuse, pelotonnée contre le chevet de l'église Saint-Sauveur, une maison dans laquelle vivaient un homme et une femme voués sans partage à leur passion : la comédie.

Une fois encore, la Providence n'avait pas été totalement inclémente envers Floriane. Outre le trésor dont elle se savait maintenant gardienne, minuscule encore mais ô combien précieux, scintillant comme un astre dans l'infini lointain, elle avait pour l'aider à dominer sa nouvelle épreuve la découverte d'existences particulières, le spectacle quotidien d'un couple, brodant avec ferveur et enthousiasme la trame des jours ordinaires aux couleurs de son art.

Entre les affaires domestiques, les inévitables petits soucis, les soins donnés sans compter à leur famille du matin au soir, Charles et Isabelle n'étaient occupés que de théâtre. C'était les visites des camarades de la troupe, d'un auteur apportant une œuvre toute fraîche, la lecture de la pièce, les discussions parfois houleuses sur la distribution de chacun, les répétitions à voix haute.

Ah ! il fallait voir Isabelle apprendre un nouveau rôle. Les cheveux en liberté, le peignoir épousant ses rondeurs, découvrant au gré d'un mouvement le bras blanc et dodu qui brandissait son texte, elle arpentait les chambres, passait devant Floriane benoîtement occupée à tirer l'aiguille, s'arrêtait devant son miroir, apostrophait les domestiques, frôlait sans les voir ses enfants fascinés. Tard dans la nuit, on entendait le timbre grave de Le Noir lui donner la réplique.

Et l'essayage des costumes !

— Floriane, venez, s'il vous plaît ! J'aurais besoin de votre avis. Pour mon rôle de Lisimène, me voyez-vous dans cette mousseline rose ou croyez-vous que cette petite chose à la turque, en étoffe de Chine, serait plus seyante ? Répondez sans détour.

Soie, velours, tabis, drap d'Espagne, aigrettes de héron, oiseaux de paradis, frissonnaient au toucher sensuel des jeunes femmes.

Les costumes de scène des Le Noir leur appartenaient en propre bien que Charles, en qualité de chef de troupe, dût, pour sa part, en prêter à ses camarades. C'était sans conteste la plus impressionnante, la plus magnifique collection jamais possédée par des comédiens. Toutes les couleurs du prisme chantaient sur des étoffes somptueuses. Il y avait là des pourpoints de satin chamarré, passementé, des manteaux doublés de panne ou de brocatelle, garnis de paillettes, des robes en gros de Naples brodées d'or ou d'argent, des tuniques de velours, des déshabillés en toile d'argent chargée de fleurs d'or, des habits complets déclinés en azur, en vert, en jaune, en écarlate, dans tous les tons de rose qui rehaussaient à ravir les noirs, les gris et les bruns. Et que dire des accessoires ? De ces turbans, de ces toques, de ces casques aux plumes multicolores, de ces grands chapeaux aux cordons de soie, de ces collets de buffle couverts de galons, de ces bottes, bottines, souliers blancs, de ces canons de dentelles, de ces bas de toutes nuances, de ces écharpes et jarretières fleuries ? Une fortune chatoyait là, dans l'ombre parfumée de la garde-robe, enrichie sans cesse, protégée par les soins jaloux et toute la légitime fierté de ses propriétaires.

Car il n'en avait pas toujours été ainsi ! Le temps n'était pas si lointain où Charles menait sur les chemins une petite troupe obscure de comédiens errants, où Isabelle, jeune mariée, ravaudait laborieusement une méchante robe de futaine, ayant pour tout bijou de vulgaires diamants d'Alençon[1]. Leur première chance avait été de recruter Guillaume Desgilberts, un jeune fou qui avait tout quitté, Thiers, sa ville natale, une famille bourgeoise, des études, afin d'assouvir son rêve : monter sur les planches. Montdory, — car c'était lui —, avait vite partagé la direction de la troupe avec Charles, sa voix l'ayant naturellement porté à en être l'orateur, celui qui annonce le spectacle, allèche le public par ses prologues, le remercie enfin d'un final plein de lyrisme. Remarqués au cours d'un périple en Hollande par le Prince, amateur éclairé, ils étaient devenus sous sa protection, « Comédiens du prince d'Orange », titre qui n'avait pas manqué de leur valoir maints avantages. Enfin, la rencontre à Rouen d'un avocat de vingt-quatre ans, au regard de flamme, avait scellé leur renommée. Pierre Corneille venait en effet d'écrire sa première pièce, *Mélite ou les fausses lettres*. Cette tragi-comédie largement autobiographique, drôle sans sombrer dans la farce, avait inauguré en 1629 une salle louée à Paris impasse Berthaud. Le succès inouï, l'engouement du public pour un genre, un ton nouveaux ne s'étaient, depuis, jamais démentis. Des déménagements successifs avaient chaque fois entraîné des spectateurs fidèles, du meilleur monde et de plus en plus nombreux.

1. Faux diamants recueillis aux environs de cette ville dans un terrain sablonneux et pierreux.

Cela n'allait pas, d'ailleurs, sans quelques difficultés avec le voisinage. Ainsi, actuellement rue Michel-le-Comte, étroite comme l'étaient la plupart des rues du Marais. C'était jusque dans la soirée, aux jours de représentations, un enchevêtrement de carrosses, de chevaux, une foule dense, l'effronterie des laquais, l'audace des malandrins profitant de la cohue, un bruit infernal, à tel point que les habitants du quartier, excédés de ne plus pouvoir entrer ou sortir de chez eux, avaient déposé plainte devant le Parlement. Mais, loin de s'en formaliser, les comédiens voyaient dans ces chicanes les signes éclatants d'une gloire longtemps attendue et méritée. De même, ils payaient maintenant sans trop rechigner ce qui était dû aux Confrères de la Passion, possesseurs depuis le Moyen Age d'un droit sur tous les spectacles de Paris.

A l'Hôtel de Bourgogne, c'était la consternation. Turlupin, Gros-Guillaume pleuraient la mort de Gaultier-Garguille qu'un nouveau compère, Guillot-Gorju tentait vainement de faire oublier. Bellerose, le chef de la troupe pourtant pensionnée par Louis XIII en personne, supportait assez mal le triomphe de ses rivaux. C'était un homme autoritaire, non dénué de talent bien qu'un peu précieux. Charles et Montdory le soupçonnaient de leur mijoter un mauvais tour.

— Bah ! disait Isabelle avec optimisme, que pouvons-nous craindre ? Nous ne comptons que des amis. M. le Cardinal de Richelieu, lui-même, nous soutient.

Finalement, le public parisien, ravi d'avoir des troupes permanentes, ne pouvait que bénéficier de la guerre sournoise que se livraient les comédiens cherchant toujours à se surpasser.

Parce que le succès avait été lent à venir, il ne tournait pas la tête de la Le Noir. Elle recevait avec une douceur sans apprêts tous les hommages, certains très enflammés comme ceux du comte de Belin. Floriane prenait un vif intérêt de profane à l'entendre, à connaître par ses récits le monde du théâtre énigmatique et attirant.

— Tromper Charles ? Oh, non ! lui confiait Isabelle. Et surtout pas avec cet extravagant Belin !

Puis elle ajoutait, sincère et spontanée :

— Je vous aime bien, Floriane. Vous n'avez aucun de ces préjugés que nous rencontrons trop souvent chez de grandes dames. Quel bonheur de vous avoir sous notre toit !

Une amitié tendre et familière s'était rapidement développée entre elles deux.

— Vous savez bien que je ne pourrai rester éternellement chez vous. Je pense d'ailleurs partir début avril, après les fêtes de Pâques, lui annonça Floriane un matin.

Elles étaient occupées à des travaux de couture, dans la grande salle du bas, dallée de noir et de blanc, astiquée, un peu sévère comme dans toutes les bonnes maisons bourgeoises.

— Quoi, déjà ? se récria Isabelle. Et où irez-vous ? De même que vos demeures, celles de vos amis, de vos relations doivent être elles aussi, discrètement surveillées.

— Je le suppose, mais ceux à qui je songe ne font certainement pas l'objet d'une telle attention.

— Vraiment ?...

Isabelle regarda Floriane, hésitant à la questionner puis comme toujours elle n'y tint plus :

— Qui sont ces personnes ?

Floriane se mit à rire :

— Quelle adorable curieuse vous faites ! Ce sont de braves gens qui sans me connaître, comme vous-même l'avez fait, m'ont jadis secourue, réconfortée. Ils habitent Nantes.

— Nantes ? s'affola Isabelle. Rien que ça ! Vous auriez pu trouver plus près. Et vous voulez sûrement faire la route seule avec La Musette ? Mais, ma pauvre petite, vous serez reconnue cent fois avant d'y parvenir !

Floriane se rembrunit. Elle n'ignorait certes pas les risques, les difficultés que comporterait un tel voyage. Pourtant, elle ne pouvait indéfiniment prolonger son séjour ici.

— Je sais, reconnut-elle en soupirant. Déjà La Musette a

renoncé à aller au Louvre : il finissait par s'y faire remarquer. Il n'est pas du genre discret, le cher garçon. Ah ! Isabelle ! Si nous pouvions comme vous changer d'aspect à loisir, ne plus être nous-mêmes, quel bonheur ce serait !

— Nous avons là, en effet, un bien grand privilège, confessa Isabelle avec sérieux.

Délaissant soudain son ouvrage, elle enleva calmement celui que Floriane tenait dans ses mains, rapprocha leurs deux sièges, appuya le coude sur son fauteuil et, penchée vers son amie, se mit à lui parler tout bas. Longuement.

*
* *

Pendant toute la période du Carême, les gens de province allaient peu au spectacle. Les comédiens de campagne, ceux qui l'année durant parcouraient le royaume, profitaient le plus souvent de cette trêve forcée pour regagner Paris. Si le bail que les membres d'une même compagnie signaient toujours avant de prendre la route s'achevait, il leur fallait alors constituer une autre troupe et pour ce faire, rencontrer, recruter des gens nouveaux. Les groupes se formaient, se défaisaient au hasard des vocations, des liens familiaux, des amitiés. A Paris, les points de ralliement se trouvaient fréquemment chez d'anciens acteurs, maintenant à la retraite, mais encore très au courant de ce qui se passait, n'habitant jamais bien loin de la rue Mauconseil ou de la rue Michel-le-Comte, entre les deux théâtres concurrents, dans ce quartier palpitant, cœur et âme de leur profession.

L'artiste le plus en vue, l'auteur à succès, la pièce la plus récente, les dernières mises en scène, les changements de mode, toutes les nouveautés, les conseils des maîtres auxquels s'ajoutaient, enfin, ces mille et un récits courant derrière le décor, ces potins dont on se pourléchait : la moisson était riche. Leur séjour terminé, les comédiens étaient alors prêts à repartir.

Beaucoup espéraient pouvoir, leur talent enfin reconnu, cesser un jour leur vie errante, et connaître à leur tour la gloire de Paris, l'aisance, un confort bourgeois. D'autres, aussi nombreux, n'auraient pour rien au monde renoncé à leur liberté. Jouer leur suffisait. Jouer encore et toujours, dans la bonne humeur, malgré les efforts, les obstacles, la misère parfois, les animosités, la boue des chemins, la précarité du gîte. Mais tous possédaient, chevillés au corps, le même amour de leur métier et ce désir, jamais lassé, de donner du plaisir, ici et là, au fond de campagnes perdues, généreux semeurs de rêves et d'illusions.

Le vieux Finet était de ces hommes dont l'existence entière s'était passée sur les routes, sans renommée, sans lustre, sans amertume toutefois. Il avait été longtemps compagnon de Valleran, ce comédien courageux qui avait formé tant de talents : Bellerose, Le Noir, Montdory entre autres, avaient débuté avec lui ; Valleran qui n'avait cessé de se battre pour imposer au public, gorgé de pitreries et de comédies dépassées, un répertoire plus ambitieux, Valleran en avance sur son époque, mort dans la pauvreté mais que tous citaient encore en exemple.

Malade, âgé, Finet avait rangé ses masques, plié ses costumes et ses clinquants, avait cessé de se fariner le visage ou de se transformer en duègne grincheuse. D'aileurs, depuis une vingtaine d'années, les rôles féminins étaient couramment tenus par des femmes, ce qui n'était pas plus mal. Mais retiré de la scène, Finet n'en avait pas rompu pour autant avec le théâtre. Il connaissait tout le monde, savait tout et, d'un œil encore épineux, était capable de déceler le don sous la maladresse d'un débutant. Régulièrement, comme des oiseaux migrateurs, les comédiens se posaient chez le vieil homme, quêtant ses avis, ses conseils.

Après avoir exposé son plan à Floriane et avec l'accord de celle-ci, Isabelle Le Noir se rendit chez Finet, s'entretint avec lui, revint rue Beaurepaire avec un petit air mystérieux et satisfait sans vouloir rien dire encore. Mais deux jours plus tard, elle annonçait de sa voix modulée :

— Floriane, ça y est ! Je reçois un billet de Finet à l'instant. Ils seront tous ici, aujourd'hui à quatre heures. Préparez-vous, ma chère. Pour vous, le rideau se lèvera ce soir !

Regardant par la fenêtre deux merles voleter au-dessus d'une plate-bande de jonquilles, Floriane n'eut pas l'air d'avoir entendu. Isabelle se méprit sur son attitude. S'approchant d'elle, un peu hésitante, elle dit :

— Peut-être regrettez-vous déjà votre décision ? Oh ! si tel était le cas, je le comprendrais parfaitement. La baronne d'Ivreville enrôlée dans une troupe d'histrions ? Le projet était bien fou, c'est vrai. Inconvenant même. Oublions-le ! Nous trouverons autre chose et cela me permettra de vous garder un peu plus longtemps chez nous.

Floriane se retourna, posa les mains sur les épaules de la jeune femme, souriant à son visage rond et doux, tout à coup assombri :

— Détrompez-vous, Isabelle. Je ne regrette pas ma décision et la baronne d'Ivreville n'éprouve qu'admiration pour le passionnant métier qui est le vôtre, vous le savez bien. D'ailleurs, nous en avons convenu : il n'y a plus pour le moment de baronne d'Ivreville. Il n'y a que Floriane Mestivier, votre cousine, impatiente de devenir comédienne, elle aussi. Votre idée est merveilleuse. Je ne pourrai jamais être mieux protégée qu'au sein d'une troupe, en effet.

— Finet m'a assuré que Nantes était une étape prévue dans l'itinéraire. L'ennui est qu'il n'a pu me préciser quand cette étape aurait lieu. Il est toujours difficile de connaître exactement à l'avance le déroulement d'un voyage, j'en sais quelque chose. Vous risquez donc de rester un bon moment parmi vos futurs camarades.

— Qu'importe ! répondit Floriane, laissant son regard s'égarer de nouveau sur les clartés printanières du jardin. Pour moi, le temps n'a plus la même signification que naguère. Je me sens... Comment dire ? Hors du temps, hors du monde depuis ce maudit matin...

Malgré toute sa maîtrise de soi, elle ne put empêcher l'émotion d'altérer ses dernières paroles.

— Ne désespérez pas, Floriane...

— Je ne désespère pas, non. Le puis-je, sachant que je vais être mère, qu'une existence toute neuve donnera enfin un sens à la mienne, si incohérente, si orageuse ? Ce n'est pas la première fois, hélas ! que tout s'effondre autour de moi, qu'il me faut survivre, repartir sur ruines et cendres.

Prenant la main d'Isabelle, elle ajouta avec un sourire un peu triste :

— Au moins, ce destin étrange m'aura-t-il permis de rencontrer des affections, des dévouements exceptionnels, comme les vôtres, mon amie.

Oui, son destin était étrange, pensait-elle encore, quelques heures plus tard, alors qu'elle attendait dans la grande salle, entre les Le Noir, l'arrivée de Finet et des autres visiteurs.

Lorsque Isabelle lui avait proposé de s'intégrer à une troupe ambulante afin de voyager en toute quiétude, elle n'avait pas hésité longtemps avant de lui donner son assentiment. Ce moyen en valait bien un autre. Toutes ses infortunes, comme une disposition naturelle, l'aidaient à vite s'adapter aux imprévus, à l'insolite. C'est vrai : le monde du théâtre était sujet de controverses ; on en suspectait les mœurs. Floriane elle-même, quelques semaines plus tôt, n'eût jamais imaginé, avant d'habiter rue Beaurepaire, que des acteurs puissent mener une existence aussi rangée. Et la vie de Charles et d'Isabelle, elle le savait, n'était pas une exception. Les Villiers, aussi, formaient un couple sans histoires. La femme de Montdory était, du propre aveu de ce dernier, « une innocente qui ne bougeait pas des églises ». Les farceurs de l'Hôtel de Bourgogne étaient, pour la plupart, de bons pères de famille. Au fond, les adultères, les liaisons tapageuses, n'étaient pas plus fréquents chez eux qu'à la Cour. L'opinion publique ne s'y trompait d'ailleurs pas, qui professait beaucoup de sympathie pour ceux qui savaient si bien distraire. Le roi, la reine, le cardinal et les plus hauts personnages distribuaient des pensions aux meilleurs d'entre eux. Il n'était pas rare qu'un fils de famille, saisi par le démon de la comédie, abandonnât son milieu pour rejoindre une troupe. Seuls, certains esprits obscurs lançaient leurs anathèmes, quelques diocèses ressortaient parfois les *Antiquiores canones*, les vieux canons de l'Église, celle des premiers siècles, condamnant les spectacles et les acteurs. Mais de qui s'agissait-il en ces temps reculés ? De gladiateurs sanglants, de bouffons obscènes, de danseuses nues, blasphémant, ridiculisant honteusement les rites sacrés, les martyrs et la foi chrétienne. On n'en était plus là. Le Moyen Age avait bien eu ses « mystères » ! Depuis quelques années, la qualité des œuvres faisait même du théâtre un divertissement épuré, raffiné. Et puis... Et puis Floriane avait-elle le choix ?

A Nantes, qu'elle finirait bien par atteindre, auprès des Chapelain, elle trouverait un abri sûr et secret. Elle avait assez vite pensé à ces gens de cœur jamais oubliés sachant qu'elle serait chez eux spontanément, tendrement, accueillie[1]. En attendant...

Floriane fit taire en elle la voix harcelante, qui sans se lasser demandait :

« Où es-tu si loin de moi ? Reviendras-tu un jour ? Verrons-nous enfin s'achever notre si douloureuse errance ? »

Devant le miroir de Venise, étincelant sur l'un des murs, elle rectifia la mise de son collet rabattu sur un corsage de velours rouge, prêté par Isabelle, tout comme la cotte assortie, et put se ressaisir juste comme la servante annonçait M. de Soulas.

L'arrivée du jeune homme en grand uniforme tricolore de la garde royale fit tressaillir Floriane. Soulas s'inclina devant leurs hôtes puis devant elle-même, tandis qu'Isabelle jugeait bon d'expliquer :

1. Voir *Les Ailes du Matin*, chez le même éditeur.

— Vous ignoriez sans doute, ma chère, que Josias appartenait au régiment de M. de Rambure.

— En effet !

— Plus pour très longtemps, rectifia-t-il avec un sourire malicieux. Je compte donner ma démission dès ce soir, aussitôt que sera terminée notre petite réunion.

— Apprenez, belle amie, que vous êtes en présence d'une future gloire du théâtre, glissa, comme en confidence, Le Noir à l'oreille de Floriane.

— Riez, Charles, riez ! Vous verrez ce dont je suis capable, rétorqua Soulas avec bonne humeur.

— Moi aussi, je suis persuadée que vous ferez un excellent comédien, soutint Isabelle, gentille comme toujours et sincère en ce cas. Vous avez déjà un physique avantageux, une voix, d'élégantes manières, de l'enthousiasme à foison. C'est beaucoup ! Le travail fera le reste.

— Ainsi, nous serons compagnons de misère, plaisanta le jeune homme en se tournant vers Floriane. Je suis content de vous voir rétablie, ajouta-t-il plus bas.

Son sourire donnait à son visage maigre et pâle un air d'adolescent famélique. Ses yeux clairs, rêveurs, semblaient eux aussi avoir conservé un peu de l'enfance passée.

Floriane se souvint alors que c'était lui qui, le premier soir, l'avait portée jusqu'à la rue Beaurepaire. Elle savait également, par Isabelle, qu'il avait fait prendre de ses nouvelles. Elle l'en remercia.

— Il vaut peut-être mieux n'y plus penser, ne plus penser à rien, n'est-ce pas ? dit-il de façon à ne pas être entendu des Le Noir mais donnant la certitude à Floriane sans qu'elle sût au juste comment, qu'il connaissait parfaitement son identité mais ne se permettrait pas d'autre allusion.

L'entrée de Finet accompagné d'un petit groupe assez tumultueux la tira d'embarras. Ils furent suivis bientôt par deux hommes, vêtus de noir que la servante introduisit avec déférence : c'était François Reversé et Nicolas Motelet, notaires garde-notes du roi au Châtelet. Il y eut un instant de bruit, de confusion lorsque tout ce monde voulut s'asseoir autour de la table dressée spécialement à cette occasion. Mais la gravité de Charles et le savoir-faire d'Isabelle surent vite mettre bon ordre à tout cela. En face des notaires, le vieux Finet eut droit à une place d'honneur. Ratatiné sur sa chaise à dossier de tapisserie, le cheveu en bataille, il balaya l'assistance d'un regard aigu, sans trop de regret de n'être plus que l'ordonnateur des destinées d'autrui. Avec ces hommes et ces femmes qui se connaissaient peu ou pas du tout, rassemblés là par ses soins, il jouait avec délectation les bienfaisants démiurges.

Pulpeuse, gracieuse, la Le Noir lui adressa un signe de connivence. Finet reconnut alors qu'elle avait elle aussi efficacement tenu son rôle. Une bien jolie commère qu'il avait là pour porter sur les fonts baptismaux, en l'occurrence devant notaire, la troupe toute neuve qu'ils venaient de créer ensemble !

« Elle a fait preuve de goût en dénichant ses deux recrues, se dit Finet, jaugeant l'assemblée sans en avoir l'air. Ce Soulas... Quelle allure, mes aïeux ! Il serait, paraît-il, d'une noble famille protestante récemment convertie. Le garçon en garde comme un brin de raideur qu'évidemment la carrière des armes n'a pu que cultiver. La scène l'assouplira vite. Oui, oui... Quant à la petite cousine... »

Finet cligna des yeux comme ébloui par la vue de Floriane sagement assise un peu plus loin.

« En ce qui la concerne, mon Isabelle n'a pas affabulé en me vantant ses charmes et sa distinction. Maugrebieu ! Cette fille-là en a à revendre. Ce serait même presque trop beau. Et sa voix, lorsqu'elle m'a dit bonjour ! Ses accents raffinés, aristocratiques ! Il lui faudra maîtriser, adapter tout ça bien sûr pour jouer éventuellement un premier rôle d'amoureuse. »

Finet voyait très bien Floriane en héroïne un peu malmenée par le sort. Il décelait comme une ombre sur son troublant visage qui la disposait sans aucun doute à la tragédie.

Après une courte ondée, le soleil jaillit d'un nuage, inonda la salle d'une vague lumineuse, offrant à chaque personne présente un relief particulier.

Le vieil homme s'amusa à poursuivre son inspection sans se mêler à la conversation un peu désordonnée qui courait autour de la table tandis que maître Motelet étalait ses papiers, que son collègue affûtait les plumes, débouchait l'encrier et le pot de sable qu'on jetterait tout à l'heure sur les signatures.

De son côté, sans se préoccuper de l'examen dont elle était l'objet, Floriane mit à profit ces derniers préparatifs pour étudier furtivement les nouveaux personnages avec lesquels, au propre et au figuré, elle allait faire un bout de chemin. Sans compter Josias de Soulas, ils étaient au nombre de sept. Isabelle lui en avait déjà rapidement dit un mot avant de les lui présenter.

Tout d'abord, un homme à la cinquantaine grisonnante et trapue, la moustache épaisse sur un visage buriné par soleil et vent, apparemment assez avare de gestes et de paroles et non dépourvu de prestance dans un habit aux rutilances passées : c'était La Rive, fils de comédien, ami de longue date de Finet qui l'avait aidé à former cette troupe, ancien élève lui aussi du fameux Valleran. Depuis près de quarante ans, inlassable, obstiné, il poursuivait la gloire à travers l'Europe entière, amoureux de son art comme au premier jour. A son côté, était Pierrette, sa femme, une masse de plis et de graisse engoncée dans une ratine brune, un petit chignon blanc semblable à une boule de billard posée sur une large tête de vieux bébé inexpressif. Rien ne rappelait plus, chez l'imposante Pierrette, la gracile comédienne qui, l'une des premières, avait fait triompher les vers de Garnier ou d'Alexandre Hardy. Mais elle se taillait toujours de francs succès en jouant les douairières ou les entremetteuses, car ni les revers, ni ses nombreuses grossesses, ni la maturité ne l'avaient contrainte à abandonner un métier dont elle connaissait toutes les ficelles, un métier qui avant d'être le sien avait été aussi celui de son père. Parfait exemple de ces lignées d'acteurs, la famille La Rive voyait en effet chaque génération saisie par la vocation paternelle. Déjà les aînés de Pierrette s'étaient envolés et de ses six enfants, seuls lui restaient les plus jeunes, des jumeaux d'environ quinze ans, l'ingénue Colombe et le fluet Laurier, aussi clairs et timorés que des poussins, encore couvés par l'aile tendre et bourrue de leur mère.

Installés en face de Floriane, deux jeunes gens s'agitaient, excités, moqueurs, de véritables écoliers un premier jour de classe. Ils devaient avoir tout comme Soulas, vingt-cinq ans, à peine, mais leurs rires et leurs âges exceptés, étaient fort différents l'un de l'autre. Le premier avait une tête plaisante, le teint coloré barré d'une moustache drue, les cheveux bruns, épais, frisés, coiffés en frange courte ce qui ne faisait qu'accentuer la rondeur de ses joues. Peu, sinon pas de cou, un torse enrobé dans un justaucorps vert qui, sans nul doute, ne ferait que prendre plus d'ampleur avec les années, Zacharie Jacob dit Montfleury, rejeton d'une honorable famille angevine, avait, naguère, servi chez le duc de Guise avant de s'enrôler dans une troupe de passage. Son précoce embonpoint et sa voix véhémente lui avaient assez vite valu des rôles divers, valets bouffons ou pères nobles, tant la farce et le drame convenaient également à sa face rubiconde.

Beaucoup plus inquiétant était le second personnage dont la mine avait tout pour effrayer les braves gens, le soir, au coin d'une venelle, un grand et maigre escogriffe aux longs cheveux noirs, les traits accusés, rusés, l'air conquérant. Bellemore savait habilement, lui aussi, tirer partie de son physique en campant matamores et tranche-montagnes. Dans le privé, c'était un garçon sensuel et gai, très apprécié des femmes.

Les femmes justement... Après la grasse Pierrette et la fragile Colombe, Floriane avait vu apparaître légèrement en retrait des autres afin de mieux marquer son entrée, une beauté à la crinière de miel, au regard du même ton. Plus tout à fait une jeune première quoique un maquillage adroit et une robe de velours pivoine lui fissent la peau parfaitement unifiée, avec son agaçant rire de gorge, la Champrose avait le don à la fois d'irriter et de plaire. L'amour d'un comédien lui avait très tôt donné le goût de la grande aventure comique. Veuve maintenant, elle menait librement sa barque, persuadée qu'un jour, pour elle, brilleraient les feux de Paris.

« Une lionne splendide, un séduisant capitan, un sympathique lourdaud, une couvée bizarre et ce Josias qu'on croirait tombé de la lune », énumérait Floriane légèrement amusée.

A vrai dire, il lui fallait faire un bien gros effort pour s'imaginer vivre parmi tous ces gens. Elle retint un soupir, baissa la tête, brutalement submergée par la peine et le découragement. Comme elle aurait voulu être déjà à Nantes, ignorée, oubliée, dans la douceur maternelle de Juliette Chapelain !

Soudain, la toux puissante de maître Motelet attira sur lui l'attention générale. Il leva la main, réclamant le silence.

— Tout le monde est-il là ?

Personne ne manquait à l'appel. Le notaire pouvait donc, avant de le faire signer, lire le bail préalablement établi.

C'était un contrat classique, précisant que la troupe, composée de neuf personnes, formait une société divisée en cinq parts et quatre demi-parts, ces dernières étant réservées aux débutants : Colombe, Laurier, Soulas et Floriane. Isabelle avait à ce propos expliqué à son amie comment, lorsque tous les frais avaient été réglés, chaque recette — ou « chambrée » — était divisée entre les différents membres de la troupe, les apprentis comédiens étant, bien sûr, moins rémunérés que les autres, ainsi qu'il était d'usage d'ailleurs, dans la plupart des professions.

Tous acceptaient, poursuivait le notaire, le sieur La Rive comme orateur et par conséquent chef de ladite troupe, propriétaire des décors, les costumes devant être fournis par chacun. Floriane fut particulièrement intéressée par la « clause de dédit », ou « désistement au consentement commun », concernant celui, ou celle, qui, pour une raison ou une autre, serait amené à rompre son contrat. Dans ce cas, la personne en question était tenue de verser une somme de sept cents livres à ses camarades, une somme importante, comme c'était souvent le cas. Les comédiens, presque toujours incapables de s'en acquitter se voyaient ainsi contraints de rester fidèles à la troupe.

Tout semblait donc net et précis ; il n'y avait plus qu'à écrire son nom au bas de la feuille.

« Furent présents en leurs personnes, sieur La Rive, damoiselle Pierrette Viot sa femme, Colombe et Laurier La Rive, ses enfants, Zacharie Jacob dit Montfleury, sieur Jornain dit Bellemore, damoiselle Nicole Motet dite Champrose, Josias de Soulas, sieur de Primefosse, écuyer, dit Floridor, damoiselle Floriane Mestivier, dite Niflame ; se sont associés et associent par ces présentes pour faire comédie ensemblement pendant le temps de deux années qui commenceront au jour et fête de Pâques prochain. Ladite société ainsi faite à la charge de payer par celui qui s'en voudra départir la somme de sept cents livres tournois de peine... sans aucune formalité de justice sur ce garder... Fait et passé à Paris, en la maison où le sieur Charles Le Noir est demeurant, rue Beaurepaire, paroisse Saint-Sauveur, l'an mil six cent trente-trois le vingt-huitième jour de mars après-midi et ont signé ces présentes, sujettes aux scellés... »

François Reversé tendit une plume à La Rive, puis à Pierrette. Lorsque ce fut son tour, Floriane regarda avec curiosité ces boucles, ces hampes et ces jambages, ces longues pattes de faucheux, ces envolées et ces paraphes, timides, audacieux, précieux, fantasques ou malhabiles. La nature chantait souvent dans les noms de scène qu'empruntaient les comédiens : La Rive, Pierrette, Colombe, Laurier, Montfleury, Champrose et, les lettres encore humides, le trait plein de hardiesse de Soulas, dit Floridor. Floriane hésita, à peine. Le choix de son pseudonyme lui était venu par hasard, au souvenir d'une princesse de roman rencontrée au cours d'une lecture. D'une main ferme, elle écrivit : Floriane Mestivier dite Niflame. Et de sa plume crissant sur le papier, un peu d'encre s'échappa, pointillant la signature.

*
* *

— Ne pleure pas, mon gros, je te répète que c'est mieux comme ça.

Le chagrin de La Musette avait la violence et la démesure d'un chagrin d'enfant. Floriane venait de lui annoncer qu'elle allait quitter Paris, sans lui, sans rien vouloir lui dévoiler de ses projets. Ce manque de confiance accablait le sensible musicien.

— Mais qu'allez-vous faire ? bredouilla-t-il, essuyant ses joues luisantes d'un revers de main.

— Ne t'inquiète pas. Les Le Noir m'envoient chez des amis. Tu comprends bien que je ne peux t'en dire plus.

Floriane ne se défiait pas de La Musette mais elle savait qu'un mot pouvait être vite lancé avec étourderie. Quant à l'emmener, elle y avait renoncé, non sans regret d'ailleurs. Mais il n'était pas possible pour la jeune comédienne qu'elle serait bientôt, d'entretenir un domestique. En outre, elle jugeait le brave garçon un peu... encombrant.

— Rappelle-toi ce que je t'ai dit, Jean. Je compte sur toi et sur dame Frumence pour fermer l'Hôtel d'Ivreville. Vous n'y laissez que Gaspard et le concierge et vous partez avec Toinon et Macloud, à Saint-Évy. Cela me sera bien réconfortant de vous savoir là-bas auprès de ma cousine Montrouge, priant pour que nous puissions un jour nous y retrouver tous.

Elle parvenait à surmonter sa propre peine pour mieux consoler son bon La Musette.

— Allons, il est temps maintenant de t'en aller. N'oublie pas mes lettres et fais attention, hein ? Mais tu sauras te taire, j'en suis sûre.

D'une tape amicale, elle flatta l'énorme bedaine comme elle l'eût fait d'un animal familier. La Musette attrapa sa main au vol, y posa ses lèvres avec une dévotion maladroite puis très vite, sortit de la pièce emportant, comme un joyau, le doux sourire de Floriane.

Un instant immobile, elle pensa que la séparation d'avec La Musette la dépouillait encore un peu plus de son passé — si proche ! — et de sa véritable personnalité. Depuis hier, il n'y avait définitivement plus de baronne d'Ivreville. Après le départ des notaires, les comédiens avaient joyeusement fêté la naissance de leur nouvelle compagnie.

— Je la baptise *la Troupe de l'Espérance* ! avait lancé Isabelle pendant que les servantes emplissaient les verres de vin de Beaune.

Ils avaient tous applaudi à l'écho de leurs désirs, de leurs illusions, de leurs appels. L'Espérance ! Pour Floriane arrachée à son amour, elle n'avait pas de visage, ni même de nom. Ce n'était qu'une forme encore impalpable qui allait croître au fil des mois pour devenir — Ah ! quel mal avait-elle à l'imaginer ! — un petit enfant.

Aujourd'hui, autour d'elle, la maison était étonnamment silencieuse. En ce début de semaine sainte, toute la famille s'était rendue à l'église Saint-Sauveur. Lorsque Pâques serait fêté, les chariots des comédiens se lanceraient sur les routes, et le temps passé chez les Le Noir ne serait alors qu'un précieux souvenir de plus. Les visages de tous ceux qui l'avaient aimée, soutenue dans les moments les plus éprouvants de sa vie, s'éclairèrent tour à tour dans la mémoire de Floriane. Elle s'attendrit de les découvrir si nombreux. L'amour et l'amitié s'étaient montrés bien prodigues !

« La Musette a dû remettre mes deux messages, se dit-elle un peu plus tard. Au moins, François sera-t-il tranquillisé. »

Car elle n'avait pas oublié Bassompierre. Sachant tout ce qu'elle était pour lui, elle devinait combien il avait dû être bouleversé par le drame qui la frappait, se jugeant certainement responsable de tout, se morfondant, jurant d'impuissance, ignorant comme tout le monde ce qu'elle était devenue. Le petit mot sans grande précision, mais tendre et rassurant, que la Musette devait donner à Malleville, allait, du moins l'espérait-elle, apaiser le maréchal.

La seconde lettre, anonyme elle aussi et tout aussi vague, avait été écrite à sa sœur dont la foi, les prières et l'immense pureté d'âme aplaniraient peut-être, de loin, les chemins sinueux qu'elle allait bientôt emprunter. Rien, absolument rien, ne la retenait plus maintenant. Paris était dorénavant un séjour impossible. La proximité de la rue Saint-Honoré où régnait Richelieu, du Louvre où le roi remâchait ses griefs, constituait une menace permanente. Malgré l'irréprochable hospitalité des Le Noir, leur maison n'aurait pas tardé à devenir aussi étouffante qu'une geôle.

Tout départ ressemble plus ou moins à une fuite ; Floriane le ressentit vivement ce beau matin de printemps lorsque la caravane des comédiens qui l'emportait, franchit la porte Saint-Jacques.

*

* *

C'était deux chariots, couverts de toile au rouge délavé, chacun pesamment tiré par un lourd cheval du Perche. Des guirlandes fleuries peintes sur les châssis, s'enroulant autour de masques, de luths et de hautbois, un plumet écarlate et un rang de grelots de cuivre ornant la tête des chevaux, annonçaient clairement, malgré leurs tons fanés, que la petite troupe s'en allait répandre joie, émotion, aux quatre coins du pays.

Un pays livré à une débauche de couleurs : cerisiers et pêchers riants, blancs et roses, fleurettes d'or jetées sur les talus, terres brunes fraîchement remuées, et le vert, semé sur tous les tons, aussi clair que de l'eau sur quelques feuilles nouvelles, sombre à certaines branches, vif dans les prairies. Un village apparaissait, parfois, lové dans un vallon, attirant, rassurant, comme surgi du sol lui-même, tant il y avait d'harmonie entre ses pierres, ses tuiles et les arbres qui l'entouraient. Souvent les futaies étaient trouées d'une tourelle mystérieuse et pointue, semblable de loin, au chapeau d'un enchanteur. Les bêtes couraient les prés. Sous un ciel bleu et changeant, la campagne célébrait avril. Une nuée d'odeurs acidulées en émanait, fondue dans l'air humide.

D'abord, Floriane s'en était grisée un instant, oubliant tout, subjuguée par la nature triomphante. Mais très vite, un désespoir d'une égale intensité avait balayé son bien-être. A quoi bon tant de beauté ? Où ce chemin la menait-il, cahotant, étiré tout là-bas, à perte de vue ? Quelque part dans ce lointain où s'unissaient terre et ciel, Artus s'en était allé, la laissant égarée, plus désorientée qu'une girouette agitée par des vents contraires. Il lui avait alors fallu beaucoup de vaillance pour dissimuler sa brusque faiblesse à son entourage.

Pourtant elle se devait de ne rien montrer de sa peine, ne serait-ce que par égard pour Isabelle. Celle-ci l'avait à tous présentée comme sa parente, lui imaginant un récent veuvage pour justifier une grossesse dont on s'apercevrait bientôt. A la rigueur, pouvait-on mettre sur le compte de ce deuil, son silence et ses accès de tristesse. Mais Floriane savait depuis longtemps qu'il n'était ni digne, ni courtois, ni même utile de larmoyer. Alors, sans plus refuser les visions qui s'offraient, elle jugea préférable également, de s'intéresser à ses compagnons, de découvrir au jour le jour, leur si curieux, si fantasque mode de vie, de faire semblant de s'y conformer elle-même.

Ce fut, au début, un jeu auquel insensiblement elle se sentit prise. Presque malgré elle, les larmes toujours promptes à venir mais aussitôt refoulées, Floriane, peu à peu, s'intégra à la troupe, docile à ce nouveau caprice du sort.

La Rive avait annoncé la route qu'ils devaient suivre. De Paris, ils gagneraient Orléans, descendraient la Loire, feraient sans doute un crochet à Poitiers avant de pousser jusqu'à Nantes. A l'automne, il était prévu de se rendre au Mans où, comme chaque année, la présence du comte de Belin, venu chasser dans ses terres du Maine, attirait toute une société avide de s'amuser. Avec François de Belin, ouvrant toujours grandes aux artistes les portes de son hôtel et de ses châteaux, les comédiens étaient assurés de réaliser leurs meilleurs bénéfices.

En fait, La Rive avait établi un itinéraire assez traditionnel. Au sud du royaume où beaucoup de gens ne parlaient encore que la langue d'oc, il était difficile de toucher un très vaste public. Les troupes ambulantes s'aventuraient donc peu au-delà de la Loire, préférant quadriller des provinces accueillantes, sensibles au théâtre de qualité.

Assise sur un petit coffre à l'arrière de l'un des chariots dont la bâche avait été relevée, regardant parfois le paysage qui lentement s'éloignait sur leur passage, Floriane relisait une tragi-comédie qu'elle avait d'ailleurs applaudie la saison précédente à Paris : *Les Occasions perdues* de Rotrou. Elle devait y interpréter le rôle d'Isabelle, confidente de la reine de Naples, une princesse au cœur tendre, partagée entre deux amants. Pierrette, forte de son expérience et de son savoir, prenant en charge son éducation en même temps que celle de Colombe, leur faisait inlassablement réciter leurs textes que révisait de son côté, la Champrose.

— Plus fort Niflame ! Plus dramatique encore ! Là ! Et toi Colombe, du nerf s'il te plaît ! Ne sois pas si timide ma fille.

A demi allongée sur une pile de couvertures, les pieds posés en l'air sur une malle d'osier, dévoilant ses chevilles habillées de soie jaune, la blonde Champrose — superbe reine de Naples — frappait impatiemment de sa brochure le creux de sa main, agacée par la maladresse de ses jeunes compagnes.

Ce travail de mémoire dont Floriane n'avait pas l'habitude, avait le mérite d'exiger une attention et un effort qui évitaient tout égarement de pensée. Elle s'y consacrait donc avec conscience, application et, à tout prendre, un certain plaisir.

Parfois elles entendaient les éclats homériques de Bellemore et de Montfleury, tandis que Floridor qui allait à pied, le nez plongé dans un livre, répétait ses rôles avec plus de discrétion. Laurier, assis près de La Rive conduisant le chariot de tête, écoutait sagement lui aussi, les conseils de son père.

Deux autres personnes complétaient la troupe : Testu, un vieux domestique taciturne qui n'avait jamais quitté Floridor et Omer, au service des La Rive depuis des années. La lippe pendante, le corps difforme, toujours armé d'un bâton peint en rouge, Omer faisait office de tout : valet, moucheur de chandelles, figurant au besoin, il montait les décors et menait aussi le chariot dans lequel s'étaient installées les comédiennes. Aucun poète, comme c'était pourtant souvent le cas, ne les accompagnait. La Troupe de l'Espérance n'étant pas assez fortunée pour entretenir un auteur attitré, se contenterait de monter des pièces ayant déjà fait les beaux jours de la capitale.

Les répétitions avaient lieu à l'étape du dîner. Personne n'était spécialement chargé de la mise en scène. Chaque comédien disait son texte de la manière qui lui semblait la mieux adaptée à la situation. Pour les longs monologues, il devait se planter face au public, s'adressant directement à lui. Bien entendu, tout le monde avait le droit de donner son avis, ce qui engendrait d'interminables disputes auxquelles La Rive avait du mal à mettre un terme. Floridor, qui pourtant n'était encore jamais monté sur une scène, prétendait modifier le jeu souvent outrancier de ses camarades, au nom, disait-il, de la vraisemblance. Il s'en prenait tout particulière ment à Montfleury, large et vermeil, l'un de ces acteurs — les plus nombreux — qui ne savaient pas jouer sans bramer. Furieux de s'entendre critiquer par un novice, le visage virant au violet, Montfleury à la fin s'emporta :

— Cher M. de Soulas — il utilisait volontairement le patronyme de son camarade —, vous semblez oublier qu'il s'agit de théâtre. Or, au théâtre, l'important n'est pas la vraisemblance. Les gens ne viennent pas nous voir pour retrouver les réalités de l'existence. Pas du tout ! Ils veulent les oublier, s'oublier. Notre rôle est donc de les aider à sortir d'eux-mêmes, au besoin en les bousculant, en les agressant !

Mais Floridor tenait à son idée :

— Ce n'est pas ainsi que je le ressens. Notre rôle est de les toucher, de les troubler. Non en leur écorchant les oreilles mais en leur effleurant le cœur. Ils doivent repartir chez eux pensifs, adoucis, comme prisonniers d'un sortilège. Car la mission du comédien, notre mission, est grandiose, portée par l'amour !

Sa voix était profonde, persuasive. Son visage maigre aux traits un peu accusés, aux yeux clairs, se métamorphosait comme illuminé d'un feu secret. Les mains crispées sur la garde de son épée, il avait toute la fougue, la noblesse d'un paladin, tendu vers son idéal. Intrigués, séduits malgré eux, ses compagnons ne pouvaient s'empêcher de l'admirer.

— Oui, grommelait La Rive. Nous verrons bien ce que donnera cette nouvelle mode le jour de la représentation.

Le soir, parvenu à l'auberge, tout le monde s'éparpillait. Les domestiques rangeaient les chariots ; la famille La Rive se retirait dans ses chambres ; Bellemore et Montfleury, ayant sans succès tenté leur chance auprès de Floriane et de la Champrose, ripaillaient joyeusement, souvent en galante compagnie. Ils avaient dû également renoncer à entraîner Floridor dans leurs fredaines. Celui-ci partait rêver on ne savait où. En vérité, la passion qui le hantait, passion bien forte puisqu'elle l'avait poussé à rompre avec son milieu et une brillante carrière militaire, ne l'empêchait pas d'être cordial, attentif aux autres. Floriane ne parvenait pas à définir exactement son sentiment mais peut-être parce que Josias de Soulas qu'elle avait vu pour la première fois dans les salons d'Arthénice lui rappelait un moment heureux de son passé, qu'il était lié, pour elle, au souvenir affectueux d'Isabelle Le

Noir, sa présence, en apparence distraite, lui était inexplicablement rassurante.

Leurs compagnons disparus, Floriane se retrouvait donc avec La Champrose. Avoir une chambre pour elle seule, n'entrait pas dans ses moyens. L'argent qu'elle possédait, — sept cents livres ! — soigneusement cousu dans sa ceinture, était réservé au « dédit » qu'une fois parvenue à Nantes, elle serait obligée de verser à la troupe pour recouvrer sa liberté. Ce pécule ne lui appartenait même pas. Il lui avait été prêté par les Le Noir, alourdissant encore la dette qu'elle estimait avoir envers eux. Isabelle lui avait aussi offert deux tenues de théâtre, l'une pour les comédies, l'autre pour les pièces tragiques, un minimum que devait posséder une comédienne, sans compter bien sûr les vêtements qu'elle portait tous les jours, le linge et les compléments indispensables. Il ne restait à Floriane que l'émeraude qui luisait à sa main. Toute la parure avait été laissée en gage, rue Beaurepaire, malgré les protestations d'Isabelle.

— Je ne peux hasarder ces joyaux sur les routes, lui avait expliqué Floriane. Gardez-les, mon amie. J'espère pouvoir, un jour, venir les rechercher et vous rendre autrement le bien que vous m'avez fait.

Cependant, elle n'avait pas eu le courage de se défaire de la bague qu'Artus, si amoureusement, avec tant de fierté, avait un soir glissée à son doigt et souvent elle la regardait, admirant ses reflets aussi mystérieux et changeants qu'un antre marin, en faisait tourner le chaton qu'elle serrait alors bien fort dans sa paume.

Le peu d'argent que lui avançait Pierrette suffisait donc tout juste à couvrir ses menus frais quotidiens. Comme il en était de même pour la Champrose, contrainte elle aussi à l'économie, elles s'étaient résignées toutes deux à cohabiter, ce qui n'allait pas sans efforts méritoires de la part de Floriane. La Champrose, sans être toutefois réellement mauvaise fille, était désordonnée, égoïste. Cependant sa compagnie aidait à chasser les pensées obsédantes, les tendres images qui paraissaient guetter l'obscurité pour ressurgir et mieux étinceler. Qu'aurait fait Floriane toute seule, sinon pleurer déraisonnablement ?

Le grand air lui avait rendu ses couleurs, un solide appétit et un sommeil profond dans lequel elle cherchait vite à s'abandonner, espérant chaque soir y rejoindre Artus. Hélas ! même en songe, elle restait séparée de lui, cherchant jusqu'à épuisement à retrouver sa trace, impuissante, révoltée. Souvent aussi, un rideau de théâtre s'ouvrait sur une scène lumineuse ; poussée par Pierrette, elle s'y lançait, essayant de répéter les phrases apprises pendant la journée, bredouillait, la mémoire en défaut, livrée à elle-même, éperdue. Alors surgissait la troupe, Floridor et Champrose en tête. Omer brandissait son bâton rouge. Et tous l'étourdissant de leurs rires, de leurs déclamations, la sauvaient du désastre sous les bravos du public.

Il était en effet bien difficile d'échapper à la magie du théâtre. Floriane se sentait chaque jour entraînée plus avant au cœur de cette vie intense, reflet de toutes les passions, les émotions, de tous les bonheurs et toutes les infortunes, reflet à ce point embelli, sublimé, qu'il ne pouvait que la fasciner en éclipsant ses propres sentiments. Plus les personnages dont elle prenait l'identité aimaient, souffraient, mieux elle s'oubliait elle-même.

L'existence des comédiens et particulièrement celle des troupes ambulantes, avait ceci de paradoxal qu'elle leur offrait toutes les facilités de fuir une réalité décevante en même temps qu'elle les confrontait au quotidien le plus rude : conduire les chariots sur des routes souvent difficiles ; supporter les intempéries, les surprises parfois déplaisantes des hostelleries de rencontre, bruit, saleté, mauvaise chère ; ces granges perdues où il leur arrivait de s'installer, vaille que vaille, si la nuit les avait trouvés en rase campagne ; la promiscuité permanente et les petits affrontements qui en découlaient ; l'argent qui s'en allait trop vite. En eux l'artiste se doublait d'un homme ou d'une femme d'action, indépendant, enjoué, débrouillard et robuste, sachant rester humble et modeste face aux éléments souvent contraires alors qu'ils poussaient jusqu'à l'orgueil le plus démesuré, l'amour de leur profession.

Floriane les admirait, éprouvant pour eux tous, globalement, une forte sympathie même si elle ne partageait pas leur joie nerveuse, leur angoisse et leur délectation en voyant le grand jour approcher. Elle ne pouvait encore prévoir ce qu'elle ressentirait face aux spectateurs, lorsque, grimée, travestie, elle aurait à donner la réplique à ses camarades. Elle espérait simplement leur faire honneur en tenant convenablement son rôle.

*

* *

Un après-midi de mai, les deux chariots entrèrent dans Orléans.

Ce n'était pas sans émotion que Floriane retrouvait la ville où sept ans auparavant, elle avait fait un court et bien agréable séjour. Elle revoyait avec un tressaillement douloureux, les quais grouillants, joyeux de la Loire, les rues coquettes et commerçantes, et surtout, l'*hostellerie des Coches* où elle était descendue en compagnie de Bassompierre. François... Elle le connaissait alors à peine et pourtant il l'attirait déjà, irrésistiblement, si jeune qu'elle était, avide d'aimer, d'être aimée, de croquer, de dévorer l'existence. Comment aurait-elle pu se douter qu'elle aurait, par la suite, à payer au centuple chacune des joies, chacun des plaisirs goûtés de lui ? Aujourd'hui encore, ne continuait-elle pas en quelque sorte à expier leur brève mais si intense passion ?

Très vite elle jugea cette pensée monstrueuse, exécrable, comme insufflée par le Diable lui-même, et la repoussa avec révolte, refusant de laisser altérer les images si parfaites de son souvenir. Non, rien ne parviendrait jamais à lui faire déplorer sa liaison avec Bassompierre, à lui faire renier la petite fille ardente qu'elle avait été. Une volonté plus forte que la leur avait décidé de leurs destins.

Dans la ferveur et la gaieté, Orléans venait de célébrer la mémoire de Jeanne, la vaillante Pucelle, par des prières publiques, des offrandes, fidèlement répétées depuis deux siècles. Des bouquets, des croix de fleurs, achevaient de faner aux carrefours ; des tapisseries de velours et de brocart jaune et rouge aux couleurs de la ville restaient accrochées aux ferrures des fenêtres. Un air de fête traînait encore dans les rues qui se prolongerait durant tout le mois.

L'arrivée de la Troupe de l'Espérance ne passa évidemment pas inaperçue. Les comédiennes s'étaient juchées, tout sourires, à l'avant des chariots, aux côtés des conducteurs Omer et Testu tandis que les hommes, leur faisant cortège à pied, manteaux et plumes au vent, recueillaient avec bonheur les cris et les interpellations ravis d'une foule de curieux. Bientôt, ils furent tous logés à *l'Épée Royale*, une hostellerie cossue située non loin de la place du Martroy. La Rive avait pu s'entendre avec le patron qu'il connaissait de longue date pour régler une partie des dépenses en promettant de donner chez lui une ou deux pantomimes gratuites. L'installation des comédiens dans une maison de bonne réputation prouvait déjà qu'ils n'étaient point de ces baladins besogneux plus pauvres que rats d'église, que trop souvent on voyait débarquer dans les villes. La fière beauté de Floriane et de Champrose, de même que la blondeur et la gracilité de Colombe, n'avaient également pas échappé à l'œil émerillonné de certains connaisseurs. Vive comme la poudre, la nouvelle de leur présence ne tarda pas à se répandre.

Floriane se retrouva bien sûr avec sa compagne habituelle, mais cette fois deux lits et deux toilettes étaient à leur disposition, dans une grande pièce agréable, fleurie de pivoines épanouies, garnie de coffres suffisamment profonds pour les besoins désordonnés de la Champrose.

Pendant ce temps, La Rive, accompagné de Floridor, se

rendait à l'Hôtel de Ville afin d'y remplir les inévitables formalités. Bien que la municipalité d'Orléans n'eût pas la réputation d'être trop sévère, le vieux comédien restait circonspect sachant qu'il suffisait de tomber sur un sergent de mairie un peu zélé pour voir surgir d'ennuyeuses complications.

Il fallait d'abord soumettre la liste détaillée des œuvres que la troupe comptait représenter, car il n'était pas question pour les autorités municipales de permettre des spectacles licencieux, pernicieux, nuisibles à l'éducation des jeunes gens et au bon esprit de la ville. Chaque titre de pièce, chaque nom d'auteur, était donc minutieusement épluché et commenté par ces messieurs de la mairie. Ces derniers fixaient ensuite le prix des places, de dix à vingt sous suivant l'ancienneté des œuvres, se réservant aussi quelques chaises gratuites pour eux-mêmes. Les comédiens se voyaient, en outre, obligés de verser de l'argent aux pauvres et aux malades de l'Hôtel-Dieu, en l'occurrence cent vingt livres, ce qui représentait une somme énorme pour la toute jeune Troupe de l'Espérance mais que Floridor, par d'aimables et habiles palabres, réussit à faire baisser de moitié. Bientôt, les deux hommes repartaient, leur autorisation de jouer en poche.

Restait à trouver la salle d'un jeu de paume, ce qui fut chose faite rue de l'Écrivinerie entre deux échoppes de libraires. Habitué à recevoir des troupes chez lui, le maître paumier céda volontiers sa salle pour un loyer raisonnable, ne réclamant pour sa part que deux sous par chaise, mettant aussi à la disposition des comédiens les vestiaires destinés à leur servir de loges et deux de ses valets, renfort toujours utile pour remédier à d'éventuels troubles parmi le public. Après une bouteille de gris-meunier[1] cordialement partagée avec lui, La Rive et Floridor reprirent le chemin de l'*Épée Royale*.

Des affiches furent collées un peu partout, détaillant le programme en grosses lettres noires. Revêtu de l'habit collant et

1. Vin de l'Orléanais.

bigarré d'Arlequin, un petit tambour accroché sur le ventre, Omer glissa son bâton rouge entre ses bretelles et gonflé d'aise, jouant des baguettes avec vigueur, s'en fut annoncer le spectacle à tous les coins de la ville.

— Mesdemoiselles Pierrette La Rive, Champrose, Niflame et Colombe, messieurs La Rive, Montfleury, Bellemore, Floridor et Laurier, les comédiens du roi de la Troupe de l'Espérance, auront prochainement l'honneur d'interpréter...

Comédiens du roi, en fait cela ne signifiait pas grand-chose. Seuls les acteurs de l'Hôtel de Bourgogne pouvaient légalement se targuer de la protection de Louis XIII. Mais l'expression employée par la plupart des troupes libres faisait toujours bon effet.

Le lendemain, dès treize heures, une longue file se pressait rue de l'Écrivinerie. La salle du tripot aux murs peints en noir comme toutes ses pareilles, assez chichement éclairée de chandelles fumeuses, était garnie de chaises où s'agitait tout un monde turbulent de laquais, commis de boutiques et d'étudiants. De chaque côté de la salle, des cloisons légères, rapidement montées par un menuisier du quartier, formaient de petites loges. Quelques femmes élégantes, masquées d'un touret noir, y jouaient déjà de l'éventail. Les hommes qui les accompagnaient, feutre sur la tête, épée au baudrier, leur glissaient d'une mine gourmande des compliments près de l'oreille. Le rideau fixé à une tringle était encore tiré sur la scène. De temps à autre une courte vague le soulevait, laissant deviner l'agitation des coulisses.

— Il va bientôt être trois heures, mes enfants, annonça La Rive. Dépêchez-vous !

Des protestations, des cris d'effroi, s'élevèrent de l'autre côté du mur.

— Impossible ! Nous ne sommes pas prêtes !

Les hommes s'entre-regardèrent avec amusement en entendant la panique souffler chez leurs compagnes.

La pièce exiguë où d'ordinaire se déshabillaient les joueurs de paume, était devenue avec l'invasion des comédiennes une sorte de bazar levantin, riche d'étoffes débordant de malles, de paniers, scintillant de coiffures extravagantes et de bijoux de pacotille, dans une atmosphère un peu lourde de fards et de parfums.

— Mes boucles d'oreilles, où sont passées mes boucles d'oreilles ? s'écria la Champrose qui avait toujours égaré un objet.

Prostrée sur sa chaise, livide, Colombe gémissait :

— Je suis malade. Maman, je sens que je ne pourrai pas jouer. C'est affreux.

— Ça passera dès que tu seras sur scène, affirma Pierrette, affublée d'une perruque grise et d'une robe de velours noir rebrodée de fausses perles. Du courage, voyons ! Et mets-toi plus de rouge aux joues. Ah ! je me revois à mes débuts, autrement fringante, je t'assure, malgré la peur qui me rongeait l'estomac !

Devant son miroir, Floriane s'humecta le doigt d'un peu de salive et d'une touche appuyée rectifia l'arc sombre de ses sourcils. La nervosité ambiante avait fini par la gagner elle aussi. Mentalement elle essayait de répéter son rôle. Mais soudain le cœur lui manquait. Il lui semblait brusquement absurde et même impossible, d'être devenue cette jeune actrice un rien provocante dans une tunique de gaze transparente, portée sur une robe de satin lilas, au décolleté profond. Une fois de plus, elle tentait de démêler l'incroyable enchevêtrement de circonstances qui l'avait entraînée dans une telle aventure mais l'exercice se révéla vite trop cruel, réveilla trop de regrets et de chagrins. Prête à fondre en larmes, elle y renonça, revenant à son personnage d'Isabelle.

La voix de La Rive la fit tressaillir. Sa face grimée apparut à la porte. On entendit rouler le tambour d'Omer. Le spectacle allait commencer. Cambrant sa taille avec défi, Champrose ajusta sa couronne, Colombe s'accrocha à sa mère et Floriane, ses jambes la portant à peine, se résigna à les suivre.

Un étroit couloir débouchait directement derrière les

décors, de grandes toiles pendues aux cintres, se balançant au moindre effleurement. D'autres toiles s'entassaient en épais et longs rouleaux parmi des coffres, des cordages, des tonneaux d'eau et d'énormes seringues que l'on gardait toujours à portée de la main tant était grande la peur de l'incendie. Omer et Testu surveillaient particulièrement la rangée tremblotante des chandelles qui éclairaient la rampe.

Tout le monde se retrouva au coude à coude dans les coulisses. On entendait trépigner, gronder, siffler la salle qui s'impatientait. Alors le plancher vibra sous les coups répétés du bâton rouge d'Omer ; sans plus attendre, La Rive fit son entrée en scène, devant le rideau, accueilli par des cris de joie et le timbre claironnant attaqua son prologue :

— Auditores amplissimi, tant petits que grands, à tous bons entendeurs, salut, honneur, santé, joie, amour et dilection...

Cette fois Floriane s'était mise à trembler. De sa place, elle découvrait une partie de la salle maintenant plongée dans la pénombre. C'était comme une grotte obscure et profonde, habitée par une présence mystérieuse dont elle percevait l'haleine tiède, puissante. Peu à peu, elle put distinguer la blancheur des lingeries et des dentelles, l'éclat atténué des bijoux, quelques regards brillants sur des visages tendus vers La Rive, des regards inconnus que, dans un instant, elle-même allait affronter. Elle avait beau se dire que cela ne devait avoir aucune importance pour elle, que ce n'était là qu'un épisode plutôt plaisant dans une vie qui n'avait que trop tendance à se montrer féroce, rien n'y faisait. Ah ! Comme elle enviait la Champrose qui à deux pas coquetait avec Montfleury, ignorant que la comédienne aussi, luttait comme elle pouvait contre la peur.

La pensée d'Artus lui revint avec plus d'intensité que d'habitude. Elle se sentit bizarrement fautive et se mit à triturer avec nervosité, sans même s'en rendre compte, l'écharpe de dentelle qui garnissait son corsage.

— Tout ira bien. Ne vous inquiétez pas.

Derrière elle, quelqu'un s'était rapproché et doucement lui chuchotait ces paroles rassurantes. Se retournant à demi, elle vit Floridor revêtu d'un pourpoint bleu et argent. La longue plume de son feutre se mêlait à ses cheveux châtains. Des rubans ornaient la coquille de son épée et la pointe de ses chaussures blanches. Sans mièvrerie, il était l'image même de l'amant telle que la concevait l'idéal romanesque, le charme, la jeunesse personnifiés.

Floriane lui répondit par une mimique expressive qui en disait long sur son désarroi puis ses yeux se reportèrent sur La Rive, poursuivant son prologue.

— Ne massacrez pas cette innocente petite dentelle, reprit tout bas Floridor. Puisque je vous assure que tout ira bien.

— J'aimerais vous croire, dit-elle de même. Comment faites-vous pour conserver votre calme et avoir le cœur à plaisanter en de pareilles circonstances ? Vous n'éprouvez donc pas un peu d'appréhension vous aussi ?

— Peut-être. Mais j'attends ce moment depuis si longtemps, je suis tellement heureux de jouer, de faire partager enfin mon bonheur que j'oublie le reste. Je sais bien que pour vous les choses sont différentes, pourtant c'est ce que vous devriez faire également : oublier ! Tout oublier, au moins pour quelques heures. Vous libérer de votre passé, de votre crainte de l'avenir. Être Niflame, tout simplement.

Elle sentit au murmure pressant de sa voix qu'il devinait, comprenait sa peine et son agitation intérieure. Oublier... Il avait raison, bien sûr. Mais pouvait-on se défaire si aisément de ce qui vous tourmentait ? Comme il était ardent, enthousiaste ! Bien que plus jeune que lui d'un an ou deux, Floriane eut l'impression d'être, à cet instant-là, sans âge, accablée par l'expérience.

— Que susurrez-vous à notre jolie amie ? demanda Bellemore, interposant entre eux deux sa moustache soigneusement calamistrée.

— Je la réconforte mon cher. La malheureuse est morte d'angoisse. Allons Niflame, ajouta-t-il gentiment moqueur.

Vous connaissez votre rôle sur le bout des doigts. Il ne vous reste plus qu'à laisser s'exprimer votre corps, à vous abandonner à cette éloquence du geste dont parle Cicéron, éloquence qui accompagnera vos paroles et que vous possédez de nature, je m'en suis aperçu.

— Écoutez-moi ce faiseur de conseils ! s'esclaffa Bellemore en sourdine. Il oublie qu'il n'est qu'un débutant, un misérable oison à peine sorti de l'œuf ! On verra bien ce qu'il donnera lui-même. Moi aussi, je peux prévoir que vous serez parfaite, Niflame, sans pour autant vous assommer de discours. D'ordinaire on dit toutes sortes de mots pour porter bonheur mais je craindrais qu'ils ne fassent rougir votre chaste minois. Je me contenterai de vous embrasser. Mais faites attention à ma moustache, hein ?

Floriane ne put s'empêcher de sourire en recevant les baisers précautionneux de Bellemore.

— Vous, fit-il à Floridor amusé par sa faconde, je ne vous embrasserai pas, na ! Débrouillez-vous tout seul avec votre Cicéron.

— Chut ! souffla Pierrette, en leur jetant un regard réprobateur.

— « Pour conclusion donc, je vous dis qu'il n'y a si bonne compagnie qu'enfin ne se sépare. Adieu sans adieu, amour sans regret ! » terminait La Rive sous les rires et les bravos, avant de vite regagner les coulisses.

Et le rideau s'écarta sur le décor des *Occasions perdues* : au fond de la scène, la perspective d'un palais, ses arcades, son monumental escalier, sur la gauche une forêt profonde, plus verte que nature, enfin à droite, tout près de la rampe, les ruines poétiques d'un temple. Omer avait également préparé un savant dispositif de bougies qu'il promènerait à l'envers des toiles, simulant ainsi les éclats changeants des astres et de la lune, propices aux rendez-vous nocturnes et aux aveux. L'ambiance se devait d'être mystérieuse, lourde de désirs et de secrets.

Champrose, majestueuse et sensuelle reine de Naples,

s'avança. Devant le jeu habile des lumières et des ombres mené par Omer, les spectateurs s'étaient tus, parcourus soudain d'un impalpable frémissement. Les respirations s'étaient faites plus courtes, les yeux plus brillants. Troublant les cœurs et les sens, les vers de Rotrou nouaient un lien subtil entre les acteurs et la salle.

Cachée derrière le décor, Floriane suivait le début de la tragicomédie, un peu haletante, elle aussi prise par le charme ambiant.

— Niflame, vous rêvez ? Cela va être à vous !

Pierrette était là, comme toujours sur le qui-vive, lui rappelant brutalement la réalité. Floriane sursauta, fouettée par l'évidence. L'illusion, l'enchantement, c'était à elle maintenant à les créer, à les offrir. Il n'était besoin que d'observer Champrose et ses camarades, séduisant leur public, pour comprendre que le plaisir de jouer pouvait égaler, voire surpasser celui de regarder, d'entendre. Saurait-elle aussi participer, sans fausses notes, au rituel envoûtant du théâtre ?

Tout s'enchaîna avec une rapidité diabolique. Comme dans son rêve, Floriane sentit Pierrette la pousser ; elle se retrouva au milieu de la scène, une seconde éblouie par la rampe des chandelles dont la chaleur et l'odeur douceâtre lui caressèrent le visage. Puis elle discerna le public, si proche, l'attirant aussi insidieusement que le vide au bas d'une sente escarpée. Pour ne plus le voir, elle se tourna vers ses partenaires, vers Floridor qui lui parlait. Alors rassemblant tout son courage, inspirant profondément, elle lança avec résolution sa première réplique :

Adraste, mettez fin à cette frénésie
Ou je me vengerai de votre jalousie.

— Ma chère, quels progrès rapides ! lui souffla Champrose aigre-douce, lorsque plus tard, tous réunis à la fin de la pièce, ils recevaient les applaudissements que leur lançaient les gens avec enthousiasme.

— Ah, mes enfants ! Je suis content, très content, répéta La Rive. Vous avez tous été très bons. Niflame, continuez comme ça, mon petit. Vous êtes sur la bonne voie. Floridor, hum... vous aussi étiez bien.

Il aurait eu mauvaise grâce à ne pas le reconnaître. Le jeune homme récoltait en effet un fulgurant succès personnel. Son jeu si neuf, sa façon d'être, sensible, débarrassée des tics et des grandiloquences habituels, avaient d'abord étonné puis conquis les Orléanais.

Tous se ruèrent gaiement vers les loges où déjà se pressaient des admirateurs.

— Voyons messieurs, laissez-nous au moins changer de toilette, minauda la grosse Pierrette en leur fermant impitoyablement la porte au nez.

Puis à l'adresse de sa fille :

— Colombe, donne-moi ce billet ! Je t'interdis de lire ces fadaises.

Car au passage des comédiennes, quelques lettres leur avaient été adroitement remises par les plus audacieux. Un peu fébrile, Champrose en parcourut une ou deux avant de les glisser au creux de sa poitrine.

— Toujours la même chanson ! Je préfère juger sur pièces, c'est plus sûr ! dit-elle en riant. Pas vous, Niflame ?

Floriane qui avait déjà quitté les atours vaporeux d'Isabelle renfilait sa robe de velours rouge, au col et aux manchettes de toile empesés. Sans les regarder, elle avait négligemment jeté ses billets sur sa toilette, parmi les brosses et les pots de fard.

— Oui, pour vous c'est différent, reprit Champrose, se rappelant soudain le veuvage de sa compagne.

Si elle-même évitait avec sagesse une liaison au sein de la troupe, elle ne se refusait pas une petite incartade quand cela en valait la peine. Aussi fut-ce toute souriante, qu'une fois prête, elle ouvrit la porte de la loge.

— Ah ! Mesdemoiselles, vous étiez divines !

Les comédiennes se retrouvèrent instantanément entourées d'un flot de visiteurs volubiles, papillonnants, le chapeau sur le cœur, le compliment aux lèvres, des jeunes, d'autres moins, de petits coqs de province un peu fats et ridicules, quelques gentilshommes plus graves, des étudiants subitement intimidés. Champrose rayonnait, retrouvant à la ville les accents nobles et langoureux qu'elle maniait si bien sur scène. De son côté, Pierrette répondait aimablement, aidée par une longue habitude, aux compliments adressés à Colombe, sachant ce qu'elle devait au public mais désireuse aussi de protéger la vertu de sa fille. Floriane qui ignorait jusqu'à présent ce que pouvait être la traditionnelle visite aux loges, revenue de sa première surprise, subit l'assaut de ses propres admirateurs.

— Messieurs, de grâce, reculez-vous un peu. Vous finirez par m'étouffer ! protesta-t-elle.

Ses bras levés au-dessus de la tête dans une attitude qui révélait son buste parfait, elle roula ses cheveux en chignon, y piqua quelques épingles.

— Puis-je vous aider, belle Niflame ? murmura-t-on tout près d'elle.

Dans la glace, ses yeux croisèrent des prunelles sombres et brûlantes. Un homme fort bien mis se pencha jusqu'à effleurer son épaule pour cueillir une épingle sur la table de toilette. Avec une lenteur lourde de sens, il l'enfonça lui-même dans l'épaisse et fascinante chevelure.

— Je vous remercie monsieur, mais je suis capable de me coiffer toute seule, dit Floriane avec froideur, sans paraître attacher plus d'importance à ce geste impudent.

Parce que tous ces hommes l'avaient admirée, applaudie, avaient cru partager ses émois les plus intimes, ils pensaient avoir légitimement des droits sur elle, se croyaient tout permis ! Son calme olympien n'était maintenant qu'apparence. Soulagée à la fin de la représentation, consciente même d'y avoir participé avec plus d'entrain et d'intérêt qu'elle ne l'aurait cru possible, voici qu'à nouveau elle retrouvait ses doutes et surtout, surtout, ce lourd sentiment de culpabilité. Mon Dieu ! Si Artus la voyait en cet instant, elle sa femme, devenue cette comédienne pressée, convoitée par des inconnus ! Quelle serait sa réaction, lui si jaloux, qui de surcroît n'avait jamais réellement apprécié le théâtre ? Il se sentirait trahi à coup sûr et peut-être aurait-il raison. Floriane, baronne d'Ivreville, n'aurait-elle pas dû plutôt se rendre au roi ? Accepter de se soumettre ? Expier dignement ses fautes dans un couvent ? Car elle était coupable, oui, sans aucun doute. Coupable de légèreté, de ne pas avoir su préserver son amour.

L'air de la petite loge était devenu irrespirable. Tout le monde parlait à la fois. C'était à qui se montrerait le plus spirituel, le plus galant. Floriane n'y tint plus. Elle se leva d'un mouvement un peu brusque, prit son manteau accroché à la cloison.

— Pardonnez-moi, messieurs. Un rendez-vous urgent...

Ignorant les mines dépitées, les gestes qui voulaient la retenir, elle réussit prestement à se frayer un passage, gagna un couloir désert à l'arrière du jeu de paume, poussa une porte et se retrouva enfin seule dans la rue.

Parvenue à l'entrée du pont, Floriane s'arrêta et regarda couler la Loire dont le courant silencieux gardait dans ses moirures les reflets d'un soleil lent à s'éteindre. En aval, sur le quai, les bateliers achevaient de décharger les derniers bateaux arrivés tandis qu'une ou deux gabarres se préparaient au contraire à lever l'ancre, quelques personnes y étant déjà installées.

Un soir comme celui-ci, un peu plus chaud peut-être, Floriane avait, elle aussi, embarqué pour un voyage frivole et délicieux. Était-elle devenue plus sage aujourd'hui ? Elle soupira, totalement désemparée.

Nantes était à cinq jours d'Orléans par la Loire. Rien ne s'opposait désormais à ce qu'elle y allât seule. On ne rencontrait tout de même pas des espions du cardinal à chaque pas ! Il suffisait de retourner à l'*Épée Royale*, d'expliquer à La Rive qu'elle s'était trompée, qu'elle n'était pas faite pour la comédie, de verser les sept cents livres. Et demain, à la même heure, elle serait là, prête à partir au fil de l'eau, à retrouver la protection de ses amis. Ce n'était pas bien difficile. Pourtant

Floriane savait qu'elle n'en ferait rien dans l'immédiat même si les raisons de sa décision lui paraissaient confuses. Elle n'était pas si malheureuse parmi la troupe. Tout à l'heure, au cours d'une scène particulièrement émouvante, n'avait-elle pas senti comme une étincelle entre elle et le public ? N'en avait-elle pas éprouvé joie et fierté ?

Son accouchement ne devant avoir lieu qu'au mois d'octobre, elle avait tout le temps d'aller s'enfermer dans le petit logis de Juliette.

« Ah ! Comment être certaine de bien agir ? Vraiment, Artus, me blâmerais-tu ? Je me sens si seule... »

Soudain Floriane posa une main sur son ventre discrètement arrondi, caché par ses vêtements. Un tressaillement courait sous la peau, indolore, aussi léger qu'une bulle, une sensation unique, qu'elle reconnaissait bien. En réponse à sa plainte muette, c'était le premier signal que lui adressait son enfant.

« Mon Dieu, se dit-elle attendrie, tu es là, tu gigotes déjà petit diable. Mais non, non bien sûr je ne t'oublie pas... »

Le soleil disparu, tous les métaux semblaient se fondre à la surface de la Loire : l'or et l'argent, l'étain et le mercure. Des bouffées de vent emportaient cette odeur d'eau et de terre que Floriane aimait tant respirer. Il y avait longtemps qu'elle n'avait éprouvé une telle impression de plénitude !

— Ohé !

Elle chercha qui appelait ainsi, d'une voix joyeuse, vit un jeune homme courir dans la rue avec de grands gestes du bras.

— Floridor !

Floridor, en effet, débarrassé de ses fanfreluches, plus simplement vêtu de drap gris et d'une chemise à larges manches, nu-tête, botté de daim, la rejoignait un peu essoufflé :

— Ouf ! Je vous retrouve enfin. J'aurais dû pourtant tout de suite me douter que vous étiez ici.

— Et pourquoi donc ? demanda-t-elle surprise, légèrement irritée d'être distraite de sa solitude.

— Mais... A cause de ça, répondit Floridor, montrant le fleuve où s'éloignait vers l'ouest ses voiles gonflées, un lourd bateau plat.

Il lui sourit, la regardant avec attention, parfaitement conscient de son étonnement et de sa contrariété :

— Vous me jugez importun et bien indiscret. Je vous demande pardon.

Sans lui répondre, Floriane contempla encore l'eau assombrie, apparemment immobile, puis s'en détournant comme à regret, lança :

— Vous savez bien entendu qui je suis, M. de Soulas ?

— Oui, reconnut-il sans hésitation. Je vous ai vue parfois à la Cour, à l'Hôtel de Rambouillet.

— Pour *Virginie*, par exemple, où vous avez sans vergogne piétiné ma robe, souligna-t-elle avec ironie.

— J'en ai été confus, croyez-moi. Les chaises étaient si étroitement disposées que je ne savais où mettre mes jambes ni comment échapper à l'entrain de Boisrobert.

Cette fois, Floriane se dérida franchement :

— Le bon abbé a toujours eu l'amitié envahissante !

Cependant son accès de gaieté ne dura pas.

— Donc, vous avez appris que mon mari a été arrêté, que j'ignore ce qu'il est devenu, que je suis moi-même recherchée.

— Oui, et j'en suis profondément désolé. Bien que le connaissant peu, j'éprouve beaucoup d'estime pour le baron d'Ivreville, estime partagée par toute la Cour d'ailleurs. Je vous trouve vous-même très courageuse.

— Vous pensez qu'il est courageux de fuir la volonté du roi et du cardinal ? s'écria-t-elle avec amertume.

— D'avoir choisi la liberté, oui ! affirma-t-il gravement.

Légèrement penché vers elle, sur un ton bas et rapide, il ajouta :

— Isabelle Le Noir m'a révélé votre intention d'aller à Nantes et aussi que vous attendiez un enfant. Ne lui en veuillez pas. Elle s'inquiétait tellement de vous voir partir !

Mais rassurez-vous, personne d'autre que moi ne le sait et ne soupçonne votre identité.

— L'indiscrétion d'Isabelle ne me surprend pas. Elle m'a confiée à vous, c'est cela, s'imaginant que je serais incapable de m'adapter à ma nouvelle condition de comédienne ?

— Vous avez amplement prouvé le contraire surtout avec votre succès de cet après-midi.

— Oh ! Succès est peut-être un grand mot ! Je n'ai pas votre talent, protesta Floriane avec une moue dubitative. En tout cas, je reconnais avoir finalement passé un moment agréable. Il me semble même avoir entrevu ce « bonheur d'offrir » dont vous me parliez tantôt. Mais hélas ! Il n'y a pas que cela...

Elle s'arrêta net au milieu de sa phrase. Pourquoi ce garçon, tout sympathique qu'il fût, aurait-il reçu ses confidences ? Qu'aurait-il pu d'ailleurs comprendre des scrupules qui l'avaient assaillie dans sa loge ? Mais elle mésestimait le don de pénétration et la sensibilité presque féminine de Floridor qui acheva sa pensée à sa place :

— Il y a le regard des autres, leurs exigences, le sentiment de ne plus s'appartenir, d'être agressé, offert au tout-venant. Vous avez ressenti cela comme une trahison vis-à-vis de vous-même et surtout de votre mari n'est-ce pas ? Peut-être même avez-vous cru déchoir ?

— Comment... Comment pouvez-vous deviner ?... balbutia-t-elle, cherchant à déchiffrer son visage dans la lumière incertaine du crépuscule.

Floridor s'appuya d'une main au parapet du pont.

— Oh ! dit-il d'un air dégagé. Je vous ai entr'aperçue dans votre loge. Je vous ai vue fuir cette cohue. C'est un sentiment bien légitime. Non, madame, appuya-t-il avec conviction, ce n'est pas déchoir que de servir le théâtre. Ce n'est trahir quiconque que plaire au travers d'un rôle. Vous ne donnez aux autres qu'une apparence. Laissez donc les gens s'y prendre si cela peut les contenter. Libre à vous d'aller plus loin que ce simple et honorable échange. Et puis tout ceci n'est pour vous que provisoire.

— Un acteur chevronné ne s'exprimerait pas autrement, fit-elle sans pouvoir cacher son admiration.

Sa remarque amusa Floridor.

— Il faut croire que j'étais véritablement né pour cette vie-là. La Cour, l'armée, ce moule où de force on veut vous couler dès l'enfance, je n'ai jamais pu m'y faire. Être comédien vaut bien que l'on supporte quelques hommages, même excessifs.

— Pour un homme ce n'est pas pareil, observa Floriane.

— Et pourquoi donc ? Nous avons nos pudeurs, nous aussi. Vous n'êtes pas seules, mesdemoiselles, à recevoir des billets, des louanges enflammés. Demandez à Montfleury, à Bellemore. On nous écrit, on nous sollicite, même si c'est fait très discrètement par des femmes bien entendu, quoique parfois... bref, nous avons également nos admirateurs !

Il rit avec cet élan juvénile qui le caractérisait. Floriane ne put se défendre d'en faire autant.

— Alors, vous restez encore un peu parmi nous ? reprit-il avec plus de sérieux.

— Oui, murmura-t-elle.

Autour d'eux, la nuit se faisait lentement. La statue de Jeanne d'Arc se détachait en noir comme une sentinelle familière à l'entrée du pont. En bas, le quai s'était tu mais beaucoup de monde flânait encore dans la ville où brillaient les fenêtres. Floridor se redressa, prit sans faire de manières la main de Floriane, la glissa sous son bras.

— Rentrons si vous le voulez bien. Nos amis doivent déjà s'attabler à l'*Épée Royale*. La Rive nous a commandé un petit repas de fête pour célébrer notre premier vrai spectacle. Il y aura du lièvre en civet sur la demande impérative de Champrose et je peux même vous révéler la raison de son exigence.

— Elle doit en être particulièrement friande.

— Pas du tout ! s'esclaffa Floridor. Manger du lièvre rend les femmes plus belles, vous l'ignorez donc ?

Son éclat de rire fit cette fois tourner les têtes sur leur passage. Il était si communicatif qu'à nouveau Floriane l'imita de bon cœur.

« Qu'il est gamin par instants ! » pensa-t-elle, intriguée par la personnalité de ce garçon espiègle et grave.

Elle avait hâte maintenant de retrouver toute la troupe, d'entendre leurs plaisanteries et leurs chicanes. Apaisée, ses peines et sa solitude momentanément envolées dans l'air du soir, elle fit elle-même presser le pas.

⋆
⋆ ⋆

Le séjour à Orléans s'annonçait incontestablement une réussite. A tel point que La Rive sollicita et obtint de la mairie, la permission de rester en ville jusqu'à la fin du mois. Se connaissant mieux, sachant quel parti ils pouvaient tirer de leurs différentes natures, les comédiens décidèrent d'étendre leur répertoire sans tarder. Il fallut en particulier revoir la distribution initiale afin de donner plus d'importance à Floridor. Car c'était un véritable engouement qu'il suscitait à chacune de ses apparitions sur scène et bien que toujours perplexe, La Rive avait dû s'incliner devant le prodige. Désormais, le jeune homme interpréterait la plupart des premiers rôles d'amoureux au détriment de Montfleury. Mortification douloureuse pour ce dernier qui dut cependant l'accepter, bon gré mal gré, vaincu une fois de plus par la cordialité de Floridor. D'ailleurs, ses cris pathétiques, ses imprécations, continuaient à lui valoir des adeptes fervents et de bonnes fortunes. Tout comme Bellemore et Champrose, Montfleury sut parfaitement profiter des occasions. Tous les trois arrivaient le matin aux répétitions avec un œil creux et une mine lasse qui ne laissaient point de doute sur leurs occupations nocturnes. Quant à Floriane, elle ne cherchait plus à se dissimuler son plaisir croissant de jouer. Suivant les conseils de Floridor, elle s'accoutumait même à l'invasion de sa loge à chaque fin de spectacle. Après tout, elle avait assez d'esprit et d'habileté pour remettre les fâcheux à leur place. Les autres, les soupirants timorés, elle les supportait gracieusement, finissant par se persuader qu'Artus lui-même ne trouverait rien à redire à sa conduite par ailleurs irréprochable ainsi qu'à l'ambiance amicale de la troupe.

« Que serais-je devenue sans les comédiens ? Ils m'ont appris à survivre. Ils m'aident encore à tout supporter. Comment pourrais-tu m'en vouloir mon amour ? » se disait-elle, s'adressant intérieurement à Artus, priant Dieu pour que de son côté, où qu'il soit, il ne rencontre lui aussi que bienveillance.

Floriane n'était pas de nature à se morfondre trop longtemps. Elle était de ces êtres privilégiés, toujours attirés vers la lumière, qui de l'enfance savent conserver la curiosité, le goût du merveilleux, une étonnante facilité à mépriser le malheur. Toutefois, lorsqu'elle se sentait moins sûre d'elle, elle posait une main sur sa taille, attentive aux mouvements de l'hôte ténu qu'elle abritait, dont elle devinait le pouvoir mystérieux.

« De quelle force es-tu investi, cher petit envahisseur ? J'y puise à volonté, elle me transforme à mesure que tu grandis toi-même. C'est elle qui me soutient. Que puis-je te donner en échange ? Le plaisir de vivre qui palpite autour de nous ? Toute cette beauté que par mes yeux tu dois percevoir ? Regarde, écoute, sens à travers moi les couleurs, les voix, les parfums du monde qui t'attend. »

Les chariots avaient quitté Orléans. Suivant le cours de la Loire, ils en épousaient les courbes, la devinaient faussement paisible, là, derrière les saules et les peupliers reflétant leur vert de bronze au bord de ses eaux ; ou la découvraient tout entière, sablonneuse, crêtée de voiles blanches, renvoyant sur la berge les cris des mariniers. Parfois la route s'en éloignait entre deux haies touffues, coupait l'infini des prés, s'enfonçait dans la forêt. De petites chenilles vertes, suspendues à des fils invisibles, tremblaient au passage des chariots sous les branches les plus basses. Le soleil dorait tout, réchauffant les odeurs de feuilles et de moisissure. Qu'il vînt à disparaître et les bois devenaient inquiétants, voire hostiles. Menace que le ciel si doux, si pur, retrouvé au sortir des futaies, dissipait bien vite. Menace qui faisait aussi partie du jeu de Floriane. Traquant les émotions au cœur des images, elle les savourait, les filtrait ensuite afin d'en communiquer le meilleur à son enfant.

Il devint bientôt évident qu'elle était enceinte. Un soir à *La Galère*, une auberge des environs de Blois, Champrose surprit Floriane avant leur coucher, légèrement vêtue d'une chemise, la main sur le ventre, dans un geste devenu inconscient et familier. Un cri où perçait l'horreur s'échappa des lèvres de la comédienne :

— Mon Dieu ! Niflame, dites-moi que je rêve !

Le lendemain matin, toute la troupe connaissait le secret de Floriane.

Pierrette avoua qu'elle s'en était évidemment aperçue dès les premiers jours et qu'elle s'en réjouissait pour elle. Colombe manifesta sa joie par un de ces sourires timides dont elle était coutumière. Les hommes eurent des réactions typiquement masculines, mi-joviales, mi-embarrassées. Dans l'ensemble, on plaignit la jeune femme sans toutefois le lui laisser voir, d'attendre un enfant sans père. Mais le plus ennuyeux était le problème que n'allait pas manquer de poser sa silhouette. La Rive, avec tact, aborda la question.

— Que nous chantes-tu là ? s'exclama Pierrette. Aurais-tu oublié que j'ai toujours joué, enceinte ou pas ? Il suffit de relâcher une ceinture, d'élargir quelques voiles, de se draper d'une cape, d'éviter de montrer son profil et ni vu ni connu. On s'avisera les toutes dernières semaines et au moment des couches, de remanier le programme. Pour l'instant, on ne soupçonne rien encore. Niflame peut continuer à jouer les jeunes filles.

« Et lorsque le temps des couches viendra, je ne serai plus

parmi vous, mes compagnons », pensa Floriane navrée de les tromper, sachant bien que son départ les mettrait dans l'embarras.

Elle regarda Floridor mais celui-ci, sans paraître attacher une grande importance à son cas, discutait avec l'hôtelier. Il revint bientôt près d'eux avec sa mine rayonnante et son irrésistible enjouement :

— Mes amis, nous avons du pain sur la planche. J'apprends que depuis le départ du duc d'Orléans, c'est une catastrophe ! Blois sombre dans la mélancolie. Fêtes, bals, comédies ont disparu avec Monsieur. C'est à peine si quelques montreurs de marionnettes et un ours savant ont daigné venir distraire ces pauvres Blésois. Nous arrivons à pic pour leur rendre leur gaieté.

— Ventre ! s'écria Bellemore avec son juron favori, nous allons leur en donner, sur scène comme ailleurs. Pour ma part, je me sens prêt à tous les sacrifices. Pas vous Montfleury ? Et vous sainte Champrose ?

— Au lieu de dire des bêtises, vous feriez mieux tous de vous dépêcher de faire vos paquets, dit La Rive en riant pourtant avec les autres. Allez ouste ! Dans une demi-heure, aux chariots !

Il faisait si bon ce jour-là que Floriane préféra suivre la caravane à pied, humant l'air du chemin vivifié par une averse matinale, évoquant son premier séjour à Blois tout fracassant d'intrigues de Cour et de découvertes amoureuses. Devant elle, à courte distance, les voix de ses camarades s'échappaient des deux chariots oscillants. Elle vit Bellemore sauter à terre et l'attendre en mâchonnant une tige d'oseille arrachée au talus.

— « Plus mignonne qu'un petit loup, plus droite qu'un jonc, plus gentille qu'une poupée » déclama-t-il avec les mots dont usait son personnage de Fierabras pour séduire Florinde dans la *Comédie des proverbes*[1].

1. Pièce comique d'Adrien de Montluc, comte de Cramail.

Le plus difficile, dans cette vie de troupe, était bien de se ménager un peu de solitude.

— Qu'est-ce qui vous prend ? rétorqua Floriane, agacée.

— « Plus farouche que n'est la biche au bois, continua-t-il, et gracieuse comme une poignée d'orties ! »

Il avait son œil de brigand des routes, la moustache et la barbiche menaçantes, le torse noueux sous le pourpoint noir.

« Aucune femme ne doit lui résister », songea Floriane, le détaillant sans en avoir l'air.

— Que désirez-vous au juste, Bellemore ? demanda-t-elle. Une répétition particulière ?

— Pas exactement, fit-il avec un sourire de renard. Je voudrais plutôt vous proposer une association. D'ordre privé.

— Expliquez-vous...

— Rien de bien extraordinaire, en fait. Vous êtes seule, vous êtes enceinte. Je suis célibataire, j'adore les enfants. Un mariage entre nous me paraît tout indiqué.

— Ah !

Silencieusement, Floriane poursuivit sa marche, masquant sa surprise. Quoi, ce grand Matamore, jouisseur et insouciant, ce pourfendeur, ce trousseur de jupes était capable d'élan chevaleresque ? A moins que la croyant désemparée, il ne cherchât tout bonnement à profiter de l'occasion. Pourtant quelque chose lui disait que Bellemore agissait avec sincérité. Et elle qui se targuait de bien connaître les hommes ! Elle préféra s'en sortir par une moquerie :

— Si je comprends bien, vous m'apportez votre nom en échange d'un enfant que vous n'aurez pas eu la peine de faire. L'avantage est pour vous, monsieur. C'est donc un marché de dupes que vous m'offrez là.

— Peine dites-vous ? Plaisir serait le terme juste. Et s'il faut prouver que la mère m'intéresse autant que le bébé, je m'engage à lui en donner dans l'avenir une dizaine d'autres.

— Grand Dieu ! Merci pour la proposition ! Je la refuse, se récria Floriane en riant.

Bellemore riait lui aussi :

— Disons un peu moins si vous préférez. Niflame, je suis sûr que nous nous entendrions bien tous les deux.

Les chariots avaient disparu à un coude du chemin. Dans les champs, les pies s'ébattaient avec leur plaisant bruit de crécelle. Floriane s'arrêta, se tourna vers Bellemore. Il était franc, robuste et gai et... certainement habile en amour, se dit-elle sans fausse pudeur, avec la sérénité d'une femme détachée de ces choses, toute à sa maternité future. Depuis qu'elle était séparée d'Artus, il semblait que le désir l'avait fuie.

— C'est probable, en effet, murmura-t-elle, nullement troublée.

— C'est certain, renchérit Bellemore. Alors, vous acceptez ?

— Non.

Il souriait toujours, la caressant des yeux.

— « Une fille sans ami est un printemps sans rose », vous le savez bien.

Voici qu'il se retranchait à nouveau derrière les phrases de Fierabras, sans doute pour se donner une assurance qui lui manquait.

— Mais je vous considère comme un ami, reprit Floriane, surtout maintenant.

D'un geste un peu brusque, il jeta son brin d'oseille, lui prit la taille.

— Promettez-moi au moins de réfléchir, mon petit cœur, chuchota-t-il contre sa joue. Je serais si bon mari !

Elle sentit qu'il avait bien envie de l'étreindre davantage. Ses mains s'imprimaient sur ses hanches, sa bouche se rapprochait de la sienne. Avec souplesse, elle réussit à s'esquiver et se mit à courir :

— C'est tout réfléchi ! Merci tout de même !

Il la rattrapa :

— Floriane, espèce de folle. Vous allez tomber ! Laissez-moi au moins vous donner le bras !

La curieuse demande en mariage de Bellemore acheva de revigorer le moral de Floriane. Son refus n'affecta en rien leur bonne entente, au contraire. Le jeune homme n'était pas de l'étoffe des amoureux transis. Chaque fois qu'ils se retrouvaient dans la *Comédie des proverbes*, ils mettaient une conviction et un entrain particuliers à interpréter dans l'acte III, la courte scène réellement vécue au milieu d'un chemin de campagne. Champrose, qui semblait toujours observer de très près ce que faisait Floriane, s'aperçut de cette complicité et crut bon un soir de la mettre en garde :

— Un conseil, ma chère : si vous voulez éviter les ennuis, n'ayez pas d'aventure avec des camarades de la troupe. Faites plutôt comme moi, offrez-vous en dehors une fantaisie de temps à autre. Le choix ne manque pas dans les grandes villes et cela reste sans conséquences.

Champrose se glissa dans le lit commun, lissa le drap sous son menton, ne se poussant même pas lorsque Floriane se coucha à son tour. Toute à son idée, elle continua :

— Et puis entre nous, Bellemore est le dernier à prendre pour amant.

— Il est bel homme, objecta Floriane.

— Justement, il ne le sait que trop. Il est infernal. Finalement, mieux vaudrait encore ce bon gros Montfleury.

— Ou Floridor, suggéra Floriane, gonflant les oreillers à grands coups de poing dans l'espoir que Champrose se déplacerait un peu.

Peine perdue ! La plantureuse avait l'œil tout à coup rêveur, le ton moins péremptoire :

— Floridor ? Inutile ! Pour tout vous dire, ma chère Niflame, j'étais prête pour lui à renier mes beaux principes.

— Vraiment ?

— Oui, moi, Champrose, je lui ai fait des avances ! Et j'en ai été pour mes frais. Oh ! il est resté courtois, adorable, gentilhomme jusqu'au bout des ongles.

Floriane cessa de s'escrimer sur les oreillers et s'allongea, étonnée par la confession somme toute humiliante de sa compagne et surtout d'y prendre autant d'intérêt. Champrose et Floridor ? Elle les imaginait si mal ensemble !

— C'est un sage, commenta-t-elle. Lui aussi veut éviter les complications, conserver la paix entre nous tous.

— A mon avis, ce n'est pas la véritable raison, décréta Champrose. Il n'aime pas les femmes. Si ! J'en suis presque certaine, dit-elle en réponse à la faible protestation de Floriane. Observez-le bien, son allure, ses manières subtiles, ses petits mystères. J'ai été sotte de ne pas m'en être rendu compte plus tôt. Tant pis pour moi !

Elle bâilla, moucha sa chandelle :

— Comme vous dites : conservons la paix entre nous. Bonsoir, ma chère !

— Bonsoir.

Floriane médita longuement sur les révélations de Champrose. Floridor... Se pouvait-il que... Elle se rappelait, en effet, sa finesse, son infinie sensibilité, sa façon d'être si différente. Puis, mal à l'aise, elle se reprocha d'attacher autant d'importance à ce qui n'était peut-être qu'une invention de femme dédaignée. Floridor était le plus charmant des camarades. Elle l'aimait... tout comme elle aimait Bellemore, la petite Colombe et les autres. Oui, même cette égoïste de Champrose qui ronflait légèrement à son côté.

« Je les regretterai », eut-elle le temps de penser avant de s'endormir à son tour, les bras refermés autour de ses flancs.

L'été s'avançait. Dans les vignes de Touraine les raisins étaient déjà ronds et drus. Les blés, peu à peu, prenaient une teinte rousse, dégageant une chaude et poussiéreuse odeur de paille. Repeints de frais, rutilants, les chariots, inlassables, traçaient leurs sillons d'étape en étape, de ville en village, d'auberge en château. A chaque fois le succès semblait attendre la Troupe de l'Espérance. Il n'y eut qu'une fausse note, à Tours. Lorsque les comédiens y parvinrent une fin de journée où rôdait l'orage, ils eurent la désagréable surprise d'apprendre que deux autres troupes se disputaient depuis une semaine les faveurs du public. Plus un jeu de paume n'était disponible. Il fut également impossible de trouver une seule chambre dans les hostelleries. Après de vaines tentatives pour s'imposer malgré tout, quelques injures et menaces lancées par des acteurs rivaux rencontrés à la porte de l'Hôtel de ville, La Rive et ses compagnons durent s'incliner et quitter Tours à la nuit, sous une pluie diluvienne. Repérant une ferme abandonnée à la sortie des faubourgs, ils s'y abritèrent, las et déçus, l'humeur maussade, chacun dans son coin blotti sous sa couverture.

Le lendemain matin, un peu fripés, clignant des yeux sous le soleil, ils tinrent conseil dans l'ancienne basse-cour. Autour d'eux scintillaient les flaques d'eau. Un chèvrefeuille lançait ses ramures à l'assaut du mur éboulé. Des abeilles bourdonnaient déjà parmi ses feuilles rondes, étoilées de rose, de jaune et de blanc. Avec le jour, les sourires étaient revenus.

Ils convinrent tous que le plus sage était de prendre la direction de Poitiers avec la ferme intention de visiter toutes les bourgades qui l'entouraient et ainsi, de vite combler la perte d'argent que leur valait leur échec. A part soi, Floriane ne regrettait nullement de ne pas s'arrêter à Tours, sachant que la duchesse de Chevreuse, en exil dans ses terres si proches de Couzières, devait certainement fréquenter tous les endroits où l'on s'amusait. Il était inutile de se retrouver en présence l'une de l'autre, de risquer de se compromettre mutuellement, de raviver les peines et les rancœurs. Et pourtant ! Quel accueil mirifique aurait pu recevoir la Troupe de l'Espérance dans la maison de la Chevrette !

Elle soupira, non sans mélancolie. Du seuil de la ferme, Colombe l'appela. Laurier venait de déposer à ses pieds un seau d'eau puisée à un ruisseau voisin et la jeune fille proposait à Floriane un brin de toilette. Dans le vieil abreuvoir rempli par l'orage, Bellemore, Floridor et Montfleury, à demi nus, s'ébrouaient bruyamment. Les deux domestiques pansaient les chevaux, redonnaient un peu de tenue aux plumes et aux pompons des harnais. Tout le monde avait déjà oublié la déconvenue de la veille et, une heure plus tard, dans l'allégresse, reprenait la route.

*
* *

Le rempart franchi, les chariots se lancèrent lourdement à l'assaut de l'étroite rue de Cloche-Perse, s'arrêtèrent devant l'hostellerie du même nom, une petite bâtisse au toit pentu, à la façade de crépi barrée en son milieu d'une frise de bois sculpté. L'ombre entre les murs faisait au cœur de Poitiers un refuge agréable après le soleil de la route. Et même si personne ne songeait à se plaindre — excepté Champrose qui ne se privait jamais de bougonner — les comédiens firent ouf ! en s'engouffrant dans la salle d'hôte, délicieusement fraîche et obscure. Devant des pots de cervoise aussitôt commandés, — Colombe quant à elle préférant un verre d'eau —, ils se turent un instant tout au simple plaisir d'apaiser des gorges aussi sèches que de l'étoupe.

— Montfleury ! Quelle bonne surprise !

Un homme très maigre, vêtu d'un extravagant costume orange et noir, coiffé d'un chapeau de feutre orné d'une plume de faisan, s'approcha de leur table. Montfleury posa son pichet. Reconnaissant celui qui l'avait interpellé, son visage coloré s'épanouit encore plus. Il se leva et avec force tapes sur le dos chétif du bonhomme, le serra dans ses bras.

— La Vallée ! Par exemple, si je m'attendais... Mes amis, je vous présente La Vallée, ex-comédien — nous avons débuté ensemble — qui a préféré faire cavalier seul et la compagnie d'une bête à celle des hommes. Pas vrai, vieux frère ?

La grosse main de Montfleury fit se courber l'épaule de La Vallée qui sourit à la ronde.

— Tu as toujours ton brave Motin ?

— Bien sûr ! répondit La Vallée.

Il siffla par deux fois et l'on vit alors émerger de sous un banc où il dormait, un chien blanc un peu efflanqué, sans race précise, le collier garni de rubans orange et noir aux couleurs de son maître. Un nouveau coup de sifflet : Motin salua la compagnie, se laissa caresser de bonne grâce puis tranquillement retourna se coucher.

— Un vrai compagnon, commenta La Vallée.

— Au moins, te fait-il bien vivre ?

— Assez ! fit le petit bonhomme qui pour rien au monde n'aurait avoué ses jours de misère. Je ne cesse de lui apprendre de nouveaux tours. Il comprend tout.

Heureux de la rencontre, Montfleury fit apporter une seconde tournée et comme il demandait à son ami quel bon vent le poussait à Poitiers, l'homme au chien lui apprit qu'en fait il se rendait au Mans.

— Tout comme vous probablement.

— Non, pas tout de suite. Nous envisageons d'y aller seulement fin octobre pour les foires de la Toussaint, expliqua La Rive. Nous voudrions rester un peu en Poitou avant de gagner Nantes.

— Ah ! Vous ne serez donc pas là-bas pour le grand mariage ?

— Quel grand mariage ?

— Mais celui du fils du comte de Belin !

Le jeune Emmanuel de Belin devait en effet épouser, à la fin de juillet — le vingt-sept précisa La Vallée — la fille du comte de Tresmes, le gouverneur du Maine. C'était en perspective des fêtes grandioses dont retentirait à coup sûr toute la province, beaucoup de châteaux ouverts, des invités prestigieux et une manne dorée pour les comédiens et bateleurs de toute trempe qui s'y produiraient. La Vallée tenait la nouvelle d'un seigneur chez lequel il avait séjourné quelques jours. Ébahi par la science de Motin, ce gentilhomme avait promis d'en faire l'éloge aux invités de la noce où lui-même était convié, conseillant au maître d'y mener son phénomène à quatre pattes. Une occasion que, bien entendu, La Vallée ne pouvait se laisser perdre et qui maintenant séduisait fort la Troupe de l'Espérance.

Des coups d'œil s'échangeaient. Floridor, Bellemore et Montfleury se voyaient déjà découverts, applaudis par une élite, leurs noms répétés jusqu'à Paris. Champrose rêvait. Jamais, malgré ses vantardises, elle n'avait encore eu la chance de jouer devant une société réellement brillante et titrée. Depuis des années, elle attendait son bienfaiteur, son mécène, enviant la Le Noir dont la célébrité devait tant au comte de Belin. Elle aussi voulait que l'on écrivît des rôles pour elle, que de fins poètes comme Rotrou ou Jean Mairet en fissent leur muse. Elle aussi voulait émerger de l'ombre avant que toute jeunesse ne l'ait définitivement quittée.

— Fin juillet, dis-tu ? Nous avons grandement le temps d'y être, fit La Rive sobrement. Si personne n'y voit d'objection, bien sûr.

Seul, avec Pierrette, il n'ambitionnait rien pour lui-même, sachant parfaitement qu'aucune trace ne subsisterait après eux de leur vie, de leurs efforts semés aux quatre horizons. Mais la certitude de pouvoir faire du bon travail, de se confronter avec d'autres troupes, devant un public sensible au talent — et fortuné de surcroît — était une raison amplement suffisante pour le vieux comédien qui de toute façon, aurait dû s'incliner devant le désir unanime de la troupe.

— Il ne nous reste plus qu'à repartir demain matin, dit-il, finissant sa cervoise sous l'approbation bruyante de ses compagnons.

Pierrette qui avait toujours, malgré tout, tenu à demeurer bonne chrétienne et à élever ses enfants dans ce principe, entraîna Floriane, Colombe, Champrose et Laurier jusqu'à Notre-Dame la Grande pour l'office du soir. Floriane la suivit avec d'autant plus d'empressement qu'elle éprouvait le besoin de se sentir fortifiée dans sa nouvelle résolution.

Le changement dans le parcours prévu ne l'avait pas véritablement surprise dans la mesure où Isabelle lui avait dit que c'était pratique fréquente. En tout cas, il ne l'avait pas longtemps contrariée. Nantes, cela pouvait être pour demain... ou pour plus tard. Fugitive, clandestine, Floriane ressentait paradoxalement une forte impression de liberté en écoutant sa fantaisie, cette chimère qui tant de fois déjà l'avait menée à l'aventure. Il lui fallait toutefois s'assurer de la protection divine, détruire ce léger mais importun, persistant sentiment de culpabilité.

Sous les voûtes romanes de Notre-Dame la Grande aux couleurs effacées, dans la sévère pénombre que les chandeliers ne parvenaient pas à adoucir, aux pieds de Celle dont elle cherchait l'appui, elle pria un moment. Il y faisait frais. Trop peut-être en regard de la touffeur du jour. Floriane frissonna. Un nuage d'encens l'enveloppa ; elle se mit soudain à tousser le plus discrètement possible mais bien vite fut incapable de se maîtriser. A côté d'elle, Champrose commença à manifester son agacement. Il semblait que toute la nef résonnait de sa toux. Jugeant préférable de sortir, Floriane retrouva avec soulagement la douceur crépusculaire, reprenant souffle rapidement.

Posté non loin, face à l'église, elle vit alors Floridor et d'un pas vif le rejoignit.

— Je vous attendais, lui dit-il.

— C'est très aimable.

Floridor eut un mouvement de tête indiquant par là qu'il ne s'agissait pas seulement de pure courtoisie.

— Je crains que cet imprévu dans notre voyage ne vous ennuie beaucoup. Aussi ai-je réfléchi et vous propose une chose. D'ici quelques jours nous aurons rejoint Tours et la Loire. Vous pourrez, à ce moment-là, donner votre dédit et prendre le bateau de Nantes. Je vous y accompagnerai bien sûr.

— Vous délaisseriez nos amis, le théâtre ?

— Pour si peu de temps ! A cheval, j'aurai tôt fait de les rejoindre. Et vous serez, vous, Floriane, enfin arrivée à bon port.

Pour la première fois, il employait son prénom, y mettant toute la douceur qui lui était si particulière.

— Non, Josias, dit-elle en retour, avec surprise et reconnaissance. Votre idée est excellente mais je la refuse.

— Je ne vous laisserai certainement pas partir seule ! murmura-t-il, très bas.

— Il n'est pas question que je sois seule puisque je reste avec la troupe.

Le regard profond de Floridor parut s'agrandir encore, s'ouvrir un peu sur le secret brûlant et lumineux de son âme. Extrêmement émue, Floriane fut alors le jouet d'une curieuse sensation. Ce regard si pur, si ardent, elle le reconnaissait : c'était celui de Lidias, d'Adraste, de Léandre, de tous ces amants de comédie enfin, qui, sur scène, savaient si bien aimer, souffrir, se sacrifier pour elle. Tout comme elle reconnaissait ce trouble qui l'agitait elle-même, la confiance infinie qu'elle ressentait pour lui : c'était également les sentiments de ses héroïnes, des sentiments que jusqu'à présent elle n'avait fait que simuler mais qui tout à coup l'envahissaient, étonnamment puissants. Et les entourant, ces murs blonds qui retenaient la chaleur de la journée, l'extraordinaire façade de l'église, ses broderies de pierres, ses arcs, ses clochetons, le ciel encore bleu où s'agitaient les hirondelles dans une ultime sarabande : n'était-ce pas aussi un décor, planté là tout exprès, pour mettre en valeur leurs voix, leurs gestes, leurs silhouettes si proches maintenant l'une de l'autre ? La vie, soudain, avait pris le relief et l'intensité du théâtre et dans l'esprit dérouté de Floriane, mirage et réalité se confondirent quelques secondes en une impression indéfinissable, tendre, exquise...

Brusquement consciente de l'étrangeté de son émoi, elle eut peur que Floridor ne s'en aperçût.

— Je partirai plus tard. Rien ne presse, ajouta-t-elle en s'écartant du jeune homme.

— Avez-vous envisagé que durant ces fêtes vous risquerez sans doute de rencontrer des personnes de connaissance ? demanda-t-il d'un ton parfaitement naturel.

« Mon imagination m'égare, pensa-t-elle. Que dirait Floridor, s'il me devinait ? »

— Peut-être devrai-je en effet modifier mon maquillage, mes cheveux, reconnut-elle à voix haute. Mais bah... Qui viendra me découvrir sous l'apparence de Niflame ?

— La vie de comédienne vous plaît, n'est-ce pas ? la taquina Floridor.

— Elle me charme, voulez-vous dire !

Elle rit, apparemment désinvolte en reprenant le chemin de la Cloche Perse.

« Mais si j'étais sage, pensa-t-elle, je romprais ce charme sans tarder plus longtemps ! »

*

* *

La troupe à laquelle s'étaient joints La Vallée et son chien força si bien l'allure qu'en dix jours elle parvenait au Mans.

Belle, verdoyante et paisible et même un rien somnolente entre ses vieux remparts gallo-romains, la ville était en temps ordinaire à peine agitée par les quelques frasques d'une poignée de libertins ou les médisances des bonnes paroissiennes. La vie y était douce, un peu ennuyeuse en dehors des grandes foires de Pâques, de la Toussaint ou des séjours qu'y effectuaient de nobles personnages. Le mariage d'Emmanuel de Belin et de Louise-Henriette de Tresmes l'avait soudain tirée d'une léthargie d'autant plus profonde qu'il faisait cet été-là une chaleur caniculaire. Envahi, Le Mans avait vu s'ouvrir les fenêtres des hôtels près de la cathédrale Saint-Julien, le long de la Grand-Rue, se remplir les auberges et les tripots, grouiller les routes reliant la ville aux autres villes, bourgs et châteaux des environs.

Un beau soir de fin juillet, les comédiens s'arrêtèrent donc face aux Halles, devant *l'hostellerie de la Licorne* où par chance, restaient libres trois petites chambres et de la place dans les remises. Harassés, ils s'installèrent comme ils le purent, impatients d'être déjà à demain.

La Biche, le Porc-Épic, la Truie qui file, le Corbeau, l'Ane rayé, le Vert Galant ou *le Sauvage*... il y avait bien au Mans une bonne dizaine de jeux de paume aux noms pittoresques et attirants. De nature bouillonnante et querelleuse, les Manceaux trouvaient sans doute à cet exercice un moyen pacifique de se défouler. Situés pour la plupart en dehors de l'enceinte, dans le faubourg de la Couture, tout comme les auberges d'ailleurs, faits de torchis et de bois, ces tripots étaient régulièrement la proie des flammes et tout aussi régulièrement reconstruits.

Le lendemain de leur arrivée, La Rive et Floridor en firent le tour et finirent par s'accorder avec la dame Elisabeth Loré, une veuve accorte, tenancière du *Porc Épic*, toute disposée à leur louer — à prix exorbitant ! — sa salle basse, plus deux chambres au premier étage, possédant il est vrai, garde-robe et cheminée. Comme ils avaient pu s'y attendre, la concurrence s'annonçait rude, d'autres troupes étant déjà dans la ville, bien décidées à conserver le public qu'elles s'étaient constitué.

L'après-midi même, Bellemore et Montfleury furent agressés par un groupe de comédiens et malgré leur riposte habile ne durent leur victoire qu'à l'intervention providentielle de Motin, lancé par son maître dans la mêlée. Les hommes du prévôt sous la conduite du sieur Nourry, son irascible lieutenant, accourus en hâte, mirent fin à la rixe en verbalisant tout le monde. Menacés d'expulsion, les comédiens consentirent à se calmer. Bellemore et Montfleury revinrent panser leurs plaies à *La Licorne* fortement résolus à se venger des horions reçus en volant tous les spectateurs à leurs rivaux.

Las ! Un échec cuisant attendait la Troupe de l'Espérance. Il y eut quelques jours de mortelle angoisse, de maigres recettes. Puis, peu à peu, on commença en ville à parler de la troupe ; l'assistance se mit à augmenter de façon régulière.

Cependant le ton de la salle restait désespérément provincial. Passe encore le menu peuple, souvent remuant mais toujours complice. Le pire était ces petits bourgeois qui se piquaient de savoir, ces nobliaux crottés, rivalisant tous de suffisance et de calomnies. L'œil méprisant de Champrose glissé des coulisses, détaillait impitoyablement leurs tenues démodées, négligées, leurs grosses chaussures faites pour courir les chemins boueux et caillouteux du Maine et qu'ils tentaient maladroitement de transformer en souliers de fête en y collant du taffetas doré.

Un après-midi, la comédienne étouffa un cri derrière ses doigts gantés de satin. Faisant signe à Floriane d'approcher, elle lui désigna une loge tout près de la scène :

— Vous voyez, là ? Celui qui vient d'arriver, oui, cet homme au pourpoint rouge, avec ces ferrets de perles magnifiques. C'est lui, c'est le comte de Belin, le protecteur de vos cousins Le Noir ! Le connaissez-vous ?

— Non, murmura Floriane.

— Dommage, mais nous nous rattraperons n'est-ce pas ? Mon Dieu, je n'ose le croire ! s'exclama Champrose. La personne qui l'accompagne doit être son ami, M. de Lavardin, vous savez, le frère de l'évêque du Mans, celui qui possède un si délicieux château non loin d'ici, à Malicorne. Oh ! Regardez la robe de la dame ! Ses dentelles...

François de Belin... C'était bien lui, en effet, le visage naturellement aimable, élégant, courtois comme toujours. Floriane ne parvenait pas à détacher ses yeux du gentilhomme. Elle n'écoutait plus Champrose qui poursuivait avec exaltation :

— C'est merveilleux, la chance est là, à notre portée. Cette fois-ci, je vous le jure, je ne la laisserai pas s'évanouir. Ah ! J'en tremble. Mais... vous aussi ma chère. Vous êtes d'une pâleur ! Ce n'est pas le moment de flancher pourtant, Niflame ! Et cette idée de vous affubler d'une perruque blonde ! Je vous l'ai déjà dit : elle ne vous va pas du tout. Enfin... c'est votre affaire.

Estimant qu'elle s'était assez intéressée à sa compagne, arrangeant sa toilette, frappant du pied comme une haquenée avant la parade, Champrose se prépara à faire son entrée.

— Comme vous êtes pâle ! Floriane qu'avez-vous ?

Son trouble n'avait également pas échappé à Floridor mais Floriane s'était déjà ressaisie et d'une voix à peu près neutre pouvait lui répondre :

— Rien, rien. Simplement, M. de Belin est dans la salle.

Floridor se pencha, aperçut le comte lui aussi :

— En effet. Mais ne soyez pas inquiète. Je doute qu'il vous reconnaisse telle que vous êtes en ce moment.

Sous la perruque blonde qui déplaisait si fort à Champrose, le maquillage très clair, les yeux et les lèvres fortement soulignés, avec, en outre, des joues et une silhouette considérablement arrondies depuis quelques semaines, Floriane n'avait plus rien de la brune et svelte baronne d'Ivreville. Elle pouvait sans crainte se montrer en scène au comte de Belin. L'idée commençait même à agir sur elle comme un petit aiguillon. La surprise passée, elle y trouvait une sorte de défi, lancé de ses nouveaux rivages à son ancien monde.

François de Belin se cala commodément sur son fauteuil et croisa les jambes dans la position nonchalante d'un homme parfaitement heureux. Les noces de son fils célébrées avec éclat la semaine passée dans son superbe château d'Averton près de Mayenne, avaient été accompagnées de réjouissances qui se prolongeaient encore dans toute la région.

Précisément, il sortait ce jour-là d'un excellent dîner offert par Charles de Beaumanoir, le gourmand évêque du diocèse. Il y avait rencontré un jeune Parisien aux yeux vifs, nouvellement attaché au service de l'évêque, un dénommé Paul Scarron qui, avec verve, lui avait fait l'éloge d'une troupe fraîchement débarquée en ville. La présence de Josias de Soulas dont l'étonnante vocation avait fait à la Cour l'objet d'innombrables commentaires et que lui, Belin, avait fort bien connu, l'avait particulièrement intéressé. Il n'avait eu de cesse, alors, de voir le spectacle à son tour, y entraînant ses amis Lavardin.

Le comte de Belin adorait le théâtre, admirant les comédiens, maîtres de l'enchantement, ces hommes, ces femmes, si proches qu'il pouvait en percevoir les moindres souffles, et pourtant inaccessibles derrière leur rampe de feu. C'est pourquoi il aimait ensuite se rendre dans les loges, y retrouver des bribes de la poésie passée. En donnant aux auteurs, aux artistes dont il devinait les dons, la possibilité de les épanouir, en les accueillant chez lui, les aidant financièrement, il avait l'impression de devenir magicien à son tour. Enfin il idolâtrait les jeunes beautés idéalisées par le fard et le costume, ces créatures plus accomplies que de véritables princesses qui savaient si bien ennoblir, faire miroiter les jeux de l'esprit et de l'amour.

Et c'était réellement à un rendez-vous d'amour qu'à chaque spectacle se préparait le comte de Belin.

Un frisson le parcourut lorsque s'écarta le rideau. Son cœur manqua un battement puis reprit sur un rythme plus rapide.

C'était la nuit. Une lune ronde et opaline brillait, clouée sur la toile du décor. Sur la terrasse d'un palais de rêve, entre ses colonnes d'un marbre sérancolin, une silhouette mauve était apparue légèrement appuyée à une balustrade. Ramenant sur sa poitrine décolletée une longue écharpe de dentelle qu'agitait une brise nocturne, elle scrutait l'obscurité, lui confiant d'une voix envoûtante :

Enfin nous approchons de cette heureuse nuit ;
Le monde se retire, on n'entend plus de bruit ;
Que ce bel étranger est longtemps à venir !
Que de tristes pensers viennent m'entretenir...

Sur son siège, le comte de Belin parut soudain hypnotisé. Il venait d'apprécier l'opulente et royale Champrose ; Floridor l'avait surpris puis ébloui en Adraste et bien qu'il eût déjà entendu la pièce de son cher Rotrou des dizaines de fois, il n'en suivait pas moins les rebondissements avec une joie encore neuve. Mais voici que, tout à coup, quelque chose d'extraordinaire se produisait. Cette femme si belle, blonde et frémissante qu'il n'avait jamais vue, il en était certain, mais qui pourtant lui rappelait... — Qui ? Ah ! il n'arrivait pas à saisir cet impalpable souvenir ! — Cette femme semblait l'attendre, l'appeler, lui, François de Belin. Sans aucun doute c'était lui qu'elle espérait, à la fois anxieuse et ravie, impatiente, prête à l'amour et cependant mordue par le doute, assombrie d'une indéfinissable mélancolie. Comme elle savait avec sensibilité rendre la moindre nuance ! Quelle élégance, quelle délicatesse dans chacun de ses mouvements !

« Non, non, se dit-il avec fièvre, elle ne joue pas la comédie. Elle est elle-même hésitante, déchirée, vaincue par un amour coupable. Son monologue est un appel au secours. »

Un bonheur aigu vrilla le comte. Il pressentait que, pour une fois, enfin, la pièce ne finirait pas, que la réalité rejoindrait l'illusion. Il fut l'un des premiers à quitter la salle, abandonnant les Lavardin, grimpant comme un collégien l'escalier qui menait aux loges. Déçu, il constata que les comédiennes s'étaient déjà enfermées dans la leur. Mais il vit Soulas, lui donna une chaleureuse poignée de main, acceptant avec empressement de le suivre dans la chambre où les hommes de la troupe changeaient de tenue. Il les félicita tous, réservant toutefois ses meilleures louanges à Floridor, lui prédisant sincèrement une magnifique carrière, puis n'y tenant plus, questionna :

— Soulas, mon cher, dites-moi vite : qui est-elle ?

— Elle ?

— Niflame, voyons ! La connaîtrais-je ? Je pense que non. Cependant...

— Ne cherchez plus, comte. Mademoiselle Niflame est la cousine de notre amie Isabelle Le Noir.

— Isabelle... murmura Belin dont le fort penchant jamais récompensé pour la célèbre comédienne n'avait pas tout à fait disparu. Cela expliquerait peut-être, en effet...

Il se tut, pensif un moment.

— J'aimerais beaucoup lui être présenté, fit-il ensuite à Floridor.

— Avec plaisir. Ces dames ne tarderont certainement pas à rouvrir leur porte.

Mais lorsque Floridor et Belin purent entrer dans la loge voisine, il était trop tard : la blonde Niflame était déjà partie.

Le lendemain, le surlendemain, il en fut de même. Belin, qui ne manqua pas une représentation, eut beau se dépêcher, guetter la sortie de la troublante personne, il en fut pour ses frais. La belle à chaque fois réussit à s'évaporer, ajoutant encore à son mystère. Il découvrit bientôt que les chambres de la veuve Loré possédaient dans la garde-robe une sortie directe sur la cour du *Porc Épic*, que là, un portillon donnait sur la rue. Cette volonté manifeste de se soustraire à son admiration piqua la curiosité du comte. Floridor lui expliqua que Niflame était une jeune veuve timide et modeste ; Champrose n'hésita pas à la traiter de lunatique, ennemie des hommes, insistant sur le fait qu'il en était tout autrement de sa propre nature. Mais rien ne parvint à décourager Belin qui décidément voguait avec délectation en plein romanesque.

L'attitude de Floriane ne laissa pas d'intriguer également Champrose bien que celle-ci eût tout lieu de s'en réjouir puisqu'elle pouvait ainsi en l'absence de sa compagne, recueillir sans partage les compliments des visiteurs, et surtout entreprendre Belin, ne redoutant guère la rivalité de la discrète Colombe.

Le quatrième jour, le fauteuil dans lequel on s'était accoutumé à voir le fringant comte de Belin resta vide et la déception fut vive chez les comédiens tandis que Floriane pensait avec contentement que son trop curieux admirateur, lassé, avait déclaré forfait. Mais à la fin du spectacle, La Rive vit un homme âgé, vêtu d'un habit noir, une chaîne d'argent autour du cou, frapper à la loge entrouverte. Inclinant sa belle tête aux cheveux blancs, il s'annonça avec solennité comme étant l'intendant de M. de Belin, particulièrement chargé de ses menus plaisirs. La Troupe de l'Espérance, déclara-t-il, ferait grand honneur à son maître si elle acceptait de se rendre trois jours en son château du Plessis. Une bourse pour les frais occasionnés par le déplacement accompagnait la flatteuse invitation. Les détails du voyage furent bien vite réglés et l'intendant parti, les comédiens donnèrent libre cours au joyeux délire qui s'était emparé d'eux.

Le soir même, après souper, Floriane retrouva Floridor dans le jardin de *La Licorne* et lui confia son appréhension à l'idée de séjourner sous le toit du comte.

— Vous le connaissez tout autant que moi. C'est un homme charmant mais un original, impossible quand la passion le tient. S'il s'est entiché de moi et cela en a tout l'air, il va me harceler. Comment le fuir sans manquer à la politesse, sans compromettre le succès de la troupe ? Car je ne peux oublier que l'avenir de la plupart d'entre vous est en jeu. Si vous réussissez à conquérir Belin et ses amis, ce dont je ne doute pas une seconde, votre gloire est faite et Paris vous sera acquis l'hiver prochain.

— Oui, c'est un appréciable coup de pouce du destin qui s'offre là, reconnut Floridor. Mais inutile de vous affoler par avance. Le Plessis est un assez grand domaine, il y aura assez d'invités et le comte est assez galant homme pour que vous puissiez l'éviter durant ces quelques jours. Au besoin je vous y aiderai et je sais que Bellemore lui aussi se fera un devoir de vous protéger, ajouta-t-il avec une note taquine dans ses paroles. De toute façon, il est impossible, je vous le répète, que Belin devine qui vous êtes réellement sans vous regarder de très très près, ma chère amie.

Dans l'ombre propice du jardin solitaire, où les roses, la verveine et le basilic confondaient leurs arômes, Floriane et Floridor parlèrent longuement comme ils ne l'avaient encore jamais fait, de leur vie de comédiens, du désir chez l'un, des circonstances dramatiques chez l'autre, qui les avaient poussés au théâtre. Toujours hantée par l'avenir, ne voyant aucune solution à sa fuite, à sa solitude, Floriane s'abandonna au bienfait des confidences, apaisée par la voix modulée de

Floridor. Mais un bruit furtif, venu d'un buisson de framboisiers, interrompit leur amical bavardage.

— Quelqu'un nous écoute, là ! chuchota Floriane, croyant même voir une forme disparaître en direction de l'hostellerie.

Floridor fit quelques pas, fouilla la pénombre et faillit trébucher sur un chat qui se tapit sous les branchages.

— C'était lui notre espion, fit-il en riant. Et je crois que toute sa nichée est logée là-dessous.

Bientôt Champrose au bras de Montfleury, Bellemore à la recherche de Floriane les rejoignirent et il ne fut alors plus question d'autre chose que de l'invitation de Belin.

★
★ ★

Situé non loin du Mans, le Plessis s'élevait au cœur même du Belinois, fief des comtes de Belin dont le vieux château fort perché à quelques lieues, s'éboulait lentement, inexorablement, envahi par le lierre et les ronces. Le temps n'était plus aux forteresses. D'ailleurs, dans tout le royaume, Richelieu faisait abattre tours et donjons, symboles de la puissance et de l'indépendance des grands seigneurs. A l'avenir, les terres suzeraines ne verraient croître que de plaisants manoirs, d'élégantes demeures, uniquement voués à la douceur de vivre. De tous les châteaux que possédait François de Belin, le Plessis n'était peut-être pas le plus imposant, ni le plus princier — les splendeurs d'Averton, en effet, restaient inégalables — mais il était sans conteste le plus joli et le plus récent. Pour le moment une aile seulement était achevée que flanquait une fine tourelle mais l'ensemble promettait d'être un petit chef-d'œuvre et... une ruine pour son prodigue propriétaire.

Les comédiens y furent reçus avec tous les égards réservés à d'importants personnages. Chacun se vit attribuer sa propre chambre, décorée de frais, ouverte sur des parterres soignés, des massifs fleuris, des allées sablonneuses et ombrées ; un petit bataillon de domestiques se présenta à leurs ordres ; une salle spécialement destinée aux fêtes fut mise à leur disposition. La majorité d'entre eux faisait ainsi connaissance avec le luxe, le raffinement, des agréments que Floriane pour sa part fut d'autant plus heureuse de retrouver qu'elle n'aurait, cette fois-ci, à les partager avec personne.

D'une main négligente elle caressa le bouquet de roses qui l'accueillait sur un guéridon d'ébène. Un petit écrin était posé à côté. Elle l'ouvrit. Il renfermait, dormant sur un nid de velours blanc, un saphir de Pégou, dont le bleu profond se refléta quelques secondes dans ses yeux.

« Une folie », pensa-t-elle en refermant l'écrin sur la merveille, préférant choisir pour orner son corsage une des fleurs parfumées de la roseraie.

Extasiée, ivre d'orgueil, la Champrose de son côté contemplait « ses » tapis, « son » lit et « sa » toilette drapés de soie, toutes ces choses enfin dont rêve une femme coquette, dont elle avait, elle, Champrose, toujours rêvé. Le chemin avait été rude depuis ses débuts dans une misérable troupe de campagne. Elle sentait que, désormais elle ne pourrait revenir sur ses pas, supporter l'inconfort, l'incertitude du lendemain. A toute force, elle voulait conquérir la belle société conviée par Belin, conquérir Belin lui-même, déterminée pour cela à mettre en son jeu tous ses atouts. Et des atouts, la pulpeuse Champrose était loin d'en manquer.

Le soir même, après quelques tours époustouflants du chien Motin qui bénéficiait aussi, avec La Vallée, des faveurs du maître des lieux, la Troupe de l'Espérance représenta *Mélite ou les fausses lettres* de Corneille.

Au milieu de ses invités, — ses enfants, le gouverneur du Maine, les Lavardin au grand complet — François de Belin rayonnait de contentement comme chaque fois qu'il voyait les siens, grâce à lui, se divertir. Mais celui qui l'eût observé avec une certaine attention eût décelé dans son regard d'hôte comblé, une curieuse petite lueur. Lueur qui s'aviva lorsque sur scène parut Mélite.

Ravissante et subtile Niflame ! Sa fierté, sa froideur, laissaient deviner tant de passions dans son âme ! Elle éclipsait, et de loin, la rouée Cloris qu'interprétait Champrose avec pourtant, il fallait le reconnaître, beaucoup d'habileté. Mélite, oscillant entre deux amants, si faible, si forte, si femme, moissonnait tous les cœurs tandis qu'Eraste-Montfleury, Philandre-Bellemore et surtout Tircis-Floridor, faisaient quant à eux soupirer bien des dames sous les plafonds dorés de la salle du Plessis.

Les jardins si savamment ordonnés, arrosés à la fin du jour, s'endormaient maintenant dans la nuit chaude du mois d'août. On sentait bruire dans l'ombre les échos voluptueux de la comédie achevée, éveillés par de mélodieux accords de guitare. De petits insectes voletaient autour des flambeaux disposés sur la terrasse. Auprès de longues tables chargées de mets appétissants, de carafes de cristal emplies de vin, de fruits artistiquement présentés, les invités bavardaient en attendant les comédiens.

Enfin, ils furent là, enfin on put les fêter, les entourer... les toucher ! François de Belin se précipita dans un élan impatient de jeune homme. Mais son sourire s'éteignit dès qu'il constata que Niflame n'était pas parmi eux. Faufilée près de lui, Champrose devina sa déception. Et bien qu'au cours de la soirée, il fût d'une courtoisie irréprochable à son égard, elle vit parfaitement qu'il restait préoccupé, distrait, que d'ailleurs beaucoup de gentilshommes semblaient eux aussi regretter son énigmatique compagne. Champrose était assez intelligente pour comprendre que la farouche et maladroite Niflame de naguère s'était muée en une véritable comédienne ; une comédienne plus jeune, plus belle, plus talentueuse qu'elle-même ne le serait jamais. Oui, partout où paraissait Niflame, les autres femmes étaient immanquablement effacées.

Le vieux comte de Tresmes vint lui offrir un verre de

Jasnières et en profita pour lui chuchoter quelques propos salaces qu'elle eut l'air de trouver spirituels. Le vin blanc, très frais, montait à la tête de Champrose qui ne cessait d'épier Belin.

Pendant ce temps, allongée sur son lit, la fenêtre ouverte, Floriane écoutait les voix, la musique un peu assourdies. Elle venait de faire parvenir au comte un petit billet dans lequel elle le remerciait de ses largesses et lui demandait de pardonner une absence que seule justifiait son actuel état de santé. Ne voulant en aucun cas le froisser, elle ne lui avait pas renvoyé le saphir, préférant le faire le tout dernier jour. En fait, sa lettre était si adroitement tournée qu'un être aussi imaginatif que l'était Belin pouvait fort bien y découvrir toutes sortes de bonnes raisons d'espérer encore. Le principal était qu'il conservât à la troupe sa bienveillance et sa protection. Floriane sourit, contente de son subtil stratagème, la tête tournée vers la portion de ciel étoilé découpée dans l'embrasure. Une brise tiède, parfumée, entrait dans la chambre, lui rappelant des impressions lointaines et familières. Le château de Pontvallain devait être tout proche d'ici et Saint-Evy ? A une ou deux heures de cheval, pas davantage.

« Chez moi... chez moi », murmura-t-elle fermant les yeux, la gorge serrée tout à coup.

Le sommeil ce soir-là, fut très long à venir.

La guitare se tut ; le dernier invité se retira ; les laquais éteignirent les lumières, on n'entendit plus que les grillons autour du Plessis endormi. Cependant... dormait-il vraiment ? Ne distinguait-on pas, derrière certaines tentures discrètement tirées, la flamme d'une chandelle ? Ne pouvait-on surprendre dans quelque chambre, des rires étouffés, des soupirs ? N'était-ce point une ombre féminine qui, furtivement, glissait le long d'un couloir lambrissé, frappait doucement à la porte du comte et sans attendre d'y être conviée se coulait sans bruit dans la pièce, s'approchait du lit où il somnolait déjà, se penchait, haletante, au-dessus de son visage, plus près, encore plus près ?

Mais peut-être valait-il mieux ne pas chercher à découvrir ce qui doit rester secret et laisser les ténèbres mystérieuses voiler pudiquement le château du Plessis ?

Sans parler de La Vallée et de Motin entraînés à La Flèche par le marquis de Varenne, les deux jours suivants confirmèrent le triomphe des comédiens. M. de Lavardin leur annonça que sa maison de Malicorne serait prête à les recevoir dès la semaine prochaine. D'autres invitations tout aussi intéressantes furent lancées par les amis de Belin. Déjà rendez-vous était pris à Paris, à l'entrée de l'hiver et la Troupe de l'Espérance pouvait avec certitude envisager d'être présentée à la Cour avant la fin de l'année !

Le comte suivit de loin les répétitions ; on le retrouva aux deux représentations qui furent encore données, assis parmi ses hôtes mais il ne chercha pas à rencontrer Floriane en tête-à-tête, au grand soulagement de cette dernière. Sa lettre avait certainement eu l'effet qu'elle en avait escompté et patiemment Belin devait attendre son heure, sûr d'amadouer enfin la sauvage Niflame. Il suffisait de voir son air plus admiratif, plus exalté que jamais dès qu'elle apparaissait en scène, la saluant même d'une inclination de tête, en signe de connivence.

Enfin, les décors furent repliés, les costumes rangés dans leurs malles. Les domestiques aidèrent Omer et Testu à charger les chariots. Les comédiens, après s'être partagé les belles pièces d'or distribuées par le comte, lui dirent au revoir, et non adieu, certains de le rencontrer à nouveau prochainement. Le saphir resta dans son écrin. Champrose quitta sa chambre à regret mais la mine triomphante, arborant devant ses camarades une montre toute neuve, sertie de pierreries, agrafée à sa ceinture, dont elle ne voulut pas révéler la provenance.

— Ainsi donc, notre passage au Plessis aura-t-il été profitable pour tout le monde, observa ironiquement Pierrette.

On repartit pour Le Mans dans une ambiance euphorique.

Comme la caravane qui suivait un étroit chemin bordé de fougères atteignait une plus grande route, les comédiens aperçurent, arrêté à l'intersection, un carrosse à crépines, attelé de quatre chevaux. Deux cavaliers armés de pistolets l'accompagnaient ainsi qu'un autre homme, debout près de la portière ouverte, assez âgé bien que d'allure mince et robuste dans un colletin et des bottes de cuir rouge. La Rive arrêta le premier chariot, imité par Omer derrière lui. Floridor et Bellemore sautèrent sur le chemin. L'homme fit un pas en leur direction et salua profondément.

— Êtes-vous bien messieurs les comédiens de la Troupe de l'Espérance ? demanda-t-il d'un ton aimable.

— Certes, fit La Rive. A qui avons-nous l'honneur de nous adresser ?

— Mademoiselle Niflame est-elle parmi vous ? continua l'inconnu sans lui répondre.

— Que lui voulez-vous ? lança Bellemore sur le qui-vive, agacé par ses mystérieuses façons.

L'autre ne se départit pas de son affabilité :

— Nous désirerions voir cette jeune personne.

— Nous ? Qui ça, nous ? s'écria Bellemore, s'avançant vers lui.

La tête de Floriane qui avait tout entendu sans rien voir, souleva la toile de son chariot.

— Qu'est-ce donc ? dit-elle, faisant signe à Floridor de venir l'aider à descendre.

— N'y allez pas ! lui conseilla-t-il à voix basse.

— Mais pourquoi ? Qui sont ces gens ?

— Je ne sais. Ils ne me disent rien qui vaille. Il est préférable de ne pas vous montrer.

— Enfin, monsieur, protestait La Rive, expliquez-vous ou laissez-nous passer !

— Pas tant que nous n'aurons vu mademoiselle Niflame.

Excédé, Bellemore triturait la garde de sa rapière. Floridor le rejoignit, décidé à parlementer avec les inconnus mais tout prêt au besoin à se battre lui aussi. Voyons, ces hommes étaient trois ; quatre avec le cocher. De leur côté, les comédiens étaient cinq, plus Testu et Omer qui maniait le bâton comme personne. Ils auraient tôt fait de se débarrasser de ces étranges quidams.

Pourtant tout se déroula bien autrement et encore plus rapidement que ne le prévoyait Floridor.

Dévorée de curiosité, pressentant que les choses ne tarderaient pas à s'envenimer, désireuse surtout d'empêcher un affrontement dont elle serait la cause, Floriane réussit grâce à Colombe à sortir un peu lourdement du chariot et fit quelques pas sur le chemin.

— Je suis Niflame. Que puis-je pour vous messieurs ? annonça-t-elle de sa voix claire.

Encadrée de Bellemore et de Floridor, elle faisait maintenant face à l'inconnu vêtu de cuir. Celui-ci s'inclina une nouvelle fois fort respectueusement et Floriane pensa que ce n'était pas là manières de brigand mais plutôt de galant homme. Il ne l'effrayait pas le moins du monde. En outre, la présence de ses camarades la rassurait tout à fait.

— Non, Niflame, ne l'écoutez pas ! gronda Bellemore.

— Floriane, soyez prudente, souffla Floridor.

C'était bien méconnaître son caractère intrépide. Avant qu'ils n'aient eu le temps de la retenir, elle s'était avancée vers l'étranger. Aussitôt il se jeta sur elle, la saisit dans ses bras, la soulevant de terre, courut vers le carrosse tandis que les deux cavaliers s'interposaient entre lui et les comédiens qui, l'épée dégainée, se précipitaient au secours de Floriane. Un coup de feu claqua, désarmant Bellemore. La lame de Floridor fit sauter le pistolet du deuxième cavalier mais ne put empêcher son cheval de bondir et de lui échapper. Emporté au triple galop, vite rejoint par sa petite escorte, le carrosse s'éloigna dans la direction opposée à celle de la ville, enlevant Floriane ! Le temps que Floridor dételât vite l'un des percherons, l'enfourchât, s'élançât à son tour sur les pas des ravisseurs, chevaux et voiture avaient disparu.

A une croisée de routes, il en chercha les traces, en vain.

Rejoint par Laurier et Bellemore qui, heureusement, n'avait qu'une égratignure, tous deux montés sur l'autre percheron, il inspecta minutieusement le sol. D'innombrables marques de roues, de sabots, s'emmêlaient, se confondaient à partir du carrefour comme si plusieurs carrosses, plusieurs cavaliers avaient tourné et piétiné là, avant de se disperser dans tous les sens. Au petit bourg d'Écommoy, ils se renseignèrent : aucun équipage n'était passé par là depuis la veille. Revenant sur leurs pas, les comédiens suivirent un moment une autre route, en pleine forêt, interrogèrent des charbonniers sans plus de succès. Chaque piste semblait aboutir nulle part. De toute évidence, l'enlèvement de Floriane avait dû être très soigneusement préparé.

Désorientés, rongés d'angoisse, les jeunes gens rejoignirent les chariots et en hâte la troupe regagna Le Mans. M. Neveu le prévôt de police alerté par La Rive malgré la réticence de Floridor, affirma que des recherches seraient immédiatement entreprises. Mais on le sentait en vérité peu préoccupé par ce qu'il croyait être une escapade amoureuse, la belle devant à coup sûr être consentante. Pierrette suggéra de prévenir le comte de Belin mais une nouvelle fois Floridor s'y opposa comme s'il voulait retrouver seul leur camarade. Toute la troupe promit de faire son possible pour l'aider malgré le mauvais vouloir de Montfleury, inquiet pour la bonne marche des représentations. Quant à Champrose, après quelques lamentations hypocrites, elle parut assez bien s'accommoder de la disparition de sa rivale.

— Le spectacle doit continuer malgré tout ! assura-t-elle.

— Oui, bien sûr, soupira La Rive. Nous allons d'ailleurs modifier immédiatement le programme. Laurier, mon garçon, sauras-tu nous faire la jeune fille dans une robe de ta sœur ?

Personne ne daigna même sourire à sa plaisanterie.

— Si je tenais celui qui a machiné tout ça ! gronda Bellemore. Ah, Niflame, ma petite Niflame où es-tu ?

— Nous la retrouverons, affirma tout simplement Floridor.

*
* *

— Ma beauté, ma pierre précieuse, réveillez-vous, regardez-moi, je vous en conjure. Sang dieu, ces brutes me l'auront tuée ! Elle sera morte par ma faute. Colette, rafraîchis ce linge. C'est ça, donne. Là, là, voici un peu d'eau sur ce front pur, ces joues fruitées, ces lèvres... Ah ! Ces lèvres ! Qu'elles s'entrouvrent, qu'elles me parlent ! Oui, parlez-moi ma sirène, ma voix d'or. Pour l'amour du Ciel !

La main aristocratique, volantée de dentelle mousseuse, s'agita fébrilement au-dessus du visage aux paupières closes. Quelques gouttes d'eau glacée échappées du linge glissèrent sur le cou de la belle évanouie, amenant un frisson sur sa peau, avant de lui rendre tout à fait conscience. Revenant à elle, Floriane se dressa brusquement sur un coude et se trouva nez à nez avec François de Belin assis sur le lit où elle-même se trouvait allongée.

— Vous ! s'écria-t-elle avec un mouvement de recul. Que faites-vous ici ? Où sommes-nous ?

Elle examina rapidement le décor : une grande salle ensoleillée, une cheminée gothique de pierre blanche, des meubles sombres, des tentures flamandes aux murs, le lit aux colonnes torses, surmonté d'un baldaquin de damas « feuille morte » et enfin Belin, sur lequel ses yeux revinrent très vite, Belin en pourpoint et chausses jaune paille brodé de jais, dont la mine anxieuse s'éclairait à mesure que s'animait la jeune femme :

— Ah ! Vous vous sentez mieux ? Dites ! Je meurs d'inquiétude. Vous n'avez pas été trop malmenée, molestée ? Non, n'est-ce pas ?

Avec emportement, il prit la main de Floriane, y appuya ses lèvres.

— Monsieur, me direz-vous ce que tout cela signifie ? J'ai été enlevée, ce me semble, et je me retrouve ici, avec vous, dans votre lit peut-être ?

— Non ! Oh, non, madame ! se récria le comte.

S'apercevant alors qu'il manquait aux convenances en étant si près d'elle, il s'assit sur une chaise à son chevet.

— Je vous demande pardon. Colette, laisse-nous, ordonna-t-il à une jeune servante blonde qui sortit aussitôt de la chambre.

— Monsieur, j'attends vos éclaircissements, dit Floriane désorientée, en s'asseyant sur sa couche.

Avant de répondre, Belin prit le temps de lui glisser obligeamment un coussin derrière le dos.

— Êtes-vous bien comme ceci ?

— Oui, oui, lança-t-elle avec un peu d'impatience. Quoique pleine de courbatures et...

Elle se tut ne voulant pas avouer qu'elle était encore sous le choc. Elle avait eu très peur lorsque ce grand diable en cuir rouge l'avait entraînée vers ce maudit carrosse. Non pour elle-même mais pour le bébé qui s'était agité, manifestement mécontent du traitement subi. Floriane posa une main sur son ventre. Elle se sentait infiniment mieux maintenant mais elle craignait encore une fâcheuse conséquence.

— Je sais, fit pudiquement le comte de Belin. J'ignorais votre... hum... état, bien qu'ayant recommandé à mes hommes d'agir avec douceur et précaution.

Interloquée, Floriance le fixa quelques secondes avant de pouvoir balbutier :

— Co... Comment ? Vos hommes ?

Cette fois-ci, Belin fut plongé dans un franc embarras. Il baisa de nouveau les doigts graciles :

— Oui, de très fidèles serviteurs.

— Dois-je comprendre qu'en m'enlevant ils ont agi sur votre ordre ?

— Oui.

Floriane retira vivement sa main et se tassa contre ses oreillers, considérant Belin comme s'il venait de perdre l'esprit.

— N'ayez pas peur, madame. Je vais tout vous expliquer.

Non sans mal, elle gagnait déjà le bord opposé du lit et se

levait, agrippée à l'une des colonnes. Toute cette histoire prenait un tour si surprenant ! si incohérent !

— Je refuse d'en entendre davantage monsieur. Vous allez sonner vos gens et leur intimer de me ramener en ville auprès de mes camarades. Je vous signale à leur propos, qu'ils ont risqué leur vie pour me défendre contre vos sbires.

— Détrompez-vous ! Ils ne craignaient absolument rien. Tout était prévu pour qu'aucun incident n'ait lieu. Si vous daigniez au moins m'écouter...

— Non ! lança-t-elle de toute sa hauteur, furieuse à l'idée du risque qu'elle avait encouru. Votre conduite n'est pas celle d'un gentilhomme. Ramenez-moi !

— Écoutez-moi ! répéta Belin. Je vous en prie, baronne...

Floriane resta interdite. Baronne ! Ne venait-il pas de l'appeler baronne ? Il l'avait donc reconnue ? Elle porta instinctivement la main à sa perruque. Apparemment, sa coiffure n'avait pas souffert de l'aventure. Il avait dû malgré tout la reconnaître tout à l'heure, lorsqu'il lui prodiguait ses soins. Elle ignorait la durée de son évanouissement mais le comte avait certainement eu le temps de la dévisager, de voir qui était en fait la blonde Niflame.

— Rasseyez-vous, chère Floriane, fit-il d'un ton prévenant. Tenez, si vous préférez ce siège, vous y serez bien. Et voici un peu de citronnade que vous a préparée Colette. Vous devez avoir soif. Faim peut-être ?

Il désigna des fruits et des gâteaux déposés sur un coffre. Tout à coup calmée, trop abasourdie pour réagir, Floriane se laissa docilement conduire à un fauteuil, accepta la boisson fraîche, refusant toutefois l'en-cas proposé par Belin qui s'assit à son tour en face d'elle. Avec effort, elle parvint à raffermir sa voix, tenta de prendre l'air innocent :

— Décidément, je ne comprends rien à ce que vous me dites monsieur. Je ne suis qu'une simple comédienne...

— Une simple comédienne ? interrompit le comte. Permettez-moi, ma chère, de ne pas vous donner raison sur ce point. Vous êtes une excellente, une merveilleuse comédienne. Mais vous êtes aussi et surtout, une noble dame, baronne d'Ivreville.

Devant son attitude grave et empreinte de sympathie, Floriane cessa bientôt de feindre. Elle prit cependant le temps de boire trois ou quatre gorgées de citronnade, de reposer son verre sur le bord de la fenêtre. Enfin, regardant le gentilhomme sans sourciller, elle lui demanda :

— Est-ce Niflame ou la baronne d'Ivreville qui a été enlevée de force ?

Belin secoua la tête avec amertume :

— De force ? Ah ! madame, vous me pardonnerez peut-être lorsque je vous aurai conté l'affaire en détail. Comme vous l'avez certainement compris, j'ai été d'emblée bouleversé par Niflame. Cependant, sans une seule seconde faire le rapprochement entre elle et la fameuse Floriane d'Ivreville. Il y avait bien un petit je-ne-sais-quoi, un air familier qui m'intriguait. Mais très vite, Soulas dissipa le mystère en m'apprenant votre pseudo-parenté avec la Le Noir. Bien que mon intérêt pour vous allât croissant au fil des jours, jamais — faites-moi l'honneur de le croire — je n'aurais forcé votre volonté, respectant trop ce que je croyais être votre timidité, votre discrétion. Or voici que par hasard, j'apprenais qui vous étiez. Dès lors tout prenait un aspect différent. Je n'avais plus à conquérir une jeune personne trop modeste mais bien à protéger une femme persécutée, malheureuse, contrainte de vivre dans la peur et le mensonge ! D'une manière indigne de son rang ! Je ne suis pas un ami du cardinal, moi. L'iniquité dont vous êtes victime me révolte.

Belin parlait avec ardeur, penché vers Floriane stupéfaite.

— Pouvais-je ne pas vous offrir un asile plus sûr et plus confortable qu'un chariot de saltimbanques ? Évidemment, non ! Mon devoir me commandait de voler sans tergiverser au secours de l'épouse injustement traitée d'un gentilhomme !

— Mais pourquoi employer un procédé aussi brutal ?

— Encore une fois, madame, chère Floriane, insista Belin, la faute en est à mes gens qui ont fait preuve d'un zèle excessif. Toutefois l'enlèvement m'est tout de suite apparu comme un moyen rapide, efficace, permettant aussi de protéger votre anonymat. Niflame a disparu dans la nature. Volatilisée ! Nul ne saura jamais ce qu'elle est devenue et ainsi, nul ne pourra lier son nom au vôtre.

A mesure qu'il s'échauffait, Floriane, au contraire, retrouvait son calme. Elle voulait savoir autre chose encore :

— En êtes-vous certain, comte ? Vous ne m'avez pas révélé la manière dont vous avez découvert mon identité. S'il s'agit de quelqu'un...

Visiblement embarrassé, Belin baissa les yeux.

— Quelqu'un m'a donc trahie ? insista Floriane. Connaîtrais-je cette personne par hasard ?

Un souvenir récent et voluptueux amena une furtive roseur au visage de Belin. Il se rappelait sa chambre du Plessis, la visite nocturne, inattendue, d'une lionne fougueuse, ses caresses, ses étonnantes révélations :

— C'est Champrose, avoua-t-il dans un soupir. Mais il ne faut pas lui en vouloir. Je puis vous affirmer qu'elle gardera votre secret.

Champrose ! Sur le coup, Floriane resta muette. La nouvelle ne l'étonnait pourtant qu'à demi. La Champrose, ambitieuse et jalouse, désirant à toute force séduire Belin, profiter seule de ses faveurs, avait sans doute cru trouver le moyen radical d'écarter Niflame, sans réfléchir outre mesure, selon sa manière égoïste. Sa rivale n'étant pas de son monde, elle n'avait rien à faire au milieu des comédiens, voilà tout ! Qu'importe alors ce qu'il pouvait advenir de Floriane démasquée puisque Champrose, une fois seule en lice, était certaine de pouvoir désormais bénéficier de toutes les opportunités, de tous les appuis. Mais comment savait-elle ? Et depuis quand ?

Alors Floriane se souvint de sa conversation avec Floridor dans le jardin de *La Licorne*, du bruit qui les avait dérangés. Elle avait bien cru à une présence, tapie derrière un bosquet. Avec raison. Ce soir-là, en effet, il n'y avait pas eu qu'un petit chat pour surprendre ses confidences.

— Je ne lui en veux pas, murmura-t-elle enfin.

Soulagé, Belin sourit, cherchant à reprendre sa main.

— Je n'en ai pas douté un instant. Quelle grande dame vous êtes, si généreuse, si courageuse ! Jamais je ne blâmerai l'idée que vous avez eue de vous cacher dans une troupe. Je suis fier de vous apporter ma protection !

Sans brusquerie, Floriane dégagea ses doigts d'une étreinte qu'elle trouvait excessive.

— Que voulez-vous exactement de moi, comte ? interrogea-t-elle sans détour, fixant son regard bleu sur François de Belin.

— Rien d'autre que vous garder ici, dans cette maison où vous serez chez vous, servie, choyée, où vous pourrez attendre en toute quiétude, avec les égards qui vous sont dus, votre enfant d'abord et ensuite votre retour en grâce, de même que celui de votre mari.

— Savez-vous quelque chose ? s'écria-t-elle vivement.

— Hélas ! uniquement ce que tout le monde sait : le baron d'Ivreville a probablement quitté la France mais sa défaveur est toute relative. Avec les relations que j'ai à la Cour, j'essayerai toutefois d'en apprendre davantage. Je vous promets de m'en occuper, peut-être même d'agir en intercédant auprès du roi. Et rassurez-vous : je resterai prudent. Personne ne saura que vous êtes mon hôte.

— J'ai confiance en vous, monsieur.

Floriane retomba dans ses réflexions. Elle éprouvait une sorte de malaise indéfinissable. Pourtant... En oubliant la manière discutable qu'il avait cru bon d'employer, l'intervention de Belin ne pouvait que lui convenir. Chez lui, elle aurait tous les soins que sa grossesse allait réclamer, elle serait en lieu sûr, dans un cadre agréable et, de surcroît, dorlotée par un homme qui semblait la vénérer. Le refuge idéal en somme !

— Votre confiance me touche infiniment, dit Belin d'un air d'extase. Je ferai en sorte que jamais vous ne la regrettiez.

Floriane ne l'écoutait pas.

— Je pense à mes amis, les comédiens, fit-elle songeuse. Sans parler de la perte financière que leur causera mon absence, ils doivent certainement être inquiets. M. de Soulas, en particulier, qui est lui aussi dans la confidence.

— Qu'à cela ne tienne ! Je lui glisserai deux mots. Il pourra alors, s'il le juge bon, inventer quelque explication pour rassurer ses camarades. Quant au reste, je dédommagerai toute la troupe, bien sûr.

Un peu de tristesse assombrit Floriane. Ne surestimait-elle pas la sympathie qu'on éprouvait pour elle ? Elle n'était pas irremplaçable. La générosité de Belin compenserait largement sa disparition. Dans l'ardeur de jouer, le succès promis, on l'oublierait. Oui, même Bellemore, même Floridor...

Belin finit par s'apercevoir que sa belle protégée ne répondait pas comme il l'aurait souhaité à son propre enthousiasme.

— Floriane, qu'avez-vous ? M'en voulez-vous donc encore ? N'ai-je pas eu raison de vous faire venir ici ?

— Sans doute, soupira-t-elle.

— S'il vous arrive de regretter la scène, ce que je comprendrais parfaitement, vous pourrez de temps à autre me déclamer vos tirades. Ah, Floriane, ce sera divin ! s'emporta le comte. Nous puiserons à loisir dans tout le répertoire, pillant comédies, tragédies, pastorales. Nous ferons, à nous deux, tous les personnages que nous aimons. Vous serez toutes les femmes ; je serai multiple. Nous vivrons une parenthèse délicieuse.

Enivré par ses évocations, Belin tomba à genoux devant Floriane, cachant un instant son visage dans les plis de sa robe rouge. Puis il redressa la tête :

— Dès que vous m'êtes apparue, j'ai compris que c'était vous que j'attendais depuis toujours. Et vous-même m'avez fait signe. Si ! Souvenez-vous : votre attente anxieuse au cœur de la nuit, votre désarroi, votre soif d'amour... « Que ce bel étranger est longtemps à venir !... » Vous avez dit ça de façon tellement émouvante !

— Mais mon cher comte, ce n'était que du théâtre.

— Non, non, vous ne m'en convaincrez pas.

— Relevez-vous. S'il vous plaît, je me sens un peu lasse. Nous reprendrons notre conversation plus tard.

Elle parlait doucement, nullement craintive mais sachant bien qu'il était inutile de chercher à rendre plus sage l'excentrique mécène. Il vivait ses rêves, colorant l'existence selon son goût. Quelle aubaine pour lui que la rencontre de Floriane ! Son aventure était si extraordinaire, si romanesque ! Au besoin, il en rajoutait, imaginant ainsi un rapt en rase campagne, avec chevaux et voiture fermée, cachant la malheureuse héroïne dans un manoir perdu ! Comme tous les Belin depuis le temps des Croisades, il n'en avait jamais fait qu'à sa tête, digne fils d'un bouillant chef ligueur et d'une pécheresse impénitente dont le fantôme revenait parfois hanter le parc d'Averton monté sur des coursiers diaboliques, aux naseaux crachant le feu ! Heureusement, chez lui, la violence, l'impétuosité, se muaient en prodigalité un peu folle, en brusques toquades que la mort de sa femme et de son fils aîné n'avait fait qu'accentuer. En ce moment même, aux pieds de Floriane, son bonheur, sa jubilation effaçaient les ans, lui conféraient une allure de jouvenceau. Il ne lui serait pas venu à l'esprit que l'objet de tous ses désirs pût refuser son aide.

Il se releva, offrit son bras pour reconduire Floriane jusqu'au lit, sonna la servante.

— Colette est une bonne fille. Elle prendra soin de vous. Reposez-vous, ma chère. Je reviendrai demain si vous le permettez.

— C'est cela, comte, à demain !

Belin la laissa non sans lui avoir envoyé quelques baisers sur le pas de la porte comme un amoureux de comédie.

Colette était effectivement aimable et dévouée. Elle ouvrit à Floriane la porte d'un cabinet contenant des robes et des lingeries somptueuses, tout un arsenal luxueux pour la toilette, l'aida à se rafraîchir, à revêtir un léger peignoir de soie bleue. Elle enleva la perruque incommode, à présent inutile, lava les superbes cheveux noirs, les frotta avec des linges parfumés.

— Comment s'appelle l'endroit où nous sommes ? lui demanda Floriane tout en goûtant secrètement au plaisir retrouvé d'être servie.

— La Moussaie, madame.

— Et cela se situe où, exactement ?

Apparemment Colette n'avait reçu aucune consigne de discrétion.

— A dix lieues du Mans, au moins. Sur les bords du Loir. C'est un beau château mais hélas ! Monsieur le comte n'y vient guère, préférant le Plessis, plus moderne, plus proche de la ville.

Colette poursuivit un moment son bavardage, fière d'énumérer les nombreuses possessions de son maître, un maître tout-puissant, avec droit de justice sur ses terres dont à vrai dire il usait rarement. Bientôt, Floriane la remercia, désirant rester seule.

Sitôt la servante disparue, elle s'approcha de l'une des deux fenêtres de la chambre, constatant alors qu'elle se trouvait au premier étage d'une grande demeure, bâtie tout autour d'une cour pavée. A gauche était une enfilade de pièces, puis à angle droit, l'aile des cuisines et des communs ; à droite, une galerie couverte, aux arcades aériennes, menait à une petite chapelle ; en face, s'élevait le donjon, avec en son milieu, une porte voûtée, fermée d'un pont-levis. A chaque angle, se devinait la toiture ronde et pentue d'une tour.

— Me voici dans un véritable château fort ! s'exclama Floriane.

Pourtant le tuffeau doux et blanc des façades, les larges ouvertures du corps de logis, n'avaient rien de rébarbatif, au contraire. Capable de se défendre contre l'assaillant, le château pouvait être aussi une plaisante résidence, ainsi que l'avait voulu un lointain ancêtre de Belin.

Floriane traversa la pièce se dirigeant vers l'autre fenêtre, celle que le soleil frappait avec toute l'ardeur du couchant. Elle l'ouvrit.

— Par exemple !

Là, en bas, miroitant sous la lumière, les douves baignaient la muraille. En se penchant, Floriane put constater que l'eau devait cerner la demeure tout entière, l'isolant du reste du monde, une eau vive, frémissante, captée dans le cours voisin du Loir. Au-delà, c'était la campagne un peu sèche, les bois, l'espace enfin. Pensive, elle retourna s'allonger, laissant les battants ouverts sur l'air plus frais du soir et le chant des grenouilles. Tout aimables qu'ils fussent, l'un comme l'autre, il semblait bien que La Moussaie et son fantasque seigneur la retinssent prisonnière !

⋆

⋆ ⋆

Daniel Neveu, prévôt du Mans et son lieutenant, le désagréable sieur Nourry, après un simulacre d'enquête sur la disparition de Niflame, eurent vite fait de classer l'affaire, nullement préoccupés par le sort d'une petite comédienne sur laquelle un seigneur d'alentour avait dû jeter son dévolu. Une indifférence convenant tout particulièrement à Floridor qui se trouvait ainsi avoir le champ libre.

En compagnie de Bellemore et de Laurier, il reprit pas à pas, sur un rayon de plusieurs lieues, les directions qu'avaient pu emprunter les mystérieux ravisseurs, en fait trois chemins examinés pierre après pierre, brin d'herbe après brin d'herbe, où toutes les personnes rencontrées furent abondamment questionnées. Cela leur demanda bien des jours, leurs recherches étant régulièrement interrompues par l'heure de la représentation qu'il fallait donner malgré tout, par les séjours que la Troupe fit à Malicorne, au Lude, à Bonnétable.

Tant bien que mal, on s'était débrouillé, Colombe acceptant courageusement d'endosser quelques-uns des rôles dans lesquels avait triomphé Floriane, Laurier renouant avec les vieilles coutumes qui voulaient que les personnages féminins fussent tenus par des hommes travestis. Rageusement, plus impressionnant que jamais, Bellemore campait rodomonts et capitans, faisant à la fois rire et trembler l'assistance. Car, sous la farce, se devinait une fureur bien réelle. Ah ! s'il avait pu tenir, au bout de sa colichemarde, les marauds qui lui avaient ravi Niflame, avec quelle joie féroce il les aurait étripaillés !

— Je ne comprends pas pourquoi nous ne sollicitons pas l'aide de M. de Belin, s'étonna La Rive. Lui qui éprouvait tant d'intérêt pour notre amie.

Mais le comte se faisait rare. Toutefois, entrevu lors d'une soirée chez l'évêque de Beaumanoir, s'il déplora la malchance de la comédienne, il se contenta de donner de l'argent à la troupe, peu décidé semblait-il, à en faire davantage. En revanche, La Vallée revint un soir à *La Licorne* pour offrir ses services et ceux de Motin. Gagnée par l'obstination de Floridor, toute l'équipe continua ses investigations, pour ne trouver finalement qu'une crépine de carrosse, accrochée aux fourrés d'un chemin de forêt.

*

* *

Le temps passa. Sous les directives du maître, La Moussaie était devenue une sorte de palais féerique, enchanté, où le parfum suranné de jadis convenait tout à fait à la situation que vivait Floriane.

Belin s'en délectait. Disert, passionné, sans toutefois dépasser les limites de la bienséance comme si la grossesse de la jeune femme l'intimidait, il se préoccupait déjà de la naissance qui devait avoir lieu deux mois plus tard, c'est-à-dire fin octobre, se mettant en quête d'une sage-femme, d'une nourrice, faisant descendre du grenier pour le dépoussiérer un berceau d'écaille où avaient dormi ses propres enfants.

— J'en ai eu neuf. Je les ai adorés, confia-t-il à Floriane. Je serai parrain du vôtre n'est-ce pas ?

Il l'amusait, ne sachant qu'inventer pour la distraire, pour agrémenter ses journées : promenades en barque sur le Loir autour du château ; séances musicales ou théâtrales à deux, bien sûr ; présents dont il lui faisait constamment la surprise. Rien n'était trop beau pour elle ; aucun bijou n'était assez précieux, aucune robe assez élégante, aucun mets assez raffiné. S'ajoutait, à tant de prévenances, la conversation brillante d'un homme pétri d'esprit et de culture, ouvert à toute idée nouvelle, sensible à la détresse de ses semblables.

« Le parfait honnête homme, avec juste ce qu'il faut de grain de folie », se disait Floriane aussi charmée par son intelligence primesautière que touchée par sa bonté.

Elle lui avait depuis longtemps pardonné son initiative, en reconnaissait même la pertinence. D'où venait alors que l'imperceptible malaise initialement ressenti, s'obstinait à la tourmenter ? Elle avait souvent l'impression que le comte ne jouait pas tout à fait franc-jeu. Non par réelle duplicité, d'ailleurs, mais tout simplement parce qu'il était éperdument épris d'elle. Il avait beau déplorer le sort malheureux de Floriane, elle voyait bien qu'il s'en réjouissait au fond, ravi de l'avoir toute à soi, guettant son heure. Avait-il écrit à la Cour comme il l'avait promis ? Avait-il discrètement prévenu Floridor de sa présence à La Moussaie ? Elle n'en était pas sûre.

— Soulas est au courant, lui avait-il affirmé en réponse à sa question. Ne vous inquiétez plus. Les affaires de la troupe sont florissantes. Tout le Maine se bouscule pour l'applaudir.

« Allons, tant mieux », avait songé Floriane, se réjouissant pour ses anciens camarades, imaginant leur fébrilité, leurs répétitions, leurs rires et leurs chamailleries.

Malgré tout lui venait une sorte d'insatisfaction dont elle cherchait à déterminer la cause.

Elle était seule maintenant à La Moussaie. Belin était parti quelques jours ; un voyage à Paris auquel le contraignait une affaire de famille et qu'il entreprenait navré de se séparer de sa « princesse ». Avant de la quitter, il lui avait encore juré de s'occuper d'elle, de voir le roi.

Ce départ convenait assez bien à Floriane, confiée aux soins de Colette et d'une douzaine de domestiques dont le service restait toujours invisible et silencieux. Elle n'était pas mécontente d'échapper un moment à l'atmosphère romanesque et survoltée dans laquelle se complaisait Belin. Elle avait besoin d'un peu de solitude, de recueillement, de voir clair en elle-même.

Le château lui livrait ses trésors d'un autre âge, les portraits de tous ceux qui s'y étaient succédé sur plus d'un siècle, énigmatiques, encore étrangement vivants dans leurs cadres dorés. Les yeux souvent levés sur le curieux plafond de sa chambre, elle cherchait aussi à déchiffrer le message de l'inquiétant bestiaire né du pinceau d'un peintre alchimiste. Étaient-ils la juste représentation du monde, ces monstres accouplés, cette femme aux longs cheveux fuyant sur un dragon, cette truie jouant de la cornemuse, cette louve bien grasse, car nourrie d'épouses adultères ? La vie n'était-elle donc qu'absurdités, recherche effrénée de jouissances, trahisons, luttes inégales, comme celle de ce lion par exemple, aux pattes bien ancrées dans la terre dont la force et la fermeté ne pouvaient cependant rien contre le griffon ailé qui l'agressait ? Floriane tremblait en se découvrant pareille à ces créatures faibles et tourmentées. En elle aussi se déchaînait le cruel, l'éternel combat où raison, fidélité, constance, vacillaient sous les coups répétés de ses propres démons. Combien de fois par le passé, n'avait-elle pas déjà cédé à ses impulsions, à l'irrésistible appel de voix mystérieuses ? Combien de fois déjà, n'avait-elle pas préféré à la route lisse et droite qui s'offrait à ses pas, les sentes escarpées de l'aventure ? Toujours refusant la moindre entrave, assoiffée d'autre chose, de liberté, ardente à capter le plaisir, la beauté, l'éphémère, elle ne pouvait se résoudre au repos. Elle ne savait rester sage.

Non, bien sûr, ce n'était pas François de Belin qui lui faisait peur. Mais il lui était impossible de demeurer plus longtemps soumise à sa fantaisie, ne recevant du monde que les nouvelles qu'il voudrait bien lui transmettre. Et bien qu'une part de son être n'aspirât qu'à la sérénité, l'autre...

L'autre suivait en rêve les silhouettes trapues et colorées de deux chariots de campagne ; se récitait des vers ; guettait les réactions d'un public. Le plaisir, la beauté, l'éphémère : c'est au théâtre que ces mots prenaient toute leur intensité. C'est au théâtre que Floriane avait retrouvé une plénitude que seul le véritable amour lui avait fait connaître. Elle éprouvait une profonde nostalgie pour sa vie pourtant brève de comédienne, évoquant inlassablement les derniers mois écoulés.

*

* *

Vallons, antres, rochers, confidents de mes peines,
Où se termineront mes courses incertaines ?

murmura Floriane un soir à sa fenêtre.

Le décor n'était pas de toile, ni de carton, mais son attente n'en était pas moins oppressante.

Les derniers rayons de soleil luisaient sur les douves où la brise retroussait les nénuphars encore fleuris de rose. Comme lui semblait lointaine la campagne déjà assoupie par-delà le Loir ! Depuis le départ de Belin, la herse du pont-levis restait abaissée continuellement. Et quand bien même Floriane serait-elle parvenue à sortir, immanquablement les domestiques auraient été à ses trousses. Ah ! certes, elle était bien protégée !

Entre ses doigts glissa la fine toile blanche destinée à garnir le berceau dont elle avait commencé la broderie. L'ombre venait vite en cette fin de saison. Peu à peu s'étouffaient les bruits. Quelqu'un siffla au loin, un aboiement lui fit écho. Dans la clarté indécise, Floriane renonça à poursuivre son ouvrage. Bientôt, Colette lui monterait son repas, allumerait les chandelles. Le sifflet reprit et comme l'instant précédent, le même chien lança sa réponse. Cette fois-ci, Floriane prêta l'oreille, les sens en alerte.

— On dirait... Motin et La Vallée, chuchota-t-elle.

Elle guetta un moment le mystérieux dialogue entre l'homme et l'animal. Mais ils s'étaient tus et elle crut avoir été victime de son imagination. En revanche, quelques minutes après, elle fut certaine d'entendre des voix dans la cour et grincer la poulie actionnant la herse. Elle se leva pour regarder en bas, aperçut des silhouettes s'engouffrer dans les cuisines. De nouveau on avait refermé l'entrée du donjon.

— Décidément, je n'aime pas ces journées trop courtes, se plaignit Colette qui arrivait chargée d'un grand plateau. L'été devrait durer toujours.

Elle déposa le tout sur une table puis alla chercher un gros bougeoir d'étain qu'elle mit au milieu des plats et des assiettes.

— Le beau chapon que nous avons là ! Dodu, rôti à point ! dit-elle familièrement. Madame va être contente.

— Est-ce une visite ? demanda Floriane en s'asseyant.

— Si l'on veut, répondit Colette, avec entrain. C'est un petit bonhomme et son chien savant. Le gardien leur a promis gîte et couvert en échange de leurs tours. Ce qu'ils ont l'air drôle !

Floriane sentit son pouls battre plus vite. Mais, cependant, elle se força à manger d'une façon naturelle.

— Eh bien, redescends les voir. S'ils sont aussi savants qu'ils le prétendent, tu les feras monter jusqu'ici, pour me distraire.

— Oui, c'est ça madame. Merci ! s'écria la jeune servante. J'y cours tout de suite.

Elle était repartie. Alors Floriane reposa sa volaille,

s'essuya les doigts à sa serviette et but un peu d'eau d'une main tremblante. La Vallée était à La Moussaie ! Elle avait la certitude qu'il était venu pour elle avec, sûrement, un message des comédiens. Ils avaient retrouvé sa trace. Ils ne l'avaient pas oubliée ! Immobile sur sa chaise, elle attendait, cherchant à surprendre encore la voix de Motin. Mais les cuisines étaient trop éloignées, les vieilles murailles trop épaisses. Malgré cela, elle crut un instant percevoir de légers bruits, un verre brisé, un heurt métallique, un chuchotis vite étouffé. Des valets sans doute, se dit-elle, occupés à fermer les fenêtres pour la nuit. Pourtant, des pas semblaient maintenant se rapprocher de sa chambre. Peur ? Espoir insensé ? Floriane regardait fixement la porte de bois armoriée sans qu'un battement de cils ne vînt trahir son émotion.

Lentement, le loquet se souleva ; le lourd panneau de chêne s'entrouvrit ; quelqu'un apparut sur le seuil.

— Josias, vous ! Oh, je le savais... murmura-t-elle, incapable de bouger, de s'élancer vers lui comme elle l'aurait voulu.

En trois enjambées, Floridor fut près d'elle, posa une main sur son épaule, scrutant son visage plus arrondi, extraordinairement velouté, doré par la lumière de la chandelle.

— Tout va bien, Floriane ?

— Oui, tout va bien.

Ils se sourirent.

— Niflame ! Enfin on vous retrouve !

Plus sombre et maigre que jamais sous un invraisemblable feutre à grand panache, Bellemore entra à son tour, souleva Floriane de sa chaise et la serra contre lui.

— Hé ! on ne peut plus vous embrasser ? plaisanta-t-il, gêné par l'imposant tour de taille de la jeune femme.

— Je sais, j'ai grossi.

— Vous êtes toujours aussi belle ma Niflame, affirma tendrement Bellemore.

— Chers amis, balbutia-t-elle, ses yeux allant de l'un à l'autre, tellement heureuse de les revoir qu'elle croyait rêver.

— Nous sommes venus vous chercher, dit Bellemore. La Vallée est en bas avec Motin. Il occupe l'attention des domestiques.

— Mais comment avez-vous réussi à pénétrer ici ? Tout est fermé, s'étonna Floriane.

— Par les fenêtres, rétorqua Bellemore avec satisfaction.

— Quelles fenêtres ?

— Celles du rez-de-chaussée, expliqua Floridor. Oui, nous avons franchi les douves en barque. Une fois au pied du château, casser une vitre, tourner une poignée fut facile. Votre chambre étant la seule pièce qui soit éclairée, venir jusqu'à vous ne fut ensuite qu'un jeu d'enfant.

Décidément, tout paraissait bien simple, en effet, comme dans les songes, pensa Floriane encore une fois.

— Il s'agit maintenant de repartir comme nous sommes venus. Omer et Testu font le guet près de l'escalier qui monte à vos appartements. Laurier nous attend dans la barque.

— Le temps presse, insista Bellemore. Les valets ne passeront pas un siècle à applaudir Motin. Venez vite !

Le regard de Floriane fit le tour de sa chambre, si paisible quelques minutes auparavant, avec ses chatoyants rideaux mordorés, sa table mise, le berceau des Belin dont l'écaille blondissait dans la pénombre et sur un fauteuil, sa broderie inachevée. Floridor observait la jeune femme, croyant interpréter ses pensées.

— Et si nous nous trompions, Bellemore ? Notre amie n'a peut-être pas envie de nous suivre.

Floriane se retourna vivement vers eux :

— Si, bien sûr ! s'écria-t-elle.

— Êtes-vous réellement disposée à laisser tout ça ? dit-il encore avec un large geste de la main.

Ils savaient bien tous trois ce qu'il signifiait alors : l'aisance, une vie luxueuse et douillette. La Moussaie n'était pas une prison ordinaire. En la quittant, Floriane risquait de trouver un monde autrement plus hostile. Malgré tout elle n'hésita pas une seconde.

— Attendez-moi, fit-elle pour toute réponse.

Elle entra dans la garde-robe, prit au fond d'un coffret, la large ceinture dans laquelle était toujours cousu l'argent des Le Noir puis, parmi toutes les belles choses que lui avait offertes le comte, ne choisit qu'un manteau de soie grise.

— Vite, vite, répéta Bellemore lorsqu'elle les rejoignit.

Elle sortit de la pièce sans un regard en arrière. Entre les deux hommes, elle traversa l'antichambre, descendit le raide escalier à vis, salua Omer et Testu postés en bas. Cette fois, elle distinguait rires et bravos avec netteté. Il ne restait plus qu'à suivre le rez-de-chaussée en sens inverse, c'est-à-dire une grande salle d'apparat, jusqu'au petit cabinet dont les comédiens avaient pu forcer la fenêtre. Entraînée par Bellemore, Floriane marchait aussi vite que le lui permettait son fardeau.

Soudain, comme ils parvenaient à l'extrémité de la grand-salle, un hurlement perçant déchira le silence. Reconnaissant la voix de Colette, Floriane comprit tout de suite que la servante, au sortir des communs pour monter chez elle, avait dû se trouver en face d'Omer et de Testu. Terrorisée, elle avait tourné les talons et, en criant, courait maintenant chercher de l'aide.

On entendit un branle-bas dans les cuisines, une galopade qui se rapprochait et Motin japper comme un possédé.

— Allons, allons, vite !

Parvenus devant la fenêtre ouverte, Bellemore l'enjamba puis une fois de l'autre côté, tendit les bras pour recevoir Floriane que soulevait Floridor. La bande de terre qui entourait La Moussaie n'était large que d'un ou deux pieds, à peine. Tout de suite c'était l'eau au faible clapotis et, heureusement, Laurier et la barque. Le jeune garçon lança une corde à Bellemore afin de s'approcher d'eux le plus près possible. De toutes ses forces, le comédien la retint d'une main tandis que de l'autre il aidait Floriane à prendre place dans la petite embarcation.

— Vous y êtes ?

— Oui, répondit-elle, enfin assise près de Laurier.

Du manoir s'échappaient maintenant des clameurs, un véritable tumulte. A travers les fenêtres, Floriane voyait s'agiter des ombres dans la lumière des torches brandies par les domestiques.

— Floridor, mon Dieu ! s'exclama-t-elle, constatant qu'il ne les avait pas suivis.

Il était resté avec les autres, protégeant sa fuite ! A cause d'elle, il se battait, risquait sa vie ! Son cri eut sur Bellemore l'effet d'un dard.

— Laurier, emmène-la, moi j'y retourne, gronda-t-il, lâchant la corde.

Et il disparut à son tour à l'intérieur du château.

Appuyant l'une de ses rames sur la muraille, Laurier fit pivoter la barque qui se retrouva rapidement au milieu des douves.

— Vous voyez ce bosquet, là-bas sur notre droite, fit-il à Floriane désignant au loin un bouquet d'arbres. Mon père s'y trouve avec Montfleury et des chevaux. Vous irez les rejoindre. Moi, je ne bougerai pas d'ici. Je verrai ce que je peux faire.

— Je resterai aussi, lui dit-elle, bien décidée à ne pas abandonner ses camarades.

Sans chercher à la convaincre, Laurier immobilisa sa barque. Glacée par la peur, cernée par l'eau noire et inquiétante sur laquelle dansaient les lueurs rougeoyantes des fenêtres, Floriane crut alors attendre une éternité. En fait, tout se déroula très rapidement.

Brusquement, des vitres volèrent en éclats ; quatre silhouettes presque simultanément apparurent sur l'étroit terre-plein et sans hésiter se jetèrent dans les douves. Floriane vit distinctement Floridor soutenir Omer qui ne savait pas nager. Aussitôt Laurier se rapprocha de quelques coups de rame vigoureux, récupéra les deux hommes et vite, très vite, gagna la berge opposée où Bellemore et Testu arrivaient tout ruisselants. Profitant de la confusion, La Vallée quant à lui, avait pu adroitement s'échapper d'un autre côté avec son brave Motin.

Un coup de mousquet claqua, tiré dans leur direction, puis un autre, puis un troisième. Par chance, les balles ne firent que ricocher à la surface de l'eau où s'élargissait le reflet pourpre, brillant comme une énorme flaque de sang.

— Le feu ! pensa Floriane.

Cependant, heureuse de les retrouver tous sains et saufs, désormais, elle ne craignait plus rien. Accrochée aux mains tendues vers elle, elle se hissa hors de l'embarcation, regrettant sa lourdeur et sa maladresse qui l'empêchaient de courir à l'abri du bois, retardaient ses amis. Avec un immense soulagement, elle vit La Rive, Montfleury et La Vallée, lui aussi trempé, galoper à leur rencontre tirant d'autres chevaux. Floridor enfourcha une monture, puis se penchant, souleva Floriane, l'installa en amazone sur le devant de sa selle.

— Faites attention, au moins ! lui lança Bellemore sans parvenir à cacher sa déception.

Au château, le tir des armes avait maintenant cessé. Les domestiques s'efforçaient de maîtriser les flammes qui grimpaient à l'assaut des tapisseries. Colette pleurait tout en préparant du baume pour soigner les blessures et les morsures de chien.

Lorsque le calme revint enfin sur La Moussaie, la nuit était déjà fort avancée et les comédiens avaient depuis longtemps disparu.

François de Belin à son retour, trouva le domaine vide et meurtri.

— Elle est partie... murmura-t-il avec accablement devant ses gens, auxquels il défendit d'entreprendre la moindre poursuite. Non... Personne n'a le droit de retenir captive une fée. Personne, répéta-t-il à plusieurs reprises, l'air brisé.

*

* *

Après une marche forcée de deux jours, les chariots des comédiens arrivèrent à l'entrée d'Alençon, faisant halte aux *Chênes Verts*, une hostellerie sans prétention du faubourg de Mont-Sort. Le seul attrait de l'endroit était la présence de la Sarthe presque un ruisseau encore, coulant au bas du jardin et trois gros chênes dont les glands s'éparpillaient dans l'herbe. Floriane et Floridor s'y retrouvèrent après le dîner, malgré la pluie qui menaçait.

Brièvement le jeune homme raconta leurs recherches et comment une simple petite frange de carrosse les avait mis sur la bonne voie. Il se déclara surtout révolté par la conduite de Belin qu'il avait tout de suite soupçonné d'être l'auteur de cet enlèvement. Mais Floriane prit aussitôt la défense du comte : original, certes, mais généreux, il avait simplement voulu protéger à sa manière la baronne d'Ivreville. Et devant l'étonnement de Floridor, elle lui apprit quel rôle avait joué Champrose en révélant son secret.

— Cette tête de linotte pourrait bien vous trahir encore !

— Non, je ne pense pas. Elle ne dira rien, assura Floriane d'une voix lasse.

Découragée tout à coup, elle s'appuya au tronc d'un chêne. A travers ses vêtements, elle sentait s'imprimer dans son dos l'écorce épaisse, plaquée de mousse, cherchant à tirer réconfort à ce rugueux contact.

— Que de tracas à cause de moi ! soupira-t-elle. Belin ne tardera pas à deviner qui a organisé ma fuite. En admettant qu'il renonce à effectuer des recherches, il renoncera également à vous parrainer à Paris. J'ai compromis toutes vos chances.

— Mais non ! s'écria Floridor. Il n'y a pas que Belin pour faire ou défaire une réputation. D'autres que lui nous ont vus et peuvent nous appuyer. Seulement à bien réfléchir, il serait trop tôt d'aller à Paris maintenant. Dans une troupe errante nous sommes à bonne école, confrontés à tous les publics, à toutes les rudesses, tous les aspects du métier. Bellemore aussi partage mon avis : nous avons bien le temps de mener une vie régulière. Nous n'avons pas encore fait notre plein de liberté.

— Montfleury en a pensé autrement.

— Montfleury a débuté avant nous. Il a épuisé toutes les joies d'une existence aléatoire.

Leur camarade s'était désisté la veille. Versant à La Rive la quasi-totalité de ses économies, déterminé à exploiter à chaud les succès remportés dans le Maine, il était parti à la conquête de la capitale. En fait, Floriane savait que Montfleury lui reprochait d'avoir joué les trouble-fête, sa rancune s'ajoutant à la jalousie qu'il ne pouvait contenir devant les succès de Floridor. N'empêche que son départ laissait un vide considérable dans la Troupe de l'Espérance.

— Que voulez-vous, ma chère Niflame reprit Floridor avec sa façon de toujours gentiment la taquiner, tout le monde n'a pas votre esprit aventureux. C'est bien d'avoir préféré le théâtre à l'abri doré que vous proposait Belin. Quand je vous disais que vous étiez comédienne dans l'âme !

— Il faut croire que vous aviez raison, en effet, répondit Floriane, s'efforçant de badiner elle aussi.

Le vent froissa les branches au-dessus d'eux. Des gouttes de pluie pointillèrent la surface de l'eau. Submergée soudain par la fatigue et la tristesse, elle décida de rentrer. A Floridor qui s'inquiétait de son état, elle affirma néanmoins se sentir tout à fait bien et le quitta à l'entrée de sa chambre.

Champrose y avait déjà semé son inévitable pagaille. Occupée pour l'instant à rouler ses cheveux en papillotes, elle sembla ne pas faire cas de sa compagne. Mais lorsque Floriane une fois déshabillée, simplement vêtue de son peignoir, se fut allongée, elle s'approcha du lit et d'un air embarrassé qu'on ne lui avait jamais vu, commença :

— Je voudrais vous dire que... il faut que vous sachiez... Enfin, je n'ai pas très bien agi envers vous.

Floriane la regarda attentivement. Pauvre Champrose, écarlate sous ses mèches couleur de miel, entortillées dans leurs petits papiers de soie ! La confusion, la contrition, ne convenaient décidément pas du tout à son orgueilleuse et bouillonnante nature. Floriane devinait si bien ses appétits, sa rage, sa déception. Quoi ? Tant d'intrigues, de compromissions, pour en arriver à retrouver sa rivale dans une méchante auberge de province ?

— N'ajoutez rien, Champrose. Je sais tout. Nous n'en parlerons plus si vous le désirez.

— Vous savez... tout ? Et vous me pardonneriez ?

— Sincèrement, croyez-moi.

— Ah, madame, que vous êtes bonne ! En fait, je n'ai pas cherché à vous nuire. Je ne vous déteste pas au fond. Simplement, j'ai cru que...

— Je comprends, Champrose. Mais, de grâce, ne m'appelez pas madame. Je suis et reste Niflame, votre camarade logée à la même enseigne que vous.

— Oui, oui bien sûr.

Champrose avait du mal à récupérer son aplomb, visiblement impressionnée par la grandeur d'âme tout aristocratique de Floriane.

— Une question, Champrose, pourquoi n'avez-vous pas accompagné Montfleury à Paris ? Vous pouvez vous aussi prétendre à d'intéressants contrats. Si c'est une question d'argent...

— Non !

Le ton coupant était cette fois celui d'une reine qu'on offense, le fameux « ton Champrose ».

— Ce n'est pas une question d'argent. Je n'avais aucune envie de voyager seule avec Montfleury, voilà tout !

Pour rien au monde, la comédienne n'eût avoué qu'elle avait eu peur, peur de l'inconnu, de l'insuccès, de l'insécurité.

— L'occasion se représentera certainement un jour ou l'autre, lui prédit Floriane, point dupe. Paris sera à vos pieds, j'en suis sûre.

— Moi aussi, daigna répondre Champrose souveraine, désireuse de conclure l'entretien à son avantage.

Mais elle poussa un cri à la vue de Floriane tout à coup aussi blanche que ses draps, le visage révulsé par une brusque douleur.

— Qu'avez-vous ? Niflame, répondez-moi ! Vous m'effrayez.

— S'il vous plaît, hoqueta Floriane, allez vite chercher quelqu'un, un médecin, Pierrette. Je crois que...

Sa phrase s'acheva sur un gémissement. Effarée, Champrose ouvrit la porte, appela à l'aide et tandis que la pluie enveloppait les *Chênes Verts* d'une chape dense et grise, l'impitoyable travail de l'enfantement commença pour Floriane.

*
* *

Pierrette, immédiatement accourue, le confirma au premier coup d'œil.

— Votre petit a l'air bien pressé de sortir, ma chère Niflame.

— Oh, Pierrette... Est-ce grave ? bredouilla Floriane, s'accrochant avec angoisse à l'expérience maternelle de l'énorme femme.

— Grave, un mois d'avance ? Cela m'est arrivé pour les jumeaux. Dans votre cas, ce n'est pas extraordinaire, après ces derniers événements.

« C'est ma faute, pensa Floriane. J'aurais dû tranquillement rester à La Moussaie. »

Comme trop souvent, elle avait agi avec inconscience, frivolité, égoïsme, présumant trop de sa santé, oubliant qu'un accident, jadis, l'avait laissée fragile, que cet enfant tenait du miracle. Allait-elle le perdre comme l'autre ? Une peur indicible s'ajouta à la douleur qui l'assaillait maintenant en vagues régulières.

— Calmez-vous, l'encouragea Pierrette, lui faisant respirer

un mouchoir imbibé de vinaigre. Votre récompense sera à la mesure de votre mal. Vous savez, on oublie tout après !

Pendant ce temps, ameutés par Champrose, les hôteliers avaient envoyé leur plus jeune fils chercher un médecin. Une demi-heure plus tard, un homme courtaud, au nez camus, noyé dans une sinistre robe noire, pénétra dans la chambre. Un barbier et son aide l'accompagnaient, qui sans plus attendre ouvraient déjà leur mallette contenant les lancettes à saignées ; posaient, sur des plats, les palettes, ces précieuses coupelles qui tout à l'heure recueilleraient le sang de la malade ; préparaient des bandes de toile et la bougie que le commis tiendrait allumée au-dessus de la veine tandis que le maître ajusterait son coup.

— Suffocation de mère, annonça le médecin avec grandiloquence en apercevant Floriane. J'ai bien fait de vous amener avec moi, barbier.

L'assistance tout entière attendait en silence, Champrose, Colombe, la patronne des lieux. Les hommes de la troupe s'étaient massés dans le couloir. Avec méfiance ils observaient du seuil ce qui se passait dans la chambre.

— Vous allez donc faire saigner madame ? demanda Pierrette, incrédule.

— Au pied, oui. Simple « saignée de précaution », daigna expliquer le médecin.

— Je ne veux pas, déclara soudain Floriane, usant de toute la volonté qui lui restait.

La vue de ces individus avait instantanément ressuscité dans sa mémoire, un cortège d'images sombres, terribles : Artus blessé, le roi agonisant, Lyon ravagé, sans parler de ses propres combats, autant de circonstances où, par le passé, elle avait côtoyé ces redoutables docteurs et leurs acolytes. Ah ! la mine d'ivrogne qu'avait ce barbier ! Elle voyait ses doigts d'écorcheur aux ongles noirs ; elle devinait dans leur étui de vieux cuir, ses instruments jamais nettoyés, rongés de rouille. Elle ne supporterait pas qu'il la touchât, pas plus que ce médecin au mufle suffisant qui dans une magistrale envolée de manches tendait les mains pour la palper. C'était bien assez de donner le jour à son enfant loin des siens et de l'éclat dont une femme de sa condition était toujours entourée, dans cette petite chambre au rude plancher, au mobilier sommaire, sans avoir à se soumettre, en plus, à ces brutes.

— Allez-vous-en ! Je ne veux pas, je ne veux pas ! répéta-t-elle, étouffant de panique et de désespoir.

Bouleversés par ses cris, les comédiens, d'un même élan, se ruèrent dans la chambre. Sourds aux protestations et aux menaces des trois hommes, ils les expulsèrent sans ménagements.

— Il faudrait faire venir une sage-femme, fit l'hôtelière décontenancée.

— Oui, répondit Pierrette. Mais elle arriverait trop tard, je le crains.

— Alors qu'allons-nous faire ?

— Aider notre amie, rétorqua énergiquement la comédienne. Vous avez eu des enfants ? Vous savez donc ce que c'est. Faites vite monter de l'eau chaude et des linges. Et faites aussi installer un petit lit, dans ce coin. Ce sera plus commode pour vous, n'est-ce pas Niflame ? Allons, ma chère, ne vous agitez pas comme ça. Ne gaspillez pas vos forces. Implorez plutôt la protection de Sainte-Marguerite et tout ira bien. Colombe, Champrose, cessez de geindre ou sinon sortez tout de suite !

Sous les directives de Pierrette, les choses paraissaient vouloir reprendre un cours plus rassurant. Peu à peu, les noirs fantômes d'autrefois se dissolvaient dans la clarté grise de la chambre. Si Champrose avait préféré rejoindre leurs compagnons, en bas, crânement Colombe était restée pour assister sa mère. Prisonnière d'une sorte de brume, Floriane les voyait se mouvoir : Pierrette lourde et massive, l'hôtelière tout en maigreur, Colombe aux gestes fluets, gracieux. Elles ne semblaient plus tout à fait appartenir au monde réel et de même que dans les contes de fées, elles étaient trois à tenir de fragiles destinées entre leurs mains.

Les épreuves physiques n'avaient pas épargné Floriane. Pourtant, elle découvrait que jamais on ne s'habitue à la douleur. Une âme bien trempée peut se défendre contre les tourments. Et même en triompher. Le corps, non. Chaque nouvelle torture le retrouve plus désarmé, plus affaibli, plus gémissant. Écartelée, à bout de souffle, Floriane luttait pour ne pas sombrer dans le gouffre sans nom où cherchait à l'attirer sa souffrance, un abîme d'indignité, de terreur, de solitude !

« Pourquoi, pourquoi n'es-tu pas près de moi ? »

Artus était parti. Elle ne le reverrait plus. Il ne connaîtrait sans doute jamais son enfant qu'avec tant de peine et de larmes elle mettait au monde. Elle-même... Elle-même n'avait plus guère d'importance. Elle était si lasse de devoir toujours lutter. Seule.

Le vent et la pluie d'automne qui harcelaient les *Chênes Verts* redoublèrent de violence. Floriane tourna le visage vers le carré gris pâle de la fenêtre. Elle découvrit alors un homme à la silhouette longiligne, contemplant obstinément au-dehors le jardin ravagé par l'averse. Par pudeur, par discrétion et surtout parce que voir souffrir Floriane lui était insupportable, il ignorait délibérément ce qui se passait derrière lui. Mais il était là. Floridor... Elle faillit l'appeler, se retint, comprenant que sa présence aveugle et muette devait suffire à raviver son courage.

La délivrance vint d'un coup, lui arrachant un dernier cri auquel tout aussi soudainement des pleurs répondirent. La voix de Pierrette arriva de très loin :

— Ça y est ! C'est fini.

Fini ? Elle était brisée. Cependant elle chercha malgré tout à se soulever, à découvrir enfin...

— Niflame, regardez ! Regardez votre fille !

Floriane vit un petit corps rouge, aux poings serrés, s'agiter entre les gros doigts de la comédienne, regimbant, comme déjà prêt à s'élancer à la conquête du monde. Etait-ce possible ? Le prodige s'était donc accompli ? Bien que tous ses membres fussent rompus par l'effort, Floriane, avec humilité, n'osait encore prétendre y avoir pris une part quelconque.

— Mon Dieu, mon Dieu, merci... murmura-t-elle en se laissant retomber, épuisée, sur sa couche, pleurant, émerveillée devant le divin ouvrage.

IV

Le vent de la mer

(Octobre 1633 - Octobre 1634)

— QUELLE mine radieuse vous avez, chère Niflame, s'exclama La Rive en entrant dans la chambre. La maternité vous va décidément très bien.

Assise dans le grand lit qu'elle avait réintégré — heureusement déserté par Champrose émigrée auprès de Colombe —, Floriane sourit au compliment, le visage frais sous une coiffe de satin bleu assortie à sa brassière. Depuis quelques jours, elle savourait le moment le meilleur pour une jeune mère, celui qui suit les heures mauvaises, deux semaines de repos exigées par l'usage. Entourée, gâtée par tous, uniquement préoccupée de son bien-être et de sa fille.

Bien sûr, la pièce qu'elle occupait aux *Chênes Verts* n'avait qu'un lointain rapport avec ces chambres de « gésine » ou de « parement », surchargées d'étoffes précieuses où une accouchée faisait habituellement étalage de ses richesses afin d'éblouir ses visiteurs. Ses visiteuses surtout. Assises en fonction de leur rang autour du lit, sur des « caquetoires », se gorgeant de friandises, vidant la cave de l'infortuné mari qu'elles ne se privaient pas de vilipender, ces dames, au bec implacable, se répandaient en confidences intimes et en commérages. Mais on avait beau gloser sur ces détestables coutumes, les « caquets de l'accouchée » faisaient partie des mœurs du temps. L'arrivée d'un enfant au cœur d'une famille étant un événement d'importance, nulle n'aurait songé à se soustraire au rite des visites, Floriane pas plus qu'une autre. Et sans recevoir les commères du quartier, elle aimait à chaque après-dîner, voir se réunir autour d'elle, les comédiens et dame Claude l'hôtelière, qui n'avait pas sa pareille pour lui préparer du vin épicé ou de fortifiants laits de poule.

Pierrette appuya les paroles de son mari :

— Il est vrai, Niflame, que vous vous remettez très bien. Ne vous l'avais-je pas dit ? On oublie vite, n'est-ce pas ?

— Comment peut-on oublier ces horreurs ? maugréa Champrose.

De sa voix la plus caverneuse, Bellemore se mit à chanter :

Le travail de l'enfant est un mal si nuisible
Que je ne puis assez m'en plaindre désormais.
Si je pouvais faire une chose impossible,
Je jurerais ma foi de n'y tomber jamais.

— Chut ! osa protester Colombe. Vous allez réveiller la petite Charlotte.

Un léger chuintement approbateur se fit entendre du fond du berceau. Floriane aussitôt alarmée se pencha. Charlotte dormait, sa bouche arrondie semblant esquisser un baiser. De temps à autre, de furtives grimaces plissaient comiquement son visage. Elle avait un nez minuscule et le plus joli teint du monde, d'un rose vif et soyeux.

— Petit trésor, s'extasia Floriane une fois de plus.

Elle ne se lassait pas de l'admirer, saisie jusqu'au vertige par des sentiments inconnus jusqu'alors, un bien curieux mélange de modestie et d'orgueil, de violence possessive et de tendresse, une émotion craintive devant tant de fragilité, un étonnement persistant : comment, comment donc avait-elle pu créer une telle merveille ? Jamais elle n'aurait soupçonné qu'un bébé pût être aussi beau. Il est vrai que sa fille ressemblait à Artus, le même menton volontaire, le même reflet de cuivre sur les cheveux. Mais, comme toujours, ces constatations amenant une houle de regrets, Floriane étouffa un soupir, effleura d'un doigt timide la joue duveteuse. Elle aurait tant aimé caresser le petit corps tout entier, le presser contre elle comme un animal transi, l'envelopper de sa propre chaleur. Mais dès sa naissance, après avoir été baignée par Pierrette dans une décoction de roses rouges fortement additionnée de sel, Charlottte, enduite soigneusement d'huile rosat, avait été ensuite emmaillotée et n'était plus maintenant qu'un épais cocon pétrifié sous ses couvertures.

Pierrette et dame Claude avaient enseigné à Floriane l'art de langer un nourrisson, longue entreprise, si délicate qu'il valait mieux procéder assise par terre. Sur les jambes étendues et jointes l'une contre l'autre on posait d'abord un oreiller et enfin, sur celui-ci, l'enfant vêtu d'une chemise ouverte sur le derrière. Les bras appliqués le long du corps, les genoux et les jambes serrés, il disparaissait peu à peu sous les langes et les bandes de toile qu'on entrecroisait jusqu'à former un véritable paquet, complété sur la tête par un béguin, une calotte de laine et une cornette attachés sous le menton, gardant les oreilles bien collées au crâne. Ainsi jusqu'à l'âge de six ou sept mois, l'enfant serait donc entortillé comme une momie dans ses bandelettes, traitement « nécessaire pour donner à ce petit corps l'attitude droite qui est la plus décente ; sinon il ne saurait se tenir sur ses deux pieds et marcherait peut-être à quatre pattes[1] ». Depuis l'Antiquité la coutume se perpétuait pour le plus grand bien de l'humanité.

— N'a-t-elle pas trop chaud ? s'inquiétait souvent Floriane.

— « La chaleur incite les enfants à dormir par les fumées qui montent au cerveau », récitait doctement dame Claude.

— « Il les faut emmailloter et tendrement envelopper,

1. Opinion du docteur Mauriceau, célèbre accoucheur du XVIIe siècle.

bercer, nettoyer, conjouir », chantonnait Pierrette, se souvenant des siens avec attendrissement.

Pour une prématurée, Charlotte était remarquablement vigoureuse, faisant preuve d'un appétit vorace qui avait tout d'abord posé un problème crucial. Comment, en effet, satisfaire la petite affamée ? Aucune nourrice n'avait été encore prévue. Et quand on connaissait les difficultés pour en trouver une répondant aux critères exigés, c'est-à-dire une femme de vingt-cinq à trente-cinq ans, accouchée d'un enfant mâle de préférence, saine et grasse, propre et rieuse, qui ne soit pas rousse, surtout, et accepte en l'occurrence de suivre les comédiens dans leurs pérégrinations, autant valait rechercher l'impossible ! Prisonnière, malgré elle, des préjugés de son éducation, Floriane ne pouvait se résoudre à nourrir elle-même sa fille. D'ailleurs, Pierrette affirmait qu'elle était trop menue et n'aurait point assez de lait. On avait donc eu d'abord recours au laitier qui, à l'aube, approvisionnait le faubourg. Jusqu'au jour où Floridor avait ramené aux *Chênes Verts* une chèvre que Floriane avait découverte de sa fenêtre, bêlant dans la cour de l'auberge.

— Je vous présente Bélise, la nourrice idéale ! avait crié le jeune homme conquis par la petite fille, comme tous les autres membres de la troupe.

Oui, tous. Même Champrose qui condescendait à la trouver « mignonne ».

— Charlotte, pourquoi ce nom ? demanda-t-elle à cet instant, arrachant Floriane à la contemplation émue de sa nourrissonne.

— En souvenir d'un frère que j'aimais.

La tristesse de sa réponse fut si flagrante que Floridor s'empressa de relancer la conversation sur un autre sujet. Avec humour, il narra les malheurs de La Vallée qui maintenant remplaçait Montfleury. Il avait donc hérité de quelques-uns de ses accessoires en même temps que de ses emplois, en particulier d'une couronne royale de fer doré mieux adaptée aux mesures du corpulent Montfleury et qui, par conséquent, s'obstinait à glisser sur le nez du petit bonhomme.

— Ce qui manque fâcheusement de majesté, non ? conclut Floridor.

— Comme j'aimerais voir ça ! s'écria Floriane en riant. Allons, racontez-moi encore ce qui se passe. Je veux tout savoir. Êtes-vous contents ?

— Contents ? Ravis ! Il ne manque que vous, douce Niflame, lui jura Bellemore.

Donc chaque jour, elle avait le compte rendu de la représentation de la veille, avec un foisonnement d'anecdotes amusantes. Mais, trop fine pour se laisser abuser bien longtemps, elle ne tarda pas à deviner que les affaires des comédiens étaient certainement moins prospères qu'ils ne voulaient le lui laisser entendre.

Les jumeaux s'étant toujours montrés très ouverts avec elle, Floriane savait qu'elle leur soutirerait facilement ce qu'on voulait lui cacher. Elle s'arrangea donc pour les faire venir discrètement un matin dans sa chambre. Mis rapidement en confiance, le frère et la sœur lui décrivirent bientôt l'exacte situation dans laquelle se débattait la troupe.

Au début, tout avait pourtant bien commencé. La Rive avait pu retenir la salle du grand jeu de paume de la rue du Bercail, situé au centre d'Alençon. Bien sûr, le loyer en était honteusement élevé, mais en contrepartie les recettes s'étaient tout de suite avérées intéressantes. Confinée dans un véritable carcan de pierres crénelées et de mâchicoulis, la ville était assez sévère, en tout cas plus riche de cloîtres et d'églises que de tripots. Sevrés de distractions, les bourgeois, les marchands de bestiaux et les commerçants de la halle voisine étaient volontiers accourus applaudir la Troupe de l'Espérance et comme partout, n'avaient pas manqué de réserver un triomphe tout particulier à Floridor.

Fort de son succès, avide d'aller plus loin encore dans son art, d'échapper aux pièges de la routine, le jeune comédien avait alors décidé de changer de registre. Abandonnant princes et bergers au cœur pur, bousculant le programme, il s'était métamorphosé du jour au lendemain en courtisan fourbe et ambitieux, le Léandre de *La Bague de l'oubli*[1]. A partir de ce moment-là, avaient surgi les premières complications.

Déçu de ne pas retrouver son héros sous des couleurs familières, le public avait protesté violemment puis devant l'obstination de Floridor s'était carrément mis à bouder le spectacle.

— Mon père était furieux, raconta Laurier, interrompant le récit que sa sœur avait mené jusqu'alors. Il voulait que Bellemore reprenne le rôle de Léandre. Mais vous savez, quand Floridor a décidé quelque chose... Il ambitionne de changer les mentalités ! « Les gens, nous a-t-il dit, manquent d'imagination. Ils se font une idée de nous une fois pour toutes. Nous devons donc, parfois, bousculer leurs petites habitudes. »

— Maman l'a traité d'utopiste, ajouta Colombe avec sérieux.

— Disons qu'il refuse la facilité, corrigea Floriane. Je suis persuadée que, tôt ou tard, il saura faire triompher sa noble conception du théâtre. Alençon n'était peut-être pas l'endroit idéal pour tenter de nouvelles expériences, voilà tout.

— Sur ce, continua Laurier, le propriétaire du tripot décidant d'augmenter son loyer, nous avons dû quitter la rue du Bercail.

— Mais pour aller où ? s'écria Floriane sachant que c'était le seul endroit possible dans toute la ville.

— Tout près d'ici, à la *Tête Noire*.

Une salle vétuste et crasseuse, mal éclairée, mal famée, en fait le repaire de tous les mauvais garçons, de toutes les pierreuses de Mont-Sort et des autres faubourgs.

— Ah, Niflame, quel cauchemar ! gémit Colombe. Beaucoup ne payent même pas leur place. Le soir, la « boîte[2] » est presque vide. Et c'est à peine si nous pouvons jouer avec le chahut qu'ils font.

1. Comédie de Rotrou.
2. Caisse.

Un chahut tel que par deux fois la maréchaussée avait dû intervenir et que le dimanche suivant, le curé de Notre-Dame avait lancé un prêche virulent à l'encontre des comédiens fauteurs de trouble. De leur côté, le médecin et le barbier qui avaient été expulsés de la chambre de Floriane, avaient pris la tête d'un groupe hostile à leur présence, alertant la municipalité. La troupe ne devait qu'à la générosité de dame Claude et de son mari d'être encore hébergée aux *Chênes Verts*.

— Heureusement qu'il y a Motin, soupira Laurier. Il amuse les clients de l'auberge et nous gagne trois sous.

— Pourquoi ne pas m'avoir prévenue ? murmura Floriane, navrée d'apprendre les déboires pleuvant sur ses camarades pendant qu'elle-même était si délicatement traitée.

— Personne ne voulait vous inquiéter. Maman dit que vous devez vous reposer encore un peu.

— Mais je vais très bien ! Et Charlotte aussi. Elle a plus de deux semaines maintenant. Nous devons partir d'ici, sans attendre d'être jetés comme des malpropres ! Laurier, allez chercher vos parents et tous nos amis. Je le leur dirai moi-même. Colombe, voulez-vous m'aider à m'habiller ?

Dix minutes plus tard, Floriane recevait toute la troupe, debout au pied de son lit. Elle portait sa robe rouge. Libérés de leur coiffe, ses cheveux flottaient sur ses épaules. Elle n'eut aucun mal à convaincre les comédiens qu'elle était capable de reprendre sa place parmi eux et que mieux valait pour tout le monde quitter Alençon au plus vite.

Le lendemain, dans un petit jour morose, ils firent leurs adieux aux *Chênes Verts*. En larmes, sur le pas de sa porte, dame Claude regarda longuement s'éloigner la caravane, Bélise, la chèvre nourricière de Charlotte, trottinant attachée au dernier chariot.

*
* *

— Ah ! quand ça se met à mal tourner ! marmonna La Rive.

Assis, les coudes posés sur ses genoux, la tête dans ses mains, le vieux comédien contemplait les flammes d'un feu de bois, tordues autour d'un gros chaudron noirci. Une vapeur de choux et de navets additionnés de saindoux s'en échappait à mesure qu'Omer y plongeait une énorme louche, le feu éclairant par-dessous son visage un peu étrange.

Tout autour, c'était l'ombre dansante et humide d'une grange désaffectée dans laquelle la troupe s'était arrêtée ce soir-là. Ils étaient en pleine campagne, perdus ou presque, quelque part au-delà d'Évreux. La ville les avait chassés le jour même pour une futilité, une stupide histoire d'affichage. Il avait été question de « l'incivilité des comédiens qui avaient affiché sans avoir leur décret d'approbation. Il avait été opiné et puis conclu par ces messieurs du Conseil municipal que les affiches seraient levées et puis à eux de ne faire aucune comédie ». Prétexte devant lequel ils avaient dû malgré tout s'incliner.

Sans répondre à son mari, Pierrette le regarda avec inquiétude. Depuis un certain temps, il ne cessait de se lamenter. Par ailleurs, il se fatiguait vite, sa voix, sa célèbre voix de bronze se voilait. A plusieurs reprises, il avait eu des difficultés à terminer son final. Tenir son rôle tout au long d'une pièce était maintenant assez pour lui. Bientôt, il faudrait que quelqu'un d'autre harangue le public à sa place. Seulement voilà : renoncer à son titre d'orateur, c'était aussi renoncer à diriger la troupe. C'était admettre les méfaits de l'âge, s'effacer devant la jeunesse en attendant que la mort ne vînt vous gommer à jamais. Et tout ça tourmentait La Rive.

— Ventre ! s'écria Bellemore du vieux tas de paille où il avait entrepris de cirer ses bottes. Vous n'allez pas vous morfondre parce que des bourgeois aux derrières rassis ont craché un peu de bile.

La Champrose, occupée à recoudre un ruban à sa jupe à la lueur du foyer, leva la tête :

— S'il n'y avait eu que l'affaire d'Évreux. Mais rappelez-vous Chartres et vos deux nuits en prison, mon cher Bellemore.

— Bah, j'avais un peu trop cogné sur le valet du tripot. Aussi, le bougre nous volait, vous le savez bien.

— Qu'aviez-vous besoin de taper si fort ? Il nous a fallu vider la place. Et puis il y eut Dreux, continua l'implacable Champrose, et l'incendie qui a détruit cette salle minable...

— Il est vrai que nous jouons de malchance en ce moment, reconnut Floridor. Mais ce n'est pas une raison pour nous décourager.

Voyant approcher Testu tenant une jatte de lait qu'il venait de traire à Bélise, il s'exclama :

— Voici le souper de mademoiselle !

Le vieil homme se baissa avec précaution près de Floriane, installée, elle aussi, à côté du feu, avec Pierrette et Colombe. Sur ses genoux, Charlotte préparée pour la nuit dans ses langes propres, attendait son repas avec impatience. La petite fille avait été enrhumée dernièrement et aujourd'hui encore, restait enchifrenée, grognon. Si Pierrette n'avait pas paru dramatiser l'événement, conseillant simplement d'ajouter du miel dans son lait, il n'en avait pas été de même pour Floriane, incapable de dormir pendant des nuits, guettant avec anxiété d'autres symptômes éventuels sur le petit visage rouge de Charlotte.

— Si elle tombait gravement malade ? Si elle venait à...

Floriane était incapable d'esquisser, même en pensée, l'horrible supposition. C'eût été pire que d'entrouvrir les portes de l'Enfer. Elle se sentait prête à tout supporter — elle l'avait prouvé d'ailleurs — sauf à perdre à jamais ce petit trésor qui maintenant mangeait sa bouillie avec appétit.

Elle essuya une goutte de lait qui avait giclé sur la joue du bébé, noyée par un sentiment de responsabilité qui chaque jour la métamorphosait davantage.

— Où t'ai-je donc entraînée, ma toute mienne ? Quelle piètre mère je fais !

Depuis des mois, ils erraient dans le vent et la pluie, trop souvent prisonniers de routes défoncées, contraints de loger n'importe où, pour ne gagner qu'une misère. De l'argent des Le Noir, il y avait beau temps qu'il ne restait plus rien. Floriane avait tout donné à la troupe, bien heureuse de pouvoir ainsi leur prouver à tous, sa reconnaissance. C'est vrai, tout allait mal. Ils étaient victimes de la saison qui rappelait à Paris les gens de qualité ; du froid qui retenait les autres chez eux, de l'incompréhension, du mauvais vouloir, d'une série de malchances enfin que Floriane aurait très bien acceptées, s'il n'y avait eu Charlotte.

Pendant ce temps, dans la grange, la conversation se poursuivait entre ses camarades.

— A mon avis, nous nous sommes trop éternisés dans cette région. Toutes ces forêts ne valent rien pour ta gorge, fit Pierrette, s'adressant à son époux.

— Le Sud ne m'inspire pourtant pas beaucoup, ma pauvre amie.

— Il y a mieux que le Sud, déclara Floridor, saisissant l'occasion pour exposer un projet auquel il pensait depuis un bon moment déjà.

Puisqu'ils étaient apparemment devenus indésirables dans leur propre pays, le mieux, selon lui, était de gagner l'étranger pendant quelque temps ; l'Angleterre par exemple où les méthodes de travail étaient différentes mais le théâtre extrêmement vivant ; ou, mieux encore, les Provinces-Unies [1] et plus précisément La Haye dans laquelle les Français étaient si appréciés et toujours bien reçus par le prince d'Orange, Frédéric-Henri.

A l'exception des deux époux La Rive, tous s'enflammèrent immédiatement pour la proposition de Floridor.

— Oui ! C'est l'occasion ou jamais ! J'en rêve depuis des années, avoua Bellemore.

1. Actuellement Pays-Bas.

— Tout, plutôt que des trous perdus comme celui-ci, fit Champrose. Alors vous pensez ! La cour du prince...

Les jumeaux qui n'avaient pas encore franchi les frontières de France imaginaient déjà leurs futures découvertes.

— Jadis, nous avons connu La Haye, dit Pierrette, rêveuse pour une fois.

Floridor se tourna vers La Rive, attentif à ne pas froisser le vieil homme dont il comprenait l'amertume.

— Quel est votre avis ?

La Rive sourit tristement au regard ardent qui l'interrogeait. Puis, se décidant d'un coup :

— Mon avis ? Je crois que vous êtes bien jeunes, bien fous, mais que vous avez tous raison. Je crois aussi que vous ferez un excellent orateur à ma place, mon cher Floridor, si vos camarades daignent vous accepter.

Ému, Floridor lui tendait la main, l'aidant à se relever.

— Alors ? C'est oui ou c'est non ?

Oui, bien sûr ! L'ascendant que le jeune homme avait pris sur la troupe était tel que personne n'aurait songé à contester ce choix.

— Donc, affaire conclue. Omer, tu peux nous servir ta soupe, maugréa La Rive, mâchonnant vaillamment sa tristesse.

Un peu plus tard, Floridor l'air heureux, souriant, s'accroupit près de Floriane qui berçait Charlotte.

— Qu'en pensez-vous ?

— Je vous félicite. Votre éloquence fera merveille.

— Mais non, dit-il en ayant l'air de ne pas attacher d'importance à son nouveau titre. Je parle de ce séjour en Hollande.

— C'est ce que nous pouvons faire de mieux, approuva Floriane sincèrement, indiquant par ce « nous » son entière appartenance à la troupe.

Après un instant de silence, Floridor reprit à voix basse :

— Il est probable que nous embarquions à Dieppe, si je ne me trompe, nous passerions alors à proximité des terres de votre mari. Nous pourrions peut-être nous renseigner, apprendre quelque chose. Vous y avez de la famille n'est-ce pas ?

— Oui, en effet.

Floriane s'aperçut tout à coup qu'elle avait peu pensé à sa belle-mère. Pourtant, elle aussi avait dû souffrir en apprenant l'arrestation et l'exil de son fils. Elle avait dû également supporter, — supportait peut-être encore — la surveillance des hommes de Richelieu. Parce qu'elle-même était mère à son tour, Floriane éprouvait soudain une profonde commisération pour Hélène d'Ivreville.

« Comme elle doit me maudire ! songea-t-elle. Mais que dirait-elle si elle apprenait que sa propre petite-fille vivait au milieu d'artistes misérables ? Elle ne pourrait comprendre, bien sûr. »

Sans rien ajouter, Floriane souhaita le bonsoir à Floridor et rejoignit ses compagnes qui, ayant déjà étendu des couvertures sur un peu de paille, s'apprêtaient à se coucher sur leur lit de fortune. Elle déposa à terre la corbeille de Charlotte, s'allongea à côté. Par précaution, Omer avait éteint le feu et venait de s'installer dans l'un des chariots. Les comédiens ne tardèrent pas d'ailleurs à s'endormir, ici ou là. Une obscurité totale avait envahi la grange. Dans un coin, Motin, Bélise et les chevaux reposaient, soupirant, renâclant parfois. Dans l'air poussiéreux, leurs fortes odeurs se confondaient aux relents de choux et au parfum plus proche de Champrose. Floriane resta longtemps les yeux ouverts sur les ténèbres. Sa main tâtonnant par-dessus la couverture, rencontra la petite forme de Charlotte, la caressa, en prenant bien garde de ne point troubler son sommeil. Elle percevait maintenant toute la réelle étendue, toute la puissance de l'amour maternel pour lequel rien ne devait être impossible pas même le plus cruel des renoncements. Alors doucement, silencieusement, elle se mit à pleurer.

*
* *

Depuis qu'il avait été décidé de quitter le royaume, un regain d'énergie soufflait sur la Troupe de l'Espérance. Brûlant les étapes, elle s'arrêta à Rouen début mars, juste le temps de récolter un peu d'argent nécessaire aux frais du voyage puis repartit pour Dieppe, impatiente maintenant de se lancer plus avant dans cette nouvelle aventure.

Seule, Floriane ne partageait pas une bonne humeur qui pourtant avait même fini par gagner Pierrette et La Rive. Ils la voyaient tous s'assombrir à mesure qu'ils s'acheminaient, blottie dans un coin du chariot, tenant farouchement contre elle sa petite Charlotte. A l'étape de Tôtes, elle eut un mystérieux conciliabule avec Floridor et La Vallée avant de monter à sa chambre, seule avec sa fille, refusant de dîner avec ses camarades dans la salle commune de l'auberge. Quant à La Vallée, il disparut emmenant Motin sitôt le repas terminé. En vain on l'attendit jusqu'au soir. Il ne rentra que le lendemain dans la matinée et toujours sans donner la moindre explication, rejoignit Floriane et s'enferma un long moment avec elle.

Les comédiens réunis dans l'entrée de l'auberge, prêts à poursuivre leur voyage, commençaient à s'interroger sur sa bizarre attitude, Champrose pestant même contre le retard que cela entraînait, lorsque Floriane apparut dans l'escalier qui desservait les chambres. Son manteau la dissimulait entièrement à l'exception de son visage visiblement marqué par l'insomnie. Elle portait Charlotte qui dormait dans son petit panier, empaquetée dans une couverture. Floridor l'attendait au bas des dernières marches. Après quelques mots rapidement échangés à voix basse, le jeune homme sortit et Floriane se tourna vers toute la troupe rassemblée :

— Mes amis... commença-t-elle laborieusement.

Baissant la tête, elle regarda sa fille, s'éclaircit la gorge puis courageusement reprit :

— Mes amis, je vous prie de patienter ici aujourd'hui encore. Il se trouve que j'ai dans la région des parents auxquels j'ai décidé de confier Charlotte le temps que durera notre périple à l'étranger. Il me paraît, en effet préférable...

Incapable d'en dire plus, elle se mordit les lèvres et se dirigea vers la porte devant ses compagnons à la fois navrés et stupéfaits.

— Vous avez raison, approuva Pierrette. Elle est encore bien fragile pour se risquer avec nous.

Colombe s'approcha pour embrasser furtivement la petite fille.

— Non, Bellemore. Je vous remercie, murmura Floriane au comédien qui se proposait. Floridor va m'accompagner.

— Ah, bon ! Dans ce cas... Je comprends...

Elle ignora son air désappointé. En fait, elle ne voyait rien de ce qui se passait autour d'elle, les yeux brouillés par les larmes qu'à force de volonté elle parvenait à retenir, des yeux toujours rivés sur la tendre frimousse dont elle serait privée bientôt.

Dans la cour, Floridor s'avançait avec deux montures. Il aida Floriane à se mettre en selle, à caler solidement le panier de Charlotte au travers du garrot de son cheval. Lui-même ayant attrapé des mains de Testu la corde à laquelle Bélise était attachée, au petit trot, ils prirent la direction d'Ivreville.

Qu'avait donc cru, espéré, Floriane, en envoyant La Vallée au manoir ? Peut-être, tout simplement apprendre qu'Artus était revenu, que le roi leur avait pardonné, qu'on n'attendait plus que son retour, à elle, pour que la vie reprenne comme avant. Tant d'événements nouveaux avaient pu survenir au cours de ces derniers mois ! Malheureusement, il n'en était rien.

Cependant, avec beaucoup de zèle, d'habileté, La Vallée avait mené son enquête, sa tâche évidemment facilitée par Motin devant lequel toutes les portes s'ouvraient et les langues se déliaient bien volontiers. Ainsi, il pouvait dire que le château était toujours habité par la dame d'Ivreville et quelques serviteurs pour unique compagnie et surtout, qu'un détachement de six gardes du cardinal de Richelieu occupait le petit pavillon situé près de la grille d'entrée, surveillant le domaine au cas où la jeune baronne, recherchée par toutes les polices de France, viendrait se réfugier auprès de sa belle-mère. Par un domestique qui avait toute la confiance de la vieille dame, La Vallée avait toutefois glané un élément d'importance : le baron d'Ivreville était en Afrique ! A l'automne, il avait fait secrètement parvenir un message à sa mère par l'entremise d'un inconnu, reparti aussi mystérieusement qu'il était arrivé, un homme du Sud, sans doute un marin, parlant à peine français. Isolé dans un bastion perdu de Méditerranée, sous interdiction absolue de correspondre avec les siens, le baron se disait en bonne santé, espérant que son épouse ait pu se retirer à Ivreville.

Mon Dieu ! Il ignorait, naturellement, la persécution dont elle faisait l'objet ! Tout en chevauchant, les yeux fixés sur Charlotte, Floriane remâchait les renseignements fournis par La Vallée, violemment émue de pouvoir, enfin, plus d'un an après leur séparation, situer Artus dans le vaste monde mais surtout, atterrée de l'imaginer si loin, dans un pays probablement hostile, où elle ne pouvait le rejoindre. Combien de temps le roi, le cardinal, le laisseraient-ils là-bas, expier sa faute ? Sa vie entière peut-être ? L'Afrique ! Cette sauvage contrée, peuplée de barbaresques, d'infidèles, lui rendrait-elle un jour celui qu'elle ne cesserait d'aimer ?

Au sortir de Tôtes, les cavaliers avaient quitté la grand-route et suivaient maintenant un chemin malaisé, grimpant légèrement entre des buissons échevelés par le vent. Du ciel descendaient des nuages lourds et cendrés, crachant une brume impalpable et traîtresse. Ils allaient sans échanger une parole, Floriane en tête, silhouettes sombres dessinées dans la grisaille, foulant discrètement l'herbe encore jaunie. Charlotte dormait toujours, bercée par l'allure régulière du cheval. Tant d'ingénuité et de confiance achevaient de briser le cœur de sa mère !

Non, bien sûr, un si petit être n'avait pas à courir des voies aussi hasardeuses. Il lui fallait des soins, un foyer, une sécurité que Floriane, hélas ! incapable de maîtriser vraiment son propre destin, n'était pas en mesure présentement de lui offrir mais que l'enfant trouverait sans aucun doute au château d'Ivreville. Là étaient sa véritable maison, ses racines, sa place légitime. Résolue, Floriane ne regrettait pas une décision longuement mûrie, frappée du bon sens. Mais Dieu ! Quel sacrifice ! Quel déchirement à l'idée d'être éloignée de sa fille sans même savoir si l'avenir lui permettrait de la retrouver !

Des oiseaux s'envolèrent, froissant l'air à leur approche et soudain, la haute futaie masquée par la brume les engloutit. Dans le silence seulement troublé par le craquement des bois morts, ils avancèrent un moment, apparemment perdus, captifs des branches noires et suintantes, étrangement enchevêtrées autour d'eux. Mais Floriane savait qu'à la lisière de la forêt, bientôt commenceraient les terres d'Ivreville ; qu'il leur faudrait alors tourner à droite ; couper une prairie afin d'éviter la longue allée de hêtres menant à l'entrée principale, là où les gardes avaient pris quartiers ; rencontrer un ruisseau ; suivre le mur extérieur de la ferme ; traverser le jardin. Tout cela sans être vus. Pour rien au monde, en effet, Floriane n'aurait supporté d'affronter les questions, les plaintes peut-être, les reproches même feutrés de sa belle-mère, risqué — qui sait ? — de s'apitoyer dangereusement avec elle. Quant à se jeter délibérément aux mains des gardes, plutôt mourir ! Résignée malgré son chagrin à se séparer de sa fille, elle refusait toujours de se soumettre à son vieil ennemi ! C'est pourquoi la faible clarté du jour déclinant, ce léger brouillard ne pouvait que servir ses projets.

Le ruisseau franchi, ils dissimulèrent leurs chevaux derrière une haie de coudriers et sans bruit, se dirigèrent vers la maison, Floridor laissant Floriane agir comme elle l'avait décidé, Bélise sautillant au bout de sa corde. Ils longèrent la ferme où tout semblait tranquille, bêtes et gens déjà à l'abri ;

pénétrèrent dans le jardin ; se faufilèrent entre les arbres et les massifs. Un peu plus loin, dans la pénombre, se dressait la façade rose et brune du château, avec quelques fenêtres éclairées dont le cabinet dans lequel habituellement se tenait Hélène d'Ivreville.

Encore un tout petit instant et ce serait fini, Floriane se retrouverait les mains vides, plus solitaire que jamais, meurtrie une fois encore et si profondément. Elle s'arrêta, écarta la couverture qui couvrait la petite fille, se pencha sur le visage endormi, fleurant bon le lait, le savon et cette odeur particulière de bébé choyé, douce et chaude, presque animale. Fermant les yeux, les lèvres appuyées sur le front de Charlotte, Floriane respira sa peau dans une sorte d'ivresse désespérée. Tout à coup, un aboiement la fit tressaillir. Trois grands lévriers se précipitèrent vers eux en grondant. Les chiens d'Artus !

— Là, là, tout beau...

Floriane tendit la main, flatta les têtes qui les reniflaient. Les chiens se calmèrent immédiatement en reconnaissant la jeune femme mais la chèvre, tremblante d'effroi, se mit à bêler, menaçant d'alerter toute la maison.

— Il faudrait faire vite, pressa Floridor.

Oui, il n'était plus temps d'hésiter, de s'attendrir. Il fallait courir jusqu'au petit escalier, là-bas, à l'angle de la tourelle, déposer devant la porte la corbeille de Charlotte, attacher Bélise à la rampe de bois, attirer l'attention de la dame d'Ivreville ou de l'un de ses domestiques, puis s'enfuir, comme des criminels, leur forfait accompli.

Tout cela ne leur demanda pas une minute. Prenant la main de Floriane, Floridor l'entraîna ensuite précipitamment derrière une rangée de buis juste au moment où la porte du manoir s'ouvrait devant une servante.

— Oh ! ça alors ! Madame, venez voir !

Floriane entendit la voix grave de sa belle-mère répondre à l'intérieur. Puis cette voix se rapprocha, une silhouette altière apparut sur le seuil éclairé.

— Qu'est-ce donc ?

Avec étonnement, Hélène d'Ivreville découvrait le nourrisson que la servante avait ramassé et qui, réveillé brutalement, pleurait maintenant à grands cris.

Floridor sentit Floriane se raidir à côté. Il crut même que la jeune femme, n'y tenant plus, allait se découvrir, arracher sa fille à ces mains étrangères. Mais non... Immobile, elle dévorait la scène du regard, d'un façon intense qui le bouleversa.

— Quelqu'un nous a apporté ce bébé, madame. Et aussi cette chèvre !

D'autres personnes arrivaient l'une balançant une lanterne proposa d'inspecter le parc :

— Ce quelqu'un ne doit pas être bien loin.

— C'est curieux, les chiens n'ont rien dit, constata un garde du cardinal, identifiable à son justaucorps rouge.

De fait, l'attitude des lévriers, allant et venant entre le panier resté à terre et les buis du jardin ne laissait pas d'être insolite. Intriguée, Hélène d'Ivreville observa leur manège puis examina mieux l'enfant. La lumière de la lanterne fit soudain scintiller un objet accroché sur la couverture de laine blanche, quelque chose dont la vieille dame se saisit, étouffant avec peine une sourde exclamation de surprise. Elle venait de reconnaître une bague qu'elle-même avait portée jadis, un joyau unique, l'émeraude des Ivreville que Floriane avait cousue sur les langes brodés au prénom de Charlotte !

En cette fin de journée, aussi triste que toutes celles qui s'étaient écoulées depuis le départ de son fils, Hélène venait de recevoir le plus précieux des dons, le plus inespéré.

— Ne cherchez pas, ordonna-t-elle alors à ses gens, prenant le bébé des bras de sa servante. Il doit s'agir sans doute d'une malheureuse des environs qu'il est inutile de tourmenter. Mais cet enfant doit être le bienvenu. Allons, occupez-vous de la chèvre et rentrons vite. Il fait bien froid.

Elle parlait avec autorité, sans trouble apparent, légèrement plus fort qu'il n'aurait peut-être été nécessaire, s'adressant à l'ombre humide et glaciale qui avait envahi les parterres et les bosquets du jardin, et dans laquelle elle devinait une présence.

Floriane dans sa cachette, comprit le discret message. Elle avait eu raison de croire en la mère d'Artus malgré la légère froideur de leurs relations passées. Celle-ci ne la trahirait pas et personne n'était plus digne qu'elle de protéger son enfant.

Les larmes l'empêchèrent de voir nettement la porte se refermer sur Hélène et Charlotte. On avait entraîné Bélise vers les communs, rappelé les chiens. Tout rentrait dans l'ordre. Floriane sentit le bras de Floridor entourer son épaule, l'attirer contre lui. Alors, tournant le dos au manoir, docilement elle se laissa emmener. Un jour, elle se le jurait bien, elle reviendrait, reprendrait sa fille, s'efforcerait de rattraper le temps et la tendresse perdus. Un jour, peut-être, serait-elle en paix, à l'écart des haines, des rancunes, des convoitises. En attendant... En attendant elle devait continuer, sans trop faiblir. Il fallait vivre malgré tout.

La nuit était presque faite lorsqu'ils regagnèrent Tôtes. La Vallée les attendait en bordure du chemin. Il venait de surprendre, entre deux clients de l'auberge, des propos concernant Niflame. Ces hommes, un peu éméchés, de toute évidence des habitants d'alentour, l'ayant aperçue ce tantôt, avaient cru reconnaître en elle cette mystérieuse baronne d'Ivreville à laquelle s'intéressait si fort le cardinal et se proposaient d'en informer demain, à la première heure, les gardes cantonnés au château.

— J'ai estimé qu'il valait peut-être mieux que vous le sachiez, fit La Vallée, évitant tout commentaire superflu.

— Oui, en effet. Merci, mon ami, dit Floriane un peu hébétée, trop soudainement distraite dans son chagrin.

Floridor, en revanche, comprenant aussitôt le danger qu'elle courait d'être identifiée, arrêtée, ne tarda pas à prendre une décision.

— Il faut gagner Dieppe dès maintenant. Je vous y emmène. La Vallée, retourne près de nos camarades. Qu'ils s'apprêtent à nous rejoindre le plus discrètement, le plus naturellement possible. Trouve une raison à ce changement de programme, n'importe quoi : la famille de Niflame a tenté de la retenir de force, l'a menacée de faire intervenir la maréchaussée, que sais-je ? Nous nous retrouverons à l'entrée de la ville. Faites vite !

Puis se rapprochant de Floriane, avec douceur il s'inquiéta :

— Vous sentez-vous suffisamment forte pour vous remettre en route ?

— Tout à fait Josias, répondit-elle avec un sourire pitoyable que l'obscurité déroba.

Et sans plus attendre, elle talonna son cheval.

*
* *

Un soleil bas versait sur l'eau et le rivage une lueur orangée, plus précise qu'une pleine lumière estivale. Rassemblés à la poupe du navire, Floriane et les comédiens regardaient diminuer, peu à peu, Dieppe et ses collines, son château fortifié et ses maisons basses groupées autour du port. Le vent les poussait vers le large, amplifiant encore le fracas des vagues contre la coque, le claquement des voiles, le cri des mouettes qui les poursuivaient. Lentement, puissamment, le *Vogel* — l'Oiseau — prenait la haute mer.

C'était un lourd bateau hollandais de huit cents tonneaux, armé d'une trentaine de canons, peint d'un rouge sombre et brillant ; l'un de ces bâtiments robustes et majestueux, construits pour voguer et commercer jusqu'au bout du monde. Il appartenait à la Compagnie néerlandaise des Indes Orientales, la « Vereenigde Oostindishe Compagnie », comme en attestaient les initiales V.O.C. incrustées sur la proue. Un *A* ajouté au-dessus indiquait plus particulièrement qu'il dépendait de la Grande Chambre d'Amsterdam, la plus grosse actionnaire de la richissime compagnie. Une violente tempête d'équinoxe endommageant son grand mât alors qu'il revenait de Batavia chargé d'étoffes, d'épices et de pierres précieuses, l'avait contraint, si près de son but, à relâcher à Dieppe. Une chance pour la Troupe de l'Espérance qui s'était retrouvée une semaine plus tôt aux abords de la ville, au milieu d'une nuit bruineuse et glaciale. Depuis, elle cherchait vainement un équipage qui voulût bien appareiller pour la Hollande. Le mauvais temps qui persistait semblait vouloir retenir tout le monde chez soi.

Il n'était pas dans les habitudes des bateaux marchands d'accepter des passagers étrangers à leur bord mais Cornélius Van Dissen, le capitaine du *Vogel*, un géant au poil roussâtre, s'était laissé convaincre par Floridor, trouvant, il est vrai, gros avantage à accueillir la troupe. Gagner de l'argent quelle qu'en soit la manière, était la devise de tout bon Hollandais, devise qu'en l'occurrence Cornélius s'était fait un devoir de respecter. Le prix du passage demandé aux comédiens avait dépassé — et de loin — leurs prévisions. Néanmoins, ayant vendu chevaux et chariots, après avoir donné deux ou trois représentations sur la place publique, ils avaient pu finalement réunir la somme. Et, le dernier jour de mars 1634, une fois les malles et les décors soigneusement embarqués, la troupe s'était installée dans deux « cabanes » minuscules, véritables réduits de planches, au besoin démontables, sans ouverture sur l'extérieur, coincées sous les chambres des officiers. Ils s'en étaient tous très vite échappés pour retrouver l'air marin et regarder, non sans émotion, les côtes de France qui s'éloignaient.

Au-dessus d'eux, sur la dunette, le gigantesque Cornélius, sa pipe de terre à la bouche, surveillait tranquillement les manœuvres de départ. Une organisation, une discipline rigoureuses paraissaient régner sur le gros navire par ailleurs remarquablement tenu. Vêtus de culottes bouffantes, l'écharpe de tricot nouée à la taille, le bonnet de laine enfoncé sur la tête, les matelots s'activaient dans le calme, obéissant aux ordres des officiers. Longtemps, les comédiens, spectateurs à leur tour, admirèrent la grandiose mise en scène, s'amusant à écouter ces voix incompréhensibles, à découvrir parfois, parmi l'équipage, de curieux petits hommes au teint jaune, aux yeux obliques. Ils s'émerveillèrent également du mouvement des voiles, des jeux onduleux et colorés des dizaines de pavillons hissés le long des filins ; ils contemplèrent avec une fascination un peu craintive, l'énorme étendue grise sur laquelle ils s'en allaient. Jusqu'au moment où le soleil disparut. Très vite alors, le jour déclina. Fouettées sans pitié par le vent aigre, les jeunes femmes frissonnèrent et d'un commun accord décidèrent de redescendre. Avant de s'engager dans l'écoutille Floriane se retourna et de tout son cœur, avec toute sa ferveur, pensa à sa petite Charlotte restée là-bas, dans cette masse obscure, déjà lointaine, imperceptiblement bordée de sable blond : la terre !

Dans la cabane des comédiennes, Pierrette déballa des provisions qu'elle avait eu la prévoyance d'emporter, se méfiant de la nourriture du bord. Les hommes vinrent les rejoindre, mais l'espace était si restreint qu'ils furent presque tous contraints de rester à la porte. La Rive déboucha deux bouteilles de vin et l'on se mit à lancer des toasts sur la réussite du voyage avant de se séparer assez rapidement.

De toute évidence, la place à bord des grands vaisseaux était un luxe inconnu. La malheureuse Champrose fut évidemment la première à s'en plaindre, essayant malgré tout d'empiéter sur ses compagnes ce qui lui valut quelques rebuffades moqueuses. Habituées maintenant au tangage qui les projetait parfois l'une contre l'autre, elles finirent toutes les quatre par s'installer tant bien que mal sur des planches faisant office de couchettes, des couvertures atténuant à peine la rudesse du bois. Pour sa part, Floriane préféra conserver son manteau par-dessus ses jupons et sa chemise. L'humidité était presque palpable, l'atmosphère mal renouvelée, chargée d'odeurs tenaces. Une petite lampe à huile éclairait chichement la grossière cloison.

Les couleurs, l'élégance des lignes, la légèreté des gréements, tout ce qui constituait enfin la beauté d'un navire, ne se retrouve plus dans ses profondeurs, constata Floriane, avec une impression extrême d'insécurité qu'elle n'avait pas ressentie tout à l'heure, à l'air libre.

Autour d'elle oscillait, grinçait l'énorme charpente harcelée par les flots, l'empêchant de trouver le sommeil. Elle était trop fille de la terre, des rivières et des bois pour ne pas au fond redouter ce voyage en mer.

Maintenant qu'avaient cessé l'agitation, le bavardage des comédiennes, Floriane, rendue à elle-même, retrouvait son chagrin plus aigu que jamais. D'être privée de Charlotte lui causait une souffrance presque physique qu'elle n'essayait cependant pas d'apaiser, sachant bien que ses tentatives seraient dérisoires. Son enfant, sa toute petite... Lui donnait-on au moins la tendresse qui lui était due ? Verrait-elle un jour se pencher sur elle, ensemble, les visages de son père et de sa mère enfin réunis ?

Le cœur gonflé d'amour frustré, s'efforçant d'abolir le temps et l'espace, comme tous les soirs Floriane rechercha Artus au travers de ses souvenirs, de ses espoirs. Elle imaginait ce bateau, au lieu de poursuivre sa route, faire demi-tour ; poussé par un vent mystérieux, protecteur, cingler vers l'Afrique, puis la débarquer un beau matin devant un bastion perdu des rives de Barbarie. Qu'allait-elle donc faire dans les brumes du Nord ? Après avoir quitté le domaine d'Ivreville, n'aurait-elle pas dû aussitôt se lancer sur les traces d'Artus, malgré tous les obstacles, tous les dangers ? Trop accablée par la séparation d'avec sa fille, elle avait suivi docilement Floridor, se raccrochant plus que jamais à son amitié, à la troupe, tout juste soucieuse de ne pas tomber entre les mains de Richelieu. Qu'était donc devenue l'intrépide amazone de jadis ? Une femme, une mère, pourchassée, vulnérable, malade de solitude. Elle n'était plus que cela, songea-t-elle, pleurant à petits sanglots silencieux.

Depuis longtemps déjà ses compagnes dormaient dans l'étouffante « cabane » emplie par la respiration puissante de

Pierrette. Mal à l'aise, Floriane se leva, se rechaussa sans bruit et furtivement sortit dans le « couroir ».

Elle y trouva un air plus frais, descendu de l'écoutille qui dessinait un rectangle pâle au-dessus d'elle. Là-haut, le plancher vibrait sourdement sous les pas des hommes de quart. N'osant s'aventurer plus avant, Floriane leva la tête afin de mieux recueillir le souffle lourd d'embruns de la nuit. Elle eut peur lorsque à la faible lueur d'un lumignon fiché au mur, elle distingua une silhouette immobile, tout près d'elle. Mais presque immédiatement, elle reconnut celui qui lui disait à voix basse :

— Vous ne pouvez pas dormir ?

— Non, répondit-elle à Floridor.

La demi-obscurité ne découvrait qu'en partie son visage maigre, son regard translucide, ses cheveux tombant en mèches dorées sur sa chemise blanche. Il s'avança vers Floriane ; ses doigts glissèrent le long de ses joues, effaçant les larmes qui s'y attardaient puis d'un geste ample et doux, l'étreignit.

Elle sentit la chaleur de sa poitrine la pénétrer, réveiller son corps frissonnant. Elle ne se demandait pas ce que lui-même faisait si tard, dans ce passage étroit où le vent s'engouffrait. Seule comptait sa présence en cet instant de détresse. Elle s'aperçut alors que toujours il s'était trouvé à point nommé pour la réconforter, la soutenir, lui insuffler sa joie de vivre, en homme libre et généreux. Loin de la scène, Floridor conservait toutes les qualités des héros qu'il savait si bien incarner, l'élan, la sincérité, la fidélité à un idéal.

« Comme Artus, pensa-t-elle. Le monde, ses petitesses, ses flétrissures, n'ont pas prise sur eux. »

Elle ne pouvait voir l'expression ardente de Floridor, vibrant de l'envie sauvage de la posséder, elle, Floriane, l'incarnation de ses rêves les plus fous ; cette femme incomparable dont il sentait si fortement battre le cœur, toute au souvenir d'un autre, il ne le savait que trop, hélas !

— Floriane, je sais ce que vous éprouvez mais...

Les mots lui brûlaient les lèvres. Aurait-il l'audace de les prononcer ? Son instinct le poussait ce soir à lui avouer des sentiments qu'il tentait de combattre depuis leur première rencontre. L'occasion était miraculeuse, bien que secrètement attendue.

— Je voudrais tant pouvoir adoucir votre peine, vous offrir un peu de bonheur. Floriane, le voulez-vous ? Le veux-tu, mon cher amour ?

Il la serra à la briser, la bouche pressée contre sa tempe. Un matelot dégringola l'écoutille, les frôla avant de disparaître dans l'entrepont. Non loin, derrière une cloison, Motin grondait, inquiet depuis leur départ de Dieppe. Mais, entre les bras de Floridor, le visage contre son épaule, muette, Floriane n'avait déjà plus tout à fait conscience de l'agitation de l'équipage, des bruits, du froid, de la pénombre. En même temps que son corps, son âme glacée se réchauffait à l'écoute des mots tendres, passionnés qu'il lui chuchotait à l'oreille. Leur sens lui importait moins que sa voix souple, chaude, enveloppante. Elle sentait son désespoir décroître lentement.

La devinant un peu apaisée, n'hésitant plus, il l'entraîna alors dans un petit escalier assez raide, pénétra au cœur même du vaisseau. Floriane ne protesta pas, ne chercha pas à se dégager, au contraire, prisonnière volontaire de cette main qui la guidait, ferme, rassurante et sans laquelle, certainement, elle fût tombée, si faible, si désemparée qu'elle était.

Ils longèrent ainsi, sans rencontrer personne, les soutes au pain, au vin et aux biscuits, des parois noires et rugueuses, puis Floridor s'arrêta, se saisit d'une chandelle accrochée à une porte, ouvrit celle-ci, s'effaçant devant Floriane. Elle découvrit une pièce étroite, encombrée par les malles et les décors de la troupe solidement arrimés, une pièce envahie surtout par les senteurs exotiques de la cargaison exhalées du fond de la cale : poivre, girofle, safran, cannelle, noix muscade, résines odoriférantes, qui conservaient, dans leurs arômes suaves, pénétrants, tout le charme de l'Orient et son mystère.

Violemment troublée, aux prises avec tant de pensées contradictoires, Floriane n'osait se retourner vers Floridor. Mais se rapprochant d'elle, il replia ses bras autour de sa taille, l'emprisonna devant lui, le visage posé sur ses cheveux.

— Ma Floriane, il y a si longtemps que j'espère... Depuis ce soir de neige je crois, lorsque je t'ai accompagnée chez les Le Noir. Je te sentais fragile, une pauvre petite hirondelle blessée. Comme tu étais belle, évanouie dans mes bras ! J'aurais voulu errer la nuit entière, le long des rues blanches et silencieuses, t'emporter loin de tout le monde, te garder pour moi seul. Floriane, je t'en prie, laisse-moi t'aimer, rien qu'un moment ! Laisse-moi t'offrir un peu d'oubli !

Floriane ferma les yeux, revivant intensément la scène évoquée. A cet instant-là, elle s'en souvenait très bien, elle avait eu la douloureuse impression de se séparer définitivement d'Artus. Était-ce alors la prescience du rôle que pouvait jouer Floridor auprès d'elle ? Pourtant, Dieu était témoin, jamais, jamais elle n'avait eu la moindre velléité de trahir celui qu'elle adorait.

« Nous vivrons une parenthèse délicieuse », lui avait offert Belin. Ce que, naguère, elle avait refusé au comte, tout comme ce qu'elle avait refusé à Bellemore, allait-elle maintenant l'accepter d'un autre ? A tant jouer les amantes de comédie auprès de Floridor, s'était-elle donc laissé prendre au piège des amours feintes ?

Non, c'était bien autre chose. Dès les premiers jours, le théâtre lui avait renvoyé l'écho de ses propres passions, de ses tourments, de ses bonheurs. Une illusion peut-être, mais douce et bienfaisante. Ce soir, découragée soudain, à bout de tristesse, elle voulait simplement aller plus loin encore, s'enivrer, retrouver à travers l'image chevaleresque de Floridor, une autre image, celle d'un homme unique, dont rien ni personne au monde ne pouvait effacer en elle le nom, la pensée, la présence. Car Artus était devenu sa chair, son sang, l'essence même de sa vie.

Réprimant un sanglot, brusquement, elle fit face à Floridor, noua ses mains sur sa nuque, rencontra son regard intense, implorant, un regard qui demandait trop mais dans lequel délibérément elle se noya :

— Josias, embrasse-moi, souffla-t-elle d'une voix brisée.

Tandis que ses lèvres s'entrouvraient, se laissaient prendre, obéissant à la ferveur, l'avidité de ce baiser, elle s'aperçut avec honte que son corps, à son insu, s'était depuis longtemps préparé à l'abandon.

Floridor tira d'un coffre une cape de satin rouge, la déploya par terre, sur le grand rideau de scène déroulé. Il y attira Floriane, la dénuda, prenant son temps, donnant du prix à chacune de ses caresses, la laissant progressivement perdre ses dernières réticences, redécouvrir sa féminité, le plaisir. Sur la soie fluide et flamboyante leur peau nue se nimbait d'un irréel reflet de nacre. L'endroit lui-même, les accessoires clinquants de théâtre, paraissaient fantastiques dans la lumière incertaine, le voluptueux parfum des épices, le déchaînement des vagues, exacerbant ainsi leur désir. Entraînés dans un flux irrépressible, impatients de s'y perdre, ils vibrèrent bientôt tous deux à l'unisson du navire, oubliant le reste du monde.

*

* *

Une violente secousse éveilla Floriane. La petite chandelle était éteinte ; autour d'elle et de Floridor toujours assoupi, c'était le noir complet, froid, humide, où le vacarme semblait décuplé. Se rappelant qu'ils étaient en mer, elle éprouva tout d'abord le même malaise ressenti en début de soirée. Puis elle revit ces dernières heures, se souvint d'un mot, d'un geste, de son acharnement désespéré à capter une ombre, un souvenir dans les bras de son amant. Tentative qu'elle avait vite abandonnée pour ne plus penser à rien d'autre qu'à leur complicité totale, tout entière livrée à la plus extrême jouissance. Une folie...

Comment ? Comment avait-elle pu faire fi de ses serments, de sa foi jurée ? Maintenant dégrisée, elle découvrait l'énormité de son erreur et de sa faute. Ses sens s'étaient joués d'elle, l'avaient soumise à leurs exigences. Tout n'était plus que trahison, amertume, dégoût.

« J'ai tout détruit », se dit-elle pétrifiée.

Malgré l'éloignement, l'ignorance de ce qu'il était réellement devenu, elle avait toujours eu, jusqu'à présent, l'impression que sa fidélité, ses pensées constamment tournées vers son mari, filaient entre eux un lien puissant, les reliant l'un à l'autre. Et voilà que par faiblesse, avec indignité, elle l'avait rompu. Artus valait mille fois mieux qu'elle. Pour elle, pour défendre son honneur, il s'était battu, avait tout sacrifié, sûr de sa loyauté, confiant, alors que, en cherchant bien...

En cet instant, Floriane se haït au point d'éprouver un plaisir âpre à fouiller dans les secrets de son cœur ; à exhumer ses égarements de jadis, pourtant justifiés alors, comme ses relations avec Bassompierre ou sa rencontre avec Hamelin ; à les noircir, à se faire mal. Bien qu'elle fût seule coupable, — elle s'en rendait parfaitement compte — son ressentiment, son écœurement vis-à-vis de sa propre conduite étaient si vifs qu'ils s'étendaient à tout et, en particulier, à cet homme reposant sur elle, ses bras, ses jambes encore mêlés aux siens. Elle aurait voulu s'y soustraire, s'enfuir, retrouver l'espace, la clarté : ses membres étaient de plomb ; les ténèbres l'environnaient.

Pourtant, qu'était-ce donc devant ses yeux, cette tache grise et floue, disparaissant soudain pour réapparaître à intervalles cadencés, ce voile tremblant, immatériel qui peu à peu se précisait ? Elle crut une seconde qu'un esprit, une figure du passé évoqué tout à l'heure, revenait peut-être la hanter, avant de comprendre qu'il s'agissait d'une étroite ouverture, percée dans la coque, laissant filtrer le jour. Au-dehors, en effet, l'aube s'était levée mais les vagues, régulièrement, violemment, venaient en brouiller la pâleur, pénétrant chaque fois dans la soute. Floriane s'aperçut avec effroi que l'eau s'écoulait le long de la cloison, rampait, léchait déjà les paniers des costumes, frangeait le manteau qui les recouvrait.

« Encore un peu et elle nous atteindra, nous engloutira, noiera nos souillures. Il ne restera plus rien de nous », pensa-t-elle, toujours inerte mais l'imagination fiévreuse, exaltée.

L'horrible louve friande de femmes infidèles, peinte sur le plafond de La Moussaie, s'approchait de la même façon sournoise de ses proies pour mieux ensuite les happer dans sa gueule monstrueuse. Sa première impression de frayeur évanouie, l'attitude de Floriane évoquait maintenant celle de la biche aux abois, renonçant, épuisée, à fuir la meute.

Face à l'inéluctable, elle ne pouvait que se soumettre, s'inclinant en quelque sorte devant le châtiment de Dieu.

Un avertissement obscur dut éveiller Floridor à moins que, plus probablement, le fort roulis finît par l'arracher au sommeil. Il se redressa brusquement, vit tout de suite, dans la faible clarté, l'eau qui montait, se releva d'un bond, les mains tendues vers Floriane.

— Nous ne pouvons rester ici. Rhabillons-nous, vite !

Leurs vêtements gisaient sur le plancher, à demi trempés. Floridor fouilla dans une malle parmi les rutilantes parures de théâtre, finit par choisir, un peu à l'aveuglette, deux tenues de cavaliers assez sobres, en revêtit une :

— Nous serons plus à l'aise avec ça. Floriane ! Qu'as-tu donc ? s'inquiéta-t-il, voyant la jeune femme serrer son costume sur elle, apparemment hypnotisée par la nappe noire et liquide clapotant tout près d'eux. Mon petit, tu as froid. Allons, je vais t'aider.

Elle le laissa faire, bien que persuadée que désormais, tout était inutile, que bientôt ils payeraient le juste prix de leur faute.

— L'eau, Josias. L'eau... Nous ne pourrons y échapper.

Sans comprendre le sens véritable des mots qu'elle balbutiait, il voulut calmer son inquiétude.

— N'aie pas peur, ma Niflame. Par gros temps, l'eau

réussit toujours à pénétrer un peu dans les soutes qui ne sont pas hermétiquement closes, comme c'est le cas de celle-ci. Cela ne signifie pas que les navires soient en danger. Nous essuyons sans doute une petite tempête. Rien de grave, tu verras...

Elle avait l'air lointain, étrange, d'une enfant égarée. Il chercha à l'embrasser, à la ramener à lui, tout prêt à connaître une fois encore, même pour un court instant, la félicité de leur nuit trop brève dont il portait déjà la nostalgie douloureuse, inguérissable. Floriane détourna la tête, le repoussa.

Sans lui montrer sa surprise et sa peine, il n'insista pas mais prenant sa main l'obligea doucement, fermement, à le suivre.

Ce fut une remontée longue, difficile, périlleuse même tant les mouvements du bateau rendaient toute marche incertaine, les envoyant à chaque pas se cogner brutalement aux cloisons du « couroir ». Personne n'était venu renouveler les petits lumignons consumés dans leurs socles de fer. De tous côtés, sous leurs pieds, au-dessus de leurs têtes, ce n'était que frottements, craquements, grincements interminables se répercutant dans toute la lourde armature de bois.

Soudain, il y eut un fracas terrible, et au-dessus d'eux, la chute d'un énorme poids sous lequel le bateau frémit puis se cabra, blessé à mort, avant de plonger plus avant dans la mer pour se redresser pourtant et plonger encore mais avec une sorte de frénésie, comme pris de convulsions. Cependant Floridor continua malgré tout, serrant plus fortement la main de Floriane. Il se dirigeait uniquement guidé par son instinct, essayant le plus possible de l'aider à avancer elle aussi. Il la sentait derrière lui se raidir à son bras, devinait plus qu'il n'entendait dans le vacarme, ses gémissements sourdre à chaque heurt trop violent. Il l'imaginait faible, meurtrie, terrorisée, déjà inexplicablement perdue pour lui et de nouveau avait envie de la rassurer, de l'étreindre, de la reconquérir.

« Plus tard, se disait-il. Nous finirons bien par atteindre le pont, revoir la lumière ! »

En attendant, comme Orphée ramenant son Eurydice des Enfers, il lui fallait, coûte que coûte, poursuivre son chemin sans se retourner.

Son pied buta contre une marche. Le petit escalier, enfin ! Ensuite leur entrepont où l'eau était parvenue là aussi à s'infiltrer au travers des caillebotis qui laissaient par la même occasion passer le jour. Floridor ouvrit les portes : les cabanes des comédiens étaient vides.

— Ils doivent déjà être là-haut ! cria-t-il à Floriane.

Avec l'épaule, il souleva la planche qui avait été posée sur l'écoutille, hissa la jeune femme après lui.

Une rafale de vent magistrale faillit les projeter à terre. Suffoqués, ils se retinrent comme ils purent à un cordage, se tassèrent contre la dunette et regardèrent autour d'eux, avec effarement, réalisant ce qui tout à l'heure avait causé ce choc effroyable.

Le grand mât tant bien que mal consolidé à Dieppe n'avait pu résister à une nouvelle tourmente. En s'effondrant, hunier et perroquet avaient arraché les haubans et les voiles. Le pont, la veille encore si bien tenu, où parmi les cuivres brillants, les rouleaux de chanvre goudronnés, les cages des volailles soigneusement arrimées, officiers et gabiers se déplaçaient selon des règles précises, comme les danseurs d'un ballet de Cour, le pont n'était plus maintenant que ravage, enchevêtrement de cordes, de toiles, de débris de planches sous lesquels gisaient beaucoup de malheureux dont le vent escamotait les plaintes.

Tant bien que mal, certains marins s'efforçaient de remédier à la catastrophe, s'agitant tels des pantins privés de voix, menacés par les vagues volant par-dessus bord. Mais le gros de l'équipage n'ignorait pas que plus rien ne pouvait aider le bateau. La bourrasque si soudaine de ce matin avait beau sembler s'apaiser, pour le navire il était trop tard. Sans son grand mât, celui-ci était devenu aussi vulnérable qu'un insecte privé d'antennes, livré à la toute-puissance des vents. Aussi, tout un groupe se pressait-il autour des chaloupes encore retenues par des filins, préférant fuir, gagner la terre qu'on savait toute proche.

La terre ! C'était aussi l'espoir du capitaine Cornélius, resté auprès du timonier à présent inutile. Imperturbable, il priait pour que les courants les précipitent au plus vite sur la côte, avant que le bateau ne se couche sur le flanc, avant qu'il ne sombre tout à fait. Échoué sur la grève, le bâtiment serait perdu sans doute, mais peut-être pourrait-on sauver l'essentiel de la précieuse cargaison, les épices, les pierres surtout, ces splendeurs venues de si loin. Une fortune !... se répétait Cornélius.

Évidemment cela, Floriane et Floridor toujours tapis contre le château-arrière, l'ignoraient. A demi aveuglés par l'air et le sel, ils s'efforçaient de découvrir dans ce chaos où pouvait bien se trouver le reste de la troupe. Ils finirent par identifier Bellemore parmi tous ceux qui s'affairaient autour des chaloupes et non loin, une robe bleue qui devait être celle de Champrose. Le comédien, de son côté inquiet de leur disparition, les aperçut au même instant et à grands signes, les engagea à les rejoindre. Floridor se retourna pour dire quelques mots à Floriane, dont la moitié se perdit dans le tumulte.

— Ça va ? Nous y allons ? crut-elle entendre.

Plaquée contre la dunette, elle avait un sentiment de sécurité illusoire, face aux soubressauts du navire. Cela valait-il vraiment la peine de quitter ce refuge même précaire pour monter dans l'un de ces petits esquifs où certains déjà avaient pris place ? N'étaient-ils pas tous, tôt ou tard, condamnés à être engloutis ? Loin de la terre ferme, de son univers, Floriane se retrouvait désarmée, amoindrie. Jamais elle n'avait éprouvé pareil sentiment de fragilité face à la souveraineté du Ciel.

Cependant la première chaloupe était mise à flot. Bellemore continuait à leur lancer des appels aussi muets que véhéments. Floridor se releva. Se tenant d'un bras à un balustre, il invita Floriane à faire de même. Péniblement, elle s'accrocha à lui. Tout son être était devenu pesant, raidi par le froid et la fatigue, maladroit sur le sol instable. Chaque mouvement exigeait effort, vigilance, au risque d'être emportés comme de misérables fétus dans le tourbillon, car tout autour d'eux, le vent s'obstinait à siffler, frapper, fouettant les voiles encore larguées le long des vergues.

Il leur restait peu à parcourir pour rejoindre leurs camarades, La Vallée, par exemple, portant son chien apeuré dans ses bras, la petite Colombe qu'un marin aidait à s'asseoir dans le second canot et toujours Bellemore, gesticulant de plus belle à leur intention. Ils ne comprirent que trop tard ses avertissements désespérés.

Voulant éviter le corps ensanglanté d'un matelot écrasé par un hauban, Floriane et Floridor firent quelques pas de côté, s'approchant de ce fait trop près du bord. Une lame énorme qu'il n'avait pas vu venir, balaya soudain une bonne partie du pont, les cueillant par derrière. Déséquilibrée, la jeune femme lâcha la main de son compagnon, voulut se rattraper à un filin, ne rencontra que le vide, glissa sur le plancher ruisselant. Projetée au sol avec violence, elle se mit à rouler, irrésistiblement entraînée par l'inclinaison du bateau.

— Floriane ! hurla Floridor.

Sans plus réfléchir, dans un formidable élan, il se jeta sur elle, espérant par son poids arrêter sa chute. Vainement... Horrifiés, impuissants, ceux qui assistaient à la scène les virent tous deux disparaître dans la mer.

« Je suis perdue », eut le temps de penser Floriane.

Une chape épaisse, lourde et glacée, la recouvrit tout entière durant quelques affreuses secondes avant de la repousser à la surface, la ballotter un court instant, pour la submerger de nouveau, puis la relâcher encore. Avec épouvante, elle se sentait devenir le jouet des éléments pervers, impitoyables, qui devaient bien se divertir de la voir agiter bras et jambes de si dérisoire façon, aspirer autant d'eau que d'air à chaque faible répit de la vague. Ses yeux brouillés distinguaient la silhouette du *Vogel* qui lui parut gigantesque mais dont le courant l'éloignait assez vite. Elle savait très bien qu'elle ne pourrait pas continuer longtemps cette lutte harassante, inégale, que bientôt elle devrait renoncer, se laisser entraîner dans les fonds insondables d'où personne jamais ne revenait.

« Le châtiment, Artus... Le châtiment... »

Tout à l'heure, dans cette aube amère où les regrets l'avaient si cruellement tourmentée, n'avait-elle pas eu la certitude de ce qui adviendrait ?

Mais voici qu'au moment où elle allait s'abandonner, confiant déjà son âme à la Miséricorde divine, elle heurta de l'épaule un objet dur qui la blessa mais auquel par réaction instinctive elle s'accrocha d'une main, puis de l'autre, non sans mal d'ailleurs car la planche basculait sous elle, glissait sous ses doigts. Si elle pouvait saisir cet anneau, là... Oh ! Dieu ! Elle n'y arriverait jamais ! Pourquoi cet espoir quand tout était dit, quand elle avait accepté son destin ? Pourquoi s'obstiner ? Puis il lui sembla que quelqu'un était maintenant près d'elle, la soulevait, l'aidait à se hisser, un peu, encore un peu plus. Quelqu'un... Était-ce réellement Floridor ? Elle n'en était pas certaine. Le buste appuyé sur ce petit radeau de fortune, mettant ce qui lui restait de forces à bien serrer l'anneau enfin atteint, elle ne cherchait pas à comprendre par quel prodige il avait pu la rejoindre, pousser jusqu'à elle cette épave salvatrice. C'est à peine si elle parvenait à reprendre souffle entre deux paquets de mer. Elle était tout juste assez lucide pour penser que ce ne pouvait être là qu'un répit, qu'on ne pouvait sortir vivant d'un monde aussi implacable. Les monstres marins, voraces, qui les guettaient toujours, ne tarderaient sans doute pas à recueillir leurs proies.

*

* *

De son grand pas nonchalant, le baron d'Ivreville traversa la cour de la forteresse, salua les deux franciscains devisant sous le porche de Sainte-Catherine et gagna la plage, une anse profonde, de sable clair et fluide. Dans la matinée, n'y restaient ancrés que la frégate du bastion, de petits caïques réservés aux déplacements côtiers, et les trois tartanes de la compagnie. Toutes les barques des pêcheurs de corail étaient en mer et ne rentreraient qu'en fin de journée.

Les matelots lancèrent des bonjours cordiaux au passage d'Artus qui s'arrêta quelques minutes pour observer deux calfats travaillant sur une coque retournée, insensibles à la forte odeur de goudron dégagée par l'étoupe. Un semblant d'activité donnait l'illusion que chacun ne manquait pas d'ouvrage, mais Artus savait fort bien que les hommes d'équipage, des Marseillais en général, trouvaient toujours le temps de paresser au soleil en poussant leurs chansonnettes.

Il reprit sa marche. Parvenu à l'extrémité de la plage, il franchit la poterne de l'enceinte, escalada les rochers rouges, et du sommet, embrassa, d'un coup d'œil circulaire, le paysage inculte et splendide qui l'entourait.

En ce début d'avril, déjà chaud, le pays se couvrait de genêts d'or. Chaque touffe de genévriers, de balsamiers, de thym, de romarin, répandait à profusion des parfums aussi tenaces que des bouffées d'encens. Malheureusement, pensa Artus, ils n'empêchaient pas les vapeurs insalubres des marais voisins d'exercer leurs ravages. Lui-même venait de lutter plus d'une semaine contre la fièvre. A l'hôpital du Bastion, le médecin, le chirurgien, les deux apothicaires n'étaient pas de trop pour soulager les hommes régulièrement terrassés par le mal. Beaucoup en mouraient.

Artus, cependant, huma l'air avec une sorte d'avidité gourmande. Cette promenade lui faisait du bien après ces journées de repos forcé. De son petit promontoire, il pouvait voir, en son entier, l'imposante enceinte. Les hautes murailles enfermaient les chambres des officiers, des soldats et des marins, les logements du personnel ; les magasins renfermant les marchandises ; les deux cours intérieures ; la belle chapelle de Sainte-Catherine, le jardin, le cimetière, le moulin, le puits, les écuries, les étables et, enfin, le fort carré, bourré de munitions, hérissé de canons de fonte. Une véritable petite cité où vivaient également intendant, « écrivain », truchements[1] de langues mauresques, maître d'hôtel, sommelier, cuisinier, boucher, boulanger, lingier, meunier, maçon, charretier, valets, porteur d'eau et le jeune tambour, sans compter matelots et pêcheurs, en tout quelques centaines de personnes faisant du Bastion de France la plus importante place forte établie sur les côtes de Barbarie et dont il était, lui, Artus, baron d'Ivreville, capitaine par la grâce de Sa Majesté Louis XIII.

En fait, l'ambiguïté de ce comptoir français convenait parfaitement à la situation paradoxale d'Artus que le roi et Richelieu avaient voulu, certes, éloigner, pour l'exemple, sans toutefois le châtier trop sévèrement. Le Bastion de France, en effet, n'appartenait pas à la Couronne. Il avait été construit — avec l'accord du Pacha d'Alger, bien entendu — par un gentilhomme d'origine corse, Sanson Napollon, dirigeant une grosse compagnie marseillaise de négoce. Avec une maison à Alger, une autre à Bône[2], les deux petites forteresses du Cap de Rose et de la Calle, situées à peu de distance du Bastion, l'habile homme avait réussi à implanter solidement une série de concessions de très bon rapport dans le commerce du blé, des laines, des cuirs, de la cire, des chevaux barbes et du corail surtout. En cas de litiges avec les autorités algériennes, d'attaques ou simplement d'insultes de la part de tribus ou de pirates barbaresques, la France ne pouvant légalement se déclarer offensée, laissait se débrouiller Napollon ; l'État se cachant ainsi derrière les marchands. Pourtant, la présence de soldats, d'officiers désignés par le roi pour la protection de ces comptoirs, disait assez le cas que ce dernier en faisait. Artus avait donc parfaitement compris qu'on l'exilait tout en lui manifestant une grande confiance et qu'en cette

1. Interprètes.
2. Actuellement Annaba.

contrée perdue, il ne pourrait jamais espérer le moindre appui si les événements venaient à mal tourner.

A la tête de ses hommes, il avait déjà pu repousser avec succès une ou deux violentes incursions de pillards, l'attaque d'un chébec tunisien, heureux de se battre, méprisant souverainement le danger. Parfois, il se demandait même si les fièvres des marais n'étaient pas autrement redoutables que ces Maures plus braillards que téméraires. La plupart, d'ailleurs, ne cherchaient qu'à commercer avec les Français.

Un petit douar paisible d'une vingtaine de familles arabes, logées sous des tentes, était installé avec chevaux, bétail et basse-cour à dix pas du Bastion. Beaucoup y étaient employés comme jardiniers ou laquais.

— Des infidèles, des bons à rien, avait coutume de grommeler Lubin qui ne pouvait les souffrir.

Les imprécations du domestique à l'encontre de ces gens-là constituaient pour toute la communauté l'une des rares occasions de se distraire. Le jeune garçon combattait, comme il pouvait, le mal du pays. Artus, pour sa part, était trop préoccupé par ses lourdes responsabilités de capitaine pour avoir le temps de se morfondre. Et d'ailleurs la mélancolie n'entrait pas dans sa nature.

Ayant réussi à se lier d'amitié avec Sanson Napollon, chacune des visites du Corse était pour lui un moment agréable, de même que les sorties en mer qu'il s'octroyait quelquefois en compagnie des pêcheurs de corail. Tout le littoral en était tapissé. De longues cordes lestées de pierres, munies de crochets, s'en allaient racler les fonds, parfois à plus de cinquante brasses, jusqu'au moindre recoin de grotte, pour en rapporter des merveilles.

Non, jamais, il n'était arrivé à Artus de se plaindre de son sort, conscient de l'avoir mérité, reconnaissant au roi de s'être montré clément, fier de pouvoir le servir encore, même de manière obscure, officieuse. Il ne regrettait rien, tout prêt à agir comme il l'avait fait si l'occasion s'en était représentée. Et pourtant...

Une douleur fulgurante lui déchira soudain la poitrine, une douleur familière, parfois faussement endormie pour mieux se manifester, sans crier gare, comme maintenant ; une douleur que ni ses voyages, ni ses tâches quotidiennes, ni ses combats n'avaient pu apaiser ; une douleur qui avait un nom, un nom féminin, gracieux, mille fois chuchoté en secret.

Tournant le dos au bastion, au village, à toute la végétation fleurie, bourdonnante et ivre de soleil, Artus regarda éperdument la mer qui tout en bas léchait les rochers. Transparente, laissant voir les poissons virevolter entre les pierres couvertes de mousse, elle avait la couleur exacte de l'émeraude, ce même reflet profond qui savait si bien apprivoiser la lumière, parer une femme.

« Deux petites gouttes d'eau tremblant à ses oreilles... » se murmura-t-il, fasciné par ce vert intense qui lui rappelait Floriane, telle qu'il l'avait vue pour la dernière fois à la Conciergerie, toute bruissante de soie et de velours, ses émeraudes étincelant sur sa peau blanche.

— Mon cœur, ma mie...

Que faisait-elle en cet instant précis où il aurait allégrement sacrifié son âme pour la serrer dans ses bras ?

Il avait juré au roi de ne pas chercher à correspondre avec les siens. Mais un messager que Sanson Napollon avait réussi malgré les difficultés à envoyer discrètement à Ivreville, lui avait rapporté en retour une lettre de sa mère, l'informant que Floriane était réfugiée en Anjou auprès de sa cousine Montrouge, donc, — Artus l'espérait — à l'abri, loin des machinations du cardinal et de l'animosité du roi. Il n'oubliait pas que par le passé, la jeune femme l'avait souvent dérouté par des réactions totalement imprévisibles, faisant preuve d'une indépendance, d'une fantaisie qui s'étaient même, parfois, avérées dangereuses. Malgré toute la confiance qu'il avait en elle, il ne pouvait étouffer tout à fait une certaine crainte imprécise qui rajoutait à sa souffrance.

« Dieu ! Nous nous retrouverons, je le jure ! se dit-il avec une certitude farouche. Il ne peut en être autrement ! »

Il ne pouvait être condamné à rester ici, dans ce maudit trou, jusqu'à la fin de ses jours ! Si cela était, le moment viendrait vite où sa passion emporterait, comme un torrent, sa loyauté envers Louis XIII, son sens de l'honneur et du devoir. Rien ne pourrait alors l'empêcher de rejoindre celle qu'il aimait, de fuir avec elle, de recommencer ailleurs, n'importe où, une nouvelle vie ! Combien de temps saurait-il patienter encore ? Endurer cette soif brûlante, corrosive, qu'elle seule avait le pouvoir d'éteindre ? Oui, elle seule !

Une ombre obscurcit son fier regard doré. Des mois après l'incident, il ressentait encore un dégoût profond, une franche colère contre lui-même, contre Lubin dont le zèle déloyal lui avait valu une bien médiocre, une bien pitoyable aventure. Une tache sur son amour... estimait-il avec amertume.

Un soir de cet hiver, Artus avait trouvé chez lui une fille du douar, l'une de ces créatures aux grands yeux bruns, dont les voiles épais dissimulaient soigneusement des chairs grasses et cuivrées. Par lassitude et — pourquoi ne pas le reconnaître ? — par pulsion secrète, sans doute naturelle, il ne l'avait pas chassée de sa chambre. Cependant il ne s'accordait pas la moindre excuse, même si aucun souvenir ne subsistait en lui de cette nuit-là, hormis peut-être celui de senteurs doucereuses d'huile, de jasmin, et l'odeur sucrée, légèrement écœurante, qu'avait distillée une sorte de pâte, grésillant sur un brasero préparé par la fille. Au petit matin, Artus s'était réveillé seul, la tête lourde, vide d'images, et pour la première fois avait giflé son jeune domestique.

— Floriane, je t'aime, dit-il à voix haute, toujours immobile contemplant la mer, ce champ irisé, infini, qui les séparait.

Son amour l'étouffait. Il le sentait frémir en lui comme un oiseau captif.

— Je t'aime ! cria-t-il encore.

Allons, ouvre les ailes, échappe-toi, comme ces pigeons gris aux pennes doublées de jaune ou de rose s'envolant des remparts ; et va, va tout là-bas, au fond de l'horizon, jusqu'auprès d'elle, lui dire mon tourment !

Pris tout à coup d'un vertige bien proche du désespoir, Artus répéta longtemps sans se lasser, les mêmes mots vite emportés par la brise, ne recevant pour unique réponse, que le plus doux, le plus lancinant des échos : « Floriane, mon amour, je t'aime... Floriane ! »

*

* *

Tout paraissait blond au soleil : les murs passés à la chaux de la maisonnette contre laquelle Floriane s'appuyait, le sable fuyant sous ses pieds et bien sûr les dunes arrondies sous le vent, à perte de vue ; une blondeur pâle et brillante comme les nattes de Maria qui préparait un petit tas de tourbe pour sa cheminée.

Les deux jeunes femmes se sourirent. Ces sourires et quelques mots d'espagnol leur suffisaient à se comprendre. Maria ne parlait que flamand, de même que son frère Jan, le pêcheur, qui les avait trouvés sur la plage, elle et Floridor, et ramenés chez eux.

Car, extraordinairement, miraculeusement, la mer avait rejeté sur le rivage l'épave où ils avaient réussi à se maintenir ! Floriane avait eu tort de douter de la bonté de son Créateur. Dieu ne les avait pas abandonnés. Sa Grâce avait permis au courage, au dévouement de Floridor de braver le péril, de le vaincre !

Ensuite, il leur avait fallu de longs jours pour se remettre du naufrage dont Floriane, surtout, avait souffert, car si la blessure de son épaule faite au contact de la planche s'était cicatrisée assez vite, une forte fièvre due à son séjour prolongé dans une eau glaciale l'avait tenue alitée près de deux semaines, soignée par Maria et Floridor. Celui-ci, pour sa part, en avait été quitte pour un simple rhume.

— Il faut croire que la discipline de l'armée du roi n'engendre pas des mauviettes, avait-il plaisanté, cherchant vainement à rendre la gaieté à sa Niflame.

Pendant longtemps, elle avait été, en effet, sujette à des cauchemars, des obsessions, s'agitant sur le modeste petit lit de Maria comme si son corps tout entier avait conservé le rythme épuisant de la mer. Puis, un matin, elle s'était éveillée apaisée, guérie ! Acceptant comme s'il se fût agi d'un plat royal les harengs fumés de leur hôtesse, laissant Floridor lui prendre la main, baiser sa paume, ses doigts. L'émotion les avait empêchés un instant de parler ; enfin, le jeune comédien avait annoncé son intention, maintenant que Floriane allait mieux, de partir à la recherche de leurs camarades. Par Jan le pêcheur, il savait qu'ils avaient échoué sur les côtes des Pays-Bas espagnols, à quelques lieues seulement de Dunkerque. Là-bas, il pourrait obtenir quelques renseignements sur le sort des naufragés du *Vogel*, ce qu'il n'avait pu apprendre en errant sur la plage et dans les villages d'alentour. Les deux hommes étaient donc partis, laissant Floriane et Maria dans la petite maison des dunes.

Qu'il était bon de s'offrir au soleil, de le sentir se couler dans les veines, ranimant la moindre fibre dans un être encore affaibli ! Jamais Floriane ne pourrait oublier ce froid intolérable qui d'abord l'avait engourdie pour la mener peu à peu à l'inconscience. Mais, de cet état trop semblable à la mort, elle était ressortie transformée, régénérée, comme si la terrible épreuve l'avait rendue à elle-même.

Évoquant tout ce qui avait suivi le duel d'Artus, jugeant sa conduite avec honnêteté et clairvoyance, elle mesurait enfin combien avaient été profonds son dénuement et sa passivité. D'abord, elle s'était totalement abandonnée aux soins d'Isabelle Le Noir, avant de se confier à la troupe, se laissant enfermer dans un cocon amical, singulier, conquise par le théâtre, elle ne le niait pas, s'en remettant toujours à Floridor, jusqu'à chercher dans ses bras l'illusion de son bonheur détruit. Les raisons à cela — de bonnes raisons — ne manquaient pas, sans doute. Le drame de l'année dernière l'avait surprise en traître : elle était si heureuse alors ! Elle s'en était accusée, obsédée par les menaces de Richelieu qui lui avait ordonné de disparaître. A la naissance de Charlotte, elle s'était sentie encore plus fragile, comme effrayée par sa tendresse, ses devoirs maternels. Maintenant, il n'y avait plus en elle ni crainte ni remords, mais des forces toutes neuves et la détermination de reprendre en main sa destinée.

Jan et Floridor revinrent le surlendemain. Le jeune homme hésita légèrement avant de répondre aux questions pressantes de Floriane, lui donnant d'abord un petit paquet contenant une robe brune et un corsage. Lorsqu'il se décida à parler, il avait le regard éteint, la voix volontairement atone.

Il ne restait plus rien du *Vogel*, de ses trésors, de Maître Cornélius, reposant pour l'éternité à quelques encablures seulement de la côte. Les membres survivants de l'équipage avaient pu réembarquer sur d'autres bateaux en partance pour la Hollande. Bellemore et La Vallée, rencontrés en ville, fous de joie en revoyant Floridor, n'osant croire tout à fait à ce miracle, le lui avaient raconté après le récit de leur propre sauvetage. Une poignée de pistoles, serrées dans leurs ceintures, les avaient sauvés de la famine. Ils subsistaient pour l'heure peu ou prou, en jouant des farces, efficacement aidés comme toujours par le chien Motin. La troupe avait pris pension dans une auberge de Dunkerque. La troupe... du moins ce qu'il en restait. Les chaloupes du *Vogel* n'avaient pas toutes eu les mêmes chances. L'une d'elles s'était retournée et la mer n'avait pas rendu le pauvre Omer, le vieux Testu, le petit Laurier, Pierrette et La Rive.

Floridor se tut avec un geste en direction de Floriane mais son bras retomba. Sans rien ajouter, il s'éloigna vers les dunes, la laissant, pour une fois, seule pleurer leurs amis.

Le jour suivant, ils quittaient Jan et Maria. Souvent, Floriane se retourna pour agiter la main sur la vision du frère et de la sœur, s'amenuisant contre leur maisonnette. Puis eux aussi disparurent, rejoignant dans sa mémoire tous ceux qui à un moment ou un autre, les vivants comme les morts, avaient illuminé son existence.

Après une épuisante journée de marche dans une contrée piquée de hauts moulins, sablonneuse et nue, tout entière gagnée sur l'eau dont le grondement sourd des vagues accompagna leurs pas, ils atteignirent Dunkerque au crépuscule.

Ce n'était qu'une grosse bourgade encore ceinte de sa vieille muraille bourguignonne, lézardée, rongée par les vents. Mais son port était actif, en liaison constante avec l'Espagne et l'Angleterre ; les hostelleries nombreuses. A l'auberge des *Clefs*, les rescapés de la Troupe de l'Espérance furent enfin réunis.

Il y eut alors quelques minutes d'émotion absolue. Passant des embrassades de Bellemore à celles de La Vallée, Motin dressé contre elle pour recevoir son dû de caresses, Floriane, en larmes, échoua dans les bras de la Champrose et de Colombe, une Colombe plus frêle que jamais, aux grands yeux lavés par le chagrin.

Puis, vaille que vaille, chacun réussit à se dominer, puisant courage dans les projets qui furent ensuite débattus au cours du repas commun, devant de la viande séchée et des pots de bière.

Encore un mois de représentations dans la ville et la troupe, surtout avec le retour de Floriane et de Floridor, aurait certainement gagné assez d'argent pour se reconstituer une garde-robe, embaucher un nouveau valet, repartir sous d'autres cieux. La présence à Bruxelles de Marie de Médicis et du duc d'Orléans aurait pu inciter les comédiens à s'y rendre. Mais ils en abandonnèrent vite l'idée. Outre le climat politique fâcheux, ils savaient les Espagnols peu hospitaliers et pas du tout amateurs de théâtre français. Finalement, tous convinrent que leur intention première d'aller à La Haye auprès du généreux et compréhensif Prince d'Orange était la plus opportune.

Floriane ne dit rien. Depuis plusieurs jours sa décision était arrêtée. En temps voulu, elle parlerait à Floridor. Ce soir elle se laisserait à goûter encore la compagnie si peu conventionnelle des comédiens, leur enthousiasme et leurs rires, toujours prêts à fuser malgré les déboires et les drames, leur vitalité parée d'élégance et de panache qui l'avait dès l'abord séduite.

Mais sa place n'était plus parmi la troupe. Niflame devait maintenant disparaître. Dans la maisonnette de Maria, durant sa convalescence, elle avait mûrement réfléchi. L'évasion, l'amour de Floridor, tout cela n'était plus de mise. Elle ne pouvait continuer à errer indéfiniment, se coupant chaque jour un peu plus de la réalité. Pour retrouver son mari, sa fille, rebâtir sa vie auprès d'eux, elle devait mettre un terme à sa fuite et avec fermeté, courage, aller au-devant des événements, les provoquer au besoin. Rejoindre Monsieur à Bruxelles qui, depuis plusieurs années déjà, accueillait la plupart des opposants de Richelieu, des exilés comme elle, serait le meilleur moyen d'être au fait des dernières nouvelles, de saisir la moindre chance, la moindre occasion d'agir. La politique n'était faite que d'intrigues et d'audace, elle ne l'ignorait pas. Mais pour obtenir du roi la grâce d'Artus et la sienne, elle se sentait prête à accepter toutes les règles du jeu.

C'est ce qu'elle expliqua à Floridor qui la trouva un matin de bonne heure dans la grande salle de l'auberge. En conclusion, elle lui annonça qu'elle avait écrit à Monsieur dès leur arrivée à Dunkerque, pour lui demander aide et protection.

Ils étaient seuls, à l'exception d'une servante, frottant non loin le carrelage bleu et blanc avec une énergie toute flamande. Les cuivres étincelaient sur les étagères. L'odeur fade de la lessive combattait les relents de fromage et de poisson. Tout était calme, massif, rassurant. Floriane parlait bas, sans quitter Floridor des yeux, devinant chaque battement de son cœur. Le voyant pâlir, elle tendit la main par-dessus la table pour saisir la sienne. D'une certaine manière, elle l'avait aimé lui aussi et l'aimerait toujours, d'un sentiment tendre et fraternel, proche de celui qu'elle continuait à porter, par-delà la mort, à Roger, à Charles. En l'arrachant au risque de sa vie à l'enfer des flots, Floridor avait effacé leur faute, si faute réelle ils avaient commise. Seul importait maintenant pour Floriane son propre avenir qu'elle était bien décidée à reconstruire, avec sa sérénité, son allant revenus.

— Je t'accompagnerai jusqu'à Bruxelles, dit Floridor, réussissant à lui sourire.

Il ne pouvait que l'approuver. Les heures enflammées vécues à bord du *Vogel* ne seraient bel et bien, et à jamais, qu'un rêve merveilleux. Mais le théâtre lui resterait pour répondre à son exigence insatiable de poésie et de beauté.

— Non, Josias, répondit-elle tendrement. Dans ma lettre, j'ai prié Monsieur de m'envoyer quelqu'un. Je suis sûre qu'il le fera. Il m'a toujours témoigné sa bienveillance.

Pendant ce temps, un voyageur se présentait à l'auberge des *Clefs*. Il était assez bien vêtu quoique son habit de velours brun et le grand manteau qui l'accompagnait ne fussent point de première fraîcheur. Deux valets le suivaient, chargés de sacs de voyage, eux-mêmes précédant un portefaix ployant sous une malle colossale. Dans un castillan très pur, nuancé d'accent français, il demanda la meilleure chambre au patron de l'auberge. Dans la même langue mais, pour sa part, avec de fortes intonations flamandes, ce dernier lui répondit qu'il ne lui restait qu'un minuscule réduit.

— Après un périple en mer, on sait se contenter de peu, accepta, philosophe, le voyageur étranger.

Ce faisant, il aperçut Floriane et Floridor, conversant toujours et n'en crut pas ses yeux.

— Qui sont ces personnes ? demanda-t-il à l'hôtelier.

— Des comédiens français, rescapés d'une tempête.

— Des comédiens français ! répéta le nouveau venu au comble de la stupeur.

Puis, comme hébété par l'étrangeté de ce qu'il venait de voir et d'entendre, il suivit son hôte le long du couloir dallé qui menait aux chambres.

Le soir même, alors que la troupe achevait de souper, un fracas de roues et de sabots ébranla, au-dehors, la rue tortueuse. Un groupe de cavaliers, corsetés d'acier sur des casaques de cuir noir dans lesquels les passants reconnurent les hommes du gouverneur, escortait un gros carrosse aux armes d'Espagne qui fit halte devant l'auberge. Un gentilhomme blond en jaillit, s'engouffra dans le vestibule, s'écriant en français :

— Où est-elle ? Où est la baronne d'Ivreville ?

Il entra dans la salle. Son regard fit rapidement le tour de la table où les comédiens le considéraient tout interdits, et découvrant celle qu'il cherchait, il poussa un cri en se ruant sur elle :

— Floriane ! C'est bien vous ! Quelle joie de vous retrouver !

Elle n'eut que le temps de se lever de sa chaise avant d'être happée par Puylaurens, le compagnon préféré du duc d'Orléans ! Il avait perdu son feutre ; échevelé, au comble de l'allégresse, il répétait :

— Je suis si heureux, si heureux ! Nous vous avions cru perdue, séquestrée, morte ! Et vous revoilà toujours aussi adorable...

— Et vous toujours aussi insupportable ! Antoine, vous m'étouffez, lâchez-moi !

— Pas avant de vous avoir dévorée mon petit cœur. Ah ! que c'est bon, Floriane.

Tiraillée entre exaspération et amitié, comme jadis lorsque très jeunes, ils se chamaillaient sur l'étang des Carpes à Fontainebleau, mais contente de le revoir, Floriane consentit à rendre quelques baisers à Puylaurens qui enfin rassasié, la laissa reprendre haleine. Hochant la tête, il n'avait pas encore l'air pleinement convaincu.

— C'est une histoire inouïe ! Franchement, lorsque vous avez appris à Monsieur que vous vous trouviez ici et surtout enrôlée dans une troupe théâtrale, nous avons eu un mal fou à le croire. Depuis votre fuite soudaine, nous commencions tous à désespérer de vous revoir un jour.

De fait, en devenant Niflame, Floriane ne s'était guère

préoccupée des rumeurs, des inquiétudes qu'avait fatalement entraînées sa disparition. On continuait pourtant à s'interroger partout, à émettre des hypothèses. Beaucoup de ses amis parisiens la croyaient aux Pays-Bas, lui expliquait Puylaurens et il est vrai que, longtemps, on l'avait attendue à Bruxelles :

— Nous étions tous persuadés que vous réussiriez à nous rejoindre. Que s'est-il passé ? Avez-vous vraiment fait la comédie durant tout ce temps ?

— Oui, répondit Floriane.

Et montrant les comédiens toujours médusés autour de la table :

— Je vous présente mes camarades de la Troupe de l'Espérance.

Floridor se leva et salua Puylaurens.

— Ainsi, c'est vous Soulas, fit ce dernier, le reconnaissant. Êtes-vous donc en disgrâce vous aussi ?

— Pour moi c'est autre chose, dit Floridor avec une froideur inhabituelle. Je suis comédien par vocation.

— Mais voilà qui est extraordinaire ! lança Puylaurens. Décidément, Monsieur va être enchanté de tous vous recevoir. Vous savez qu'il vous attend avec impatience, Floriane. Oh, oui ! Votre venue à Bruxelles va follement nous changer les idées. Je vous assure que nous en avons grand besoin. Notre vie est devenue un véritable enfer, je vous raconterai tout ça.

Épuisé tout à coup par l'émotion après un voyage effréné, Puylaurens s'écroula sur la chaise laissée vacante par Floriane et avec un regard de gratitude à Bellemore qui charitablement l'avait servi, but d'un trait son verre de vin. Enfin, s'essuyant les lèvres :

— Vous êtes vraiment imprévisible, Floriane. Je me souviens que jadis vous faisiez déjà enrager votre pauvre frère avec vos lubies.

— Dites-moi plutôt, Antoine, si vous savez quelque chose au sujet de mon mari, le baron d'Ivreville ? fit-elle avec avidité.

Mais l'air désolé de Puylaurens la renseigna sur-le-champ.

— Hélas ! on le croit en Afrique !...

— Mon Dieu, c'est vrai ! gloussa quelqu'un derrière Floriane. La troublante Niflame a un mari.

C'était le voyageur arrivé dans la matinée. Mangeant seul dans un coin de la salle, il avait assisté avec intérêt à l'arrivée en trombe de Puylaurens, croyant d'abord que ce dernier venait pour lui. Le dépit n'était pas absent de sa remarque perfide. Se retournant, Floriane se retrouva devant Vincent Voiture ; Voiture l'amuseur de la « chambre bleue », le poète tout à la fois exquis et redoutable. Un Voiture changé, grisonnant, rabougri, fatigué, le teint recuit par le soleil, mais l'œil toujours noir et caressant, l'haleine embaumant l'anis, la mine chafouine de celui qui vous a brocardé.

— Baronne, « vous êtes de tous les yeux l'amour et la merveille », murmura-t-il en s'inclinant.

Floriane n'avait pas oublié qu'avec lui il était préférable d'être sur ses gardes, sa patte de velours pouvant très vite se faire cruelle. Elle fit semblant de ne pas comprendre et ne montra que sa joie, au fond sincère, de le retrouver de façon si inattendue. Avec son sourire le plus ravageur, elle l'admonesta :

— Vous auriez pu me présenter vos compliments plus tôt. Pourquoi vous cachiez-vous ?

— Je ne me cachais pas. Je viens tout juste de débarquer. Vos malheurs me navrent, ma chère.

L'hypocrite ! Floriane imaginait très bien les lettres qu'il jubilerait d'envoyer — si ce n'était fait déjà — à ses amies de l'Hôtel de Rambouillet, inventant ce que son fin museau n'aurait pas deviné. Il aimait tant épier ses semblables, répandre les nouvelles ! Madame d'Ivreville réapparaissant, métamorphosée en comédienne dans une modeste auberge des Flandres : quel morceau de choix !

— Mon cher Voiture ! fit-elle gracieusement. Si j'ai connu certains avatars, vous me semblez n'avoir point été épargné non plus. D'où sortez-vous pour avoir cette peau de bohémien ?

Et toc ! Tout de même, il avait bien mérité une petite pique.

— J'ai fait partie de l'ambassade que Monsieur avait envoyée en Espagne pendant deux ans, ma douce amie, riposta Voiture avec morgue. Ce ne fut peut-être pas une sinécure mais j'ai pu visiter un pays superbe que j'avais décrit dans mes romans sans l'avoir jamais vu, allant même jusqu'au Maroc. Un jour, je vous raconterai mes fièvres, le climat éprouvant, la nourriture infecte, les poux et le tempérament fougueux des belles « morenistes ».

— C'est ça ! Et nous en rirons ! s'exclama Puylaurens remis sur pied. Il y a si longtemps que nous ne rions plus. En tout cas, Voiture, quel heureux hasard de vous rencontrer ici ! Dès que Monsieur a eu la lettre de notre chère baronne, il s'est rendu chez le gouverneur, M. d'Aytona — dont hélas ! nous dépendons pour la moindre chose — afin de pouvoir lui fournir une escorte et de l'accueillir dignement, chaleureusement à Bruxelles. Son Altesse désire ainsi vous prouver, Floriane, que, comédienne ou pas, vous conservez toute son affection. On prépare en ce moment, pour vos amis de la troupe, un logis à deux pas de l'Hôtel d'Egmont où réside Monsieur. Vous-même serez probablement reçue par Madame. Bref ! Ce seront des retrouvailles triomphales. On vous aime tant ! Vous serez acclamée, congratulée comme une reine.

— Nous pourrions peut-être commencer tout de suite ? demanda timidement un gentilhomme.

Ce n'était autre que François de Brion qui avait tenu à se joindre à Puylaurens dès qu'ils avaient su que Floriane était à Dunkerque. Malgré les années, leurs vies trépidantes, lui aussi la considérait toujours un peu comme une jeune sœur, en souvenir de Charles de Saint-Evy, le compagnon d'autrefois. Les larmes aux yeux, prise au piège des sentiments, Floriane se laissa embrasser. Puis, prenant brusquement conscience de l'ébahissement des comédiens qui depuis un quart d'heure assistaient à ce très réel « coup de théâtre » qu'était la découverte de la vraie Niflame, elle les nomma tour à tour. Bientôt, anciens et nouveaux amis se réjouirent ensemble. Toutefois, jouant son rôle de chef à la perfection, Floridor déclina avec fierté l'offre de Monsieur : la Troupe de l'Espérance n'irait pas à Bruxelles. Elle était attendue à La Haye.

*
* *

Pour la dernière fois, Floriane partagea son lit avec Champrose et Colombe. Profondément attristée par leur séparation, à l'aube elle pressa les adieux.

— Pour vous, je serai toujours Niflame, murmura-t-elle, le cœur étreint, aux comédiens groupés pour la voir partir.

Elle voulut sourire, y parvint à peine, flatta Motin, évitant de regarder Floridor. Lorsque le carrosse s'ébranla, une forte envie de pleurer roula dans sa gorge puis se dissipa, lentement. Ses compagnons de voyage parlaient tous à la fois, la questionnaient. L'air de la Cour, les habitudes mondaines et tout ce qu'elle attendait avec tant d'ardeur, reprirent Floriane. Elle raconta ses péripéties, voulant aussi savoir tout ce qui avait pu se passer.

— Nous vivons dans un isolement déplorable. Pour ma part, je suis à bout ! se plaignit Puylaurens.

Pauvre Antoine ! Il n'y avait plus trace chez lui du courtisan frivole de naguère, encore moins du petit page déluré de ses débuts auprès de Gaston. Un pli désabusé creusait ses joues ; sa silhouette s'était faite plus lourde ; ses paupières flétries dénonçaient les veilles, les débauches et le tourment des ambitions déçues.

— N'exagérez-vous pas un peu les choses ? dit Floriane, apitoyée.

— Jugez-en, dit-il, heureux de pouvoir vider son trop-plein d'amertume.

Oui, au fil des ans tout avait été de mal en pis pour les ennemis du cardinal. Le climat avait commencé à se détériorer après l'exécution d'Henry de Montmorency, lorsque vaincus, humiliés, atterrés par la mort du duc, Monsieur et ses partisans étaient retournés aux Pays-Bas. En vain ils avaient quémandé de nouveaux subsides auprès des Cours autrichienne, anglaise, espagnole dans l'espoir de reconstituer une armée : plus personne ne croyait en eux.

Marie de Médicis et son entourage leur avait fait grise mine, les rendant responsables de la défaite. Entre la reine mère et Gaston qui, longtemps, avait été le fils préféré, la tendresse s'était définitivement tarie. Seule, la vieille infante Isabelle avait réconforté Monsieur, lui conseillant affectueusement de se rapprocher de Louis XIII, de rentrer en France. Mais la bonne princesse était morte au dernier hiver et le nouveau gouverneur, désigné par Madrid, était bien loin de vouer aux Français la même indulgence.

— En fait, Aytona ne peut pas nous supporter, révéla Puylaurens. Selon ses dires nous n'aurions « pas un marc de plomb dans la cervelle ».

Voiture sourit dans sa moustache tandis que Floriane se demandait si le marquis d'Aytona n'avait pas quelque excuse à se montrer si sévère. Monsieur et ses amis représentaient exactement tout ce que les étrangers reprochaient en général aux Français : légèreté, insouciance, excessive galanterie, indiscipline, désordre, avec, en plus, l'art de se mettre dans des situations inextricables. Elle-même, malgré toute l'affection qu'elle leur portait, les avait trop bien vus à l'œuvre pour ignorer leurs défauts. Brion, à son tour, décrivait leur exil.

Une vie peu reluisante en vérité pour eux tous et pour le duc d'Orléans qui vivait ni plus ni moins aux crochets du gouvernement espagnol. Ainsi ses repas : à l'époque de l'Infante Isabelle, ils avaient toujours été fournis par les cuisines du Palais et servis dans de la vaisselle d'argent. Aytona s'était empressé de supprimer cette largesse. Il avait fallu rendre l'argenterie — une humiliation de plus — et se débrouiller pour manger, avec de très petits moyens, dans des assiettes en fer-blanc ! De leur côté, tous les émigrés avaient dû peu à peu se démunir de leurs bijoux, de leurs objets précieux.

Les messieurs retirés à la Cour de Bruxelles
Ont mangé leur vaisselle
Et tremblent sous la légèreté
De leurs habits d'été !

chantonna Puylaurens avant d'éclater d'un rire amer. Voilà le refrain à la mode ! Car il faut bien s'amuser d'un rien pour ne pas gémir. Pourtant, si vous saviez comme j'en ai assez de voir Monsieur mendier le minimum à ces gens-là alors que sa fortune l'attend en France ! Comme j'en ai assez de végéter moi-même ! C'est que le temps passe, Floriane. J'ai trente ans maintenant et n'ai plus le goût à ces vaines tribulations. Je veux autre chose !

Puylaurens avait fini par comprendre que leur lutte contre le pouvoir royal ne les mènerait nulle part. Secrètement, il avait donc entamé des pourparlers avec Richelieu, s'engageant à faire revenir Gaston à Paris s'il obtenait pour lui-même le titre de duc et pair depuis si longtemps convoité.

— Et pour faire bonne mesure, la main d'une nièce du cardinal ! ajouta-t-il vibrant d'orgueil et d'ambition.

— Pas madame de Combalet ? s'effara Voiture.

— Celle-là ? Peuh ! cracha Puylaurens. Elle ne veut accepter qu'un fils de roi ! Je me contenterai d'une autre, mademoiselle de Pontchâteau, par exemple.

— Tout de même, c'est un beau parti, mon cher Antoine, commenta Floriane, se moquant un peu de lui. Et qu'en dit Monsieur ?

— Il est d'accord, bien sûr. Il ne rêve que de retrouver son domaine de Blois, de faire la paix avec son frère. D'ailleurs, c'est bien ce qui fait enrager Marie de Médicis qui, elle aussi, au fond, désire rentrer en France. Seulement Richelieu — pas fou ! — n'en veut pas. Comme elle sait parfaitement que je risque de réussir dans mes petites négociations où elle n'a aucune place, elle m'accuse de vouloir vendre son fils et m'en veut à mort.

— A ce point-là ? demanda Voiture sceptique.

— Vous en doutez ? Ah ! tenez, vous n'êtes qu'un poète ! Et si je vous disais, confia Puylaurens se penchant vers Floriane et Voiture dans les cahots du carrosse, si je vous disais que le plus proche conseiller de la reine mère, cette vermine de Chanteloube, m'a fait tirer dessus ? Et que c'est un miracle si je n'ai récolté qu'une petite écorchure dans ce lâche attentat ? Vous pouvez imaginer la fureur, l'indignation de Monsieur.

Parvenue à ce niveau de haine et de jalousie, l'ambiance entre les exilés, les uns proches de Marie, les autres proches de Gaston, était devenue pestilentielle. Et c'était, hélas ! encore une autre caractéristique des Français que d'être incapables de vivre ensemble sans se déchirer à belles dents. Avec, en outre, tous les imbroglios amoureux, les liaisons tapageuses que Puylaurens et Brion se gardèrent bien d'évoquer et dont eux-mêmes étaient très souvent les héros. Au milieu de tout ce monde insupportable, on pouvait presque comprendre l'exaspération du marquis d'Aytona, obligé sans cesse de jouer les arbitres. Se méfiant des intentions du duc d'Orléans, le gouverneur venait de le contraindre à signer un traité dans lequel Gaston s'engageait à ne pas se réconcilier avec Louis XIII, se remettant en quelque sorte pieds et poings liés, comme un otage entre les mains des Espagnols.

— Nous sommes très étroitement surveillés, expliqua Puylaurens. Nous craignons même qu'un beau jour ces fichus moricauds ne nous emmènent de force à Madrid. Vous conviendrez donc que ça ne peut plus durer. Et s'il n'y avait pas le problème que pose le mariage de Monsieur, il y a longtemps que nous serions chez nous.

Le mariage de Monsieur ! Floriane dut avouer qu'elle en ignorait les détails et les conséquences. Pourtant le coup de tête, ou plus exactement le coup de cœur de Gaston pour la princesse Marguerite de Lorraine avait eu de retentissantes répercussions lorsqu'il avait été publiquement annoncé. Louis XIII l'avait reçu comme un terrible camouflet : en tant qu'héritier du trône, son frère ne pouvait prendre épouse sans son consentement personnel ! Le roi et le cardinal avaient donc refusé de reconnaître cette union, mais sautant sur l'opportunité, ils avaient aussitôt lancé des représailles contre le duc de Lorraine, parent de la mariée, accusé dans cette affaire de complicité et de félonie. Le duc avait été tout simplement chassé de son trône et son duché annexé au royaume de France !

Amoureux de sa Marguerite qui, de Nancy, l'avait rejoint à Bruxelles déguisée en homme après une très romanesque équipée, Gaston, envers et contre tout, s'accrochait à son mariage et ne voulait en référer qu'au pape.

— Voilà donc ma petite Floriane, mon cher Voiture, où nous en sommes, conclut Puylaurens. Priez donc pour que réussissent nos délicates transactions. Car, dans ce cas, tous les amis de Monsieur, dont vous êtes évidemment, pourraient aussi retrouver la France, les bonnes grâces du roi.

— Et la « chambre bleue », soupira Voiture, malade de nostalgie.

Deux jours plus tard, à la lueur des flambeaux, chevaux et carrosses entrèrent dans Bruxelles comme les cloches sonnaient à Notre-Dame du Sablon.

— Madame la baronne d'Ivreville !

Dans le cabinet de l'Hôtel d'Egmont où le chambellan venait d'annoncer Floriane, les domestiques avaient allumé tous les candélabres. Gaston d'Orléans tendit les mains à sa visiteuse inclinée devant lui.

— Ma chère Floriane ! Laissez-moi vous embrasser comme au bon vieux temps. Charmante sorcière, comment faites-vous pour embellir encore et toujours ?

La joie de Monsieur colorait ses joues. Lui, en contrepartie, avait pris quelques rides et une épaisseur de taille qui tendait un peu trop les petits boutons jaunes de son pourpoint. Il fit asseoir Floriane à son côté sur une chaise à franges et se mit à la bombarder de questions, l'écoutant avec un intérêt chaleureux résumer son histoire.

— Mais il fallait venir ici tout de suite, ma pauvre amie ! Au lieu de vous faire brimbaler sur les mauvais chemins ! Vous me dites que la vie des comédiens est intéressante et honnête, je veux bien en convenir et ne vous reproche pas un choix imposé par les circonstances. Cependant, avouez que notre malheureux Saint-Evy aurait eu de quoi tempêter contre sa sœur n'est-ce pas ?

— Certainement, reconnut Floriane qui ne pouvait jamais penser à Charles sans être profondément remuée.

A sa grande déception, elle s'apercevait que, dans le cas d'Artus, Monsieur n'en connaissait guère plus que les autres. Il ne pouvait que se faire rassurant avant de vite revenir à ses propres soucis :

— Selon toute vraisemblance, il est vivant, c'est là l'essentiel. Le roi finira bien par fléchir et le rappeler près de lui ! Courage, ma chère Floriane. Vous savez, ce qui me touche particulièrement dans votre récit, c'est la naissance de votre fille. Vous avez très bien fait de vous en séparer, bien que cela ait dû vous coûter beaucoup, je le devine.

Les yeux bleus de Gaston brusquement s'embuèrent :

— Oh, tenez, j'en pleure ! Mon Dieu, je n'ai pas vu la mienne depuis plus de quatre ans ! Ma petite Marie-Louise [1]...

Le masque souriant du jeune prince s'effritait. Combien d'affronts n'avait-il pas dû subir ? A quel reniement n'avait-il pas été contraint ? Il prit la main de Floriane, la serra fortement, parlant à mi-voix, comme pour lui seul :

— « Finalement, l'expérience m'aura appris qu'il ne faut jamais être contre le roi. C'est la reine mère qui m'a porté dans cette brouillerie. Son opiniâtreté a causé tout le mal. Il faut maintenant qu'elle s'amuse à prier Dieu. Quant aux grands seigneurs, ils ont bien mal défendu ma cause... [2] »

1. Mademoiselle de Montpensier, née d'un premier mariage.
2. Paroles historiques de Gaston d'Orléans.

Il y eut un silence puis Gaston lâcha avec mépris :

— « Ils ne valent rien ! » [1]

Point dupe des brigues sordides dont il avait été jusqu'ici la victime consentante, égrenant trahisons et tragédies sur sa route avec une apparente insouciance, il montrait maintenant son vrai visage, celui d'un prince sensible et bon, jovial comme l'avait été son père Henri IV, volage, disposé aux plaisirs, mais non dépourvu de jugement, dont l'unique ambition était de vivre en paix chez lui.

— Floriane, je vais vous faire une confidence : toutes les nuits, mes songes me transportent sur les rives de la Loire d'où je contemple mon château de Blois, transformé par mes soins, superbe...

— Ce rêve sera bientôt réalité, monseigneur, murmura Floriane.

Gaston libéra sa main, retrouvant subitement son optimisme :

— Oui, j'ai bon espoir de voir nos affaires s'arranger. Puylaurens vous en a certainement glissé un mot. Je vous promets de ne pas vous oublier dans mes arrangements avec le roi. Je me préoccuperai également du sort du baron d'Ivreville. Il reviendra à la Cour. N'en doutons pas. Avec un peu de bonne volonté, de part et d'autre, tout devrait être réglé bientôt. Au fond, nous nous aimons sincèrement mon frère et moi. Il me faudrait seulement m'accommoder du cardinal, ajouta-t-il avec une grimace de vilain garnement. Floriane, en attendant, vous serez dame d'honneur de la duchesse qui brûle de vous connaître depuis que je lui ai parlé de vous.

— Merci, Monseigneur. Je vous suis infiniment reconnaissante pour tant d'égards et de bienfaits.

Sonnant ses valets, Monsieur demanda alors qu'on allât chercher la duchesse et qu'on apportât aussi du vin de Xérès et des petits massepains de Tolède dont il était gourmand.

1. Paroles historiques de Gaston d'Orléans.

— Soyons objectifs, très chère Floriane. Tout ce qui vient d'Espagne n'est pas obligatoirement mauvais.

La porte se rouvrit pour laisser entrer la duchesse.

Madame était de ces gentilles jeunes femmes que tout le monde pouvait aimer, car elle n'était ni très belle, ni très brillante et par conséquent avait l'air parfaitement inoffensive. Blonde, menue, timide, elle avait encore, à vingt ans passés, le charme d'une pensionnaire fraîchement sortie du couvent, une grande bonté et surtout une visible tendresse pour son mari. Tendresse réciproque. Connaissant la nature instable de Gaston, on pouvait légitimement s'interroger sur la solidité de leur couple. Toutefois, leur amour était pour l'instant réel et passionné. Elle fit à Floriane le plus amical des accueils. Nourrie de romans, elle-même unie à son prince dans des circonstances peu ordinaires, elle s'enflamma pour tout ce qui lui était arrivé. Elle décida que, désormais, la baronne serait sous sa protection.

Les mois s'écoulèrent. A Bruxelles, Floriane revoyait beaucoup d'anciennes relations. En dehors des officiers de Monsieur, elle retrouva par exemple Magdeleine du Fargis. Condamnée à avoir la tête tranchée par contumace, exécutée en effigie à Paris, la sémillante intrigante essayait de cacher sous de petits artifices de mode, un dénuement à peine adouci par le peu d'argent que lui faisait parvenir Anne d'Autriche. M. du Fargis, condamné à mort, lui aussi par défaut, était auprès d'elle ainsi que leur fils. Il y avait également François de Barradas. Au moins, l'exil avait permis à celui-ci d'épouser la femme qu'il espérait depuis tant d'années, « la belle Cressia » dont Louis XIII avait été si jaloux. Au contraire, Louis de Maure, récemment arrivé à Bruxelles, s'étiolait loin de mademoiselle d'Attichy, las d'une situation qui n'avait guère de sens. Pour tout dire, le souhait commun à tous ces déracinés était de rentrer dans leur pays, de se faire pardonner par le roi.

— Baronne ! Quelle aventure exceptionnelle que la vôtre ! Et ce malheureux Artus ! Il est en Afrique, dit-on. Évidemment il y a du Richelieu là-dessous. Avouez que ce diable rouge aura su nous empoisonner l'existence !

Ils étaient tous à ce point désorientés, revenus de tout, qu'ils ne s'étonnaient qu'à demi d'apprendre que l'une des leurs avait été obligée pour survivre de se faire comédienne. Les orages de la politique avaient balayé bien des préjugés. S'il se fit quelques commentaires malveillants, ils furent vite étouffés sous les élans, les mots de sympathie.

Floriane trépignait d'impatience, ne craignant pas régulièrement de harceler Monsieur au sujet d'Artus. Madame, quant à elle, accaparait de plus en plus sa jolie et romanesque baronne. En dehors de son mari, la duchesse comptait si peu d'affections à Bruxelles ! Elle y avait bien sa sœur, la fougueuse princesse de Phalsbourg, mais celle-ci était trop souvent prise par sa liaison houleuse avec Puylaurens pour avoir beaucoup de temps à lui consacrer. Quant à sa belle-mère, la jeune Madame la fréquentait juste assez pour respecter les convenances. De plus en plus, Marie de Médicis se confinait dans son Hôtel, isolée au milieu de ses astrologues, ses vieilles femmes, ses prêtres qu'elle se refusait à congédier malgré le tort qu'ils lui causaient. Obstinée, elle cherchait elle aussi à traiter avec Louis XIII, n'hésitant pas à clamer un renouveau d'amitié pour Richelieu.

Elle seule émit de grandes réserves sur la conduite de Floriane, ayant toujours conservé sa pudibonderie et son orgueil de caste. Cet orgueil, tout ce qui lui restait de sa splendeur d'antan, l'aidait à redresser encore la tête. Malgré tout, elle n'était que pitoyable.

— Dire que si Gaston retourne auprès de son frère, elle va se croire obligée de s'occuper de moi ! soupira Marguerite, confiant ses craintes à Floriane. Tant que notre mariage n'est pas accepté, je ne peux aller en France. Heureusement que vous serez là ! Vous seule, chère baronne, pouvez comprendre ce que j'éprouve en sachant que je serai bientôt séparée de mon mari. Nous nous réconforterons mutuellement.

— Mais cette séparation sera provisoire ! lui affirma Floriane nullement séduite par une telle perspective, cherchant à se rassurer elle-même tout autant que la duchesse. Ne m'avez-vous pas dit que le pape avait secrètement garanti son appui à Monsieur ? Tout devrait donc être très vite résolu.

Le duc d'Orléans venait également d'envoyer une longue missive à Richelieu dans laquelle il se déclarait prêt à revenir, s'engageant à soumettre son mariage « aux lois du royaume », à se comporter désormais « en vrai frère et bon sujet » en échange de l'amnistie pour les gens de sa maison ainsi que pour tous ceux qui s'étaient mis sous sa protection comme la baronne d'Ivreville.

Puylaurens, de son côté, avait promis dans une lettre personnelle de tout faire pour décider Monsieur à se séparer de sa femme si on lui offrait un duché, le gouvernement du Bourbonnais et la nièce du cardinal. Bien entendu, Puylaurens agissait en toute complicité avec son maître et verrait le moment venu à respecter ou non sa parole. Le principal était le retour et le pardon.

On attendait donc dans la plus extrême nervosité la réponse du roi et de Richelieu, s'efforçant néanmoins de ne rien laisser soupçonner aux Espagnols. D'autant plus que l'infant Ferdinando, frère du roi d'Espagne, cardinal de Tolède, après une entrée fracassante, se trouvait à Bruxelles, traitant Monsieur comme un allié dans la guerre qui se préparait entre Madrid et Paris.

— Gaston a juré qu'il ne tirerait pas un coup de pistolet contre la France, assura Marguerite avec force.

Pour tromper son anxiété, elle entraînait Floriane et les dames de sa suite dans d'interminables randonnées à travers Bruxelles, visitant le parc, ses fontaines et ses grottes décorées de coquillages, croisant beaucoup de carrosses chargés uniquement de jeunes femmes que de farouches duègnes surveillaient. La sévère étiquette espagnole interdisait en effet les galants dans les voitures, les cortèges d'admirateurs caracolant au passage de leurs belles. Floriane comparait ces tristes promenades au joyeux ballet du Cours-la-Reine à Paris, où les cavaliers venaient badiner aux portières, attirés par une œillade, un sourire. Comment aurait-elle pu se plaire dans une ville, — magnifique, soit ! — mais où la morale trop stricte jetait ses ombres sur tout, allant jusqu'à vouloir régulièrement rhabiller le si rabelaisien Manneken-Pis ?

Lorsque la duchesse ne sortait pas, c'était alors des journées entières passées à coudre, à broder, dans les hautes chambres un peu froides et sombres de l'Hôtel d'Egmont, cette immense demeure défraîchie, hantée par le spectre de son ancien propriétaire décapité, jadis, sur la Grand-Place.

Marguerite, dans sa candeur, ne semblait pas s'apercevoir que sa nouvelle suivante, à demi morte d'ennui, se retenait difficilement de bâiller devant elle.

— Oui, vraiment ? Bien sûr... faisait Floriane, n'écoutant que d'une oreille, l'esprit ailleurs, tandis que Madame évoquait Nancy, sa ville natale, ou parlait de son cher Gaston, passant du rire aux larmes comme une véritable enfant.

On était le 7 octobre. Il y avait maintenant plus de cinq mois qu'elle était au service de la duchesse, cinq mois, longs et mornes, qui lui pesaient autant que des lustres. Le babil enfantin de Marguerite lui était devenu odieux.

Magdeleine du Fargis, assise en face d'elle, surprit l'expression crispée de son visage :

— Floriane, qu'avez-vous ? Vous avez l'air souffrante ?

— Mais non, voyons ! s'impatienta Madame qui n'appréciait guère l'ancienne confidente d'Anne d'Autriche. La baronne d'Ivreville a des soucis que vous ne pouvez comprendre, vous qui n'êtes privée ni de votre mari ni de votre fils. Baronne, ma chère, voulez-vous que nous sortions ? Ou que nous fassions une petite partie de cartes ?

L'apparition de Puylaurens dispensa Floriane de lui répondre : Monsieur demandait à voir immédiatement la duchesse et convoquait en même temps madame d'Ivreville. Pressentant des nouvelles d'importance, les deux jeunes femmes suivirent Puylaurens non sans appréhension.

Au premier coup d'œil, elles comprirent en effet que l'heure était grave. Les plus intimes conseillers de Monsieur étaient réunis dans son cabinet dont les rideaux avaient été précautionneusement tirés : Léonard Goulas, son secrétaire, Guy d'Elbène, son chambellan, La Rivière, son aumônier et Montrésor, Brion, Le Coigneux, tous penchés au-dessus d'une grande carte des Flandres. Les feuillets ouverts d'une lettre traînaient sur la table où Gaston était à demi assis. Marguerite se précipita dans ses bras ; Floriane resta en retrait, remarquant aussi la présence effacée de Voiture.

— Mesdames, vous devinez sans doute ce qui se passe, commença Monsieur sur un mode sérieux qui n'était pas souvent le sien.

— Vous me quittez ! s'écria la duchesse avec effarement.

— Hélas oui ! mon petit cœur. J'ai reçu ce matin la réponse de mon frère et du cardinal. Ils acceptent toutes les demandes que je leur ai faites : une juridiction ecclésiastique examinera le cas de notre mariage — c'est vous dire si je crois qu'il sera validé —, en outre, aucun des miens n'aura plus à craindre de représailles et cela vous concerne baronne d'Ivreville. Le roi vous mentionne expressément. Vous pouvez donc entrevoir la fin de vos ennuis. Une condition unique est exigée : que je parte de Bruxelles, seul ! Enfin, avec une infime escorte, et ce, dans les plus brefs délais. Aussi avons-nous décidé, sans attendre, de choisir demain. J'avais projeté de chasser le renard depuis plusieurs jours déjà. Le gouverneur en a même été informé. L'occasion est donc excellente pour lui fausser compagnie sans éveiller ses soupçons. Avant l'aube, j'enverrai des valets et des chiens dans un bois à deux lieues d'ici pour donner le change. Nous les suivrons une heure après et ensuite...

Devant la pauvre petite figure de sa femme, Monsieur abandonna soudain toute fermeté, balbutiant aussi désespéré qu'elle, de tendres promesses :

— Ce ne sera pas long, Marguerite, ma petite Angélique, mon petit chat... Je vous le jure, quelques mois, un an au plus. De toute manière, je vous serai fidèle. Je n'aurai jamais d'autre épouse que vous. Vous me croyez ?

— Oh, Gaston ! Bien sûr, puisque je vous aime. Mais comme je vais languir privée de vous !

— Vous aurez madame d'Ivreville. Elle saura vous soutenir dans cette épreuve. C'est une véritable amie.

Puylaurens prit la parole à son tour, son assurance prouvant nettement que ses prétentions avaient certainement toutes les chances de lui être accordées par Richelieu.

— Il va sans dire que nous devons être très prudents. Si les Espagnols ont vent de notre projet, c'en est fait de notre liberté. Nous nous retrouverions sur-le-champ prisonniers et envoyés dans une solide forteresse de Castille. Personne n'est donc au courant. Nous serons huit à partir, ce qui est assez pour ne pas attirer l'attention. Voiture, vous êtes chargé de prévenir tout le monde demain dans la soirée seulement, quand nous serons hors d'atteinte. Et ne prenez pas cette mine de martyr ! Vous recevrez l'ordre de nous rejoindre dès que Monsieur aura réintégré une position solide à la Cour. Floriane, ma chère, vous êtes aussi en bonne voie. J'espère que le temps ne vous paraîtra pas trop long à Bruxelles et que nous nous reverrons bientôt. Savez-vous que c'est un futur duc qui vous parle ? lui confia-t-il enivré, à voix plus basse. Oui, un duc ! Moi, Antoine de Puylaurens ! Le cardinal me l'a promis.

Mais Floriane n'entendait pas ce que le jeune homme lui racontait sur ses folles visées. Depuis quelques minutes, elle se trouvait au centre d'un fort tourbillon de sentiments ; physiquement elle n'était plus elle-même, le cœur prêt à se rompre, les mains moites et glacées, mais le visage en feu. Ainsi tout était fixé, elle n'avait pas à choisir, elle n'avait pas à donner son opinion. Elle n'était qu'un petit pion sans importance, dépendant du bon vouloir de grands personnages, peut-être bientôt oublié, qui sait ? malgré les promesses, car sans mettre en doute la bonne foi de Monsieur, un échec, un incident pouvaient très bien enrayer ces beaux élans de réconciliation générale. Et en espérant voir son sort éventuellement se décider un jour, elle resterait donc à Bruxelles dans ce vieil hôtel sinistre avec la gentille Marguerite, dévidant avec elle l'écheveau monotone, interminable de l'attente, supportant, comme un dérivatif, les bavardages futiles et les jalousies de ses dames, les ennuyeuses visites à la reine mère ? Un an, supposait Monsieur...

« Non, je ne veux pas de tout cela ! Je n'aurai pas la patience ! » pensa-t-elle, cabrée intérieurement, dévorée par son impuissance, son désir soudain insupportable de revoir son amour.

Elle avait toujours refusé d'être contrainte ; elle avait toujours tranché dans le vif plutôt que de subir l'événement et su rester, malgré tout, dans la mesure du possible, maîtresse de son destin. Son instinct, son esprit tout à coup aiguisés — une acuité presque douloureuse ! — lui soufflaient de se décider là, maintenant, sans perdre une seconde.

— Monseigneur ! lança-t-elle, s'efforçant de ne pas trembler. Monseigneur, je voudrais partir demain avec vous.

Tous la regardèrent sans être certains de l'avoir bien entendue.

— Floriane, y songez-vous ? s'affola Puylaurens.

Blottie contre son mari, la duchesse avait redressé la tête et dévisageait sa dame d'honneur avec un étonnement naïf et chagrin.

— Monseigneur, je vous en supplie, emmenez-moi ! répéta Floriane.

— Mais, baronne... Avez-vous conscience de ce que vous me demandez là ? dit Gaston interloqué. Je laisse ici la plupart de mes gens. Ce n'est pas pour m'em... enfin, pour me charger d'une femme !

— Monsieur veut dire que nous allons être obligés de galoper comme des fous pendant des heures sans même pouvoir nous restaurer, avec la menace d'être rattrapés avant d'avoir pu franchir la frontière, expliqua Puylaurens.

— Cela ne me fait pas peur.

— Nous connaissons tous votre courage, Floriane, reprit aimablement François de Brion, mais notre projet s'annonce très dangereux. Si nous sommes pris, ce sera sûrement pour vous la réclusion dans un couvent espagnol et croyez-moi, leurs règles monacales ne sont pas tendres du tout.

— J'en prends le risque, se borna-t-elle à répondre.

Manifestement, son entêtement embarrassait tous les autres officiers de Monsieur même s'ils ne soufflaient mot.

— Ma chère, réfléchissez ! fit Gaston sincèrement navré de devoir lui refuser quelque chose.

— Mais, Floriane, vous ne changerez donc jamais ! s'exclama Puylaurens exaspéré. Vous avez toujours été une infernale poison ! Jadis, vous faisiez déjà tourner votre frère en bourrique, ne sachant qu'inventer pour lui compliquer l'existence. Laissez-nous donc traiter d'affaires sérieuses, d'affaires d'État, sans vouloir vous en mêler !

Aussi près de voir se concrétiser ses rêves, Puylaurens avait pris une nouvelle autorité qui frisait l'insolence. Mais il en fallait bien davantage pour obliger Floriane à changer d'avis, même si la remarque du gentilhomme l'avait froissée. Elle se préparait à revenir à la charge, disposée à lutter pour convaincre Monsieur lorsque lui vint un secours inattendu en la personne de Marguerite.

— Gaston, mon chéri, permettez à madame d'Ivreville de vous accompagner.

— Comment ? Vous vous y mettez aussi ? Vous voudriez donc vous priver de ses services ?

Madame secoua la tête. Dans sa simplicité, elle n'essayait même pas de tricher, de masquer sa peine.

— Au contraire, j'aimerais beaucoup la garder près de moi, dit-elle, souriant faiblement à Floriane. Mais j'approuve et je comprends son initiative. Une fois, moi aussi, j'ai tout bravé pour vous rejoindre. Souvenez-vous Gaston : ce pauvre jeune homme épuisé qui, un soir, est venu s'échouer à Bruxelles ? C'était moi ! Quand on aime, il n'existe pas d'obstacles. Floriane veut tout naturellement se rapprocher de son mari, essayer de mettre fin au drame qu'ils vivent tous deux depuis trop longtemps. Ce sera bien assez d'abandonner votre propre femme dans la solitude et l'angoisse. Essayez au moins de faire le bonheur de notre amie.

— Marguerite, ma princesse, ma douce Angélique, bredouilla Monsieur, complètement chaviré par cette tendre sincérité.

— Alors ? Vous le voulez bien ?

— Oui, oui, évidemment, répondit-il vaincu.

Gaston d'Orléans, « Sa Trop Facile Altesse » comme le surnommait le si perspicace Richelieu...

Une fois encore, il ne pouvait faire autrement que de céder. Un peu honteux de lui-même, il reçut les baisers passionnés de Marguerite, puis il se tourna vers Floriane.

— Que puis-je ajouter à ça, baronne ? Il n'y a plus qu'à vous recommander d'être prête demain à six heures, devant les écuries de l'hôtel. Vous vous rendez compte, je présume, que nous ne pouvons nous permettre aucun retard, aucun contretemps et que je ne vous accepte parmi nous que par amour pour Madame.

Le plus grand silence s'était fait autour d'eux, un silence désapprobateur, Floriane le sentait. Plongée dans sa révérence, elle comprit qu'il était préférable de ne rien ajouter, de remercier discrètement et de vite disparaître jusqu'au lendemain.

— Je veux espérer que ce n'est qu'un au revoir, lui dit Marguerite en l'embrassant. Je vais ordonner à mes servantes de vous fournir une tenue de page. Et je... je prierai Dieu pour vous.

— Il y en a qui ont de la chance... chuchota Voiture, comme Floriane passait devant lui pour ouvrir la porte.

Méprisant la réflexion acide du poète qui aurait tant voulu être aussi de la partie, elle sortit du cabinet et courut à sa chambre.

*

* *

Dans un petit matin sombre et froid, les cavaliers quittèrent Bruxelles, laissant derrière eux s'estomper très vite la ville encore endormie entre ses clochers, ses dômes, ses beffrois, ses tours crénelées. Le premier souffle des campaniles faiblement leur parvint, petit carillon frêle tintant comme un adieu. Puis, au détour d'un bois, apparut la route, allongeant son pâle tracé dans la campagne obscure. Là-bas, bien loin vers le Sud, ce serait la France, la Cour.

N'était-ce pas, au fond, le théâtre le plus vaste, le plus prestigieux du monde que Floriane, impatiente déjà, allait rejoindre ? Où régnaient toutes les lois de la Comédie ? Où la farce et le drame rebondissaient tour à tour, menés par des personnages que même l'auteur le plus créatif ne pouvait imaginer ? Ainsi, derrière la baronne d'Ivreville bien décidée à revendiquer son droit au bonheur, se profilerait toujours l'ombre légère et tendre de Niflame. Car, à la Cour, aussi, il lui faudrait paraître dans tous ses avantages, dissimuler, feindre, mentir, déjouer les pièges sans manquer à l'honneur. A ce prix-là, une fois la représentation terminée, peut-être pourrait-elle alors prétendre à vivre en paix avec elle même dans l'amour triomphant ? Elle se sentait si sûre d'avoir fait le juste choix.

Les visages d'Artus et de Charlotte flottaient au-devant d'elle, dans la plaine nébuleuse. Un peu d'angoisse vint alors brouiller sa certitude de vaincre. Saurait-elle reconquérir sa place ? Saurait-elle se montrer digne de ceux qui avaient foi en elle ? Pourrait-elle vraiment les retrouver, les aimer comme si rien ne s'était passé ? Comment Artus de son côté, vivait-il leur longue séparation ? Et beaucoup plus troublante, plus douloureuse, cette crainte qui jusque-là, curieusement, ne l'avait jamais effleurée : l'aimait-il toujours ? Se pourrait-il qu'il l'ait oubliée ?

« Folle, folle ! » se dit-elle, le visage fouetté par le vent de la course qui semblait essaimer ses questions sans vouloir encore y apporter de réponses.

Éperonnant leurs chevaux, Monsieur et ses gentilshommes l'entraînaient maintenant, à si vertigineuse allure, qu'elle cessa rapidement de penser à autre chose qu'à bien les suivre. Ils l'avaient avertie : le voyage serait dur, très dur, vingt-cinq lieues à faire d'une traite, sans s'autoriser le moindre repos. Floriane s'était juré de ne pas faiblir. Les mâchoires serrées, les mains crispées sur ses rênes, son corps tout prêt à fournir l'effort exigé, elle vit l'aube se lever lentement sur leur chemin, comme un signe d'espoir.

A paraître prochainement, la suite des Chemins d'Espérance.

TABLE

CHEZ LE MÊME ÉDITEUR

Du même auteur :

LES AILES DU MATIN
par Mireille Lesage
L'amour et l'aventure sous Louis XIII.
Une grande fresque romanesque aux couleurs d'un prestigieux passé.

•

LES NOCES DE LYON
(LES AILES DU MATIN**)
par Mireille Lesage
La suite des Ailes du Matin.

Dans la même collection :

LES DAMES DU LAC
par Marion Zimmer Bradley
Prix du grand roman d'évasion 1986
Plus qu'un roman historique, une épopée envoûtante qui relate la lutte sans merci de deux mondes inconciliables.

•

LES BRUMES D'AVALON
(LES DAMES DU LAC**)
par Marion Zimmer Bradley
La suite des Dames du Lac
« La plus merveilleuse évocation de la saga du Roi Arthur qu'il m'ait été donné de lire » Isaac Asimov.

•

LA TRAHISON DES DIEUX
par Marion Zimmer Bradley
Le récit légendaire de la Guerre de Troie
superbement ressuscité par l'auteur des « Dames du Lac »

•

LE RIVAGE DES ADIEUX
par Catherine Hermary-Vieille
La plus grande histoire d'amour de tous les temps,
celle de Tristan et Iseult.

LE BÛCHER
par Georges Bordonove
Une sublime histoire d'amour et de mort
au cœur de la tragédie cathare.

•

LE VIEIL HOMME ET LE LOUP
par Georges Bordonove
Quand les loups hantaient encore la forêt de Brocéliande...
L'aventure sublime d'un vieux veneur entraîné dans une chasse mémorable.

•

L'HOMME AU CHEVAL GRIS
par Frédéric Hulot
Prix Jules Verne 1984
L'irrésistible ascension d'un jeune paysan d'Auvergne
appelé aux plus hautes destinées
aux grandes heures de la Révolution et de l'Empire.

•

ELISSA 1743
par Claude-Jacques Boncompain
Préface de Félicien Marceau de l'Académie française
La magie du désir et de l'amour fou.

CHEZ LE MÊME ÉDITEUR

LES ROIS QUI ONT FAIT LA FRANCE
par Georges Bordonove

Les Précurseurs :
Clovis. ◇ Charlemagne.

Les Capétiens :
Hugues Capet, le fondateur.
◇ Philippe Auguste. ◇ Saint Louis.
◇ Philippe le Bel.

Les Valois :
Charles V. ◇ Charles VII. ◇ Louis XI.
◇ François Ier. ◇ Henri II. ◇ Henri III.

Les Bourbons :
Henri IV. ◇ Louis XIII. ◇ Louis XIV.
◇ Louis XV. ◇ Louis XVI. ◇ Louis XVIII. ◇ Charles X. ◇ Louis-Philippe

---

IL ÉTAIT UNE FOIS VERSAILLES...
par Jean Prasteau
Le roman vrai de Versailles,
de sa création à nos jours, comme il n'avait jamais été conté.

Les Grandes Aventures de l'Archéologie

LA FABULEUSE DÉCOUVERTE
DE LA CITÉ PERDUE DES INCAS
par Hiram Bingham
Traduite pour la première fois en France, la passionnante histoire
d'une redécouverte devenue un classique du récit d'exploration.

•

CHAMPOLLION
par Hermine Hartleben
La magistrale et unique biographie consacrée
au plus grand égyptologue français.

•

TOUTANKHAMON
par Christiane Desroches Noblecourt
Vie et mort du plus fabuleux de tous les pharaons.

•

LE SECRET DES BÂTISSEURS
DES GRANDES PYRAMIDES
par Georges Goyon, Maître de recherche au CNRS
Nouvelles données
sur la construction des monuments mégalithiques.

•

LA FABULEUSE DÉCOUVERTE
DE LA TOMBE DE TOUTANKHAMON
par Howard Carter
Les mémoires inédits de l'auteur de la découverte.

•

VOYAGE EN ÉGYPTE
ET EN NUBIE
par Belzoni
« L'un des livres les plus fascinants
de toute la littérature concernant l'Égypte » (Howard Carter).

Achevé d'imprimer en octobre 1990
sur presse CAMERON,
dans les ateliers de la S.E.P.C.
à Saint-Amand-Montrond (Cher)

— N° d'édit. 363. — N° d'imp. 2261. —
Dépôt légal : octobre 1990
Imprimé en France